램브루 제국
LAMBROU EMPIRE
아이반
조닉
엔파리아
리라탄광
빌츠
파젱트
바나패
앙게나스
서베시 강
★황제 직할령
듀렐리
거터웰
롬바르디
루만
매그너스
아케디아
체사유
타말
서셔우
남부밀림
차라
N
S
E
W

I shall Master this Family

이번 생은 가주가 되겠습니다

김로아 장편소설

D&C BOOKS

이번 생은
가주가 되겠습니다 2
김로아 장편소설
D&C BOOKS

Chapter 6

Chapter 6

[피렌티아에게.

잘 지내고 있어?

나는 이제 새 궁에 익숙해진 것 같아.

동쪽이라 해가 아주 잘 들어.

그래서인지 좋은 약초들도 아주 많아.

어제는 산책하다가 봄니아 꽃 무리를 발견했어.

전에 살던 곳에도 많이 피었던 꽃이라 알아볼 수 있었어.

곧 있으면 봄니아 꽃이 필 거야.

빨간색에 꽃잎이 달콤한 꽃이야.

봄니아가 피면 그걸 너에게 보내 줘도 될까?

(중략)

내일부턴 검술 수업이 시작된대.

기대하고 있어.

어제는 처음으로 과일 샌드위치를 먹었어.

하얀 크림이 달고 맛있었는데, 네가 준 사탕만큼은 아니야.

내일은 카일러스가 주방장에게 초콜릿 쿠키를 요청한다고 했어.

하지만 너랑 먹었던 것만큼 맛있을 것 같지는 않아서 별로 기대는 하지 않고 있어.

(중략)

혹시 괜찮다면, 답장 보내 줘.

싫으면 하지 않아도 돼.

정말이야.

또 보자.

페레스로부터.

추신, 봄니아 꽃은 ~~티아~~ 피렌티아 너도 좋아할 거라고 생각해.]

[페레스에게

답장이 늦어서 미안해.

요즘 조금 바빴거든.

아버지가 생일 선물로 사 준 말들이 이제 도착해서, 그 애들을 돌봐주느라고 정신이 없었어.

참 순하고 예쁜 아이들이야.

엄마 말은 베일리, 아기 말은 블랑크라고 이름을 지어 줬어.

봄니아라는 꽃은 처음 들어 봐.

그럼, 꽃 선물 기대하고 있을게.

잘 지내.

티아가.

추신, 이제 풀은 그만 먹는 게 어때?]

[티아에게.

드디어 봄니아 꽃이 피었어.

올해는 봄이 천천히 와서 늦게 피었던 것 같아.

책을 찾아봤는데, 원래 봄니아 꽃은 제국 남부에서만 자생하는 야생화래.

아마 고향을 그리워하는 누군가가 몰래 황궁에다가 심어 놓은 것 같아.

케이틀린 편에 봄니아 꽃잎을 보낼게.

나는 이제 풀 안 먹으니까.

(중략)

오늘은 조금 이상한 일이 있었어.

검술 수업 도중에 '오러'라는 것을 만들어 냈는데, 그 바람에 연무장 바닥이 파였어.

물론 나는 그렇게 놀라지 않았는데, 특히 검술 선생님의 반응이 이상했어.

그 뒤로 몇 번이고 오러를 만들어 내게 하더니 돌아가 버렸어.

그리고 저녁때가 되니 황제 폐하께서 내 궁에 찾아왔어.

직접 보는 것은 처음이었는데, 정말로 나와는 별로 닮은 부분이 없었어.

하지만 폐하는 내 재능이 본인을 닮았다고 웃었어.

(중략)

베일리와 블랑크는 어때?

너를 성가시게 하지는 않아?

그랬으면 좋겠어.

네가 너무 힘들면 안 되니까.

또 보자.

페레스로부터.]

[페레스에게.

열세 번째 생일 축하해.

생일 선물로 새 검을 주고 싶었는데.

케이틀린이 몰래 가지고 들어가는 데 한계가 있어서 검은 무리였어.

그래서 주머니에 금화 조금과 루비 브로치를 보낼게.

이건 내가…… 지나가다 주웠어.

아무튼 생일 축하해.

티아가.]

[티아에게.

지난달 저녁 만찬에 네가 준 루비 브로치를 달고 나갔어.

황후가 나를 노려보는 바람에 제대로 식사를 할 수는 없었지만, 기분은 좋았어.

(중략)

너의 열 번째 생일에 내가 너에게 선물한 비파체가, 네가 아끼는 베일리와 사고를 쳤다는 소식을 케이틀린을 통해 들었어.

비파체를 대신해서 내가 사과할게.

(중략)

혹시 말이야.

혹시, 우리 언제쯤 만날 수 있을까?

다른 이유는 아니고, 마지막으로 너를 본 게 벌써 2년 6개월 전이라서 말이야.

우리, 언제쯤 볼 수 있어?

페레스로부터.]

[페레스에게.

앞으로도 좋은 루비 장신구가 보이면 너에게 선물할게.

황후가 분노했다니, 내가 다 기분이 좋다!

그리고 베일리의 일은 걱정하지 마.

베일리에게도 블랑크에게도 새로운 가족이 생기는 것은 행복한 일이니까 말이야.

비파체는 나름 좋은 아버지 역할을 훌륭히 해내고 있어.

그리고 우리가 편지를 주고받은 지 벌써 그렇게 시간이 흘렀구나.

언제쯤 만날 수 있냐고 물었지?

우리는 곧 보게 될 거야.

어쩌면 네가 생각하는 것보다도 더 빨리.

곧 만나게 될 거야.

티아가.]

"아가씨, 무엇 하세요?"

막 펜을 내려놓는데, 나를 부르는 목소리가 들려 고개를 들었다.

밀색에 가까운 연한 갈색 머리의 여자가 서재에 들어서며 겉옷을 벗어 들고 나를 향해 웃는 것이 보였다.

"아, 로릴. 오늘은 일찍 왔네?"

로릴은 내가 열 살이 되면서 아버지가 고용한 말동무이자 시녀다.

올해 열아홉이 된 상냥하고 밝은 성격의 소유자이다.

"그냥 저도 저택에 방 하나 내주시면 안 될까요? 출퇴근하기가 너무 번거로워요, 아가씨."

"안 돼. 네가 집으로 돌아가지 않으면 딜라드 부인이 서운해하시잖아?"

로마시에 딜라드 부부의 막내딸이자 눈에 넣어도 아프지 않을 고명딸이다.

위로 셋이나 주르륵 있는 오빠들과는 나이 차이가 많이 나는 막둥이이기도 하니 오죽할까.

"어머니도 이제 슬슬 괜찮은 신랑감을 물색해 보라고 눈치를 주시는걸요. 저도 연애를 하고 싶지만 주변에 남자가 없어서 곤란…… 편지를 쓰셨네요?"

로릴이 자연스레 옆에 앉으며 물었다.

"그 좋은 편지지는 가끔가다 한 번씩만 사용하시던데."

처음에는 아무 종이나 사용했는데, 날이 갈수록 페레스가 보내오는 편지지가 좀 고급이어야지.

상대는 좋은 종이를 사용하는데, 내가 대충 연습장 뒤에 적어 보낼 수는 없는 일.

어쩔 수 없이 나도 좋은 편지지를 쓰고 있는 중이다.

그러고 보니 녀석을 포이락궁에 넣어 준 것도 벌써 거의 3년 전의 일이다.

그사이에 나는 이제 열 살이 되었고, 페레스는 얼마 전 생일이 지나 열세 살이 되었다.

그동안 한 번도 얼굴을 직접 본 적은 없지만, 케이틀린이 저택에 올 때마다 가끔 편지로 안부를 물었다.

"받는 사람이 누구예요?"

"아직은 말 못 해. 알잖아."

내가 페레스와 편지를 주고받는 사이라는 것은 아직 알려져서는 안 되는 일이다.

롬바르디와 앙게나스.

1황자와 2황자 간의 권력 싸움에 끼어들 시기는 아니다.

내가 접은 편지지를 봉투에 넣어 로릴에게 건네자, 그녀는 익숙하게 밀랍을 떨어뜨려 봉했다.

"피이……. 나중에는 꼭 말해 주셔야 해요?"

"응, 나중에."

로릴은 약간 아쉬워하기는 했지만, 이내 편지에 대한 일은 잊고 즐거운 얼굴로 화분에 물을 주었다.

"이 꽃의 이름이 뭐라고 하셨죠, 아가씨?"

"봄니아."

"맞다, 봄니아. 참 예쁜 꽃인데, 봄에 딱 며칠만 볼 수 있다니 아쉬워요."

"그래서 더 예쁘게 보일 수도 있지. 아쉬우니까."

내가 툭 던진 말에 물을 주던 것을 멈춘 로릴이 말했다.

"가끔 아가씨는 참 나이에 비해 조숙한 말씀을 하세요."

"내가 좀 똑똑하잖아. 그래서 그래."

"하긴, 그래요. 아가씨 사촌분들을 생각해 보면, 어휴. 우리 티아 아가씨만큼 똑똑한 사람이 없다니까요."

"그거야 당연한 말씀을."

두 소매를 걷어붙인 로릴이 창문을 모두 열어 환기를 시키기 시작했다.

딜라드가의 고명딸이면 따로 일을 하지 않아도 될 텐데.

굳이 내 시녀 일에 자원한 것을 보면 로릴도 보통 독특한 성격은 아닌 것 같다.

"하긴, 아가씨가 그렇게 똑똑하시니까 클레리반 오라버니도 아가씨의 전담 교사가 되기로 마음먹은 거겠죠."

내 사람이 된 지 얼마 지나지 않아, 클레리반은 후계 교육직을 사퇴하고 내 전용 선생님이 되겠다고 발표했다.

덕분에 한바탕 집안이 난리가 났었고 말이다.

그때를 떠올리면 얼마나 통쾌한지.

믿을 수 없어 하던 세랄의 얼굴을 떠올리면 몇 년이 지난 지금까지도 웃음이 나온다.

똑똑.

정중한 노크 소리와 함께 서재의 문이 열렸다.

양반은 못 되는 클레리반이었다.

"오라버니!"

커튼을 정리하던 로릴이 반색을 하며 클레리반을 향해 뛰어갔다.

"……안녕하십니까, 딜라드 영애."

다만 클레리반은 딱 반걸음 뒤로 물러서면서 철저히 남 대하듯 로릴을 대했지만 말이다.

"하아. 언제쯤이면 저를 여동생으로 대해 주실 거예요? 어차피 여기는 아무도 없잖아요."

로릴은 입술을 삐죽이며 서운해했다.

성년이 되면서 아버지로부터 클레리반의 존재에 대해서 듣게 된 로릴은 저렇게 클레리반만 보면 반가워했다.

"저는 딜라드라는 성을 쓰지 않습니다. 한데 제게 어째서 오라버니라고 부르시는지. 영애의 진짜 오라버니들께서 들으면 퍽 섭섭해하실 겁니다."

"……너무하세요, 정말."

로릴은 처연하게 어깨를 축 떨구고 밖으로 나갔다.

클레리반이 와서 수업이 시작되면, 내 서재에는 로릴도 들어오지 못한다.

타박타박 문밖으로 사라지는 로릴의 뒷모습을 클레리반의 눈이 꽤 오랫동안 담았다.

저런 걸 보면 클레리반에게도 로릴은 완전히 남은 아닌 것 같은데 말이지.

하지만 사생아로 태어나 인정받지 못하고 자란 그 마음을 조금은 이해할 수 있기 때문에 나는 그것에 대해 말을 꺼내지는 않았다.

곧 클레리반이 자리에 앉고 보고가 이어졌다.

"아가씨의 말씀대로 시작한 아동복의 성과가 대단합니다. 처음 남성복을 개시했을 때만큼이나 즉각적인 반응이 나오고 있습니다. 여기."

클레리반이 내게 잘 정리된 보고서를 내밀었다.

정말이지 클레리반 펠렛은 천재라는 말이 아깝지 않은 사람이었다.

처음 기성복 사업을 시작했을 때만 해도 몇 번 실수가 있었다.

하지만 절대로 같은 실수를 반복하지 않았다.

그리고 거의 3년이 지난 지금은 '갤러한 의복점'이 제국 전역으로 뻗어 나가고 있었다.

롬바르디에서 성공적으로 정착한 '기성복' 시스템을 알게 된 인근 지역 귀족들은 서로 앞다투어 갤러한 의복점의 분점을 자신의 영지에 내어 달라고 요청해 왔다.

물론 그 뒤에는 아버지가 룰락 롬바르디의 아들이라는 점과 의복점에서 발생한 수익의 일정 부분을 영주에게 세금 형식으로 납부한다는 이유가 있기는 했다.

그 결과 싼값에 양질의 옷을 입게 된 평민들 중 갤러한이란 이름을 모르는 이들이 없었다.

이제 깨끗하고 계절에 맞는 옷을 입게 된 평민들의 건강이 매우 좋아졌다는 말도 들려왔다.

간단히 정리하자면, 우리 아버지는 근 3년 만에 매우 매우 부자가 됐다는 말이다.

그리고 얼마 전 론칭한 아동복 라인으로 인해 더 엄청난 부자가 될 예정이고 말이다.

의복점에 대한 보고를 다 받은 뒤, 일어나 짐을 챙기는 클레리반에게 나는 말했다.

"클레리반, 조만간 사직서 쓸 준비 하세요."

"……예?"

잘생긴 클레리반의 얼굴이 사색이 됐다.

키가 큰 몸이 한번 비틀하더니 소파 등받이를 짚고 세상이 끝난 듯한 얼굴로 내게 물었다.

"제가 무슨 잘못이라도……."

내 말을 오해하고 있는 게 분명하다.

금세 울먹이기까지 한다.

클레리반의 별명이 '냉미남'이라던데.

도대체 저 얼굴의 어디가?

나는 클레리반을 놀리고 싶은 마음이 살짝 들어 모른 척 말했다.

"클레리반도 어느 정도 예상하고 있는 거 아니었어요?"

"아뇨, 저는……."

클레리반이 복잡한 얼굴로 마른세수를 한다.

저러다 울겠다.

나는 장난스럽게 웃으면서 말했다.

"의복점 말고요. 할아버지께 사직서 낼 준비요."

"아, 그러면……."

내 말뜻을 이해한 클레리반의 얼굴에 희열이 스친다.

나는 싱긋 웃으면서 답해 주었다.

"이제 얼마 뒤면 제 열한 번째 생일이잖아요. 슬슬 준비해야죠."

드디어 자유를 얻을 날이 머지않았다.

물론 그 전에 넘어야 할 고비가 하나 있기는 하지만.

나를 보는 클레리반의 얼굴에 웃음꽃이 활짝 피어났다.

"그리고 이거, 케이틀린에게 전해 주시겠어요? 아마 지금쯤, 할아버지 집무실에 있을 거예요."

나는 조금 전 로릴이 봉한 편지 봉투를 클레리반에게 내밀었다.

클레리반은 누구를 위해 쓴 편지인지 짐작이 된다는 듯 고개를 끄덕였다.

포이락궁의 연무장.

잘 정돈된 너른 공간에 검을 쥐고 선 페레스는 눈을 감고 바람을 느끼고 있었다.

검은 머리칼과 옷깃이 바람에 나부꼈지만, 키가 크고 날렵한 몸의 소년은 흔들림이 없었다.

한 폭의 명화 같은 고운 얼굴로 고요히 서 있을 뿐.

롬바르디 가주가 붙여 준 검술 선생의 교육 방법은 다른 기사들과 조금 달랐다.

대련 이외에는 큰 소리를 내는 법도 없었고, 학생을 마구잡이로 굴리지도 않았다.

페레스는 오히려 수업 시간의 많은 부분을 이렇게 명상을 하며 보냈다.

조금 전, 검술 선생과 있었던 대련을 머릿속에서 복기해 보는 것이었다.

페레스는 천부적 재능을 가진 것답지 않게 성실한 노력파였다.

가끔은 검술 선생이 억지로 훈련을 중단시켜야 할 때가 있을 정도였다.

그러나 오늘만큼은 조금 달랐다.

페레스의 검술 선생 유베스는 영 수업에 집중하지 못하는 제자를 이상하게 바라봤다.

가르치는 입장에서 겁이 날 정도로 빠른 속도로 모든 것을 흡수하는 제자는 가끔 이렇게 흐트러지는 날이 있었다.

아무래도 그런 날이 주기적으로 찾아오는 것 같은 느낌이 들었기 때문이었다.

결국 유베스는 작게 한숨을 내쉬면서 말했다.

"……오늘은 이쯤 하지요, 전하."

바람의 움직임에 집중도 하지 못하고 연신 눈썹을 꿈틀거리고 있던 주제에, 페레스는 고집스럽게 눈을 질끈 감으면서 고개를 저었다.

"더 할 겁니다."

황자로서의 마땅한 지위를 되찾은 지도 벌써 거의 3년.

이제 조금 편하게 살 만도 한데.

아직도 강박증이 의심될 정도로 검술과 학문에 열중하는 2황자의 모습은 지켜보는 이로 하여금 약간 걱정이 들게 할 정도였다.

유베스는 차라리 잘됐다 싶었다.

그동안 단 하루도 검술 수업을 쉰 적이 없으니, 이 김에 2황자를 쉬게 만들어야겠다는 마음이었다.

"계속 집중력과 평정심을 잃고 계시는데, 몸만 흉내를 내어서는 아무 소용도 없습니다. 이만 검을 내리십시오."

엄한 말투에 결국 페레스가 서서히 눈을 떴다.

후웅 하고 불어오는 바람결에 날리는 검은 머리칼 사이로 루비보다 더 새빨간 눈동자가 모습을 드러냈다.

열세 살이란, 이제 소년의 모습 그 끝자락에 선 페레스는 매우 아름다운 모습을 갖췄다.

가끔은 그 정도가 지나쳐서 현실성이 떨어질 정도였다.

하지만 그동안 페레스를 아주 가까이서 겪어 온 유베스는 이 아름다운 소년이 사실 아주 많은 것이 결핍된 사람이라는 것을 알았다.

사람이라면 응당 가지고 있을 희로애락이 거의 없었다.

있더라도 희미했다.

페레스가 감정이 담긴 표정을 드러낼 때는 가끔 다디단 알사탕을 먹을 때나, 활짝 핀 봄니아 꽃을 바라볼 때 정도가 전부였다.

일부러 체력 훈련을 극한까지 밀어붙일 때도 페레스는 이를 악물 뿐이었다.

듣자 하니, 학술 수업에서도 그런 태도는 마찬가지라고 했다.

그만큼 성장의 속도는 눈부셨지만, 유베스는 2황자의 그 '맹목성'이 도대체 어디서 기인하는 것인가 염려했다.

그래서 오늘 페레스가 답지 않게 흐트러진 모습을 보이는 틈을 타, 그 맹목성의 줄기를 거꾸로 타 올라가 볼 심산이었다.

"혹시 기다리고 있는 사람이 계십니까?"

자꾸만 궁의 입구 쪽을 바라보던 시선이 생각나 유베스가 물었다.

"……네."

작게 움찔한 페레스가 대답했다.

"누굴 기다리고 계십니까?"

"케이틀린의 귀가를 기다리고 있습니다."

"어째서입니까?"

"……말해 줄 수 없습니다."

줄곧 진실만을 말하던 페레스가 처음으로 대답하기를 거부했다.

세상에서 가장 소중한 비밀을 감추듯, 아직 어린 입술이 고집스레 꾹 닫혔다.

유베스는 일말의 배신감마저 느꼈다.

"말씀해 보십시오."

"싫습니다."

"전하."

"싫다고 했습니다."

페레스는 이제 경계심마저 품고 있었다.

유베스는 그 심중을 떠볼 심산으로 말했다.

"스승의 말을 따르기를 거부했으니, 벌을 드리겠습니다. 위아래 베기 천 번을 하십시오."

"네."

이제는 유베스도 할 말을 잃었다.

케이틀린을 기다리는 이유 하나를 말하기보다는 천 번의 베기를 하겠다니.

고개를 절레절레 저었다.

곧 연무장에는 페레스의 거친 숨소리와 후웅, 후웅 하는 검의 소리밖에 나지 않았다.

그렇게 오백 번이 넘어갈 즈음.

땀범벅이 된 페레스를 등지고 유베스가 타이르듯 말했다.

"어떤 이유에서인지는 모르겠지만, 저는 전하가 걱정됩니다."

후웅, 후웅.

"타인을 향한 이해와 포용이 중요하듯, 자기 자신에게 너그러운 태도를 가지는 것도 중요합니다."

후웅, 후웅.

"제가 그동안 지켜봐 온 전하께서는 그 점이 부족하십니다. 언제나 모든 면에서 완벽할 필요는 없습니다. 사람은 모름지기……."

이상했다.

규칙적으로 들려오던 검이 바람을 가르는 소리가 더 이상 들리지 않았다.

의아해하며 돌아선 유베스의 눈에 전속력으로 달리고 있는 페레스의 모습이 들어왔다.

한 손에는 검을, 다른 한 손에는 검집을 들고 어딘가를 향해 미친 듯이 달려가는 옆모습이었다.

"저, 전하?"

처음이었다.

페레스가 저렇게 침착성을 잃은 모습은.

아니, 조금 전 붉은 루비를 떠올리게 했던 영롱한 두 눈에는 언뜻 광기 같은 것마저 비쳤다.

그리고 페레스가 뛰어가는 쪽에는 막 포이락궁에 들어서는 마차 한 대가 있었다.

유베스는 어이가 없어 그 모습을 멍하니 서서 지켜봤다.

부리나케 달려가 마차 앞에 선 페레스는, 발판이 놓이고 마차 문이 열리는 그 짧은 순간에도 가만히 있지 못했다.

검을 얼른 검집에 집어넣고 흙과 땀투성이인 손을 연신 바지에 문질러 닦았다.

드디어 마차 문이 열리고, 포이락궁 시녀장인 케이틀린이 사뿐히 땅을 밟았다.

그리고 바로 앞에 서 있는 페레스를 발견한 그녀가 살포시 웃더니, 들고 있던 손가방에서 무언가를 꺼내 건네주었다.

"편지……?"

분명 분홍색의 자그마한 편지 봉투였다.

그리고 그것을 받은 페레스의 얼굴에 옅게나마 미소가 번졌다.

붉은 입술이 보기 좋은 호선을 그리고, 날카로운 눈매가 둥그렇게 굽어지는.

분명한 미소였다.

"하……."

유베스는 처음 보는 페레스의 미소에 자기도 모르게 헛웃음을 지었다.

저기 저 기뻐서 어쩔 줄을 모르는 순수한 소년은 도대체 누구란 말인가.

가만히 서 있던 것도 잠시.

페레스는 편지를 들고 궁 안으로 뛰어 들어가 버렸다.

언제나 몸에서 떼지 않는 검까지 내팽개친 채로.

바닥에 나뒹구는 검을 본 유베스가 허탈하게 중얼거렸다.

"뭐, 다행이라면 다행이군."

"아가씨, 저 오늘 여기서 자고 가면 안 될까요?"
"안 돼."
"왜요오. 남는 방 많잖아요."
"멀쩡한 집 두고 왜 남의 집에서 자? 얼른 돌아가."
"히잉, 아가씨 너무하셔……."
로릴이 어깨를 축 내리고 입술을 삐죽였지만 나한테는 안 통한다.
지난번에 한번 아무 생각 없이 허락했다가, 결국 잠들기 직전까지 로릴의 수다를 들었어야 했던 때를 떠올리면…….
나는 나도 모르게 몸을 부르르 떨었다.
"히잉. 그럼 내일 일찍 올게요."
그렇게 말한 로릴이 나에게 꾸벅 인사를 하고 밖으로 나갔다.
재 내일 휴일인데.
알고 있는 거겠지?
하지만 한번 불러 세웠다간 정말로 여기서 재워야 할지도 모른다.
나는 마침내 찾아온 고요함을 즐기기 위해 혼자 있는 응접실 소파에 벌러덩 드러누웠다.
로릴에게 이것저것 도움을 받는 덕분에 하루가 굉장히 편해지기는 했지만, 가끔은 혼자 있는 시간이 필요할 때도 있는 법이다.
나는 여유롭게 눈을 감았다.
하지만 고요는 오래가지 않았다.

쾅—!

커다란 소리와 함께 문이 열린 것이다.

"로릴, 또 뭘 놓고 갔…… 아빠?"

문손잡이를 잡고 가쁜 숨을 헉헉거리고 있는 것은 분명히 아버지였다.

나는 놀라서 자리에 일어나 앉았다.

"티, 티아야……."

아버지가 내 이름을 부르면서 비틀비틀 걸어온다.

그리고 내가 앉아 있는 소파 앞에 멈춰 서더니 털썩, 무릎을 꿇었다.

나와 눈높이가 비슷해진 아버지의 얼굴이 울먹이고 있었다.

"아, 아빠가…… 아빠가……."

몇 번을 달싹이던 아버지가 겨우 다음 말을 이었다.

"아빠, 훈장 받는대!"

"와아, 건국일 훈장이요?"

"그래! 황궁에서 의복점으로 사람을 보냈더구나!"

매해 건국일에 황제는 훈장을 수여한다.

훈장을 받는 대상은 정말로 황제 마음대로다.

역대 황제들 중에는 자기 아들인 황자에게 훈장을 내린 사람도 있었다.

훈장의 내용도 다양했다.

명패를 내리기도 하고 황가의 별장 중 하나를 통 크게 하사한 경우도 있었다.

"기성복을 만들어서 제국민들의 건강을 지키는 데 이바지했다고……."

아버지가 믿기지 않는 듯, 자기 볼을 꼬집으면서 중얼거렸다.

"아빠 최고예요!"

나는 멍한 아빠의 볼에 뽀뽀하면서 더 기뻐해 줬다.

사실 이미 알고 있었다.

올해 건국제 훈장의 수여자가 아버지라는 건.

요바네스 황제는 이미 석 달 전에 자기 의중을 할아버지에게 전했고, 클레리반이 그 사실을 나에게 말해 주었기 때문이었다.

괜히 페레스에게 조만간 볼 수 있을 거라고 편지에 쓴 게 아니다.

게다가 올해 건국제는 더욱더 특별할 예정이었다.

제국보다 그 역사가 오래된, 각 지역을 꽉 잡고 있는 엄청난 가문들이 연회에 참석하기 위해 얼마 전 황도에 도착했다는 소식을 클레리반이 가져왔다.

남쪽의 서셔우, 동쪽의 루만, 서쪽의 앙게나스, 그리고 북쪽의 아이반.

근 몇십 년의 황실 연회 중에 이번만큼 성대하고 귀한 손님들이 많이 참석한 연회가 또 있었을까.

"당장 삼 일 후 건국제 연회에 참석하라고 했으니까……. 뭘 준비해야, 아니 그것보다 우리 티아 입을 옷부터……."

아버지는 여전히 횡설수설하면서 내 옷부터 챙겼다.

상을 받는 건 내가 아니라 아버지인데 말이다.

"저는 갤러한 의복점 옷을 입고 갈래요!"

내가 외친 말에 아버지는 놀라 눈이 동그래졌다.

"하지만 티아, 의복점의 옷은……."

아버지가 잠시 말을 골랐다.

"황궁 연회에 입고 가기에는 조금……. 이번에 샤나넷 고모가 선물해 준 옷을 입는 것은 어떻겠니?"

기성복을 입고 황궁 연회에 갔다가 내가 놀림을 받을까 봐 걱정이 되는 것 같았다.

어찌 보면 당연한 우려였다.

기성복은 평민들의 옷이었으니까.

항상 헐벗고 추웠던 그들에게 기성복이란 것을 만들어 줬다는 이유로 아버지가 훈장을 받는 것만 보더라도 알 수 있었다.

하지만 나는 고집을 꺾지 않았다.

"저는 아빠가 만든 옷을 입고 갈 거예요!"

"티아야……."

아버지는 나를 꼭 안아 주었다.

나의 지극한 효심에 감동한 것 같았다.

"고맙다, 티아."

아버지는 또 울먹이며 내 등을 토닥토닥 두드린다.

"누구 딸이 이렇게 예쁠까……."

나도 아버지를 꽉 안아 주었다.

기분이 좋아서 웃음이 절로 난다.

황궁 연회라니.

아동복 홍보하기에 딱 좋은 기회잖아.

"폐하께서 기다리고 계십니다."

황제의 시종장이 다가온 페레스에게 조용히 말했다.

아직 해가 겨우 얼굴을 내민 이른 시각.

요바네스는 달에 한 번쯤 페레스를 불러 아침 식사를 함께했다.

남들은 그것을 보고 '폐하께서 둘째 황자님을 매우 아끼신다'라고 하는 것 같았지만 글쎄.

페레스는 이것이 차라리 감시에 가깝다고 생각했다.

마지못해 거둬들인 반쪽짜리 황자가 엄한 마음을 먹지 않는가 검사하는.

안으로 들어서자 황제는 이미 식사 중이었다.

그 흔한 인사도 없이, 곁눈질로 페레스가 온 것을 확인한 요바네스는 식사를 멈추지 않았다.

페레스도 익숙하게 한 자리 떨어진 곳에 자리를 잡고 앉았다.

이윽고 황제가 먹는 것과 같은 메뉴의 훌륭한 음식이 차려졌다.

그것을 물끄러미 보면서 페레스는 포이락궁에 처음 들어가던 날을 떠올렸다.

곰팡이가 핀 음식에 익숙해져 가고 있을 때, 처음으로 '황자다운' 식사가 뭔지 알게 되었던 날.

해가 지니 촛불이 켜지고, 밤새 벽난로가 피워진 밤이 얼마나 따듯한지 깨닫게 되었던 날.

지펴진 불보다 뜨거운 분노가 들끓었던 날.

그날의 기억에 페레스를 웃게 하는 것은 오로지 피렌티아뿐이었다.

"오러의 지속 시간이 눈에 띄게 늘었다고 들었다."

피렌티아를 떠올리던 페레스에게 황제가 말했다.

"……예."

"그렇군."

황제에게 하는 대답이라기엔 터무니없이 짧았지만, 요바네스는 개의치 않았다.

페레스가 보이는 엄청난 검술 재능에 마음이 크게 쏠려 있는 탓이었다.

검술 선생이 시종장에게 올린 보고서를 처음 읽었을 때, 요바네스는 제 눈을 의심했다.

겨우 열세 살의 나이에 오러를 한 시간 동안 유지할 수 있는 실력자라니!

지금까지 제국 역사를 통틀어 그런 검사는 없었다.

열세 살이면 체력 훈련만 끝까지 따라가도 재능이 있다고 평가받는 나이였다.

비슷한 예로 1황자 아스타나가 있었다.

페레스보다 훨씬 어린 나이부터 검을 잡아 온 아스타나는, 얼마 전 열다섯의 나이로 기본기 훈련을 마치고 오러를 위한 이론 수업을 시작했다.

진도가 빠른 편이었다.

그런 아스타나를 보며 제국의 귀족들은 '황실의 미래가 밝다'고 했다.

그동안 페레스의 성취는 오로지 요바네스와 검술 선생만 알고 있었다.

아니, 검술 선생은 처음부터 롬바르디의 추천을 받고 발탁한 자이니 룰락 또한 보고를 받고 있으리라.

그러나 그들을 제외하고는 페레스는 여전히 잊힌 황자였다.

일거수일투족이 중계되다시피 하면서 귀족들의 관심을 받는 아스타나와는 전혀 달랐다.

그들은 겨우 페레스의 존재만을 알 뿐이었다.

"페레스."

요바네스의 부름에 페레스가 식기를 내려놨다.

"이번 건국제 연회에 참석해라."

페레스의 붉은 눈이 의문을 담고 황제를 바라봤다.

요바네스는 그 눈동자를 보며 이제는 얼굴도 기억나지 않는 페레스의 어미가 저런 붉은 눈을 가지고 있었던가 했다.

"……좋은 생각이 아닌 것 같습니다."

잠시간의 고민 끝에 나온 것은 완곡하지만 명백한 거절이었다.

페레스가 황명을 '거절'할 것이라고는 생각도 하지 못한 요바네스는 당황했다.

그동안 보이지 않는 곳에 가려져 살았으니 마침내 양지로 나올 기회에 뛸 듯이 기뻐할 것이라고 생각했다.

한데 페레스의 얼굴에는 별다른 감흥이 없었다.

귀찮아하는 기색까지 있었다.

"2황자로 인정받을 수 있는 자리다."

요바네스가 마지막으로 경고하듯 말했다.

"인정이 필요합니까?"

"……뭐?"

되물음에도 페레스는 더 설명하지 않고 고집스레 입을 꾹 다물어 버렸다.

황제는 그 모습을 물끄러미 보다가 혼잣말처럼 중얼거렸다.

"네놈, 날 닮았군."

순간적으로 페레스의 눈에 감출 수 없는 불쾌함이 스쳤지만, 자신만의 생각에 몰두해 있던 요바네스는 그것을 보지 못하고 계속해서 말했다.

"그래, 너는 그깟 귀족들의 인정이 없이도 내 핏줄이지. 이 램브루 제국의 2황자다."

페레스가 말한 '인정'은 요바네스가 이해한 것처럼 비단 귀족들의 인정만을 말한 게 아니었다.

황제의 인정도 필요하지 않다는 뜻이었다.

실제로 황제가 페레스가 살아 있는지 죽었는지 신경 쓰기 시작한 것은 채 3년도 되지 않았으니까.

그전에는 페레스가 죽기만을 바라는 황후에게 던져두었다.

어쩌면 황제도 하룻밤의 실수가 그렇게 사라지기를 바랐을지도.

하지만 요바네스는 그 말을 상당히 다른 뜻으로 받아들인 모양이었다.

"그건……."

페레스가 오해를 정정하려고 했지만 황제의 말에 가로막혔다.

"하지만 황제인 나의 인정을 받는 황자가 아스타나 혼자만이 아니라는 것을, 귀족들도 알 필요가 있다."

아스타나.

1황자의 이름에 페레스의 눈빛이 변했다.

그것을 눈치챈 요바네스가 비릿하게 웃었다.

"그래, 너도 그 점에는 동의하는 모양이로군."

사실 온전히 페레스의 이익을 위해서라면 이대로 몇 년 더 숨어

지내는 것이 좋다.

아스타나가 가지고 있는 외가 앙게나스의 막대한 힘을, 페레스는 가지지 못했으니.

후견인으로 룰락 롬바르디를 두고는 있지만 그것은 황제와 룰락 사이의 거래일 뿐이었다.

그러니 이대로 조용히, 스스로의 힘을 더 키우는 것이 좋았다.

하지만 그것은 페레스를 위한 길이다.

요바네스를 위한 길이 아니었다.

"건국제는 예부터 여러모로 특별한 의미를 가지지."

얼마 전 앙게나스가 금괴 10관을 바쳤다.

앙게나스가 페레스의 존재를 견제하며 요바네스에게 잘 보이기 위해 취한 행동이었다.

이번 건국제에서 페레스를 전면에 내세운다면 앙게나스는 신경을 써야 할 것이다.

고작 금괴 10관보다는 더욱더.

"올해는 더욱 그러하다. 갤러한 롬바르디가 훈장을 받기 위해 입궁할 테니 연회에 참석하는 귀족들도 예년의 배는 되……."

"참석하겠습니다."

페레스가 대뜸 말했다.

조금 전까지는 영 뚱한 얼굴이더니, 지금은 눈에서 빛까지 난다.

'욕심은 있는 모양이군.'

요바네스는 고개를 끄덕이며 냅킨으로 입을 닦았다.

페레스가 '갤러한 롬바르디'라는 이름을 들은 것만으로 벼락같이 태도를 바꿀 것이라고는 생각지도 못했기 때문이었다.

건국제 기념일 연회가 있는 날.

나는 로릴의 도움을 받아 준비를 마쳤다.

"그래, 이거야."

나는 거울 앞에서 몸을 살랑살랑 움직여 보면서 만족스레 웃었다.

"와아, 아가씨, 너무 귀여우세요!"

"그렇지?"

보통 내 나이 또래의 애들은 어른이 '귀엽다'라고 하면 싫어한다.

하지만 그 애들이 뭐라고 생각하든, 어른이 보기에 귀여워 보이면 장땡이다.

아동복을 사는 것은 어른들이거든.

이번에 론칭한 아동복을 홍보하기 위해서 내가 선택한 옷은 밤색의 얌전한 드레스였다.

내 초록색 눈을 돋보이게 하면서도 단정해 보이는, 딱 어른들이 자식에게 입히기 좋아하는 스타일 말이다.

그러나 그게 전부는 아니었다.

단색의 드레스 안에는 미색의 실크 블라우스를 입었고, 금사로 화려한 꽃이 수놓아진 녹색 비단을 갈색 드레스 옷단을 따라 덧대어 바느질했다.

자칫 밋밋해 보일 수 있는 갈색 원단에는 자잘한 에메랄드를 붙였고, 알이 손가락 마디보다 굵은 진주로 만든 로사리오를 사용해 허리를 한 번 묶어 드레스의 볼륨을 더욱 풍성하게 만들었다.

거기에다 소매에는 둥그렇게 모양 잡힌 흰색 레이스를 달아 놓으니 기성복이라고 생각할 수 없을 정도로 화려하고 아름다운 드레스가 탄생했다.

비록 시작은 남들과 비슷하지만, 원하는 액세서리와 각자의 패션 센스를 발휘해서 얼마든 남다른 모습으로 변화시킬 수 있는 게 기성복의 매력이었다.

물론 여기서 방점은 단조로운 기성복이 원래 어떻게 생겼는지 모두가 아는 것에 찍힌다.

원형을 알아야 내가 얼마나 비싼 장신구를 사용했고, 미적 감각을 발휘해 예쁜 디자인으로 바꿨는지 사람들이 알 수 있으니까.

뭐든 뽐내기를 좋아하는, 돈과 시간은 많고 할 일은 적은 귀족들의 경쟁심을 자극하기에 딱 좋은 소재였다.

"완벽해."

로릴이 정성 들여 땋아 준 반묶음 머리에 아주 새빨간 루비로 만든 머리핀을 꽂으니 거울 속의 내 모습은 내가 봐도 귀여웠다.

아버지가 만든 갤러한 의복점의 기성복에 롬바르디의 재력이 합쳐진, 그야말로 완벽한 연회용 드레스였다.

"어때, 로릴? 비싸 보여?"

"아가씨, 여기 붙은 이 에메랄드 하나만 해도 얼마인지 아세요? 아마 오늘 연회에서 아가씨만큼 좋은 옷을 입은 사람은 없을걸요?"

"그럼 됐어."

기성복은 싸구려라는 인식을 바꾸기 위해서 일부러 더 화려하게 꾸몄다.

"아아, 저는 이제 죽어도 좋아요."

로릴이 공들인 내 머리카락을 더 정성스레 만져 주면서 황홀한 듯 말했다.

"우리 아가씨가 이렇게 자라셔서 연회에 가시는 모습을 보다니."

누가 보면 네가 날 키운 줄 알겠다.

하지만 날 아껴 주는 로릴의 마음을 잘 알아 웃음이 났다.

"오늘 아가씨 너무 예쁘세요. 연회에서도 난리가 날걸요?"

"그 정도는 아니야. 과장하지 마."

"아니에요! 아가씨는 아가씨가 얼마나 예쁘신지 자각이 없으세요! 그 점이 더 귀엽기는 하지만……."

로릴이 '우우' 하면서 나를 깨물고 싶다는 듯 바라봤다.

"게다가 오늘은 어떻게 보면 아가씨가 처음으로 외부에 모습을 보이는 날이잖아요?"

"그런가……?"

그러고 보니 로릴의 말이 맞았다.

정식으로 사교계 데뷔를 하기 전에도 이곳저곳 연회를 부지런하게 다니는 내 사촌들과는 달리, 나는 한 번도 그런 자리에 참석한 적이 없었다.

아버지가 워낙 그런 것에 관심이 없기도 했고, 최근에는 얼굴도 겨우 볼 정도로 바빴으니까.

샤나넷이 함께 가자고 권유를 하기는 했지만 매번 거절했다.

"라라네 님이 얼마 전 사교계 데뷔를 한 이후로 한동안 얼마나 떠들썩했었는데요! 롬바르디의 아가씨가 미모까지 겸비했다고요! 하지만 정말로 제가 아가씨를 모셔서가 아니라, 라라네 님보다는 우리 아가씨가 훨씬 예쁘고 귀여우시니까……."

로릴은 '제가 직접 보지 못하는 게 너무 아쉽네요'라고 말하면서 깊게 한숨을 쉬었다.

"나중에는 같이 지겹게 연회에 다녀야 할 텐데, 뭐."

내가 툭 던진 말에 로릴의 얼굴에 뽀얀 웃음꽃이 핀다.

"맞아요. 그럴 거예요."

마지막으로 거울을 보면서 다시 체크를 한 후, 나는 방을 나섰다.

응접실에선 아버지와 할아버지가 차를 마시며 나를 기다리고 있었다.

"아가씨 준비가 다 끝났습니다."

로릴의 목소리에 두 분이 고개를 들었다.

그리고.

"흡."

아버지가 나를 보더니 입을 틀어막았다.

그 옆에 앉아 있는 할아버지는 인상을 찌푸렸다.

미간에 주름이 깊게 잡힌 게 아무래도 심상치 않았다.

뭐야, 로릴은 분명히 예쁘다고 했는데.

덜컥 불안한 마음이 들었다.

"아빠? 할아버지?"

내 목소리에 두 사람이 '얼음, 땡' 한 것처럼 움직이기 시작했다.

"티아야……."

아버지가 달려와 나를 와락 껴안았다.

금방이라도 울 것 같기도 하고 웃음을 터뜨릴 것 같기도 한 오묘한 얼굴이었다.

"우리 딸, 너무 예쁘다."

내 착각이 아니었다.

"언제 이렇게 컸지."

아버지의 목소리에는 확실히 물기가 배어 있었다.

나는 몸을 떼어 내 아버지의 얼굴을 바라봤다.

아버지의 눈동자는 분명히 나를 보고 있었지만.

얼굴의 윤곽을 맴도는 시선에서, 그리고 내 눈을 깊게 들여다보는 시선에서 느낄 수 있었다.

지금 아버지는 내 얼굴에서 어머니의 모습을 보고 있다는 것을.

내 기억에는 없지만, 아버지에게는 바로 어제의 기억처럼 선명한 얼굴일 것이다.

"지금도 이렇다면, 나중에 아이가 사교계에 데뷔할 때는 볼만하겠구나."

뒷짐을 지고 다가온 할아버지가 아버지의 모습을 보고 농담조로 말했다.

"사, 사교계 데뷔……. 흡."

생각만 해도 감정이 복받치는지, 겨우 진정이 되어 가던 아버지가 벌떡 일어나 등을 돌리더니 결국 미간을 잡았다.

"피렌티아."

아버지가 떠난 자리에 할아버지가 다가왔다.

그리고 여전히 주름 잡힌 미간으로 말했다.

"오늘 연회에 가면 이 할아버지나 갤러한 옆에 딱 붙어 있거라."

"네, 할아버지."

"혹시 이상한 녀석들이 와서 말을 걸면, 그냥 무시하면 된다."

"네, 할아버…… 네?"

습관적으로 고개를 끄덕이며 대답하고 있자니 뭔가 좀 이상하다.

"그래도 귀찮게 굴면 발로 뻥 차 버리거라. 뒤처리는 이 할아버지에게 맡기고."

그리고 작게 중얼거리는 말이 붙는다.

"녀석, 어쩌자고 이리 귀엽게 생겨 가지고 그러누."

아버지도 할아버지도.

두 사람 다 이 정도면 팔불출 병도 중증이지 싶다.

같은 시각, 포이락궁.

페레스의 시중을 들던 케이틀린과 카일러스가 말없이 눈빛을 교환했다.

점심을 먹고 모두가 나른해지는 시각.

언제나와 다름없이 책을 펼쳐 들고 있는 페레스였지만, 분위기가 달랐다.

카일러스는 아침부터 잔뜩 긴장하고 있는 페레스를 걱정스런 눈으로 바라봤다.

남들이 들으면 겉으로 보기엔 평소 같은 무표정한 얼굴의 페레스가 어딜 봐서 긴장을 했냐고 묻겠지만, 카일러스는 벌써 한 시간째 움직이지 않고 있는 책장을 눈에 담았다.

케이틀린도 그 모습을 바라보다가 조용히 다가서며 말했다.

"황자님, 정 그렇게 마음이 불편하시면 잠시 나가서 산책이라도 하고 오시는 것이 어떠시겠습니까. 아직 연회가 시작되는 일몰까지는 긴 시간이 남아 있습니다."

카일러스 또한 거들었다.

"아니면 좋아하시는 초콜릿 쿠키라도 올릴까요?"

탁.

결국 둔탁한 소리를 내며 페레스가 들고 있던 책이 닫혔다.

"긴장한 것…… 티나?"

"예."

"후우."

페레스가 〈브라운 검법서〉 책의 모퉁이를 매만지면서 작은 한숨을 쉬었다.

"긴장하실 만합니다. 처음으로 공식 석상에 나서시는 자리이고……."

카일러스가 페레스를 달랬다.

열세 살답지 않게 마음의 동요가 적은 분이시지만, 오늘만큼은 그 누구더라도 긴장할 만한 날이었다.

"사실 건국제 연회라고 하지만 그리 특별할 것은 없습니다. 그저 황제 폐하와 함께 입장하셨다가 얼굴을 보이고 돌아오시면 됩니다."

"저와 카일러스가 전하의 바로 곁에 있을 것입니다."

얼마나 부담이 되실까.

존재마저도 잊혔다가, 사람들의 앞에 램브루 제국의 2황자로서 처음 서는 그 마음이.

아직 어린 황자님이 오롯이 혼자 견뎌 내기엔 너무나 큰 부담감이고 마음의 짐이었다.

그런 두 사람의 안쓰러운 얼굴을 가만히 보고 있던 페레스가 말했다.

"연회에 대한 걱정은 아닌데."

"그, 그럼…… 혹 황후마마에 대한 걱정이십니까?"

카일러스가 조심스레 물었다.

생각해 보니 연회 말고도 황자 전하께서 긴장할 만한 것이 또 하나가 있었기 때문이다.

이제 그도 알고 있었다.

어째서 어린 페레스가 쓰러져 가는 별궁에 혼자 남아 있었던 것인지, 그리고 처음 만났던 날 그리도 왜소한 몸을 가지고 있었는지.

다행히 포이락궁으로 옮기고 나서 페레스가 황후와 마주치는 일은 없었다.

황후는 여전히 페레스를 없는 사람 취급했고, 황실의 모든 행사에서 페레스를 제외시켰다.

과거와 달라진 것이라고는 페레스가 별궁 대신 포이락궁에 살고 있다는 것과, 방치된 삶 대신 황자로서 제대로 교육받고 보살핌을 받으며 살아가고 있다는 것이었다.

그러니 페레스에게 황족으로서의 일정은 달에 한 번씩 황제와 식사를 하는 일이 전부였다.

"황후마마가 황자님이 연회에 참석한다는 것을 모르고 계시기는 할 겁니다. 하지만 그렇다고 하더라도 모두가 보는 앞에서 어쩔 만큼 무모한 분도 아니……."

"그것도 아니야."

페레스가 고개를 가로저었다.

보다 못한 케이틀린이 말했다.

"황자님, 그렇다면 어떤 것이 불편하신지 말씀을 해 주시면 저희가……."

"티아."

"……네?"

"티아가 연회에 오잖아."

그 말을 툭 던진 페레스가 다시 책을 펼치고 고개를 숙였다.

결 좋은 까만 머리카락 사이로 살짝 보이는 귀가 빨개져 있었다.

"그러니까……."

카일러스가 자신의 귀를 믿지 못하고 되물었다.

"수백의 귀족들 앞에 서는 연회도 아니고, 황후마마를 다시 보게 되는 것도 아니라, 피렌티아 아가씨를 만나는 것이 긴장되신다는 겁니까?"

페레스의 고개가 작게 한 번 끄덕인다.

그리고 조그마한 목소리로 말했다.

"……오랜만에 보는 거니까."

그렇게 대답한 페레스는 다시 책 속으로 도망쳐 버렸다.

결국 연회장으로 출발하기 전까지 책장은 또 그대로 멈춰 있었다.

할아버지의 롬바르디 가주 전용 마차를 타고 우리는 황궁에 도착했다.

요바네스 황제는 이번에 황실의 호화로움을 보여 주겠다, 아주 마음을 단단히 먹은 것인지 건국제 연회의 스케일이 달랐다.

황제궁이나 황후궁의 대연회장을 사용하던 예년과는 달리, 올해는 아예 커다란 별궁을 통째로 연회를 위해 꾸몄다.

연회장의 밝은 불빛이 저 멀리서도 보일 정도였다.

황궁 정문에서부터 연회장까지의 길 위에 연회에 참석하려는 귀족들의 마차가 길게 줄을 서 있는 모습도 장관이었다.

그러나 롬바르디의 문장을 달고 있는 마차는 그 긴 줄을 모두 무시하고 고속도로를 달리는 것처럼 빠르게 연회장 앞에 멈춰 섰다.

마부가 마차의 발 받침을 준비하는 동안 창문으로 밖을 바라본 나는 한 가지를 깨달았다.

"역시 롬바르디가 짱이야……."

황실 연회에 초대되어 올 정도라면 나름 세력 있는 귀족 가문들일 것이다.

그리고 황궁에 오는데 다들 얼마나 만반의 준비를 했을까.

그런데 그런 가문의 마차들도 롬바르디 마차의 옆에 서니 초라하기 그지없다.

어딘가 크기도 작고, 견고해 보이지도 않았다.

마차의 문이 열리기 직전, 할아버지가 나를 돌아보더니 말했다.

"할아버지가 한 말 기억하거라. 그냥 발로 차 버려."

"그래, 티아야. 그리고 아빠를 부르렴."

이제는 아버지까지 가세했다.

다행히 우리의 대화는 마부가 문을 열면서 끝났다.

먼저 할아버지가 내렸고, 그 뒤를 아버지가 따랐다.

그리고 나는 아버지의 에스코트를 받아 제일 마지막으로 내렸다.

땅에 발을 딛자 시원한 밤공기와 함께 연회장 안에서 흘러나오는 감미로운 음악의 선율이 들려왔다.

사실 나도 이렇게 성대한 연회에 참석하는 것은 저번 생, 이번

생을 통틀어 처음이라, 사실 조금 긴장했다.

나는 한 손에는 아버지의 손을 그리고 반대쪽에는 할아버지의 손을 잡고 걸었다.

그것뿐이었다.

누군가가 우리의 도착을 커다란 목소리로 알린 것도 아니고, 그저 연회장을 향해서 몇 걸음 걸었을 뿐이었다.

그런데 우리가 한 걸음을 디딜 때마다 변화가 일었다.

한 사람, 두 사람씩.

마치 소문이라도 난 것처럼 우리를 돌아봤다.

그리고 연회장 문 앞에 도착했을 즈음엔 모두의 시선이 우리에게 집중되어 있었다.

그렇게 무거운 드레스 자락처럼 사람들의 시선을 줄줄이 달고 연회장 안으로 들어서니 상황은 더욱 흥미로워졌다.

거대한 공간을 가득 채운 사람들이 바다가 갈라지듯 길을 비키더니, 가지각색의 감정을 담은 얼굴로 우리 세 사람을 바라봤다.

"롬바르디 가문이다……."

누군가가 중얼거린 소리가 내 귀에 선명하게 들릴 만큼, 연회장 안은 어느새 조용해져 있었다.

그런데 이상했다.

그렇게 많은 사람들이 우리를 주시하고 있음에도 정작 다가오는 사람은 없었다.

다들 몇 발자국 떨어져서 자기들끼리 소곤거렸다.

할아버지는 이런 상황이 익숙한 듯 여유로운 표정으로 좌중을 둘러보는 모습까지 보였다.

그리고 할아버지와 눈이 마주친 이들은 하나같이 눈을 피하거나 고개를 숙인다.

마치 맹수를 만난 것 같은 반응이었다.

한편 여성 귀족들은 아버지에게서 눈을 떼지 못하고 있었다.

나는 오른손을 잡고 있는 아버지를 올려다봤다.

다른 남자들보다 큰 키와 마른 듯 날씬한 골격, 흰 피부, 어깨 정도까지 내려오는 결 좋은 갈색 머리칼을 하나로 묶은 모습이 군중 속에서도 군계일학이다.

특히 속눈썹이 긴 상냥한 녹색 눈동자가 연회의 불빛에 반짝반짝 빛난다.

한마디로 정의하자면 '분위기까지 따듯한 미남자'랄까.

올려다보는 나의 시선을 느낀 것인지 아버지가 나를 내려다봤다.

그리고 편안한 미소를 지어 보였다.

아마도 긴장하지 않아도 된다는 뜻인 것 같았다.

그러나 그 미소가 긴장 완화의 효과를 보인 것은 내가 아니라 아버지를 보고 있던 여자들이었다.

여기저기서 아버지의 웃는 얼굴에 다리가 풀린 여자들이 비틀거리는 것을 보니.

그리고 놀랍게도 아버지와 할아버지만큼이나 주목받고 있는 내가 있었다.

"저 아이가, 갤러한 롬바르디의 딸인가 봐요?"

"어머, 귀여워라. 역시 롬바르디의 아이들은……."

"아빠를 똑 닮았네요!"

다행히 첫인상에 대한 반응은 좋다.

그런데 바로 다른 말들이 들렸다.

“외동딸이라지요?”

“지금으로선 유일한 상속자죠.”

아버지가 기성복 사업으로 어마어마한 자산가가 되니 저런 말까지 나온다.

그리고 한 무리의 노부인들 옆을 스쳐 갈 때는 이런 말도 들렸다.

“갤러한의 딸이 무척이나 총명해서 가주의 예쁨을 한 몸에 받는다던데.”

“지금까지 롬바르디 가주가 직접 데리고 연회에 참석한 후계들이 있던가요?”

“이제 열 살쯤 되었을 텐데. 내 손자와 마침 비슷한 또래네요.”

그리고 내가 기다리던 반응들도 있었다.

“저 드레스는 누구의 작품일까요? 처음 보는 디자인인데…….”

“나중에 알아봐야겠어요. 참 귀엽네…….”

“저기 달린 보석들 좀 봐요. 세상에, 요즘 제국의 돈은 롬바르디와 갤러한 의복점이 다 번다더니…….”

역시 누군가의 시기와 질투의 대상이 된다는 건 좋다.

이 기분 최고야, 짜릿해.

그렇게 사람들이 홍해처럼 갈리며 생긴 길을 따라 계속 걷다 보니 그 끝에 서 있는 사람이 있었다.

화려한 금발이 돋보이는 청색 드레스를 입고 있는 황후 라비니였다.

사교계의 중심이 되는 것을 즐기는 그녀답게 황제와 따로 도착해 이미 연회를 즐기고 있었다.

우리가 황후에 가까이 다가갈수록, 주변의 공기도 단단히 긴장되는 것이 느껴졌다.

이제 알 사람들은 다 알고 있다.

롬바르디와 앙게나스의 사이가 무척이나 좋지 않다는 것을.

할아버지가 공개적으로 페레스의 후견인이 되고 난 다음에는 한동안 사교계가 그 일로 떠들썩했을 정도였다.

이렇게 사람들이 모인 연회에서 앙게나스의 황후와 롬바르디의 가주가 부딪치면 어떻게 될까 다들 침을 꿀꺽 삼키고 있는 것이다.

그런데 그때, 모두를 놀라게 한 일이 벌어졌다.

"오늘 연회의 주인공이 왔군요."

황후가 아름답고 무해한 미소를 지으며 먼저 우리에게 다가왔기 때문이었다.

두 집안 간의 날카로운 설전이라도 기대하던 사람들은 어안이 벙벙해졌다.

하지만 할아버지는 라비니가 그렇게 나올 거라 예상이라도 했던지, 마찬가지로 세상 인자하게 웃으며 인사했다.

"이렇게 아름답고 성대한 연회를 준비해 주어서 고맙습니다, 황후."

"롬바르디의 갤러한 경이 폐하의 훈장을 받게 되었는데, 이 정도는 해야지요. 안 그런가요?"

겉모습만 보면 더 이상 사이가 좋을 수 없는 이웃사촌 간이라도 되는 것 같았다.

"오랜만에 뵙습니다, 황후마마."

아버지가 먼저 인사했다.

마지막으로 아버지가 황후와 얼굴을 마주했을 때, 상황은 그리 좋지 못했다.

황후는 기사들을 이용해 맹약을 깨면서까지 아버지의 기선을 잡으려고 했고, 아버지는 그런 황후의 행동을 황제에게 정식으로 항의하기까지 했으니까.

하지만 부드럽게 웃으며 아버지의 인사를 받는 황후의 모습에서는 그런 낌새를 전혀 느낄 수 없었다.

이어 황후가 아버지의 옆에서 인사하는 나를 바라봤다.

"못 본 사이에 많이 컸구나, 피렌티아. 몇 년만 더 지나면 아름다운 롬바르디의 아가씨 때문에 사교계가 들썩거리겠어."

그렇게 말한 라비니가 할아버지에게 물었다.

"롬바르디의 아이들은 예로부터 혼처를 빨리 정한다지요? 피렌티아는 어떤가요?"

순간 웃고 있는 할아버지의 눈이 싸늘하게 식는 것이 보였다.

방금 황후의 발언은 주변을 둘러싸고 있는 관중들을 이용하는 정치적인 발언이었다.

마치 황후가 아스타나의 짝으로 나에게 관심이 있는 것처럼 보이게 하려는 의도가 담긴.

"……그것도 옛날이야기지. 내 손자, 손녀들은 그럴 필요가 없다오."

이번에는 황후의 얼굴이 굳어졌다.

'네 아들 따위 필요 없다'라는 말을 면전에서 들었으니 그럴 만도 하지.

킥킥 하고 웃음이 터져 나올 것 같았지만, 보이지 않는 칼날이 오가는 대화는 거기서 끊겼다.

황제가 연회장에 도착했기 때문이었다.

음악이 멈추고 춤을 추던 사람도, 이야기를 나누던 사람도 모두 황제 앞에 머리를 숙였다.

그런데 쥐 죽은 듯 조용했던 장내가 순식간에 술렁이기 시작했다.

요바네스 황제는 혼자가 아니었다.

검은 머리칼의 아름다운 소년 하나를 데리고 걸어오고 있었다.

큰 키에 눈에 띄게 고급스러운 옷을 입고 있으며, 모두를 아래로 두는 무표정한 얼굴은 보는 사람으로 하여금 쉬이 눈을 뗄 수 없게 만드는 매력을 가지고 있었다.

사람들은 그 소년의 정체를 금방 유추해 낼 수 있었다.

"어어…… 저, 저분이 설마?"

"2황자 전하?"

사람들은 경악했다.

그동안 모두가 2황자의 존재를 알았지만, 누구도 2황자를 본 사람은 없었다.

그만큼 황후는 황실에서 페레스를 철저하게 제외시켰고, 또 황제는 그렇게 두었다.

그런데 오늘 황제는 2황자를 건국제 연회에 참석하게 했다.

그것도 직접 데리고서.

이것이 시사하는 바는 컸다.

당장 황제가 제국의 귀족들에게 두 번째 황자의 존재를 정식으로 소개하는 것이었고, 황후에게는 더 이상 2황자를 배제하지 말라는 말이었다.

나는 슬쩍 고개를 돌려서 황후를 바라봤다.

조금 전 할아버지와의 대화에서 굳어졌던 표정과는 비교도 할 수 없게, 얼굴이 처참하게 일그러져 있다.

파들파들 떨리는 눈꺼풀과 하얗게 질린 얼굴이 얼마나 충격이 큰지 알려 줬다.

아드득.

악문 황후의 잇새에서 무시무시한 소리가 들렸다.

나는 조용히 황후에게서 슬금슬금 멀리 떨어졌다.

그렇게 별궁에 처박아 놓고 독을 먹여 말려 죽이려던 페레스가 동쪽의 번듯한 궁을 받은 것도 모자라 이제 제국의 귀족들 앞에 당당히 황자로서 섰다.

이제 좋든 싫든, 제국의 황후로서 페레스를 더 이상 무시할 수 없게 된 것이다.

게다가 이 모든 것이 믿고 있었던 황제의 의지라는 것이 더 열받겠지.

요바네스 황제는 여러모로 마음에 안 드는 점이 많았지만, 이번만큼은 나이스 샷이었다.

고소하다, 고소해.

황제와 페레스는 황후와 우리가 서 있는 곳으로 걸어오고 있었다.

커다란 요바네스의 덩치에 가려져 있던 페레스의 모습도 이제 보이기 시작했다.

녀석, 많이 컸다.

아직 얼굴은 앳된 티를 벗지 못했지만, 키만큼은 훌쩍 컸다는 게 제일 먼저 눈에 띄었다.

마지막으로 봤을 때는 정말 제 나이로 보이지 않을 정도로 작고 말랐었는데.

카일러스와 케이틀린이 잘 보살펴 줬는지 아주 건강하게 자랐다.

하지만 남들보다 희로애락이 적은 성격만큼은 그대로인 것인지, 무표정한 얼굴은 하나도 변한 게 없었다.

오랜만에 본 조카를 지켜보듯 뿌듯한 마음으로 페레스를 보고 있는데, 문득 우리의 눈이 마주쳤다.

호기심과 경악 그 사이 어디쯤의 눈으로 자신을 바라보는 귀족들을 마찬가지로 무심하게 보던 녀석이 나에게 시선을 고정했다.

그리고 웃으려는 듯 눈매를 휘는 것이 보였다.

안 돼!

우리가 아는 사이이고, 꾸준히 연락까지 하는 사이라는 것은 아직 들키면 안 된다.

물론 케이틀린에게 보고를 받을 할아버지는 알고 계시겠지만, 괜한 걱정을 끼치기 싫어 아버지에게도 말하지 않았단 말이다!

나는 페레스에게 힘껏 눈을 부라렸다.

웃지 마!

아는 척도 하지 말라고!

다행히 페레스는 금방 눈치를 챈 듯했다.

스멀스멀 미소가 피어오르던 얼굴에 잠시 '아차!' 싶은 생각이 스치더니, 금방 원래의 무표정한 얼굴로 돌아갔다.

옳지, 옳지. 잘한다!

그러면서도 녀석은 다른 곳을 바라보거나 하지는 않았다.

내가 시키는 대로 속마음이 드러나지 않는 얼굴로 나를 계속 보고 있었다.

오랜만에 만났으니 반갑다는 인사 정도를 하고 싶은 거겠지.

하지만 인사는 나중에 해도 늦지 않다.

다들 연회에 정신이 팔려 더 이상 보는 눈들이 없을 때.
'오랜만이다' 하는 인사 정도는 그때 해도 되는 일이다.
"갤러한!"
황제가 호탕하게 웃으며 아버지의 이름을 불렀다.
페레스의 친부가 맞나 싶을 정도로 선도 굵고 어딘가 산적 같은 요바네스의 옆에 있자니, 아버지가 정말로 섬세한 미술 조각품같이 보인다.
솥뚜껑 같은 손이 아버지의 어깨를 크게 두드렸다.
"건국제 훈장 정도는 내려야 너의 얼굴을 볼 수 있는 거냐!"
"황공합니다, 폐하."
전에도 느꼈지만, 황제는 참 친한 척을 잘한다.
어찌 보면 속마음을 감추고 능숙하게 연기를 해내는 것이야말로 정치를 하는 사람의 덕목이 아닌가 싶었다.
다른 사람들 모두 들으라는 듯 아버지와 그리고 할아버지와 농담을 주고받는 요바네스를 보면서 한 가지 깨달았다.
의도적으로 황후를 배제한 채 대화가 흘러가고 있었다.
심지어 시선조차도 황후에게 두지 않았다.
조금 전, 하얗게 질렸던 황후의 얼굴이 분노로 붉게 달아오른 것이 보였다.
황제도 참 여우 같은 사람이었다.
정치와는 전혀 거리가 멀 것 같은 얼굴을 하고, 롬바르디와 앙게나스를 양손에 쥐고 저울질하는 모습이라니.
이제 황후와 앙게나스는 황제가 우리 가문에게 힘을 더 실어 줄 것을 경계해서 더 많은 것을 바치고 황제의 비위를 맞추기 위해서 노력해야 할 것이다.

그렇게 어른들의 세계를 감상하고 있는데, 볼 한쪽이 따갑다.

시선이 느껴지는 곳을 바라보니 역시 페레스였다.

녀석은 눈도 한 번 깜빡이지 않고 나를 보고 있었다.

서로 모르는 척을 하려니 답답한 것인지, 하얀 얼굴이 조금 상기되어 있었다.

나도 그런 페레스의 모습이 싫지는 않았다.

그래도 어렸을 때부터 안면을 트고, 조금 도움을 줬다고 나를 저렇게 반가워하다니.

그동안 간간이라도 편지를 주고받은 것이 효과가 있나 보다.

미래를 생각하면 정말 긍정적인 반응이었다.

조금 있다가 어디 가서 초콜릿 쿠키라도 반쪽씩 나눠 먹어야겠다.

그렇게 생각하면서 다시 고개를 돌렸을 때였다. 나의 눈이 우리를 지켜보고 있던 누군가와 마주쳐 버렸다.

요바네스 황제였다.

기묘한 빛을 띠고 있는 눈은 분명히 나와 페레스를 보고 있었다.

아씨, 들킨 건가.

낭패였다.

아직 아무도 나와 페레스가 알고 지내는 사이라는 걸 알면 안 되는데.

나는 얼른 황제의 눈을 피했다.

하지만 느낄 수 있었다.

그 집요한 시선이 한동안 더 내게 머문다는 것을.

그런데 잠시 뒤 내가 다시 바라봤을 때, 황제는 전과 다름없는 얼굴로 아버지, 할아버지와 이야기를 나누고 있었다.

혹시 내가 잘못 봤나?

요바네스는 별생각 없이 준 시선에 내가 지레 겁을 먹었을 가능성도 있었다.

어찌 되었든, 나는 다시는 페레스 쪽으로 시선도 주지 않으려 노력했다.

"그럼 훈장 수여부터 하고 연회를 마저 즐기도록 하지."

요바네스가 모여 있는 귀족들을 돌아보며 말했다.

내 손을 여태 잡고 있던 아버지가 나를 할아버지 곁에 세우면서 다정하게 말했다.

"아빠 잠시 다녀올게."

손이 차가워질 정도로 긴장했으면서도 나부터 챙긴다.

저기 저쪽에 자식들을 자신을 위한 들러리로 만들어 놓고 신경도 쓰지 않는 황제와는 전혀 다른 모습이었다.

나는 아버지를 응원하는 마음을 담아서 볼에 살짝 뽀뽀를 해 줬다.

그것만으로 아버지는 힘이 난다면서 활짝 웃었다.

사람들이 보는 앞에서 요바네스 황제가 단상 위에 서고, 황제의 보좌관들이 훈장을 가져왔다.

중앙으로 걸어가는 아버지의 뒷모습을 보는데 사람들의 시선이 모두 단상 위로 향해 있었다.

그곳에는 당당히 황실의 일원으로 서 있는 페레스가 있었다.

어디에 있다가 나타난 것인지 이제 완전히 사춘기에 접어든 아스타나도 황후의 옆에 있었는데 정말로 똥 씹은 얼굴로 페레스를 노려보고 있었다.

나이가 들어도 표정 관리 못 하는 것은 여전하구나.

그러다 문득, 페레스를 바라봤다.

녀석은 여전히 나를 보고 있었다.

기분이 좋은 것인지, 나쁜 것인지.

그 속마음을 잘 알 수 없는 무표정한 얼굴이, 아스타나보다 백배는 더 황족다웠다.

나는 녀석에게 슬쩍 웃어 주고 다시 단상 쪽으로 얼굴을 돌렸다.

받는 사람에 따라서 훈장의 모습은 제각각인데, 아버지의 훈장은 금으로 만든 커다란 목걸이로 보였다.

그리고 그 뒤에 보좌관 하나가 더 서 있었다.

훈장과 마찬가지로 무언가를 두 손으로 소중히 받치고 있는 모습이었다.

"갤러한 롬바르디는 이리 나오라."

황제의 말에 아버지가 그 앞에 한쪽 무릎을 꿇었다.

"나, 요바네스 카나보앤 램브루 듀렐리는 이번 건국제 훈장을 그대에게 수여한다."

조금 전까지 허허 웃던 것과는 다르게, 낮고 울림통이 큰 목소리가 엄숙히 선언하듯이 말했다.

"누구도 생각해 내지 못한 기발한 시도로 램브루 제국민을 보살피려는 나의 의지에 이바지하였으므로, 이 훈장을 받을 자격이 충분하다."

아버지의 목에 황실의 인장이 박힌 목걸이가 걸렸다.

"또한 그 성과가 매우 훌륭하므로, 훈장과 더불어 갤러한 롬바르디에게 특별한 선물을 내린다."

특별한 선물?

두 번째로 대기 중이었던 관리가 앞으로 나왔다.

그리고 황제의 손에 전해지는 것은 오래된 가죽으로 만들어진 두루마리였다.

요바네스는 그것을 펼쳐 모두에게 보이도록 한 뒤 아버지에게 하사했다.

“갤러한 롬바르디는 오늘부로, 체사유 지역의 주인임을 선포한다.”

허억.

급하게 숨을 들이켜는 것은 나뿐만이 아니었다.

연회장에 모인 모두가 경악했다.

미리 알고 계셨던 듯, 침착한 할아버지와 싱글벙글 웃고 있는 황제를 제외하고.

건국제 훈장이 특별한 의미를 가지기는 했지만, 그간 훈장과 함께 수여된 선물은 제일 큰 것이 별장이었다.

그것도 훈장을 받은 당사자가 죽으면 다시 황실에 반환되는 일종의 별장 이용권 정도가 전부였다.

그런데 영지라니?

그리고 저 가죽으로 만들어진 두루마리는 아무리 봐도 땅문서다.

게다가 체사유 지역은 황실이 직접 다스리는 땅이 아니다.

램브루 제국에서 두 번째로 큰 강인 녹타강 하역이라 곡식 생산량도 높고, 인구 밀도도 높은 그곳은…….

“서셔우 부인이다!”

누군가가 작은 목소리로 외쳤다.

황제의 왼편 뒤쪽, 백발의 노부인은 사람들의 집중되는 시선에도 아랑곳하지 않고 고고한 자태를 잃지 않았다.
베트릭스 서셔우.
나의 할머니, 나탈리아 서셔우의 올케이자 남부의 부호인 서셔우 가문의 가주 역할을 하고 있는 노부인이다.
원래 서셔우 가문의 땅인 체사유 지역이 아버지에게 내려졌다.
그것은 곧 베트릭스 서셔우의 의지라는 뜻이었다.
아버지는 멍한 얼굴로 두 손에 쥐어진 땅문서를 바라보다가 말했다.
"폐, 폐하의 뜻을 받들어 잘 보살피겠습니다."
훈장 수여식은 짧았지만, 그 여운은 크고 길었다.
"자, 잠깐 앉아서 쉬어야……."
아버지가 땅문서를 두 손으로 꼭 쥐고 중얼거렸다.
"하하! 간이 그렇게 작아서야 영주 노릇은 제대로 하겠나!"
요바네스 황제는 다시 껄껄거리는 모습으로 돌아와 아버지를 놀렸다.
그래, 기분 좋겠지.
남의 땅으로 생색만 잔뜩 냈으니까.
이제 연회를 즐기겠다고 말한 요바네스가 귀족들 사이로 사라지고, 나는 아버지 옆으로 쪼르륵 다가갔다.
"아빠!"
"티아야……."
아버지가 나를 보고 힘없이 웃어 보였다.
"이렇게 좋은 걸 받아서 어떻게 하지……."
땅이 생겼다는 기쁨보단 부담감과 부채감이 앞서는 얼굴이었다.
"어떻게 하긴. 감사합니다, 인사하고 잘 살면 되는 것이지."

"숙모님!"

다가온 것은 베트릭스 서셔우 부인이었다.

아버지에게는 외숙모가 되는 사람이다.

깐깐하다는 소문이 진짜인가 싶을 정도로 아버지에게 인자하게 웃어 주고 있었다.

서셔우 부인은 불운한 개인사 때문에 유명했다.

슬하에 자식 둘을 두었지만 모두 사고로 죽고, 남편도 먼저 보냈다.

가문의 방계들이 후계가 없으니 가문의 권리를 넘기라고 수년째 요구하고 있지만 모두 무시하고 공고하게 권력을 쥐고 있다는 것이다.

하지만 또 그만큼 유명한 것이 있으니, 부인의 미적 감각과 패션 센스다.

제국 패션의 유행은 남쪽에서 시작된다고 할 정도로 베트릭스 서셔우의 영향력은 세다.

오죽하면 온갖 직물 상인들이 모두 서셔우 영지에 자리를 잡고 있을까.

갤러한 의복점이 생기기 전까진 '옷' 하면 사람들이 떠올리는 것은 롬바르디가 아닌 서셔우였다.

나는 최대한 아무렇지 않은 척했지만, 살짝 긴장이 되는 것은 어쩔 수 없었다.

아니나 다를까.

서셔우 부인의 시선이 나에게 닿았다.

"아! 이 아이가 제 딸인 피렌티아입니다. 너에게 숙모 할머니 되는 분이셔."

"안녕하세요, 서셔우 부인. 피렌티아 롬바르디라고 합니다."

서셔우 부인은 자신이 이뤄 온 것에 대한 자긍심이 강하다.

그래서 친척 간의 호칭보다는 공식적인 호칭을 부르는 것이 좋을 거라고 생각했는데.

다행히 서셔우 부인도 그쪽을 좋아하는 듯 미미하게 웃으며 고개를 끄덕였다.

그리고 내가 입은 옷을 쭉 훑어봤다.

평범하지만 예리한 갈색 눈이 흥미로 반짝거렸다.

"호오. 옷이 참 잘 어울리는구나."

"칭찬 감사합니다, 서셔우 부인. 이 옷은 갤러한 의복점의 옷이에요."

"이것이 말로만 듣던 기성복이라고?"

노부인의 눈이 동그래졌다.

"기, 기성복이라고 하기엔 조금 무리가 있습니다. 오늘 연회에 제가 만든 옷을 입고 가고 싶다고, 딸아이가 이것저것 장식을 달아 꾸민 드레스라 원형과는 많이 다릅니다."

아버지가 양손을 내저으며 얼른 설명했다.

"이 옷을, 이 아이가 꾸몄다?"

서셔우 부인이 나를 빤히 바라봤다.

"마음에 드시나요, 부인?"

나는 조마조마한 마음으로 물었다.

"……흐음. 그래, 아주 예쁜 드레스로구나."

역시.

약간 불안했는데 효과가 있었다.

사실, 옷단의 귀퉁이에 화려한 수가 놓인 실크를 단정하게 박아 넣는 스타일은 이전 생에 서셔우 부인이 유행시킨 것이다.

하지만 그 시기가 앞으로 3, 4년 뒤의 것이라 지금도 효과가 있을지 확신이 없었는데.

그런데 지금 내 드레스에서 눈을 떼지 못하는 것을 보니 퍽 마음에 든 모양이다.

"그래, 기성복을 이런 식으로 활용한다면 꽤 다양한 복식이 나올 수 있겠어."

서셔우 부인이 자기도 모르게 내가 입고 있는 드레스의 옷감을 만져 보며 중얼거렸다.

어느새 나의 존재는 옷을 입고 있는 마네킹 비슷한 것이 되었지만, 상관없었다.

이러려고 만들어 입고 온 옷이니까, 오히려 땡큐다.

"우리 서셔우에서 생산되는 실크가 기성복과 좋은 조화를 이룰 수 있겠다. 어찌 생각하니, 갤러한?"

서셔우 부인이 아버지에게 물었다.

"아, 저 그것이……."

아버지가 잠시 말을 고르는 도중이었다.

다른 목소리가 불쑥, 대화에 끼어들었다.

"저 옷에 붙은 보석은 우리 영지의 것이라오, 서셔우 부인."

희고 긴 수염이 인상적인 아이반가의 가주, 제롬 아이반이었다.

"아이반 가주가 황도까지 어쩐 일이오?"

"남쪽의 서셔우 부인도 움직였는데, 내가 온 것이 뭐 대수라고."

"평지를 달려오는 것과 산 넘고 호수 건너오는 수고는 다르지."

서셔우 부인과 아이반 가주 사이에서 팽팽하게 기 싸움이 오갔다.

"다들 여기 계셨군요."

이번에는 동쪽의 루만 가주다.

서쪽의 앙게나스를 제외하고 다른 지역의 부호들이 모두 한자리에 모였다.

아버지는 세 사람의 기운에 눌려서 금방이라도 숨이 막혀 헉헉거릴 것 같았고, 주변의 귀족들은 오가는 대화를 엿듣고 싶어 근처를 서성이고 있었다.

가장 나중에 온 루만의 가주가 단도직입적으로 아버지에게 물었다.

"그래, 이번에 갤러한 의복점이 외곽에 분점을 낼 계획이라던데."

그동안 의복점은 제국의 중앙인 황도와 롬바르디 영지, 그리고 그 주변의 중, 대형 영지들을 중심으로 번져 나갔다.

그리고 이번에는 중앙이 아닌 다른 영지들을 물색하는 중이었는데, 그 소문이 흘러나간 모양이었다.

"그 건에 대해서는, 사실 실무자는 제가 아니라……."

아버지가 땀을 삘삘 흘리면서 말했다.

"아! 저기 있군요. 클레리반 님!"

마침 클레리반이 이쪽을 향해 다가오며 공손히 인사했다.

쪽빛의 실크 튜닉을 입은 모습이 화려한 연회에 잘 어울렸다.

"클레리반 펠렛입니다."

아버지가 클레리반을 두 가주에게 소개했다.

"저는 아직 미숙하여 대외적인 업무를 돌볼 뿐이고, 의복점의 실질적인 일은 이 클레리반 님이 담당하고 있으니, 질문은 이쪽으로……."

사실 정확하게 말하자면 실무자는 나와 클레리반이었지만 말이다.

사람들은 나의 존재를 모르니 요즘 클레리반의 주가가 갈수록 오르고 있다.

“호오, 그렇군. 이봐, 저쪽으로 가서 나와 포도주를 한잔…….”

“루만에서 직접 가지고 온 아주 좋은 장미주가 있소만.”

아이반 가주와 루만 가주가 얼른 클레리반에게 달려들었다.

즉석에서 사업 미팅이 시작되는 것이다.

어떠한 이야기가 오가는지 자세한 내용은 나중에 클레리반이 해줄 거다.

각 지역의 부호들이 나서자, 아버지를 노리고 연회에 참석했던 어중간한 상단주들은 명함도 못 내밀게 생겼다.

멀리서 불만스런 얼굴로 술만 들이켤 뿐이었다.

그런데 서셔우 부인만은 클레리반에게 붙지 않았다.

오히려 아버지와 나에게 가까이 다가와 말했다.

“체사유 땅에 대해서 대화를 나눠 볼까, 갤러한?”

이미 좋은 수를 선점해 놓은 승자의 미소였다.

“하하. 하나도 변한 것이 없으십니다, 숙모님.”

아버지가 졌다는 듯 웃었다.

“그럼, 어디 늙은이가 쉽게 변하나.”

서셔우 부인도 그런 아버지를 향해 장난스런 표정을 지었다.

“네 형들은, 참석하지 않은 거니?”

비에제와 로렐스는 오늘 연회에 참석하지 않았다.

최근 들어 둘이 함께 새로운 사업을 해 보겠다고 바쁘게 지낸다는 말은 들었는데.

그 사업이 무엇인지 아직 아는 사람은 없었다.

샤나넷은 같이 연회에 오고 싶어 했지만, 쌍둥이가 동시에 열감기에 걸려서 함께하지 못했다.

대신 아버지가 오늘 입은 옷에 잘 어울릴 장식용 단추를 보내왔다.

"하하, 바쁜 분들 아닙니까."

아버지는 아무렇지 않다는 듯 대답했지만, 서셔우 부인은 혀를 끌끌 찼다.

"어릴 적부터 싹이 노랬지, 네 형은. 로렐스 그 어리석은 녀석은 그런 비에제의 바짓가랑이만 잡고 쫓아다니느라 바빴고."

"그랬습니까?"

"그래. 비에제는 어찌나 욕심이 많았던지 너와 로렐스의 몫으로 준 쿠키까지 제가 한입에 다 털어 넣으려다가 턱이 빠진 적도 있었다. 욕심을 부리다가 제 배가 터져 나가도 모를 녀석이야."

"풉!"

이런, 너무 크게 웃었다.

"흠, 크흠!"

얼른 헛기침을 하면서 아닌 척을 했지만, 서셔우 부인의 눈초리가 따갑다.

불같은 성격만큼이나 버릇없고 예절을 지키지 않는 사람을 싫어하는 부인이다.

등 뒤에 땀이 흐르는 것 같았다.

나는 얼른 아버지에게 말했다.

"연회장 구경 좀 하고 와도 될까요, 아빠?"

"응? 그래, 우리 티아가 심심하지? 어두운 곳은 가지 말고, 이 연회장 안에서만 있으렴."

"네, 아빠!"

나는 서셔우 부인에게 공손히 인사하는 것도 잊지 않고 다른 곳으로 걸어갔다.

일단은 작전상 후퇴다.

"저희 티아 정말 예쁘지 않습니까, 숙모님?"

아직 열몇 살 소년처럼 웃는 갤러한을 보며 베트릭스 서셔우는 약간의 서글픔을 느꼈다.

젊은 날 유독 사이가 돈독했던 나탈리아와 베트릭스였다.

사이가 어색할 법도 한 시누이와 올케 사이였지만, 두 사람은 친자매만큼 가까웠다.

그런 나탈리아가 먼저 세상을 저버리고 그리운 얼굴이 기억에서 흐릿해져 쓸쓸했는데.

갤러한의 웃는 얼굴에서 나탈리아의 상냥했던 그 모습이 거짓말처럼 생생하게 살아 있었다.

유순하고 조용했던 나탈리아의 성격을 그대로 이어받은 갤러한이 기 센 제 형제들 사이에서 괜찮을까, 종종 걱정이 되었던 것도 사실이었다.

"팔불출은 보기 안 좋다."

"그렇습니까? 하지만 저리 사랑스러운 것을요……."

멀어지는 딸아이의 동그란 뒤통수를 보는 갤러한의 눈에서 애정이 뚝뚝 떨어졌다.

"제 딸아이라 하는 말이 아니라, 티아는 정말로 똑똑한 아이입니다. 사실 오늘 입은 저 옷도 티아가 스스로 꾸민 겁니다. 자기가 원하는 대로 보석을 달고 다른 재질의 원단을 붙여서요."

"호오, 그래?"

베트릭스의 주름진 눈이 새삼 피렌티아의 드레스를 담았다.

그녀의 눈에도 매우 세련되고 또 자꾸만 눈이 가는 매력이 있는 옷이었다.

이참에 그 옷을 디자인한 이의 이름을 물어보려고 했던 참이기도 했다.

그런데 이제 겨우 열 살이 된 아이가 그 장본인이었다니.

발코니 안쪽으로 사라지는 피렌티아의 모습을 잠시 지켜보던 서셔우 부인이 일부러 농담하듯 말했다.

"미적 감각이 있다니, 제 아비를 닮지는 않은 것 같아 다행이구나."

"수, 숙모님! 제가 어디가 어때서……."

베트릭스는 대답 대신 못마땅한 눈으로 갤러한을 위에서 아래로 훑었다.

"그리 잘난 외모로 태어나서 그 정도밖에 활용하지 못하면서 말이 많구나."

얼굴이 살짝 붉어진 갤러한은 다시 피렌티아에 대한 주제로 말을 돌렸다.

"다들 티아를 보면 저를 닮았다고 하는데……."

"저 아이가?"

서셔우 부인이 피식 웃었다.

"너 같이 물렁한 사람은 저 아이와는 근본이 다르다."

"하지만 제 딸인 것을요. 저를 닮지 않았다면……."

"샨, 이었더냐. 저 아이 어미의 이름이."

갤러한은 입을 꾹 다물었다.

이미 오랜 세월이 지났지만 아직 아픈 이름이었다.

"그래, 저 아이는 제 어미를 닮았다. 특히 저 강단 있는 눈이 말이다."

어딘가 차분하고, 또렷하고, 목적을 가지고 있는 눈.

모두 차치하고 고작 열 살 된 아이가 가질 수 있는 눈이 아니었다.

이 무르디무른 갤러한이 어찌 저런 아이를 길러 냈을까.

서셔우 부인도 내심 궁금증이 일었다.

"체사유는 그리 큰 땅덩어리는 아니다. 하나 주변에 큰 산과 강이 있고 땅도 비옥한 지역이라 한 가족이 먹고살기에는 부족하지 않을 게다."

마치 체사유가 작은 시골 장원이라도 되는 듯한 말이었다.

하지만 램브루 제국 이전부터 대륙 중앙과 남부를 잇는 교통의 요충지였고, 완벽한 평지와 온화한 기후를 자랑하는 커다란 곡창지대였다.

서셔우는 갤러한에게 꽤 큰 살점을 떼어 준 것이나 마찬가지였다.

"원래 그 땅은 나탈리아가 롬바르디에 지참금으로 가져가려던 것이었어. 하지만 롬바르디의 영토가 더 이상 늘어나는 것을 원치 않았던 선황 때문에 서셔우에 머물러 있었던 것뿐이다."

"그것까지는…… 몰랐습니다."

"네 부친이 시시콜콜 말하는 성격은 아니니까. 이제 너도 네 땅이 생겼으니 더 이상 눈치 보지 말거라."

갤러한의 어깨가 작게 움찔했다.

"아무래도 장남인 비에제가 다음 대 가주가 되려 하겠지. 그러니 때가 되면 너는 딸아이를 데리고 체사유로 오거라. 아이가 자라기에도 따듯한 남부가 나을 테니."

"정말로…… 감사합니다, 숙모님."

갤러한이 꾸벅 고개를 숙여 인사했다.

서셔우 부인의 웃음기 섞인 목소리가 그런 그의 정수리에 꽂혔다.

"공짜 아니다."

"……예?"

"고마우면, 갤러한 의복점의 분점을 서셔우에 내거라."

갤러한의 눈이 끔벅였다.

"저치들의 땅보단 의복과 직물이 발전한 서셔우가 더 적합할 게다. 그리 생각하지 않니?"

갤러한은 쉽게 대답하지 못하고 '하하…….' 하고 어렵게 웃었다.

나는 멀어지는 척하면서 계속해서 아버지와 서셔우 부인을 주시했다.

내가 괜히 연회장의 커튼 문양을 들여다보거나 와인 잔이 얼마나 투명하게 잘 닦였나 확인할 필요가 있을 리가.

오늘의 이 만남은 중요했다.

아버지의 훈장 수여를 핑계로 한곳에 모인 각 지역의 부호들이 갤러한 의복점의 분점을 탐낼 것은 뻔했다.

그래서 미리 이것저것을 따져서 분점 후보를 꼽은 결과 가장 적합한 곳이 서셔우였다.

이유는 단순하게 두 가지였다.

하나는 이미 의복과 직물이 발달한 곳이라서 기성복 사업과의 궁합이 좋을 것이라 생각했기 때문이고, 또 하나는 서셔우가 있는 남부의 기후 조건 때문이다.

제국 중앙의 기후는 사시사철 온도 차가 크지 않고 날씨가 온화하다.

의복점의 기성복들은 그것에 맞춰서 만들어졌다.

지나치게 더운 서부나, 또 반대로 추운 북부는 그 지역만의 의복 방식이 있기 때문에 의복점이 들어서려면 또 새로운 옷들을 만들어 내야 한다.

하지만 기후가 비슷한 남부나 동부는 옷들을 그대로 가져다 팔면 된다.

그러나 동부는 가는 길에 산지가 많아 험난하다는 단점이 있다.

그러니 남은 것은 남부, 그것도 남부의 중심인 서셔우였다.

게다가 아버지를 꽤나 아끼던 친척이니 상납해야 할 세금을 조금이라도 아낄 수 있지 않을까 하는 계산도 있었다.

멀리서 보기에 다행히 분위기는 여전히 좋았다.

아버지의 웃는 얼굴을 보면서 가슴을 쓸어내리는 순간이었다.

발코니를 등지고 있는 팔로 손 하나가 쑥 다가오더니 나를 잡아당겼다.

"어어?"

아프지 않고 어느 정도 배려가 담긴 손길이었지만, 놀란 것은 마찬가지.

나는 화려하고 밝은 연회장에서 순식간에 어두운 발코니에 서 있었다.

"안녕."

아직 변성기가 오지 않은 미성이 등 뒤에서 들려왔다.

밤하늘과 잘 구분이 되지 않을 만큼 칠흑 같은 머리칼과 어둠 속에서 검붉게 빛나는 눈동자.

"안녕, 페레스."

내가 제 이름을 부르자 녀석이 나를 보고 웃었다.

미미하게 올라간 입꼬리나 살짝 휘어진 눈을 보아, 페레스는 제법 환하게 웃고 있는 것 같았다.

"티아."

"갑자기 잡아당겨서 놀랐잖아."

"미안."

재빨리 사과하는 건 예전이나 지금이나 비슷했다.

녀석은 많이도 변해 있었다.

작고 말라서 자기 나이로는 도무지 보이지 않았던 체격은 어디로 가고, 지금은 키가 훌쩍 컸다.

남자 어른과 나란히 서면 어깨 즈음에 머리가 닿을 것 같았다.

"오랜만이야. 잘 지냈어?"

녀석이 나를 내려다보며 물었다.

그런데 그때를 맞춰 달이 구름 밖으로 나왔다.

하늘에서 떨어지는 달빛에 페레스의 흰 살결이 곱게 빛났다.

와아, 자식 피부 되게 좋네.

잡티 하나 없이 매끈한 얼굴이 좋은 환경에서 잘 먹고 잘사는 청소년의 표본을 보는 것 같았다.

뿌듯하구만.

절로 웃음이 났다.

"편지에서 말했던 대로, 나는 잘 있었어. 너는 좀 어때? 황궁 생활, 힘들지는 않아?"

"……걱정해 주는 거야?"

녀석이 묘하게 기쁜 어조로 말했다.

"당연하지."

내가 황궁에 자리를 잡게 해 준, 미래의 황태자님이신데.

"티아 네가 말한 대로 잘 먹고, 잘 배우고 있어. 가끔 힘들기는 하지만."

"힘들어? 혹시 검술 선생님이 힘들게 해?"

케이틀린에게 페레스의 검술 선생에 대해서 들은 적이 있다.

워낙 훈련을 엄격하게 시키는 타입이라 걱정이 많았는데, 그 힘든 수업을 페레스가 힘들다는 말도 한 번 없이 해내서 더 걱정이라고.

"그런 건 아니고. 그냥 가끔……."

페레스의 눈동자가 나를 향했다.

그리고 말없이 빤히 바라본다.

"가끔?"

"아니야. 아까, 나 잘했어?"

내 질문에 제대로 대답하지 않은 녀석이 내게 물었다.

"아까?"

"황제 폐하와 입장할 때. 나 많이 참았거든."

페레스가 대답했다.

“너를 오랜만에 봐서 반가웠지만, 아는 척 안 했어. 우리가 아는 사이라는 걸 다른 사람들이 알면 안 된다고 했으니까. 그러니까 참았어.”

설마, 지금 칭찬을 해 달라는 건가?

“그러니까, 나 잘한 거 맞지?”

칭찬해 달라는 거네, 맞네 맞아.

겉모습은 이제 다 큰 것 같더니.

아직 속은 애라는 건가.

한숨을 속으로 삼키고 페레스를 바라봤다.

형편없는 조명 아래에서도 초롱초롱 빛나는 눈동자가 나만 바라본다.

정말로 어디 검은색 복슬복슬한 꼬리는 없는지, 녀석의 엉덩이를 체크하고 싶어진다.

“숙여.”

나는 페레스에게 손짓하며 말했다.

“응?”

내 말을 이해할 수 없는지, 녀석의 얼굴에 커다란 물음표가 생겨났다.

“이리 오라고.”

나는 재차 손가락을 까딱였다.

그제야 내 말뜻을 이해한 페레스가 작게 ‘아!’라고 하더니 천천히 허리를 굽혔다.

검은색 윤기 나는 머리칼이 점점 나에게로 다가온다.

사실 누가 보면 큰일 날 일이다.

황족인 페레스가 나에게 머리를 숙이는 일은.

하지만 그런 거리낌 따위는 녀석에게 없는 것 같았다.

"잘했어."

나는 페레스의 머리를 힘주어 꾸욱꾸욱 쓰다듬어 주었다.

"아주 잘했어, 페레스."

녀석의 눈가가 사르르 풀어졌다.

손가락에 감기는 머리카락이 참 부드럽기도 하다.

어쩌면 나보다 머릿결이 좋을 수도 있을 것 같다.

나도 나름 열심히 관리하는 편인데.

머릿결에서 남자애에게 밀린 것에 대해 약간 멍해져 있는데, 얌전히 머리를 내맡기고 있던 페레스와 눈이 마주쳤다.

그리고 녀석의 손이 내 손을 잡았다.

"……어?"

동그마니, 내 손을 자신의 손안에 포개듯 잡는 손길에 잠시 당황했을 때였다.

손안에 뭔가가 만져졌다.

"이게 뭐야?"

"선물."

"선물이라고?"

손을 펴 보니 손바닥 위에 동그란 꽃이 한 송이 들어 있었다.

백합과 장미가 섞인 것 같은 모양에 색은 붉디붉다.

그런데 왜 꽃이 딱딱하지?

설마?

"이거…… 혹시 루비야?"

"응."

'응'이라니!

그렇게 간단하게 고개를 끄덕이기엔 루비가 너무 실하다고!

손으로 느껴지는 무게도 부피감도 상당하다.

나는 조금 더 밝은 곳으로 걸어가 내 손에 쥐어진 루비를 살펴봤다.

탁구공보다 조금 작은 크기의 루비는 꽃 모양으로 조각되어 있었다.

그런데 그 꽃잎의 모양이 조금 이상했다.

마치 조각을 처음 해 본 사람이 처음에는 어설프다가 빠른 속도로 점점 능숙해지는 것처럼…….

"이거 설마 네가 조각했어?!"

"응."

아까와 마찬가지로 너무나 싱겁게 고개를 끄덕이는 녀석이다.

"어, 어떻게? 아니, 왜?!"

매일 검술과 공부로 바쁜 2황자가 왜 할 일 없이 이런 루비를 조각하고 있는 건데?

"너 주려고."

"이, 일단 고마워! 고마운데! 하아……. 도대체 무슨 수로 루비를 조각한 거야?"

나무처럼 쉽게 칼로 베어 낼 수 있는 것도 아닌데.

내 물음에 페레스가 별일 아니라는 말투로 대답했다.

"작은 칼에 오러를 입혀서."

"아아, 오러라면 확실히……. 잠깐, 오러로 조각했다고?!"

녀석이 또 고개를 끄덕인다.

"오러……. 오러로 조각을……."

세상에.

오러로 잘라서 모양낸 보석은 들어 본 적도 없다.

루비 자체의 가격도 어마어마한데, 오러로 조각했다니.

"오러가 제법 유용하게 쓰였어."

마치 자신이 뽑아내는 오러의 쓰임이 오로지 루비를 조각하는 데에 있다는 듯한 말이었다.

확실히 녀석의 사고방식은 어딘가 매우 독특한 구석이 있었다.

나는 작게 한숨을 쉬면서 손안에 얌전히 놓인 루비를 바라봤다.

"고마워, 잘 받을게."

누군가는 너무 부담스러운 선물이라며 거절할 수도 있지만, 이걸 왜?

나중에 페레스가 황태자가 되고 황제가 되면 이 루비의 가치는 환산할 수 없을 거다.

황제가 어린 시절에 오러를 사용해서 손수 조각한 루비라니.

잘 넣어 둬야지.

"사실은……."

페레스가 주머니를 뒤적이며 무언가를 또 꺼냈다.

기다란 금으로 만든 줄이었다.

"목걸이였구나."

자세히 보니 루비의 뒤쪽에 작은 고리가 달려 있었다.

보석 안에 어떻게 고리가 박혀 있지?

나는 설마 싶어 물었다.

"이것도 그럼……."

"응, 오러로."

거참, 오러로 안 되는 게 없구만.

나는 가만히 페레스가 목걸이 줄을 꿰는 것을 바라봤다.

"괜찮으면, 목걸이 해 볼래?"

녀석이 무척이나 조심스레 물었다.

"이거 내 거라며? 당연한 거 아냐?"

뭘 그것까지 새삼스레 묻고 그래.

나는 얼른 목을 내밀었다.

목걸이는 어른들이 하는 것과는 다르게 길게 내려와 루비 꽃이 명치 조금 위에서 달랑거렸다.

움직임에 따라 여러 단면이 불빛을 반사하며 반짝였다.

"예쁘다."

드물게 페레스가 먼저 말했다.

"그러게. 너 솜씨 좋다."

초반에 어설프게 깎인 부분이 오히려 꽃을 더 화려하게 만들고 있었다.

"고마워."

나는 다시 말했다.

루비가 너무 마음에 들어서 열 번도 말할 수 있을 것 같았다.

"나도."

페레스가 또 뜻 모를 말을 했다.

그리고 우리 사이엔 잠시 대화가 없었다.

그렇다고 어색하지는 않았다.

나는 불을 밝혀 놓은 정원을 구경하기도 하고, 시원한 바람을 맞으며 음악을 감상하기도 했다.

그리고, 페레스는…….

"왜 자꾸 날 봐?"

아주 얼굴이 뚫어지겠다, 야.

"있잖아."

페레스가 내 질문에 대답하는 대신 다른 말을 꺼냈다.

"우리, 가끔 볼 수 있는 방법이 없을까?"

"그게 무슨 말이야?"

"가끔 이렇게 이야기를 나눌 수 있으면 좋을 것 같아서."

이렇게 직접적으로 원하는 것을 피력하는 것은 페레스답지 않은 행동이다.

나는 의중을 떠보려 조심스럽게 물었다.

"편지하잖아?"

"편지로는 전할 수 없는 것들이 많으니까."

페레스의 말투가 조심스러웠다.

아하.

혹시 누가 편지를 볼까 봐 중요한 이야기를 쓰기가 꺼려진다는 거구나.

"걱정하지 마. 케이틀린은 절대로 편지를 열어 볼 사람이 아니고, 또 롬바르디 마차를 타고 왕래하니까 누군가가 가운데서 채 갈 염려도 없어."

페레스는 내 설명을 한동안 듣고 있더니 잠시 뒤 어깨를 으쓱하며 대답했다.

"……네가 그렇게 말한다면."

그러고 보니 우리가 발코니에 들어온 지도 꽤 시간이 흘렀다.

"일단 너 먼저 나가."

나는 페레스에게 말했다.

이번 연회에서 처음 모습을 드러냈으니 그만큼 지켜보는 눈도 많을 거다.

"……알겠어."

어딘가 녀석의 대답이 시원찮다.

어쨌든 페레스가 먼저 발코니의 장막을 헤치고 나갔다.

혼자 남은 나는 음악과 사람들의 이야기 소리를 들으며 대충 100까지 센 뒤에 연회장으로 돌아갔다.

시종이 들고 다니는 음료수를 받아서 목을 축이고 있는데 누군가가 말을 걸었다.

"저기……."

뒤를 돌아보니 라라네 나이 정도 되어 보이는 붉은 머리의 여자애였다.

그 옆에는 그녀와 비슷하게 생긴, 내 나이 또래의 여동생인 듯한 아이도 같이 서 있었다.

누구지, 처음 보는 얼굴인데?

내가 의아해하며 돌아서자 그 둘이 치맛자락을 잡고 공손히 인사를 한다.

"아, 안녕하세요, 피렌티아 롬바르디 영애. 저는 거스가의 패트리샤입니다. 그리고 이 아이는 제 여동생인…….”

“헤일리 거스입니다, 영애.”

얌전하고 어딘가 소심해 보이는 인상이지만 둘 다 입고 있는 옷이나 장신구가 화려한 것을 보아서 꽤 고위 귀족가의 딸들 같았다.

나도 마찬가지로 치맛자락을 잡고 인사했다.

“처음 뵐게요. 피렌티아 롬바르디예요.”

나는 평범하게 자기소개를 한 것뿐인데, 두 사람이 질겁을 했다.

“조, 존대를 하시다니! 그러지 않으셔도, 아니 그러시면 안 되는데…….”

소심하다는 내 짐작이 맞았던 듯, 패트리샤의 얼굴이 금세 새빨개졌다.

“말씀 편하게 하세요, 롬바르디 영애!”

하긴.

가문의 위세에 따라서 어린 영애, 영식들의 사이에서도 서열이 잡힌다.

그런 의미에서 롬바르디는 귀족들의 피라미드 제일 위에 있는 가문이었고.

그런 롬바르디의 직계인 내가 존댓말을 해 주니 패트리샤는 지금 몸 둘 바를 몰라 하는 것이다.

하지만 나는 살짝 웃으며 대답했다.

“아니에요. 이렇게 말하는 것이 편해요.”

“어머나…….”

자기보다 ‘높은’ 사람이 조금만 상식선에서 친절하게 대해 주면 사람은 더 감동하고 고마워하는 법이다.

패트리샤는 연기를 하는 것이 아니라 정말로 나에게 감동하고 있었다.

"저, 사실은…… 영애가 입고 계시는 옷이 너무 예뻐서요. 어느 의상실에서 맞추신 것인지 알 수 있을까요?"

동생인 헤일리가 용기를 낸 듯, 두 주먹을 꼭 쥐고 물었다.

"실례가 된다면 죄송해요……."

얼른 사과하는 말이 뒤따라 붙었지만.

거스가라면 나도 몇 번 들어서 알고 있다.

인구수는 얼마 되지 않지만 커다란 강을 끼고 그 강을 이용해 물건을 나르는 상단들에게서 통행료를 받아서 제법 쏠쏠하게 수익을 챙기는 가문이었다.

나는 말해 줄까 말까 고민하는 척 주변을 살폈다.

역시 내 대답을 기다리는 것은 두 자매뿐만이 아니었다.

어느새 비슷한 나이 또래의 영애들과 그 어머니들이 내 근처로 몰려와 있었다.

"다른 분들도 알고 싶으신가요?"

나는 그냥 대놓고 물어봤다.

남의 대화를 훔쳐 듣고 있었다는 것이 부끄러운 듯, 다들 민망해하기는 했지만 이왕 들킨 것 조금 더 가까이로 다가왔다.

"알고 싶으시다면, 알려 드릴 수 있어요."

내 말에 사람들의 얼굴이 눈에 띄게 밝아졌다.

사실 사교계에서는 자신이 고용하는 의상실이나 디자이너의 이름을 알려 주지 않는 경우도 많았다.

그 디자인을 혼자서 독점하기 위해서였다.

"이 옷은……."

나는 잠시 뜸을 들인 뒤에 말했다.

“갤러한 의복점의 옷이에요.”

“기성복이란 말씀이세요?”

한 귀부인이 나에게 놀라 물었다.

“네, 맞아요.”

“어머나, 그렇게 예쁜 옷이 기성복이라니…….”

이미 부인들은 난리가 났다.

나는 그들의 반응을 지켜보다가 적절한 때에 웃으면서 말했다.

“칭찬 감사해요. 사실 이 드레스는 기성복이기는 하지만, 제가 직접 꾸민 것이기도 하거든요. 예쁘다는 말을 들으니까 제 안목을 칭찬받는 것 같아서 기쁘네요.”

“영애께서 직접 꾸미셨다고요?”

뒤쪽에서 부채질을 하며 내 드레스를 연신 훑어보던 여성이 믿을 수 없다는 듯 물었다.

나는 그녀가 누군지 알고 있다.

이미 명목만 남은 몰락한 가문 출신이지만 아름다운 목소리와 외모로 오페라 스타가 된 줄리에타 아비노.

황후의 간접적인 후원을 받으면서 사교계에서도 이름을 날리고 있지만 출신 가문이 워낙 미천해서 귀족 부인들의 미움을 받고 있는 사람이다.

뭐, 예쁜 외모로 많은 귀족 남성들과 염문을 피우고 있는 줄리에타의 행실도 한몫 톡톡히 하고 있기는 했지만.

훗날에는 1황자 아스타나의 애인이 되었다가 황후에게 버림받게 될 사람이다.

"아버지의 도움을 받기는 했지만, 기본이 되는 기성복 드레스, 레이스, 그리고 꾸미기 위해서 붙인 실크나 보석 모두 제가 직접 골랐어요."

"……어린 영애께서 미적 감각이 매우 뛰어나시네요."

줄리에타는 내 말을 못 믿겠다는 듯 눈을 가늘게 뜨면서 말했다.

아마 내가 의상을 디자인한 사람의 이름을 알려 주기 싫어서 거짓말을 하는 거라고 생각하는 듯했다.

그러자 그녀를 싫어하는 한 귀족 부인이 뾰족하게 되받아쳤다.

"롬바르디의 영애께 그게 무슨 무례한 태도인가요, 아비노 영애!"

"맞아요. 갤러한 공의 따님이 명석하시다고 오래전부터 소문이 자자한데. 그럼 롬바르디 영애께서 지금 거짓말이라도 하고 계신다는 건가요?"

"저, 저는 그런 말이 아니라……."

줄리에타의 도도함이 무너지는 것은 한순간이었다.

졸지에 롬바르디 직계를 거짓말쟁이로 몬 사람이 되었기 때문이었다.

"그만큼 롬바르디 영애가 입고 있는 옷이 뛰어나다는 말이었습니다. 죄송합니다, 영애."

"괜찮아요."

내가 웃으며 대답하자 줄리에타의 안색도 한결 풀렸다.

"어쩜 마음씨도 고우셔라."

"롬바르디 영애께서는 참 너그러우셔요."

귀부인들은 여전히 줄리에타를 흘겨보면서도 입이 마르도록 내 칭찬을 했다.

이러다 숨소리까지 예쁘다고 하겠다.

나는 말 한마디 잘못 꺼냈다가 이제 겨우 한숨을 돌리면서 부채로 땀을 식히고 있는 줄리에타를 바라봤다.

확실히 그녀가 입고 있는 옷은 약간 유행이 지난 옷이었다.

황후가 그렇게 후한 후원자는 아닌 것 같았다.

그럼 나야 땡큐지.

나는 줄리에타에게 말했다.

"아비노 님의 무대 의상도 기성복을 활용하면 참 좋을 텐데. 마침 아버지가 기성복을 아름답게 입어 줄 수 있는 사람을 찾고 있다고 들었거든요."

줄리에타는 나의 말을 이해하지 못한 듯 커다란 눈을 깜박였다.

아아, 이 사람이 그렇게 머리가 좋은 편은 아니었지.

그러니까 분위기를 읽지 못하고 아스타나의 애인이 되었다가 황후에게 미운털이 박혔겠지만 말이다.

나는 싱긋 웃으며 최대한 쉬운 말로 그녀를 위해서 풀어 말했다.

"갤러한 의복점의 홍보 모델이랄까요?"

"아아!"

평민들이 입는 기성복이라고는 하지만 엄연히 갤러한 롬바르디의 사업체였다. 요즘 한창 제국에서 이슈가 되고 있는 기성복이기도 했고.

오페라라는 것은 귀족들만을 상대하는 예술이 아니다.

부유한 평민들도 오페라의 주요 관객 중 하나였다.

평민이라면 아무리 부유하다 한들 기성복에 대한 거부감이 낮을 수밖에 없었다.

줄리에타가 머리를 빠르게 굴리기 시작하는 것이 보였다.

나는 은근히 말을 얹었다.

"물론 저도 아버지가 하시는 말씀을 들은 것뿐이라서요. 그런데 후원 금액이 꽤 큰 것 같던데……."

줄리에타가 꿀꺽 침을 삼키는 게 보였다.

"결과가 좋으면 계속 후원도 가능하다고 들었어요."

"장기적인 후원……."

줄리에타의 눈이 반짝반짝 빛났다.

아마 황후가 이따금 자신이 쓰지 않는 보석이나 옷들을 던져 주는 식의 후원에 많이 질리기도 했을 것이다.

조금 더 확실한 후원에 목마른 것이 당연했다.

"하지만 줄리에타 양은 이미 황후마마의 후원을 받고 있는걸요."

누군가가 말했다.

롬바르디의 후원을 받고 있는 사람들이 다른 가문의 후원을 받지 않는 것처럼, 예로부터 예술가는 하나의 후원자만 두는 것이 관례였다.

돈 쓰기는 좋아하지만, 돈 쓴 생색을 내기는 더 좋아하는 귀족들이 만들어 낸 관례였다.

"아아, 그런가요……."

나는 일부러 아쉬운 척하면서 말했다.

"그렇다면 어쩔 수 없네요."

"아, 아뇨!"

줄리에타가 반쯤 소리를 질렀다.

주변 사람들이 놀라 돌아볼 정도였다.

"혹시…… 그 후원에 대해서는 어떤 분과 이야기를 나누면 될까요?"

걸렸구나.

나는 비어져 나오려는 웃음을 애써 참으며 잠시 생각하는 척을 했다.

"으음. 글쎄요. 아버지는 바쁘신 것 같고……."

그리고 주변을 둘러보다가 말했다.

"아, 저기 계시네요. 클레리반 님!"

그리 크지 않은 부름이었지만, 내 목소리를 귀신같이 알아들은 클레리반이 걸어왔다.

"무슨 일이십니까, 아가씨."

잘생긴 데다가 특유의 차가운 분위기가 흐르는 클레리반이 다가오자, 영애들이 얼굴을 붉혔다.

"클레리반 님, 여기 줄리에타 아비노 영애가 의복점의 홍보 모델에 관심이 있다고 하네요."

"……예?"

클레리반이 살짝 당황하며 내 눈치를 살핀다.

도대체 무슨 말인가 싶겠지.

기성복의 이미지를 바꿔 줄 수 있는 모델의 필요성에 대해서 몇 개월 전에 잠시 이야기를 나눈 적은 있지만, 그게 전부였으니까.

나는 아주 환하게 웃으며 말했다.

"홍보 모델이요! 전에 기성복을 널리 알려 줄 수 있을 만한 사람을 찾는다고 하셨잖아요?"

"아아…… 그랬죠. 네, 찾고 있습니다."

다행히 내 말뜻을 알아챈 클레리반이 센스 있게 고개를 끄덕였다.

"마침 줄리에타 님이 관심이 있는 것 같은데, 가서 한번 이야기를 나눠 보세요. 무대 의상에 '특히' 관심이 많으신 것 같아요."

"호오, 무대 의상……. 과연 그렇군요."

클레리반은 나에게 '역시 피렌티아 님!'과 같은 감동한 눈빛을 마구 쏘아 내더니 줄리에타에게 다정하게 말했다.

"그럼 저쪽에서 이야기 나누시죠, 아비노 영애."

"아, 네에……."

클레리반의 영업용 미소에 줄리에타는 이미 푹 빠진 듯했다.

줄리에타 아비노는 바로 얼마 뒤인 공연에서 미친 듯한 악녀 연기로 제국 최고의 스타가 될 예정이다.

광기가 번득이는 눈과 신들린 것 같은 노래로 지금과는 비교도 할 수 없는 인기를 얻게 되고 매회 공연이 매진된다.

줄리에타가 입는 옷, 장신구 하나까지 제국의 유행이 될 것이고 말이다.

갤러한 의복점의 첫 광고 모델로 줄리에타 아비노는, 완벽했다.

나는 어전히 사람들에 둘러싸인 채 다른 테이블로 걸어가는 두 사람의 뒷모습을 흐뭇하게 바라봤다.

"이번에 슖스가에서 또 옆 영지를 사들였다죠?"

"벌써 사들인 땅이 얼마인지 모르겠어요."

"슖스 가문도 롬바르디가의 은혜를 입었으니 그리 번창하는 것이겠지요?"

나의 기분을 좋게 하려는 말이었다.

아직 정식으로 사교계에 데뷔한 것도 아니지만, 귀족 여성들은 내 곁을 떠나지 않고 있었다.

"오늘 2황자 전하가 폐하의 인정을 받았으니, 황후마마께서 한동안 심기가 불편하시겠어요."

"그냥 불편하기만 하시겠어요? 당분간은 황실 연회가 없을 것 같아서 벌써 아쉽네요."

"1황자님은 어떻고요. 당분간 아들을 사냥터 근처에는 얼씬도 못하게 해야겠어요."

"맞아요. 괜히 1황자 전하의 심기를 거스르기라도 했다간……."

이게 말로만 듣던 사교계인가.

자리에 없는 황후의 이야기도 서슴없이 한다.

일반적으로 있는 일인 건지, 사람들은 너도나도 말을 얹기 시작했다.

내 주변을 둘러싼 사람들에게서 말소리가 끊이질 않는다.

처음에는 이런저런 사교계 가십을 들을 수 있어서 좋았는데, 이제는 슬슬 귀가 아플 지경이었다.

황후랑 아스타나 성격이 개차반이라는 건 이미 다 알고 있는 일이고.

"피렌티아 롬바르디 영애."

대화 사이를 끊고 새로운 목소리 하나가 끼어들었다.

황궁의 시종이었다.

"영애를 위층으로 모시겠습니다."

어느 연회나 여러 사람이 모이는 자리에는 소위 말하는 '인싸' 그

룹이 생기기 마련이다.

그래서 귀족들은 연회의 주최자가 그 그룹을 연회장이 아닌 조금 더 사적인 장소로 불러서 조용히 대화 나누기를 좋아하는데, 오늘은 그것이 위층인가 보다.

나는 주변 영애들의 부러운 눈빛을 한눈에 받으며 자리에서 일어났다.

"오늘은 따듯한 환대에 감사했어요. 다음에 제가 정식으로 데뷔탕트 무도회를 치르면 그때 더 잘 부탁드려요."

"어머, 그럼요. 당연한 말씀을……."

"그 전에도 종종 연회에 나오세요!"

"영애의 아름다운 드레스를 구경시켜 주시면 저희가 영광이지요."

앞다투어 환한 미소와 함께 말하는 사람들을 뒤로하고 나는 시종을 따라나섰다.

내 짐작대로 2층의 어느 방 앞으로 나를 데리고 간 시종은 공손히 말했다.

"잠시 기다려 주십시오."

나는 복도에 문을 지키고 있는 기사 둘과 남겨졌다.

다가오는 발걸음 소리가 들린 것도 그때였다.

무심코 뒤돌아 누군지 확인한 나는 다시 앞을 봤다.

아, 저 자식이 왜 와.

"야."

재수 없는 목소리는 아스타나였다.

이제 열다섯 살이 된 놈은 훌쩍 자라서 내가 기억하고 있는 그 망나니의 모습에 더 가까워져 있었다.

꼴에 검을 배운다는 티를 내는 것인지 허리에는 호신용 검을 차고 동네 건달처럼 건들거리는 모습이란.

나는 못 들은 척 계속 문이 열리기만을 기다렸다.

"야, 반쪽짜리."

누가 벨레삭이랑 영혼의 쌍둥이가 아니랄까 봐.

참 오랜만에도 듣는 단어에 내 표정이 일그러졌다.

"뭐야, 어미가 천한 유랑민이라 '반쪽짜리'라고 부르면 완전히 날뛴다더니 정말인가 보네, 반쪽짜리?"

나는 계속해서 앞을 바라보면서 놈을 무시하려고 했다.

"이게, 황자 무서운 줄을 모르고!"

아스타나가 내 어깨를 잡아서 아프게 돌려세우기 전까지는.

기사들은 황자의 돌발 행동에 움찔하는 것 같았지만, 개입하지는 않았다.

다만 긴장한 얼굴로 우리를 주시하고 있을 뿐이었다.

"어깨 놓으시죠, 황자 전하."

"흥."

내가 차갑게 쏘아붙이자 아스타나가 정말 구역질 나는 의기양양한 미소를 짓더니 말했다.

"그래도 이제 존댓말 하는 방법은 배웠나 보군."

아마 내가 녀석의 모자를 발로 밟고 튀었을 때를 이야기하는 것 같았다.

"시간이 많이 지났으니까요. 그러니까 놓으시죠?"

"싫어. 네 그 건방진 눈빛이 마음에 안 들거든. 어쩔 건데, 반쪽짜리?"

여기는 황궁인데, 네가 어쩔 거야?

내 어깨를 점점 더 아프게 잡으면서, 아스타나의 눈은 그렇게 말하고 있었다.

나는 짝 하는 소리가 날 정도로 세게 아스타나의 손을 때려서 뿌리쳤다.

"이게……! 천한 반쪽짜리 주제에!"

또 그 말을 입에 담았다.

반쪽짜리.

'똥이 무서워서 피하냐, 더러워서 피하지'의 마인드로 최대한 아스타나와 엮이는 것 자체를 피하려고 했는데.

이제 인내심이 바닥나는 것을 느꼈다.

그리고, 투둑.

녀석이 거칠게 내 옷을 잡아끄는 바람에 로릴이 정성 들여서 꿰매 준 실크가 드레스에서 뜯어졌다.

넌, 죽었어.

나는 아스타나를 힘껏 노려본 다음 옷이 잡힌 그대로 뒷걸음질을 쳤다.

놈이 내 옷을 잡은 손을 놓지 못하게 꽉 잡은 채로.

"어어?"

아스타나가 멍청한 얼굴을 지으면서 당황하는 것이 보였다.

너무 늦었어, 멍청한 놈아.

나는 그대로 닫혀 있던 문에 내 등을 있는 힘껏 부딪쳤다.

쾅!

꽤 커다란 소리와 함께 닫혀 있던 문이 열리며 나와 아스타나가

방 안으로 밀려들었다.

"티아야!"

깜짝 놀란 아버지의 목소리가 뒤쪽에서 들려왔다.

그리고 드르륵, 의자가 끌리는 소리도 몇 개 났다.

이제야 상황을 파악하고 얼굴이 붉어지는 아스타나를 보니, 내 등 뒤의 상황이 그림 그리듯 그려졌다.

자, 그럼 목격자 확보했고.

나는 잡고 있던 아스타나의 손을 놓으면서 마치 녀석이 민 것처럼 비틀거렸다.

"이, 이 계집이……!"

아스타나는 억울한 듯이 뭔가를 말하려고 했지만, 내가 먼저였다.

"할아버지가 한 말 기억하거라. 그냥 발로 차 버려."

나는 할아버지 말 잘 듣는 착한 손녀다.

성큼 다가선 나는 있는 힘껏, 아스타나의 정강이를 발로 찼다.

"악!"

어버버하는 사이에 피할 새도 없이 맞은 아스타나는 다리를 부여잡고 어쩔 줄을 몰랐다.

"저, 전하!"

문간에 서 있던 기사 중 한 명이 놀라서 다가와 부축했다.

그러나 아스타나는 욕을 지껄이면서 기사를 있는 힘껏 밀어내더니 허리에 찬 검을 뽑았다.

스르릉.

소름 끼치는 소리와 함께 뽑힌 검이 나를 향했다.

"죽여 버리겠어!"

아스타나가 완전히 눈이 돌아간 듯이 외쳤다.

그러나 녀석은 한 걸음도 채 딛지 못하고 멈춰야 했다.

스릉.

갑자기 나타난 또 다른 검이 정확하게 녀석을 겨눴기 때문이었다.

"베이고 싶지 않으면, 그 검 내려놔."

페레스였다.

그 무엇으로부터라도 나를 지키겠다는 듯, 앞을 가로막고 선 등은 유달리 크고 흔들림이 없었다.

"하!"

아스타나가 기도 안 찬다는 듯 페레스를 노려봤다.

"나에게…… 검을 겨눠?"

자기 손에 들린 검은 잊었는지, 아스타나가 분노에 이를 갈며 말했다.

나는 아버지를 바라보는 척, 슬쩍 등 뒤의 상황을 파악했다.

할아버지는 자리에서 반쯤 일어나 아스타나를 태워 죽일 듯이 노려보고 있었고, 아버지는 얼굴이 하얗게 질려서 나를 구하러 달려오려고 했다.

그러나 아버지는 팔을 잡는 손에 멈춰 세워졌다.

요바네스 황제였다.

"폐하?"

놀란 아버지가 불렀지만, 황제는 아버지를 바라보지 않았다.

서로 검을 겨누고 서 있는 두 아들들을 오로지 흥미롭다는 얼굴로 지켜보고 있었다.

황제의 반응이 그러자, 나서려던 기사들도 다시 뒤로 물러났다.

그러자 아스타나는 오히려 신이 났다.

황제가 자기편을 들어 페레스를 밟아 줄 수 있는 판을 깔아 줬다고 생각하는 것 같았다.

여전히 나를 겨누고 있는 검 끝이 놈의 웃는 얼굴처럼 건들거렸다.

"네가 어쩔 건데? 오늘 일 때문에 기고만장해졌나 본데, 주제를 알……."

한창 페레스를 비웃던 아스타나가 말을 멈추고 나와 페레스를 번갈아 봤다.

"아, 둘 다 천한 어미를 둬서 동질감이라도 느끼는 거냐?"

한 번에 두 개의 패드립이라니.

역시 망나니 아스타나였다.

"반쪽짜리끼리 뭉치기라도 하겠다는 거야?"

"1황자 전하!"

결국 참지 못한 아버지가 분통을 터뜨렸다.

하지만 그런 아버지를 흘끗 바라본 아스타나는 아직 잠자코 가만히 있는 황제를 확인했을 뿐, 계속해서 빈정거렸다.

"감히, 제국의 유일한 적장자인 나에게 검을 겨눠?"

아스타나가 그렇게 말하며 검을 크게 휘둘렀다.

당연히 이길 거라고 생각했을 것이다.

어렸을 때는 몸집이 워낙 작았던 페레스였고, 또 정식으로 검을 배운 기간도 비교할 수 없을 만큼 길었으니까.

있는 힘껏 체중이 실린 검이 나와 페레스를 향해서 떨어져 내렸다.

아니, 여전히 검 끝이 노리는 것은 분명히 페레스의 뒤쪽에 있는 나였다.

나는 물러서지 않고 아스타나를 똑바로 노려봤다.

"뭐, 뭐야?"

바로 저 얼굴을 보기 위해서.

툭.

아스타나가 자신 있게 휘두른 검 위쪽이 뚝 잘려 바닥으로 떨어져 내렸다.

아주 깔끔한 단면이었다.

"이게 지금……."

반으로 뚝 잘린 제 검을 허망하게 보던 아스타나는 한참 말을 잇지 못했다.

그러다 페레스에게 악을 썼다.

"너, 너 이 자식! 무슨 비겁한 수를 쓴 거야!"

"물러서."

"무슨 비겁한 수를 쓴 거냐고!"

페레스의 냉정한 목소리가 오히려 불에 기름을 끼얹은 듯, 아스타나는 아예 이성을 잃었다.

저 미친놈 봐라.

"아아악!"

목에 핏대를 세우며 제 분에 못 이겨 소리를 지르더니 주변을 두리번거렸다.

"화, 황자 전하! 안 됩니다!"

"내놔!"

차마 황자의 손을 완전히 막지 못하고 쩔쩔매는 기사는 결국 아스타나에게 검을 빼앗겼다.

막아야 하는 것 아닌가.

기사는 그런 눈으로 황제를 바라봤지만 별다른 명은 없었다.

허락 없이 황자의 몸을 구인할 수 없는 기사는 결국 자신의 검이 아스타나의 손에 들리는 것을 보고만 있어야 했다.

"으아압!"

이제 아스타나는 기합까지 내지르며 기사의 검을 휘둘렀다.

황실 기사단 특유의 금색 검날이 번쩍거렸다.

하지만.

투욱.

결과는 조금 전과 마찬가지였다.

반으로 동강이 난 검이 카펫 위로 떨어졌다.

이제 아스타나는 아무 말도 하지 못했다.

씩씩거리는 숨을 거칠게 내뱉으며 잘려 나간 검을 멍하니 바라봤다.

"어, 어떻게……."

그때, 페레스의 검이 부드럽게 움직였다.

마치 물이 흐르는 듯한 유려한 동작이었다.

"죽고 싶지 않으면, 물러서라고 했지."

후웅.

낮은 공명음과 함께 페레스의 검에 푸른 빛이 일렁였다.

"허억!"

"오, 오러!"

기사가 바로 그 푸른 빛의 정체를 알아보고 경악했다.

열세 살에 오러를 뿜어내는 검사는 일찍이 없었다.

그것도 저렇게 선명한 푸른빛은.

"마, 말도 안 돼……."

아스타나는 이제 아예 자기 눈을 비비고 있었다.

"어떻게, 어떻게 너 따위가…… 오러를……."

재도 그렇고, 벨레삭도 그렇고.

저 '너 따위'라는 말은 버리질 못하는 건가.

방금 두 번이나 자기가 든 검을 두부 썰 듯이 썰어 버리는 것을 봐 놓고도, 너 따위라니.

"취소해."

푸른 오러가 일렁이는 페레스의 검 끝이 아스타나를 향했다.

"반쪽짜리라고 한 거, 취소해."

쉴 새 없이 건들거렸던 아스타나의 검과는 달랐다.

한 치의 흔들림조차 없는 페레스의 검은 금방이라도 아스타나를 찔러 들어갈 듯 위협적이었다.

"네까짓 거에게 내가 사과할 것 같……."

"나 말고."

페레스가 검을 아스타나의 목으로 더 들이밀며 말했다.

응? 나?

당연히 자기를 반쪽짜리라고 부른 것을 말하는 줄 알았던 나는 깜짝 놀라 페레스를 바라봤다.

페레스의 붉은 눈이 어둡게 가라앉아 있었다.

검날처럼 매끈하고 날카로운 눈은 이글거리며 아스타나를 노려봤다.

녀석은 정말로 내가 반쪽짜리라고 불린 것에 그토록 분노하고 있는 거였다.

"그만."

황제였다.

"검을 내려놔라."

하지만 페레스는 여전히 아스타나를 겨누고 있었다.

검을 내릴 생각이 없어 보였다.

나는 다른 사람에게 보이지 않게 페레스의 옆구리를 쿡쿡 찔렀다.

황제의 말을 거역했다가 찍히면 골치 아파진다고!

다행히 페레스는 서서히 검을 내렸다.

그러자 아스타나가 별안간 외쳤다.

"사술이 분명합니다!"

손가락으로 페레스를 가리키며 황제에게 분하다는 듯 말했다.

"그렇지 않고서야, 어떻게!"

"너도 그만해라, 아스타나."

황제가 인상을 찌푸리며 말했다.

"하지만 폐하! 저놈이 저에게 검을 겨눴습니다! 저에게!"

"1황자가 내 손녀에게 행패를 부린 것이 먼저였지."

할아버지가 아스타나의 말허리를 잘라 버렸다.

"그, 그건……."

"2황자는 다짜고짜 칼부터 뽑은 1황자로부터 내 손녀를 지켜 준 죄밖에 없소만."

아스타나는 도움을 바라는 듯 황제를 바라봤지만, 요바네스는 그럴 생각이 전혀 없어 보였다.

완벽한 방관자가 되어서 상황을 바라볼 뿐이었다.

"사과하시오."

할아버지의 말에도 아스타나는 그냥 씩씩거리고 서 있었다.

전혀 반성의 기색이 없는 모습에 할아버지가 황제에게 말했다.

"1황자가 아직 화가 많이 난 것 같으니, 혼자 머리를 식히는 게 좋을 것으로 보입니다."

"그러는 게 좋겠군."

할아버지의 말에 바로 동의한 요바네스가 기사들에게 눈짓했다.

"이거 놔! 아악! 이거 놓으라고!"

기사들에게 양쪽 팔이 하나씩 꿰어 끌려가면서도 아스타나는 발버둥을 쳤다.

추하다, 추해.

나는 그 모습을 보면서 혀를 끌끌 찼다.

아스타나가 밖으로 끌려 나가고, 겨우 실내가 조용해졌다.

"괜찮아?"

페레스가 나에게 물었다.

"응. 나야 괜찮……."

별생각 없이 대답하려다가 내가 지금 어디에 있는가를 떠올렸다.

아니나 다를까.

황제가 우리를 지켜보고 있었다.

"괜찮아요. 감사합니다."

페레스에게 공손하게 꾸벅 인사한 뒤에 바로 돌아섰다.

하지만 황제의 묘한 시선은 나에게서 떨어지지 않는다.

아, 신경 쓰이게 왜 저래.

나는 최대한 아무렇지 않은 척, 무표정한 얼굴로 걸음을 옮겼다.

"티아야! 어디 다친 데는 없니?"

아버지가 성큼성큼 다가와 한쪽 무릎을 꿇고 몸을 낮춰 나를 꼭 안아 주면서 물었다.

"저는 안 다쳤어요. 아, 그런데……."

아스타나가 뜯었던 옷자락이 생각나 아래를 내려다봤다.

"이런……. 우리 티아가 공들여 만든 드레스가 찢어졌구나."

멍청한 게 힘은 얼마나 센지.

단순히 뜯어졌다고 생각했던 실크는 아예 찢어져서 수선도 못 하게 생겼다.

아까 페레스한테 확 찔러 버리라고 속닥거렸어야 했는데.

내가 그랬다면 아마 조금의 망설임도 없이 찔렀을 거다, 페레스라면.

어쩐지 그랬을 것 같다.

"아스타나의 무례함에 대해서는 내가 대신 사과하마."

웬일로 요바네스 황제가 말했다.

"그리고 페레스."

"예, 폐하."

"잘했다. 모름지기 사내라면 여성을 위해서 나설 줄도 알아야지."

"……."

페레스는 아마 대답할 말을 찾지 못하고 있는 것 같았다.

그냥 나를 잠시 보더니 살짝 고개를 끄덕였다.

"하지만 나도 내심 놀라기는 했다. 매사에 무심한 네가 그렇게 바로 달려들 줄은……."

요바네스가 흥미롭다는 듯 페레스를 향해 말했다.

"1황자가 감히 폐하의 앞에서 검을 뽑았으니 그랬겠지요."

할아버지가 센스 있게 대화를 가로챘다.

나와 페레스가 아는 사이이고 그동안 계속 친분을 유지해 왔다는 것을 아는 사람은 할아버지가 유일했다.

"흐음. 그러한가……."

황제는 이제 아스타나는 아예 잊어버린 듯, 평소의 태평한 얼굴로 돌아와 있었다.

아직까지 나를 꼭 껴안고 불안해하는 아버지와는 전혀 다른 모습이었다.

"하지만 페레스가 저런 모습을 보인 것도 처음이기는 하니……."

"그리 큰 의미를 두지 마시지요, 폐하."

"그래, 그거 좋겠군. 배동이 어떤가, 갤러한?"

나의 등을 가만가만 토닥이던 아버지의 손길이 우뚝 멈췄다.

"그게 무슨 말씀이십니까, 폐하?"

"마침 자네의 딸과 페레스가 비슷한 또래이니, 배동으로 들이는 것이 어떤가 말이야. 성격을 보아 하니 둘이 제법 잘 어울리는 것 같은데."

아니, 어느 부분이요?

나는 어이가 없었다.

그것은 할아버지도, 아버지도 마찬가지인 것 같았다.

유일하게 황제의 말에 눈이 초롱초롱해진 것은 페레스였다.

"……오늘은 이만 일어나는 것이 좋겠군요."

딱딱하게 굳은 안색으로 할아버지가 말했다.

입술이 씰룩이는 것이 매우 기분이 나쁘신 것 같았다.

"가자, 갤러한."
"……예, 아버지."
아버지도 대답을 하며 한쪽 무릎을 꿇었던 몸을 일으켰다.
비틀.
아버지의 몸이 흔들렸다.
"아빠?"
나는 한쪽으로 기우는 아버지의 손을 잡았다.
"갤러한? 왜 그러느냐?"
"아, 아닙니다. 아마 한쪽 다리가 저린 것 같습니……."
"갤러한!"
할아버지가 크게 외쳤다.
하지만 아버지의 몸은 또다시 한쪽으로 쓰러지기 시작했다.
털썩, 쿵!
체중을 그대로 실은 큰 소리가 바닥을 울렸다.
"어어……."
아버지도 이 상황이 이해가 되지 않는지 바닥에 주저앉아 어리둥절한 얼굴이었다.
"무슨 일이냐?"
할아버지가 물었다.
"잘, 모르겠습니다. 오른 다리가 왜 이렇게……."
아버지의 손이 자신의 오른쪽 다리를 연신 주물렀다.
"의원이라도 부르는 게 좋겠나?"
요바네스도 다가와 대수롭지 않게 물었다.
모두가 영문을 모르고 어리둥절한 사이에, 나는 이를 악물었다.

결국 시작됐다.

몸의 한쪽부터 점차 말을 듣지 않고, 빠르게 번져 나가 결국 온몸의 운동 능력을 상실하는 병.

결국 마비가 가슴까지 치달아서 점점 숨을 쉴 수 없어 괴롭게 죽어 가는 병.

아버지를 죽였던 틀렌브루가 발병했다.

우리는 곧바로 마차를 타고 롬바르디 저택으로 돌아왔다.

요바네스 황제는 바로 황궁의 의원을 불러 주겠다고 했지만, 아버지가 거부했다.

귀가하는 마차 안에서 아버지는 나를 위해 괜찮다고 웃으면서도 착잡한 얼굴로 말했다.

"롬바르디 내부 사정을 황가에서 알게 할 수는 없지."

당장 내 몸에 이상이 생겼음에도 가문의 일을 걱정해야 하는 것이다.

다행히 할아버지가 미리 저택에 사람을 보낸 덕에 준비는 빨랐다.

우리가 도착하자 시종들이 들것을 들고 기다리고 있었다.

하지만 자세한 이유를 알지 못했던 그들은, 마차 문을 열고 반쯤 누워 있는 아버지를 보고 하나같이 안색이 굳었다.

"아아, 미안하게 되었네."

아버지는 들것에 누워서 웃었다.

"……쓸데없는 소리 하지 말거라."

할아버지가 그런 아버지에게 낮은 목소리로 말했다.

침실도 이미 완벽하게 아버지를 맞이할 준비를 마쳐 놓은 상태였다.

우리 거처의 문을 열고 들어가자 굳은 얼굴의 클레리반과 로릴이 기다리고 있었다.

“이 늦은 시간에 오셨습니까, 클레리반 님.”

“시간이 문제겠습니까.”

벌써 몇 년째 바로 옆에 붙어 동업하는 사이에도 아버지와 클레리반은 항상 서로에게 깍듯한 존댓말을 사용했다.

“의원은?”

할아버지가 집사에게 물었다.

“오말리 박사에게 연락을 넣었습니다.”

모든 일이 너무나 빨리 일어나고 있었다.

침대에 누워서 오른 다리를 주무르고 있는 아버지도, 그 옆 의자에 앉은 할아버지도.

그리고 우리를 도와주기 위해서 모인 사람들도.

이 상황을 받아들이는 데에 급급했다.

그러나 아무도, 아버지가 쓰러진 이유를 알지는 못했다.

나만 빼고.

바쁘게 움직이는 사람들 사이에서 나는 표정 관리를 하기 위해 애썼다.

아직 자신의 병이 무엇인지 모르는 아버지를 위해서, 너무 심각한 얼굴을 하지 않으려고 괜스레 딴청을 피웠다.

하지만 그런 내 노력은 아버지 앞에서 무의미했던 모양이었다.

“티아.”

아버지가 나를 불렀다.

침실 안이 조용해졌다.

바쁘게 움직이던 사람들이 순간적으로 우뚝 멈추더니 나를 바라봤다.

아마 다들 나의 존재를 잊고 있었던 모양이었다.

"아빠 괜찮아."

아버지가 말했다.

"알아요."

나는 최대한 마음의 동요를 숨기면서 대답했다.

"그래. 우리 티아는 똑똑하니까."

나를 향해서 다정하게 웃어 주는 얼굴을 보면서도 나는 같이 웃어 줄 수가 없었다.

"무서워하지 않아도 돼."

대답할 수 없었다.

무서워해야 한다고.

아버지가 가지고 있는 병은 무서운 병이라고.

그리고 그 병이, 지난 생에 나에게서 아버지를 빼앗아 갔다고.

그런 말이 입술 사이를 비집고 나올 것만 같았다.

나는 다른 말을 하는 대신에 고개를 푹 숙여 버렸다.

"티아야……?"

아버지는 그런 나의 반응에 놀랐는지 두 눈을 동그랗게 떴다.

아, 조금 더 마음을 편하게 해 드려야 하는데.

하지만 침대에 누워 있는 아버지의 모습이 내 기억 속에 남아 있던 지난 생의 병상에서의 모습과 너무나 겹쳐 보여서.

나는 아랫입술을 깨물지 않는 것이 최선이었다.

아버지는 내 상태가 심상치 않다고 생각했는지.

불편한 몸으로라도 침대에서 몸을 일으켜 나에게 다가오려고 했다.

“오말리 박사가 왔습니다.”

다행히 집사의 목소리와 함께 왕진 가방을 든 오말리 박사가 도착했다.

“잠시 자리를 비켜 주겠나.”

할아버지가 사람들에게 말했다.

얼마 지나지 않아 침실에는 아버지와 나, 그리고 할아버지와 오말리 박사만 남았다.

“증상이 어떠십니까?”

“일단 오른쪽 다리가…….”

아버지는 담담하게 자기 상태를 설명했다.

듣지 않아도 알고 있었다.

아니, 앞으로 어떤 일이 벌어지는지도 다 알고 있었다.

오른쪽 다리부터 시작되는 감각 이상은 일주일 사이에 점점 더 심해질 것이다.

오말리 박사가 최선을 다해서 약을 처방하지만, 그렇게 큰 효과는 없다.

기껏해야 마비에서 오는 불편함만 줄여 줄 뿐이다.

그리고 한 달, 다른 쪽 다리에도 마비가 시작될 것이다.

또 한 달, 오른팔의 가동 범위가 급격하게 좁아지고.

또 한 달.

오른손을 아예 사용하지 못하게 되고.

그렇게 내 생일을 일주일 앞두고 목 아래로는 움직일 수 없는 아버지는 호흡곤란마저 겪게 된다.

너무나 괴로워하는 아버지를 보다 못해서 내가 차라리 아버지가 빨리 죽게 해 달라고 밤새도록 빌고 또 빌었을 때.

내 생일 삼 일 전.

아버지가 마지막 숨을 쉬며 눈을 감았다.

멈출 수 없는 기억들이 물밀듯 밀려들었다.

"피렌티아, 이리 오거라."

할아버지가 혼자 있는 내가 마음이 쓰였는지, 침대 근처에서 손짓했다.

하지만 나는 고개를 저었다.

그리고 침대에서 멀찍이 떨어져 있는, 침실 구석에 있는 의자에 앉았다.

"혹시 최근에 넘어진 적이 있다거나, 허리를 다친 적이 있으십니까?"

"그런 적은 없습니다."

"그렇다면……."

오말리 박사는 아주 신중한 태도로 아버지를 진찰했다.

"발끝을 움직여 보실 수 있겠습니까?"

"으음……."

아버지는 자신의 발끝을 바라보면서 온 신경을 집중했지만, 오른발은 미동도 하지 않았다.

"이상하다……."

아버지는 당황스러운 듯, 인상을 찌푸리며 몇 번이나 시도했지만 소용없었다.

오늘 아침까지 멀쩡하던 다리가 갑자기 다른 사람의 것이 된 것처럼 말을 듣지 않으니 당연했다.

그게 바로 틀렌브루라는 병의 무서움이었다.

아무런 전조 증상도 없이 갑자기 나타난다.

유전병도 아니다.

누구도 그 병이 어떻게 발생하는지 모른다.

이전 생에서도 마찬가지였다.

에스티라도 마비 증상을 없애는 약을 만들었을 뿐.

틀렌브루라는 병의 원인을 알아낸 것은 아니었다.

"다리에 통증은 없으십니까?"

"통증……. 아니요. 차라리 아프기라도 하면 좋겠습니다. 이건 갑자기 제 다리가 없어진 것 같은 느낌입니다."

"흐음……."

오말리 박사의 표정이 점점 안 좋아졌다.

"그것참, 일반적이지 않은 증상들이군요."

이런저런 말로 시간을 끌고 있기는 하지만, 아마 오말리 박사는 이미 알았을 것이다.

아버지의 급작스럽고 별난 증상들이 가리키는 병은 단 하나, 틀렌브루병이라는 것을.

점점 말수가 적어지는 오말리 박사의 모습에 아버지는 무언가를 느낀 것 같았다.

어두운 눈으로 할아버지를 바라보더니, 구석에 조용히 앉아 있는 나에게 말했다.

"티아, 잠시 나가 있겠니?"

"……네."

나는 조용히 방 밖으로 나와서 문을 닫았다.

안에서 오가는 대화를 엿들으려고 하지도 않았다.

무슨 말을 할지는 이미 다 알고 있으니까.

"아가씨……."

문밖에서 기다리고 있던 로릴과 클레리반이 나를 보고 자리에서 일어났다.

"너무 걱정하지 마세요. 갤러한 님께서는 괜찮으실 거예요."

로릴이 따듯한 품으로 나를 안아 줬지만, 내 속은 꽁꽁 얼어 버린 듯 소용이 없었다.

"따듯한 우유를 한 잔 가져다줄래?"

나는 로릴에게 부탁했다.

"그럼요, 아가씨. 잠시만 기다리세요!"

로릴은 내가 무언가를 마시고 싶어 한다는 것 자체에 기뻐하며 얼른 주방으로 향했다.

이제 응접실에는 나와 클레리반만 남아 있었다.

클레리반은 쉬이 나를 위로해 주려고 하지 않았다.

아마 내 태도에서 뭔가 심상치 않다는 것을 읽은 듯했다.

"클레리반."

"네, 피렌티아 님."

"멀리 서신을 보내야 할 것 같은데. 발이 빠르고 신뢰할 수 있을 만한 사람을 알아봐 주세요."

나는 응접실 테이블에 놓인 메모장에 펜을 들었다.

무슨 말을 해야 하나 고민 따위는 하지 않았다.

오늘이 올 것을 알고 있었기에, 펜을 쥔 내 손은 떨리지 않을 수 있었다.

휘갈기듯 빠르게 써 내려간 짧은 서신을 클레리반에게 내밀었다.

"이대로 보내면 될 거예요."

"이건……."

종이를 접지 않았으니 클레리반은 서신의 내용을 모두 볼 수 있었다.

클레리반의 푸른 눈동자가 흔들렸다.

"서신을 보낼 곳은……."

달칵.

아버지 침실의 문이 열리고 오말리 박사가 나왔다.

박사는 나를 보지 않았다.

아니, 나와 눈이 마주칠까 대충 인사만 하고 허둥지둥 지나가 버렸다.

그래.

방금 아버지가 죽을병이라는 것을 알리고 그 어린 딸을 보기가 힘들었겠지.

나는 작게 한숨을 쉬었다.

"티아, 이리 들어오겠니?"

그때 나를 부르는 아버지의 목소리가 들렸다.

침실로 가는 나의 뒤를 클레리반이 조용히 따랐다.

아버지는 조금 전 모습 그대로 침대 위에 앉아 있었다.

"오말리 박사가 무엇이 문제인지 말해 주었단다, 티아."

아버지가 웃는 얼굴로 내게 말했다.

“잠시 다리 근육이 놀란 것뿐이니, 금방 나을 거라고 하더구나.”
뭐라고?
나는 내 귀를 의심했다.
그리고 가슴이 콩닥거렸다.
어쩌면 미래가 바뀐 걸까?
정말로 틀렌브루병이 아닌 걸까?
그리고 할아버지를 바라봤다.
“아…….”
할아버지는 나를 보고 있지 않았다.
오말리 박사와 마찬가지로, 내 시선을 피했다.
“아빠는 금방 괜찮아질 거야.”
아버지가 활기찬 목소리로 내게 말했다.
“너무 걱정하지 말거라, 티아.”
나는 아무 말도 할 수 없었다.
커다란 돌멩이를 삼켜서 목이 막힌 것 같았다.
본인이 치료제도 없는 병에 걸렸다는 사실을 알게 된 이 순간에도, 아버지는 나를 더 생각하고 있었다.
이제 겨우 열 살이 된 딸이 자신을 걱정할까 봐.
무서울까 봐.
저렇게도 젊은 얼굴로, 저렇게도 해맑게.
나는 이를 악물고 아버지를 바라보다가 돌아섰다.
그리고 클레리반에게 말했다.
“서신은 제국 아카데미로, 수신인은…….”
나와 아버지의 유일한 희망.

"수신인은 '에스티라'로 부탁드려요."

피렌티아는 갤러한의 곁으로 다가오지 않았다.

멀찍이 문간에서 서서 클레리반과 잠시 대화를 하더니 다시 돌아 나갔을 뿐이었다.

그 모습에 갤러한은 쓰게 웃으며 로릴을 향해 말했다.

"로릴, 티아의 잠자리 준비를 도와주겠어?"

"……네, 갤러한 님."

로릴은 고개를 푹 숙이더니 후다닥 피렌티아의 뒤를 따라 나갔다.

이제 갤러한과 함께 방에 남은 것은 여전히 의자에 앉아 있는 룰락과 문간에 서 있는 클레리반뿐이었다.

"앞으로 로릴 양의 손을 더욱 빌려야 할 것 같은데. 큰일이군요."

앞으로 점점 할 수 없는 일들이 많아질 것이다.

지금은 한쪽 다리일 뿐이지만, 언제 마비 증세가 다른 곳으로 번질지 모른다.

"반년……."

오말리 박사가 알려 준 자신의 남은 수명이었다.

틀렌브루가 발병하고 난 뒤, 보통 반년을 넘기지 못하고 죽는다고 했다.

"내일 다른 의원을 데려올 테니 다시 진찰받아 보거라."

"아버님……."

"그리 희귀하다는 병인데 잠시 들여다봤다고 해서 어찌 안단 말이냐? 다른 의원들을 수소문해 보마. 네가 틀렌브루병이라니, 말도 안 되는…….”

룰락이 불퉁하게 중얼거리는 소리에 클레리반의 얼굴이 굳어졌다.

“틀렌브루…….”

“아니라고 하지 않느냐!”

결국 룰락이 버럭 노성을 질렀다.

엉망으로 일그러진 얼굴은 평소의 냉정하고 침착한 룰락이라고 보기 어려울 정도였다.

“갤러한이 그런 몹쓸 병에 걸렸을 리가 없다!”

“아버님…….”

갤러한은 그런 룰락을 바라보다가 고개를 끄덕이며 말했다.

“다른 의원의 진찰을 받아 보겠습니다.”

“그래, 그래야지. 오말리 박사가 아무래도 실력이 녹슨 듯하다.”

룰락이 자리에서 훌쩍 일어났다.

“당장 내일이라도 그 다리가 다시 멀쩡해질 수 있는 일 아니냐.”

하지만 그렇게 말하면서도 룰락의 시선은 굳어 버린 갤러한의 다리에서 떨어질 줄을 몰랐다.

겉으로 보기엔 저리 멀쩡한데.

“너는 아직 너무나 젊다, 갤러한.”

약도 없는 죽을병에 걸리기엔 너무나.

룰락은 그런 말을 남기고 돌아섰다.

“그리고 이 일은 주변으로 새어 나가지 않게 해라. 너는…… 황실 연회에서 발을 헛디뎌 다리가 부러진 것이다. 알겠느냐?”

“……감사합니다, 아버님.”

요즘 들어 가문 안팎으로 뚜렷한 두각을 나타내고 있는 갤러한의 건강에 이상이 생겼다는 소문이 가져올 파장은 어마어마했다.

호시탐탐 틈을 노리는 경쟁자들에게는 다시 없을 희소식이 될 것이고, 갤러한 의복점과 함께 일하기를 희망하던 사람들에게는 거대한 걸림돌이 될 것이다.

"누가 언제 찾아올지 모르니, 그 다리에 부목이라도 대어 놓거라."

"하하. 예, 아버님."

갤러한은 웃었고, 룰락은 그런 아들에게 '실없는 녀석'이라고 말을 한 뒤에 방을 나섰다.

달칵하고 문이 닫히는 소리와 함께 갤러한의 얼굴에서 웃음기가 가셨다.

그러고는 차분하게 가라앉은 목소리로 클레리반에게 말했다.

"클레리반 님."

"예, 말씀하십시오."

"아무래도 몇 가지 준비해야 할 것 같습니다."

"무엇을 말씀하시는 겁니까?"

클레리반의 질문에 갤러한은 작게 한숨을 쉬었다.

"만약 제 병이 정말로 틀렌브루병일 때를 대비해야지요."

답답함보다는 일종의 체념에 가까운 한숨이었다.

"티아가 혼자 남게 될 것 아닙니까."

다시 습관처럼 빙그레 웃는 갤러한에게, 클레리반은 아무 말도 해 줄 수 없었다.

대신 피렌티아가 써서 넘겨주었던 쪽지가 까드득 소리를 내며 구겨질 정도로 주먹을 꽉 말아 쥐었다.

아침이 밝아 오는 시간.

페레스는 오랫동안 몸에 밴 습관대로 검을 가지고 포이락궁 연무장으로 향했다.

처음 피렌티아를 만났던 날.

'검술 연습을 해야 한다'고 말을 들었던 그날 이후로 단 한 번도 쉰 적이 없는 아침 훈련이었다.

어제 연회가 자정이 넘어 끝이 나고, 눈을 붙인 것은 고작 몇 시간에 지나지 않았지만 오늘도 예외는 아니었다.

무거운 몸이었지만 오러를 운용하기 시작하니 그런 느낌은 순식간에 사라졌다.

한바탕 땀을 쏟아 낸 페레스는 연무장 바닥에 앉아 어젯밤 있었던 일을 떠올렸다.

숲속에서 만나 순식간에 페레스의 모든 것을 가져간 피렌티아는 시간이 지났지만 변하지 않았다.

여전히 페레스에게는 피렌티아만 보였다.

처음 연회장으로 걸어 들어갈 때도.

너무나 빨리 지나간 테라스에서의 달콤한 시간에도.

아스타나가 검을 뽑았을 때도.

페레스가 보는 것은 오로지 피렌티아뿐이었다.

그리고 갤러한이 쓰러지고 모두가 쓰러진 갤러한을 보고 있을 때도.

페레스는 피렌티아를 바라보고 있었다.

"괜찮을까."

피렌티아는 자신과 다르게 부친과 매우 가까운 것 같았다.

누워서 일어나지 못하는 갤러한을 보며 입술을 앙다물던 그 얼굴이 자꾸만 떠올랐다.

찾아가서 볼 수 있다면 좋을 텐데.

하지만 아는 사이라는 것을 들키면 안 된다는 피렌티아의 말이 있었다.

페레스는 검을 검집에 집어넣으며 자신의 마음도 억눌렀다.

하지만 보고 싶다.

궁으로 돌아가는 페레스의 어깨가 자꾸만 아래로 처졌다.

"화, 황후마마!"

막 포이락궁 건물에 다다랐을 때였다.

당황한 케이틀린의 목소리에 페레스는 고개를 들었다.

마차의 문을 스스로 박차고 나와 성큼성큼 걸어오는 황후가 보였다.

그리고 자신의 뺨을 내려치기 위해 위로 크게 올라가는 오른손도 보였다.

페레스에게는 하품이 나올 만큼 느린 움직임이었다.

'맞을까.'

그런 생각이 페레스의 머릿속을 순간 스쳤다.

황후가 왜 자신의 뺨을 치려는지 예상할 수 있었기 때문이었다.

가만히 서 있던 페레스는 마지막 순간에 몸을 살짝 틀었다.

황후의 손이 아슬아슬하게 페레스의 얼굴을 비껴갔다.

"이익!"

황후가 더 약이 올랐다.

"천한 것이 감히! 감히! 내 아들에게 검을 들이대!"

라비니는 그렇게 악을 쓰며 어떻게든 페레스를 때리려고 했지만, 그때마다 페레스는 더욱 약 올리듯 간발의 차이로 피했다.

"저 천한 것을 잡아!"

결국 황후가 대동한 기사들에게 명령했다.

하지만 다가가던 기사들도 페레스의 허리에 검이 매여 있는 것을 보고 움찔했다.

이미 2황자가 오러를 만들어 내는 실력자라는 사실은 황궁 안에 파다하게 퍼져 있었다.

그것도 선명하디선명한 푸른 오러를.

아직 나이는 어리지만 이미 그것만으로도 기사들과 대등한 실력을 가졌다는 증거였다.

아니나 다를까.

2황자는 이미 자신들의 다음 행동을 파악한 듯 딱 두 걸음 반을 물러나 있었다.

기사들이 검을 뽑아도 검 끝이 닿지 못하는 거리였다.

이미 그들의 모든 것은 파악된 것과 마찬가지였다.

기사들이 우물쭈물하고 있는 사이 황후는 페레스를 향해 온갖 욕을 쏟아 냈다.

"너를 그때 죽였어야 했어! 네 천한 어미와 함께 묻었어야 했는데! 이 근본도 알 수 없는 더러운 것! 감히 내 아드님을……."

"근본을 알 수 없다니 그게 무슨 말이오, 황후?"

황후의 발악이 거짓말처럼 멈췄다.

포이락궁 정원에서 페레스를 기다리다가 소란에 밖으로 나온 황제였다.

페레스에게 다가갔던 기사들이 얼른 뒤로 물러났다.

"황자가 내 아들이라는 것만으론 부족하다는 말이오? 아니면……."

황제가 불쾌함을 숨기지 않고 말했다.

"황후가 말하는 근본이, 나요?"

"그, 그런 뜻이 아니라……."

라비니는 잠시 당황했지만, 이내 평정심을 되찾고 대답했다.

턱을 살짝 들고 말하는 모습이 퍽 당당하기까지 했다.

"어제 아스타나에게 있었던 일을 들었습니다. 어째서 제게 말씀하지 않으셨습니까?"

"무엇을 말하란 말이오? 내 열다섯 먹은 아들이 천지 분간을 하지 못하고 갤러한의 딸아이를 밀치고, 결국 롬바르디 가주가 보는 앞에서 그 아이를 해하려 하였다고 말이오?"

요바네스가 빈정거렸다.

"아스타나에게도 그럴 만한 이유가 있었겠지요!"

화가 난 라비니가 새된 목소리로 외쳤다.

하지만 황제는 인상을 찌푸리며 고개를 저었다.

"이 제국의 황자라면 지금쯤은 알아야지. 롬바르디 가문을 제 편으로 만들 방법 정도는."

그 말이 결국 라비니의 화를 펑 하고 터지게 만들었다.

"어째서! 어째서 항상 롬바르디의 눈치를 보십니까! 이 제국의 주인은 폐하이십니다! 듀렐리 일가입니다!"

"그래서?"

"어제와 같은 상황에서는 아스타나의 편을 들어 주셨어야지요! 하녀 소생의 저 천한 것이 감히 아스타나에게 검을 들이대고 모욕감을 주게 두지 마시고, 아스타나를 그렇게 화나게 한 롬바르디의 계집아이를 혼쭐을 내 주셨어야 했어요!"

황제는 이제 아예 질린 얼굴로 혀를 차며 물었다.

"지금 아스타나 때문에 롬바르디와 척을 지라는 말이오?"

"폐하께는 무수히 많은 귀족가들이 있는데 어찌 롬바르디에게만 의지하려고 하십니까! 롬바르디가 황실에 소홀히 한다면……."

"앙게나스가 그 자리를 차지하려고 하겠지."

"그, 그건……."

"롬바르디를 밀어내고 그 자리를 앙게나스로 채우라니. 도대체 나보고 어디까지 어리석은 황제가 되라는 말이오."

요바네스가 피식 웃었다.

"황후."

라비니를 부르는 황제의 목소리가 급격하게 낮아졌다.

"앙게나스는 절대, 롬바르디를 대신할 수 없소. 그럴 만한 능력이 없지. 그러니 너무 욕심내지 마시오."

황후는 파르르 떨었지만, 황제는 신경 쓰지 않았다.

겉으로 드러난 것뿐만이 아니었다.

롬바르디는 이 제국과 황실을 유지하는 거대한 기둥과도 같았다.

젊은 날, 그것을 인정하는 것이 몹시 힘들었지만 요바네스는 현명해졌다.

롬바르디와 싸운다고 한들 제 살 깎아 먹기라는 것을 받아들이고 룰락의 말처럼 그들을 이용해 왔다.

때로는 그들에게 힘을 실어 주고, 때로는 밀어내는 척도 하면서.

그러나 여우처럼 셈이 빠른 룰락도 절대로 용납하지 않는 것이 있었으니.

바로 자신의 혈육에 대한 문제였다.

만약 어제 그 자리에서 페레스가 곧바로 나서지 않았다면, 요바네스는 아스타나를 공개적으로 질책해서라도 룰락의 분노를 풀어야 했을 것이었다.

한데 페레스가 검을 들고 뛰어나가 피렌티아를 지킨 이유는 아직 요바네스도 알 수 없었다.

오늘 그것을 물어보기 위해서 포이락궁을 찾은 참이었다.

한데 황후도 달려왔을 줄이야.

제 어미에게 일러바쳤을 아스타나를 생각하니 화가 치밀어 올랐다.

못난 녀석.

그러다 묵묵히 한쪽에 서 있는 페레스가 눈에 띄었다.

연회장에 입장하는 동안 녀석이 갤러한의 딸에게서 눈을 떼지 못하던 것이 기억났다.

그리고 불쑥 기묘한 충동이 일었다.

요바네스는 아예 황후를 등지고 선 채로 페레스에게 말했다.

"너는 나 대신 갤러한 롬바르디의 병문안을 다녀와라."

시큰둥하던 페레스의 낯빛에 화색이 돌았다.

"그리고 가는 길에 내 서신도 받아 롬바르디 가주에게 전하도록. 갤러한의 딸을 네 배동으로 삼겠다는 서신이다."

"……누가 온다고?"

나는 읽던 책을 덮고 로릴을 바라봤다.

"2황자 전하께서 롬바르디 저택을 방문하신다고……. 조금 전에 황성에서 파발이 다녀갔어요."

순간적으로 내 귀를 의심했다.

페레스가 롬바르디에 온다고?

걔가 그렇게 마음대로 밖에 다닐 수 있는 상황이던가?

물론 전처럼 숨죽이며 살아야 하는 처지는 아니었지만, 그렇다고 해서 황성을 벗어나 마음대로 돌아다니기엔 걸리는 것이 많았다.

그런데 당장에 황제의 영역인 황도를 벗어나 롬바르디에 오겠다니?

오는 길에 누군가에게 습격을 받기에 딱 좋은 그림이잖아.

"오늘?"

"예, 정오 즈음에 도착하신다고 해요."

"허어……."

페레스는 멍청하지 않다.

굳이 무리를 해 가면서 롬바르디에 녀석이 와야 할 이유는 없다.

"아니, 도대체 왜?"

"글쎄요……."

로릴이 어깨를 으쓱하더니 속삭였다.

"그런데 아가씨. 2황자 전하랑 아는 사이셨어요?"

아, 그러고 보니 로릴은 모르는구나.

"으음, 예전에 약간. 그동안은 그냥 편지를 주고받았어."
"아! 혹시, 그……."
나는 대답 대신 고개를 끄덕였다.
아니나 다를까.
로릴의 얼굴에 묘한 미소가 떠올랐다.
"어머나. 그럼 2황자 전하가 우리 아가씨를 만나러 오는 것이로군요!"
하아.
또 이상한 상상을 하는 것이 분명했다.
"그런 거 아니야. 분명히 다른 일이 있겠지."
"하지만 황궁의 파발이 저를 불러낸 것을 보면 분명히 아가씨를 보러 온다는 뜻이 아니겠어요?"
"그…… 런가? 그 자리에 로릴밖에 없었어?"
"으음, 아뇨. 저랑 집사님 둘이었어요."
집사는 이 저택을 총괄하지만 주로 할아버지의 주변을 챙긴다.
"그렇다면 나랑 할아버지를 보러 온다는 뜻인데……."
하지만 딱히 짐작 가는 이유는 없었다.
녀석과 내가 서로 모르는 척을 하고 있는 이 상황에서는 특히.
"뭐, 페레스가 오면 알게 되겠지."
어차피 이곳으로 오고 있다는데 못 오게 할 수도 없는 일이었다.
그리고 아침부터 요란하게 황궁의 파발이 저택의 문을 두드렸으니 이미 페레스가 온다는 사실을 알 만한 사람은 다 알고 있을 터였다.
나는 계속해서 나를 이모티콘 같은 눈으로 웃으며 바라보는 로릴을 무시하고 계속해서 책을 읽었다.

틀렌브루와 같은 각종 희귀병에 대한 정보와 치료 예시를 담은 책이었다.

시간은 금방 흘러서 해가 하늘 가운데에 걸리는 정오가 되었다.

멀리서 페레스가 타고 있는 황실의 마차가 달려오는 것이 보였다.

마차에는 커다란 황가의 깃발까지 달려 있었다.

매우 공식적인 방문이라는 뜻이었다.

할아버지는 선약이 있으니 페레스와 점심 식사를 한 뒤에 집무실로 데려오라는 서신을 보내오셨다.

하지만 저택 앞에 나만 나와 있는 것은 아니었다.

"샤나넷 님, 비에제 님, 거기에다 로렐스 님까지. 다 자기 가족의 시종을 보냈네요."

로릴이 내 귀에 작게 말했다.

그 말이 맞았다.

본인이 직접 나오기는 뭣하니 다들 사람을 보내 상황을 살피게 하는 것 같았다.

왕래가 있었던 1황자도 아니고, 2황자가 롬바르디에는 왜 방문하는 것인지.

그리고 나를 왜 불러냈는지.

시종들의 시선이 계속 나에게 머무는 것만 봐도 알 수 있었다.

다그닥, 다그닥.

마침내 말이 걸음을 멈추고 화려하게 치장한 마차의 문이 열렸다.

오늘도 무표정에 가까운 얼굴의 페레스가 우리 쪽으로 걸어왔다.

하지만 나는 페레스의 눈이 초롱초롱하게 빛나는 것을 보고 알 수 있었다.

저 녀석, 무지하게 신난 상태다 지금.

나는 페레스가 실수하기 전에 얼른 살짝 무릎을 굽히며 가볍게 예의를 차렸다.

"안녕하세요, 2황자 전하. 어서 오세요. 기다리고 있었습니다."

"아……. 안녕하세요, 롬바르디 영애."

페레스는 잠깐 주변의 눈치를 보다가 나의 장단에 맞췄다.

"할아버님은 안타깝게도 선약이 있으셔서 저와 아버지의 처소로 모시겠습니다. 함께 점심 식사를 하고 할아버지의 집무실로 가시죠."

"……네."

성공이다.

겨우 안면이 있는 사람들처럼 어색하게 인사하는 데 성공했다.

임무를 받고 온 시종들의 집요한 시선이 우리가 저택의 홀을 벗어나 별관 안으로 들어갈 때까지도 끈질기게 따라붙었다.

집사가 엄하게 주의를 주자 떨어져 나가기는 했지만.

긴 복도를 지나 우리 집에 들어왔을 때야 긴장을 풀 수 있었다.

나는 응접실의 소파에 털썩 앉으며 물었다.

"후우. 여기는 왜 온 거야, 페레스?"

"티아 너 보려고."

"장난하지 말고."

"정말인데."

나와 페레스가 티격태격하기 시작하자, 로릴의 눈이 휘둥그레졌다.

"아가씨……."

"왜?"

"생각보다, 많이 친하시네요…… 두 분."
"……로릴?"
페레스가 자신의 이름을 부르자 로릴은 펄쩍 뛸 정도로 놀랐다.
"제, 제 이름을 어떻게……."
"티아가 편지에서 몇 번 언급한 적이 있으니까."
"아, 예……. 그러셨군요."
로릴은 나를 보면서 발그레하게 얼굴을 붉혔다.
"말 돌리지 말고. 오늘 왜 온 거냐니까?"
"아, 아가씨……."
로릴이 내 날카로운 목소리에 놀라서 바라봤다.
사실 나도 좀 당황했다.
이렇게까지 짜증을 낼 일은 아니었는데.
아무래도 아버지의 일로 내 신경이 평소보다 훨씬 예민해져 있는 모양이었다.
"이걸 전하려고 왔어."
페레스가 태연한 얼굴로 품에서 편지 봉투 하나를 꺼냈다.
녹인 황금을 발라서 십 리 밖에서도 알아볼 수 있는 그것.
"자, 잠깐! 그거 지금 황제 폐하의 서신이야?"
"응."
'응'이라니!
페레스의 어딘가 핀트가 나간 성격은 잘 알고 있었지만!
황제의 서신은 일반인이 쓴 서신과는 다르다.
황제가 공식적으로 누군가를 시켜 서신을 전하게 한다면 그 사람은 한시라도 빨리 그 서신을 봉투에 적힌 이름의 주인에게 전해 줘야 할 무거운 책임이 생긴다.

이건 제국민이라면 누구나 아는 상식이라고!

페레스는 당황하는 나와 로릴을 멀뚱멀뚱 보고 있을 뿐이었다.

나는 서둘러 편지 봉투를 살펴봤다.

"룰락, 롬바르디……."

"어, 어서 집무실에 사람을 보낼게요!"

로릴이 뛸 수 있도록 드레스 자락을 한 손에 말아 쥐면서 말했다.

"잠깐."

나는 한 손을 들어서 그런 로릴을 멈춰 세웠다.

"페레스, 너 혹시 이 봉투 안에 무슨 내용이 들었는지 알아?"

"너를 내 배동으로 삼겠다는 내용이야."

페레스는 황제의 서신에 쓰인 내용을 발설하는 데 한 치의 망설임도 없었다.

나는 머리를 부여잡으며 한숨을 쉬었다.

"골치 아프네……."

황자의 배동이 된다는 것은 아이의 가족 혹은 가문이 황위 서열 다툼에서 그 황자를 지지하겠다는 공식 선언이나 다름없다.

아스타나와 벨레삭만 봐도 알 수 있었다.

자신이 1황자의 사람이라고 알린 뒤, 비에제의 주변에는 모두 그런 사람들이 모였다.

롬바르디의 다음 대 가주로 점쳐지는 비에제가 1황자를 지지하고 있으니, 앙게나스의 주가도 날이 갈수록 뛰고 있는 실정이었다.

"곤란한 거야?"

페레스가 나에게 물었다.

"뭐, 그리 좋지는 않지."

이미 아스타나, 즉 황후와는 이번 일로 완전히 틀어졌다.

나와 아스타나가 다툰 일로 인해 아스타나의 목에 검을 들이밀게 되었으니까.

게다가 그 일을 계기로 페레스가 오러를 쓸 수 있다는 것이 파다하게 퍼져 버렸다.

건국제 연회라는 공식 석상에 2황자가 정식으로 등장하고 동시에 아직 열세 살밖에 되지 않은 페레스가 오러를 사용한다는 사실에 천재가 나타났다고 난리가 났다.

하지만 아스타나 측과 사이가 나빠진 것과 완전히 페레스의 사람이 되는 것은 다른 문제였다.

정확히 말하자면, 롬바르디 가주의 삼남인 아버지가 페레스를 지지한다고 선언하는 것 말이다.

이건 아버지의 사업에 큰 영향을 줄 수 있다.

내가 고민에 빠져 있을 때였다.

페레스와 눈이 마주쳤다.

살짝 찌푸린 듯한 녀석의 눈이 나를 빤히 보다가 질문했다.

"그러니까, 내 배동이 되는 것이 너에게 골치 아픈 일이라는 거지?"

나는 살짝 고개를 끄덕이며 녀석에게 그 이유를 설명하려고 했다.

하지만.

"너, 뭐 하는 거야!"

찌이익.

페레스가 황제의 서신을 정확하게 반으로 찢어 버렸다.

얘가 미쳤나 봐!

하지만 페레스는 단호하게 말했다.

"너를 곤란하게 하는 거라면 필요 없어."

"아, 아무리 그래도 그렇지!"

그래도 황제의 서신인데!

나는 반토막 난 편지를 두 손에 잡고 멍하니 바라봤다.

"내 생각이 짧았어."

페레스가 다소 덤덤하게 말했다.

"배동이 되면 좋을 거라고 생각했는데."

"야, 화났어?"

어찌 생각하면 기분이 나쁠 만도 했다.

내가 조심스럽게 물었지만, 페레스는 고개를 저었다.

"아니, 진심이야. 이 서신은 잊어. 내가 알아서 할게."

네가 뭘 어쩌려고!

페레스야말로 지금 황제의 눈 밖에 나면 큰일이 난다.

"아니야, 일단 잘 붙여서 할아버지께 가져가 봐야 해."

편지에 적힌 수신자는 할아버지였으니까.

"무슨 서신을 말하는 거니."

"아, 아빠……."

아버지가 열린 침실 문틀에 기대어 서 있었다.

"갤러한 롬바르디 공."

페레스가 얼른 아버지에게 인사를 했다.

"무슨 서신을 말씀하시는 겁니까, 황자님."

페레스는 잠시 내 눈치를 보더니 반으로 찢어진 황제의 편지를 내밀었다.

"으음……."

아버지는 이 어린애들을 어쩌지, 하는 얼굴로 고민을 하더니 물었다.

"듣자 하니 티아를 황자님의 배동으로 삼겠다는 서신이라고요."

"예, 그렇습니다."

"폐하께서 결국……."

아버지는 이런 일이 있을지도 모른다고 짐작을 한 얼굴이었다.

혹시 어른들끼리 오간 말이 있었던 것일까.

아버지는 잠시 묘한 눈으로 페레스를 바라봤다.

아버지답지 않게 전혀 다정하지도 상냥하지도 않은 그런 무서운 얼굴이었다.

그런 아버지와 시선이 마주친 페레스의 어깨가 작게 움찔하더니 곧 잔뜩 힘이 들어가는 것이 보였다.

두 사람은 마치 눈싸움이라도 하는 것처럼 그렇게 움직이지 않았다.

"저기……."

보다 못한 내가 말을 꺼냈을 때였다.

문간에 기대서 힘들게 서 있던 아버지가 '끄응' 하는 소리와 함께 문 뒤쪽에서 무언가를 꺼냈다.

오늘 아침 오말리 박사가 놓고 간 목발이었다.

"황제 폐하의 서신은 바로 전해 드려야겠지. 아버님의 집무실로 가자."

"제가 갈게요! 아빠는 다리가……."

"아직 걸을 수 있어."

아빠가 웃으면서도 단호하게 말했다.

"목발을 짚으면 걸을 수 있으니까. 딸의 일은 아버지가 도와줘야지."

목발을 짚고 한 걸음씩 걸어 나가는 아버지의 모습이 위태위태했다.

평평한 복도를 걸을 때도 그랬지만, 계단을 내려갈 때는 더욱 그랬다.

나와 로릴이 부축을 해 주겠다고 했지만 아버지는 거절했다.

"혼자 할 수 있단다."

순간적으로 아버지에게서 할아버지의 모습이 비칠 만큼 고집스러운 태도였다.

하지만 동시에 그 뒷모습은 너무나 커다래서, 집무실로 향하는 동안 나는 세상 어떤 것도 무섭지 않았다.

"음? 갤러한? 네가 여긴 어쩐 일이냐."

룰락은 회의를 잠시 멈추고 집무실로 돌아왔다.

점심 식사 이후에 만나기로 했던 2황자가 급히 찾아왔다는 전언 때문이었다.

그런데 집무실에서 룰락을 기다리고 있는 것은 피렌티아와 2황자뿐만이 아니었다.

목발을 짚은 갤러한도 함께였다.

"2황자 전하께서 아버님께 드릴 것이 있다고 하여서 급히 왔습니다."

"나에게?"

룰락이 페레스를 바라봤다.

명색이 후견인이니 보는 눈을 위해서라도 간간이 포이락궁에 들러 생활하는 것을 들여다봐 왔다.

하지만 룰락은 페레스의 저 눈이 여전히 익숙해지지 않았다.

오늘도 마찬가지로 2황자와 시선이 마주치자 속이 불편하게 뒤틀리는 것 같은 속내를 숨겼다.

"폐하께서 전하라고 하셨습니다."

페레스가 짤막한 말과 함께 금색 봉투를 내밀었다.

"……원래부터 이런 모양은 아니었을 것 같은데."

"죄송합니다."

페레스는 룰락에게 깊이 고개를 숙였다.

"흐음."

룰락은 그런 페레스를 못마땅하게 보다가 두 토막 난 서신을 꺼내 읽었다.

얼마 가지 않아 룰락에게서 낮은 목소리가 흘러나왔다.

"요바네스……."

당장이라도 편지 조각을 쥐고 황궁으로 뛰어갈 것 같은 분위기였다.

룰락의 눈에 분노의 불꽃이 튀었다.

비에제와 벨레삭이야 본인들이 간청해서 얻어 낸 배동 자리였다지만, 이건 엄연히 황제인 요바네스가 제 아들을 앞세워 피렌티아에게 껄떡거리는 상황이었다.

"할아버지?"

룰락은 눈을 동그랗게 뜨고 놀란 손녀를 바라봤다.

그 순진무구하고 어여쁜 얼굴에 화가 더 치밀어 올랐다.

"감히 내 손녀를 넘봐?"

동성끼리의 배동이야 친우 사이라고 한다지만, 이성끼리는 달랐다.

황실에서는 예부터 이런 식으로 혼처를 미리 맡아 두는 경우가 종종 있었다.

정식으로 혼약을 제의할 나이가 되기 전에 선점하는 방식이었다.

그것을 요바네스가 모를 리는 없을 터.

물론 정식 혼약도 아니고 겨우 이런 것에 피렌티아의 미래가 결정되지는 않는다.

룰락 롬바르디의 손녀이니까.

하지만 기분이 나쁜 것은 별개의 문제였다.

"걱정하지 말거라, 갤러한. 이건 내가 알아서 처리하마."

당장 내일 황궁으로 찾아가 황제의 면전에 이 두 조각난 서신을 던져 줄 심산이었다.

"받아들이겠습니다."

"……뭐라?"

갤러한의 말에 룰락은 놀라 되물었다.

"황제 폐하의 제안을 받아들이겠습니다. 티아를 2황자 전하의 배동으로 하지요."

갤러한답지 않은 결정이었다.

룰락은 고개를 저으며 설명하려 했다.

"하지만 갤러한."

"저도 자칫 배동이라는 것이 어디까지 이어질 수 있는지는 알고 있습니다, 아버님."

"그렇다면 어째서……."

하지만 룰락은 도중에 입을 다물었다.

"다녀갔습니다. 아버님께서 부른 의원이 어제 늦게 다녀갔습니다."

언뜻 담담한 갤러한의 말에 룰락은 가슴이 무너지는 것 같았다.

그 의원도 틀렌브루병이라는 진단을 내렸다는 말이었다.

기어코 하늘이 아들을 일찍 데려가려 하고 있었다.

침통하여 침묵하던 룰락은 문득 피렌티아를 바라봤다.

손녀는 고개를 푹 숙이고 있었다.

아마 똑똑한 아이는 제 아버지의 다리가 단지 부러진 것이 아니라는 것을 이미 알고 있는 듯했다.

차마 딸에게 죽을병에 걸렸다고 말하지 못하는 아들도, 그런 아비의 상태를 모르는 척해 주는 손녀도.

룰락은 가슴이 미어지는 것 같았다.

갤러한은 차분한 목소리로 말을 이어갔다.

"한때는 폭풍이 불면 그저 몸을 낮추고 폭풍이 지나가기를 기다리면 된다고 생각했습니다, 아버님. 한데 이제 그것이 살아남을 수 있는 방법이 아님을 압니다."

룰락은 갤러한이 말하는 바를 읽고, 침울하게 고개를 끄덕였다.

아무리 룰락이라고 하더라도 사후에 벌어지는 일까지 관여할 수는 없었다.

"그래서 꿋꿋이 그 폭풍과 맞서 싸우며 티아를 지키려 했는데……. 그럴 수 없다면 저는 티아에게 그것이 무엇이든, 힘이 되어 줄 수 있는 것을 주고 싶습니다, 아버님."

아직 어린 딸아이를 두고 사후를 준비하는 아들의 모습에 룰락은 이를 악물었다.

당장 하늘에 대고 저주를 퍼붓지 않으려고 주먹을 으스러져라 쥐었다.

그리고 어딘가 매우 지친 목소리로 말했다.

“그래, 알겠다. 네 뜻이 그렇다면 그리하거라.”

“예, 아버님. 그리고…… 그저 배동일 뿐이지 않습니까.”

“그래, 그저 배동일 뿐이다. 그 이상도 이하도 아니다.”

룰락은 갤러한에게 약속하듯 말했다.

“티아야, 보통은 아빠가 너에게 의사를 묻겠지만 이번 일은…….”

“알아요, 아빠 뜻대로 하세요.”

“그래, 고맙다.”

갤러한의 커다란 손이 딸아이의 보드라운 갈색 머리칼을 쓰다듬었다.

룰락은 그 모습에 한숨을 속으로 삼키며 페레스를 바라봤다.

“2황자.”

“……예.”

“2황자와 1황자는 많이 다르다는 것을 알고 있겠지.”

페레스는 고개를 끄덕였다.

“1황자에게는 든든한 외가가 있소. 게다가 모친은 황후이지.”

당장 반역에 준하는 죄를 짓지 않는 이상, 황후와 아스타나는 안전하다.

하지만 페레스는 달랐다.

롬바르디의 가주가 후견인의 역할을 해 주고 있으나, 그것은 어디까지나 황제와의 거래에 의한 것.

조금만 잘못해도 페레스의 2황자라는 입지는 끝없이 흔들릴 것이다.

룰락은 물론 페레스에 대해서 걱정하는 것이 아니었다.

그로 인해서 어떤 형태로든 손녀인 피렌티아가 좋지 않은 영향을 받게 될까 싶은 마음이었다.

"내 말뜻을 알 것이라고 생각하오."

"알고 있습니다."

룰락은 여전히 페레스가 못마땅했지만 갤러한이 원한다면 배동에 반대할 생각은 없었다.

다만 한 가지 의문이 있었다.

"그런데 서신은 왜 찢은 것이오?"

"……저의 배동이 된다는 것이 피렌티아에게 곤란한 일이라는 것을 알게 되어서 그랬습니다."

"그 이유 하나로 폐하의 서신을 찢었다?"

"그 이유 하나면 충분합니다."

룰락은 잠시 아무 말이 없다가 툭 던지듯 내뱉었다.

"그거 하나는 마음에 드는군."

그러고는 마지막으로 페레스를 쓱 훑어보고는 돌아섰다.

"회의를 잠시 멈추고 나왔으니 돌아가 봐야 한다. 2황자는 이왕 내 집에 왔으니 충분히 쉬다 돌아가시오. 서신에 대한 답장은 내가 따로 보내지. 그리고 갤러한."

"예, 아버님."

"넌 돌아가서 쉬거라, 어서."

"……예."

집무실을 다시 나선 룰락은 사람들이 기다리고 있는 대회의실로 향했다.

그러다 문득 걸음을 멈추고 뒤쪽에서 따라오고 있는 집사 요한을 불렀다.

"황도에서 이름난 명의를 수소문해서 데려오게. 누구에게도 알리지 말고, 조심스럽게."

룰락은 아직 갤러한을 포기하지 않았다.

만약 틀렌브루병이 맞는다고 하더라도 무슨 수를 써서든 그 병의 치료제를 만들어 낼 생각이었다.

"돈은 그럴 때 쓰라고 있는 것이지."

룰락은 약해지는 마음을 다잡으며 회의실로 돌아갔다.

비에제는 복도를 정신없이 걷고 있었다.

평소라면 오말리 박사에게 처소로 왕진을 오라고 연락을 했겠지만, 도저히 기다릴 수 없었다.

조금 전, 2황자와 가주 집무실로 향하는 갤러한의 모습을 보고 한달음에 달려가는 길이었다.

평소에 와 보지 않은 곳이라 잠시 헤매었지만, 금방 박사의 연구실을 찾을 수 있었다.

쾅.

큰 소음과 함께 문이 열리고 놀란 오말리 박사가 한걸음에 뛰어나왔다.

"여기까지 어찌 오셨습니까! 사람을 보내시면 제가 갔을……."

"갤러한, 무슨 병인가?"

"예, 예에……? 그게 무슨 말씀이신지."

"내게 거짓말을 하려는 생각은 말게. 갤러한이 정말로 다리가 부러지지 않았다는 것은 알고 있으니까."

비에제의 말은 반쯤 허풍이었다.

건국제 연회의 뒷자리에서 한차례 소동이 있었다는 것은 이미 알고 있었다.

하지만 사람을 통해서 들은 소동의 내용은 두 황자가 서로에게 검을 겨누는 등의 문제였을 뿐, 갤러한이 다리가 부러질 일은 없었다.

그런데 갤러한은 예정보다 훨씬 일찍 걷지 못하는 상태로 저택으로 돌아왔고, 그 뒤에는 벌써 며칠씩 요양 중이었다.

다리가 부러졌다는 소문을 퍼뜨리기는 했지만, 비에제는 의심을 품고 있었다.

"그, 그것이……."

오말리 박사는 아니나 다를까 가타부타 대답을 바로 하지 못하고 안절부절못했다.

비에제는 그런 박사를 구슬리기 위해 사람 좋은 말투로 속삭였다.

"이보시오, 오말리 박사님. 이미 다 알고 왔다니까? 내가 형으로서 동생에게 도움이 될 수 있을까 싶어서 물어보는 것이오."

박사는 잠시 머뭇거렸지만 이내 속아 넘어갔다.

"……병명을 아셔도 도움을 주실 수 있는 일은 크게 없을 겁니다."

"그게…… 무슨 말이오? 갤러한이 도대체 무슨 병에 걸렸길래?"

"트, 틀렌브루병입니다………."

비에제의 움직임이 일순 모두 멈췄다.

"틀렌…… 브루라면, 죽는 병 아니오?"

목소리도 잘게 떨렸다.

오말리 박사는 그날 가주와 갤러한 본인에게 병명을 알려 주었던 날로 돌아간 것 같아 눈을 질끈 감았다.

아무리 사이가 좋지 않은 비에제라고 하더라도 동생이 죽을병에 걸렸다는데, 상심이 크겠지.

박사는 그렇게 이해했다.

한데.

“하하! ……푸하하하!”

비에제가 웃음을 터뜨리기 시작했다.

한참이나 허리를 꺾고 웃은 비에제는 만면에 미소를 지으면서 외쳤다.

“하늘이 나에게 기회를 주는군!”

십 년 묵은 체증이 내려간 듯한 얼굴이었다.

웃음소리마다 순수한 기쁨이 배어 나오고 있었다.

곧 동생을 끔찍한 병마에 잃을 사람의 모습이라곤 조금도 찾아볼 수 없었다.

“고맙다, 갤러한! 고마워!”

비에제는 오말리 박사가 질린 얼굴로 자신을 보는 것도 모르고 그렇게 한참을 웃어젖혔다.

할아버지의 집무실에서 나와 아버지와 헤어진 뒤, 나와 페레스는 별관 쪽의 정원으로 향했다.

로릴은 집에서 아버지를 도와주기 위해서 함께 돌아갔다.

조용하게 분수가 흐르는 곳에 다다라서 나는 페레스를 돌아봤다.

"너 왜 그래?"

"……나?"

"그래, 너. 왜 그렇게 침울하고 말도 없고, 내 눈치를 보는 거야?"

페레스는 마치 살얼음판 위를 걷는 사람처럼 발소리조차도 조심하고 있었다.

그리고 나는 그게 신경이 쓰였다.

"티아 네가 뭔가 생각하는 것 같아서. 그리고…… 부친의 일도 그렇고."

페레스는 나를 배려해 주고 있는 것이다.

순간 짜증을 낸 내가 너무 우스웠다.

아직 열세 살밖에 안 된 애가 내 기분을 살펴 주는데, 나는 화나 내고.

작게 한숨을 쉬고 말했다.

"우리 아빠 걱정하지 마. 물론 좀 안 좋은 병에 걸리시긴 했지만, 안 돌아가실 거니까."

"혹시 병명을 알아?"

페레스가 조심스레 물었다.

"틀렌브루."

"아……."

페레스는 최대한 담담한 얼굴을 하려고 했지만, 실패했다.

일단 강아지 같은 얼굴로 나를 걱정스럽게 보는 것부터가 글렀잖아.

하지만 나는 두 손을 척 하고 허리에 두고 말했다.

"지금 틀렌브루병의 치료제를 만든 사람이 오고 있거든. 치료제를 가지고서."

"치료제가 있어?"

"응, 있어."

나는 지금 마차를 타고 롬바르디로 오고 있을 에스티라를 떠올리면서 대답했다.

아버지의 발병을 막을 수는 없지만, 죽음은 막을 수 있어.

나는 흙탕물처럼 어지러운 마음을 애써 가라앉혔다.

이미 알고 있었고, 예견된 일이었음에도 아버지가 또다시 그 병에 걸리는 것을 보는 것은 나에게도 힘든 일이었다.

하지만 이번에는 다르다.

아버지가 고통받는 모습을 무기력하게 지켜봐야 했던 과거와는 다르다.

스스로 그렇게 계속 말하며 다독이는 중이었지만, 아무래도 스트레스가 이만저만이 아닌 것 같기는 하다.

"안색이 좋지 않아, 티아."

페레스가 한 발짝 다가서며 말했다.

"……괜찮다니까?"

나는 한 걸음 뒤로 물러섰다.

페레스는 내가 물러난 공간을 내려다보더니 눈썹을 찌푸렸다.

"으음."

그 상태로 잠시 고민하는 것 같더니 주머니를 뒤적여 무언가를 꺼냈다.

"초콜릿 쿠키?"

큼직큼직한 초콜릿 조각이 박혀 있는 두툼한 쿠키였다.

"힘들 때…… 도움이 되는 거. 내가 아는 건 이것밖에 없어서."

"아……. 으응, 고마워."

나는 일단 그것을 받아 들었다.

역시 꽤나 묵직하다.

가만히 쿠키를 들고만 있자, 페레스가 나를 빤히 바라봤다.

먹으라는 건가?

나는 쿠키를 천천히 입에 가져다 댔다.

페레스의 얼굴에 기대감이 서리는 게 보인다.

입에 조금 넣고 깨물자, 와삭 하는 소리와 함께 달콤한 맛이 입 안에 가득 퍼졌다.

"맛있다."

페레스를 위해서 한 말이 아니라, 진심으로 맛있었다.

"……정말?"

"응. 맛있어."

"다행이다."

페레스가 뺨에 볼우물이 생길 정도로 진하게 미소 지었다.

이거 혹시 설마.

"페레스 네가 만든 거야?"

"……응."

요리도 잘하는 거였냐!

외모에, 공부에, 검술도 모자라 이제 요리까지!

한 사람한테 온갖 재능을 몰빵 해 준 하늘이 살짝 원망스러웠다.

"나중에, 많이 만들어 줄게."

부끄러운지 살짝 얼굴을 붉힌 페레스가 말했다.

"나중에? 뭐, 그래."

나는 깊게 생각하지 않고 대답했다.

일단 맛있는 쿠키였으니까.

내 말에 페레스의 미소가 한층 더 짙어졌다.

순간 나는 손에 든 쿠키도 잠시 잊은 채 그 얼굴을 멍하니 바라봤다.

가만히 무표정으로 있어도 잘생긴 얼굴이지만, 저렇게 수줍게 웃으니 미모가 한층 더 강력하다.

게다가 나이가 들어 완전히 미소년의 반열에 들어서면서 업그레이드를 했달까.

우리가 마침 서 있는 이곳에 만발한 장미들보다도 더 진하고, 더 매혹적이었다.

완전히 잊힌 채 살다가 어느 순간 나타나 순식간에 제국을 장악한 데는 저 엄청난 외모도 한몫 톡톡히 했지, 그럼.

"티아?"

내가 반쯤 홀려서 바라보자, 페레스가 고개를 갸웃하며 내 이름을 불렀다.

"으읔!"

그 작은 움직임에 살랑이는 결 좋은 검은 머리카락이 또 예술이구나!

나는 페레스의 찬란한 미래를 기대하는 뿌듯한 마음으로 녀석의 머리를 쓱쓱 쓰다듬었다.

"이대로만 쑥쑥 커, 페레스. 너의 미모는 국보급이야."

"내가?"

"그럼! 훈련을 할 때도 웬만하면 얼굴은 절대로 다치면 안 돼! 너의 예쁜 얼굴은 모두의 공공재, 아니 이건 아니지만. 어쨌든 소중히 여겨야 한다고!"

"그런가……."

페레스는 자기 얼굴을 한번 만져 보더니 잘 모르겠다는 듯 말했다.

아, 자기가 잘생겼는지도 모르는 미소년이라니.

"나보단 티아 네가 더 예뻐."

"……놀려 지금?"

"아니, 진심인데."

어떻게 피할 수도 없이, 페레스의 손이 내 볼에 닿았다.

순식간에 우리 사이의 거리가 좁혀졌다.

장미보다 붉은 눈이 바로 앞에서 나와 마주 봤다.

뭐, 뭐야 이거.

나는 그대로 굳어 버렸다.

그리고 비밀 이야기를 하는 듯이 나직한 목소리로 녀석이 말했다.

"예뻐."

"그, 그……."

너무 당황해서 말도 안 나온다.

내가 할 말을 잃고 바보처럼 어버버하고 있을 때였다.

부스럭.

조금 떨어진 동그란 정원수가 작게 흔들렸다.

정원에 사는 작은 동물들 중 하나일 거라고 생각했는데.

"누구야."

촤악–.

페레스가 검을 길게 뽑아 정원수를 단숨에 잘라 버렸다.

툭.

잘린 정원수가 옆으로 나동그라지고, 그 뒤에 보인 것은 숙이고 앉은 고만고만한 머리통 세 개였다.

"이, 이게 무슨 짓이야!"

잘려 나간 나무를 보고는 하얗게 질려서 버럭 소리를 지르는 것은 벨레삭이었다.

"으으……."

그리고 겁먹어 소리도 지르지 못하는 것은 아스탈리우와 그 일곱 살짜리 남동생 크레니였다.

"자, 잘못해서 우리까지 베었으면 어쩔 뻔했어!"

"그러게 왜 쥐새끼처럼 남의 대화를 듣고 있었던 건데?"

나는 차갑게 되물었다.

"쥐, 쥐새끼?"

벨레삭은 울컥하더니 쪼그리고 앉아 있던 자리에서 벌떡 일어났다.

페레스와 마찬가지로 열세 살이 되더니 키는 부쩍 자랐지만, 얼굴에 덕지덕지 붙은 심술보도 함께 자랐다.

"너, 너 이 반쪽짜리 주제에……!"

"닥쳐, 벨레삭."

나는 녀석이 또 지겨운 레퍼토리를 읊으려고 하는 것을 바로 막아 버렸다.

"내가 지금 네가 또 '반쪽짜리' 운운하면서 발악하는 걸 들어 줄 기분이 아니거든? 좋은 말로 할 때 그냥 가라."

아버지의 일로 가뜩이나 퓨즈가 짧아져 있는 지금, 벨레삭 같은 게 얼쩡거리면 나도 어떻게 터질지 모른다고.

이건 순전히 벨레삭의 안위를 위한 충고였다.

그런데 그걸 또 어떻게 받아들인 건지, 벨레삭이 이를 악물더니 콧구멍을 벌름거렸다.

"이 한 주먹거리도 안 되는 게!"

"생각하는 거하고는."

나는 혀를 쯧쯧 찼다.

그리고 아스탈리우에게 물었다.

"너는 도대체 저런 애를 왜 따라다니는 거야?"

아스탈리우는 눈을 동그랗게 뜨더니 벨레삭의 눈치를 본다.

"네 어린 동생까지 데리고 말이야."

아스탈리우의 동생, 크레니는 일곱 살치고도 유독 또래에 비해 체구가 작다.

나중에는 그래도 착실하게 공부도 하고, 사촌들 중에 내 속을 가장 썩이지 않아서 제일 나쁜 감정이 적은 녀석이다.

외가인 기네포크가의 피를 물려받아서 빨간 머리에 얼굴 가득한 주근깨 덕분에 더욱 어려 보인다.

"벨레삭은 썩은 동아줄이니까, 그만하고 다른 줄 찾아."

나는 진심을 다해 충고했다.

아스탈리우가 내 조언을 새겨들을 거라고 기대하지는 않는다.

하지만 나중에 녀석이 이 순간을 기억한다면, '그때 그 말을 들었어야 했는데!' 하고 땅을 치며 후회하겠지.

"안 되겠다. 우리가 가자, 페레스."

나는 멍청이들의 얼굴을 보기가 싫어져 그렇게 말하고 정원에서 나가려고 했다.

"야, 반쪽! 2황자 따위가 널 만나러 왔다고 기세등등한가 본데!"

나는 그대로 발을 멈추고 다시 벨레삭을 돌아봤다.

아스타나의 영혼의 쌍둥이 아니랄까 봐.

꼴에 검 좀 배운다고 허리에 차고 으스대는 것이 우습다.

평소라면 대충 무시하고 넘어갈 수도 있었겠지만, 오늘은 이성의 끈이 빠르게 팽팽해지는 것을 느꼈다.

나는 검지와 중지, 약지, 소지까지 손가락 네 개를 폈다.

"첫째, 날 반쪽이라고 부르지 말랬지. 둘째, 2황자 따위? 어디까지 멍청해질 셈이야? 그리고 셋째, 내가 너 같은 놈을 상대해야 하는데 기세등등해질 리가 있어? 똥파리 잡는 일처럼 귀찮다면 또 모를까."

그러곤 조목조목 따지며 손가락을 접었다.

마지막엔 가운뎃손가락만 남았다.

"뭐, 뭐라고?"

벨레삭은 한참 동안 내 말을 이해하려고 버벅거리다가 실패하고 얼굴을 시뻘겋게 물들였다.

그리고 이번에는 타깃을 바꿨다.

"흥, 아주 반쪽 둘이서 끼리끼리 어울리는구만?"

"너 지금 뭐라고 했냐."

머릿속에서 뭔가 툭 끊기는 소리가 들렸다.

"반쪽끼리?"

나한테 반쪽이라고 빈정거리는 것도 모자라서 가만히 있는 페레스까지 싸잡아?

나는 본능이 시키는 대로 눈에 보이는 것을 바로 주워 들었다.

"네가 뭔데 얘를 욕해?"

짱돌이었다.

어째서 이런 게 잘 가꿔진 잔디밭에 떨어져 있었던 것인지는 모르겠지만, 손에 쏙 들어오는 그립감이 예술이었다.

"너, 너 미쳤어?!"

내 손에 들린 돌을 보고 벨레삭의 얼굴에 공포감이 서렸다.

챙—.

결국 벨레삭은 뒷걸음질 치며 검을 뽑았다.

하지만 나는 눈도 깜짝하지 않았다.

"너는 뭐 얼마나 잘났길래, 남을 반쪽이니 뭐니 부르고! 반쪽보다 한참 떨어지는 넌 그럼 부스러기냐!"

"뭐라고?"

"벨레삭 주제에!"

"야, 아스탈리우! 너도 뽑아!"

혼자서 불리할 것 같자, 벨레삭이 옆에 있던 아스탈리우에게 외쳤다.

"으, 응……."

아스탈리우는 마지못해 검을 뽑았고, 그 모습을 보던 크레니도 자기가 차고 있는 목검에 손을 가져다 댔다.

"그만."

나는 크레니를 손가락으로 가리키면서 말했다.

"너는 가만히 있어. 험한 꼴 당하기 싫으면."

"……흑."

한 손에 짱돌을 들고 눈을 부라리는 내 모습이 꽤 공포스러웠는지 크레니가 결국 울음을 터뜨렸다.

나와 벨레삭, 아스탈리우 사이에 팽팽한 긴장감이 흘렀다.

놈들은 내 손에 들린 짱돌이 날아올까 봐 그것만 보면서 경계하고 있었다.

"단순하기는."

나는 한쪽 입꼬리를 말아 올리면서 멍청이들을 비웃었다.

그리고 말했다.

"다 잘라 버려, 페레스."

그 순간 내 뒤쪽에서 후욱 하고 바람이 부는 것 같더니 페레스가 돌진했다.

푸른색 오러가 짧게 번쩍였다.

툭, 투욱.

아스타나가 당했던 것처럼, 검 두 개가 순식간에 잘려 나가 정원수 옆에 떨어졌다.

달칵하는 작은 금속음와 함께.

마치 아무 일도 없었던 것처럼 깔끔하게 검을 집어넣은 페레스는 평소의 무심한 눈으로 놈들을 바라봤다.

"소, 소문이 사실이었어……."

"오러……."

벨레삭과 아스탈리우는 말 그대로 혼이 나간 얼굴이었다.

"저런 놈들이 내 사촌이라니……."

롬바르디라는 이름이 아깝다.

나는 그 한심한 꼴을 잠깐 보다가 페레스의 손을 잡아끌었다.

"가자, 페레스. 더 같이 있다간 멍청함이 옮을 거야."

"……응."

이제 나보다 훌쩍 큰 페레스가 덩치 큰 강아지처럼 순순히 끌려왔다.

잡힌 손을 바라보면서 그 애의 얼굴이 빨갛게 물드는 것도 모르고.

멀어지는 우리를 남은 세 사람이 얼마나 멍한 얼굴로 보고 있는 줄도 모르고.

"멋있다……."

단지 내 귀에는 크레니의 꿈꾸는 듯한 작은 목소리만 들릴 뿐이었다.

롬바르디 저택에 낯선 마차 한 대가 들어섰다.

먼 길을 달려온 듯, 말과 마부 모두 매우 지쳐 있었다.

마차는 롬바르디 본관의 정문이 아닌, 별관으로 곧장 향했다.

약속된 행선지가 있는 듯했다.

조용히, 저택의 별관 앞에 선 마차의 문이 열렸다.

순한 인상에 차분한 눈이 인상적인 여성이었다.

"후우……."

마찬가지로 지친 듯 한숨을 쉰 여자는 여행 내내 소중히 품고 있던 가방을 손수 마차에서 내렸다.

그때, 별관의 문이 열렸다.

안에서 소녀 한 명과 그 뒤를 따르는 묘하게 닮은 인상의 남녀 한 쌍이 나왔다.

또각 또각.

고급스런 가죽 신발의 굽을 울리며 다가선 소녀는 여자를 보고 밝게 웃었다.

"오느라 고생 많았어, 에스티라."

"피렌티아 님……."

에스티라가 나를 꼭 안았다.

"서신을 받고 어찌나 놀랐는지."

못 본 시간 동안 한층 성숙해진 눈가에는 어느새 눈물이 맺혀 있었다.

"그래서 틀렌브루의 치료제를 연구하라고……."

에스티라는 이제 깨달았다는 듯 중얼거리다가 내 뒤에 선 클레리반과 로릴 남매를 보고 얼른 입을 다물었다.

내부 이야기를 엄한 사람이 알게 될까 봐 걱정하는 것이었다.

"인사해, 에스티라."

내 뒤쪽에 있는 사람들을 가리키면서 말했다.

"클레리반 님과 로릴이야."

"처음 뵐게요. 로릴 딜라드입니다."

"에, 에스티라입니다."

내 시녀이기는 하지만 딱 보기에도 귀족가의 영애 느낌이 물씬 풍기는 로릴이 자신에게 예의 바르게 인사하자, 에스티라는 어쩔 줄 몰라 했다.

그리고 클레리반이 인사했다.

"오랜만입니다, 에스티라 양."

에스티라도 롬바르디 저택에서 살았던 기간이 있으니 클레리반과는 구면일 터였다.

하지만 그건 어디까지나 나의 선생님으로서의 클레리반이었다.

나, 피렌티아의 사람으로서가 아니라.

“괜찮아, 이 두 사람 앞에선 편하게 이야기해도 돼.”

“네에…….”

고개를 끄덕이면서도 에스티라는 여전히 어색한 모양이었다.

슬쩍 두 사람의 눈치를 보는 것을 보면.

나는 일단 에스티라를 위해서 준비한 손님방으로 이끌었다.

“저, 저는 이렇게 호화로운 방까지는 필요 없어요, 아가씨!”

“아니야. 에스티라는 엄연히 나의 손님인걸. 그리고 연구실도 따로 준비해 놨어. 오말리 박사의 연구실 근처에 마련할까 하다가 그냥 여기 별관에 만들었는데. 괜찮아?”

“네……. 감사해요.”

에스티라는 여전히 고급스런 손님방을 낯설게 바라보면서 말했다.

“나는 에스티라가 가장 최고의 컨디션으로 아빠를 돌봐 주기를 원해.”

내 말에 에스티라의 눈빛이 변하더니 굳게 고개를 끄덕였다.

나는 에스티라를 본 순간부터 계속해서 묻고 싶었던 질문을 입밖으로 냈다.

“그래서…… 연구의 진척은 좀 어때?”

간간이 편지를 주고받으며 대략적인 진행 상황은 알고 있었다.

그동안 에스티라가 보내온 서신에는 여러 약재들의 비율에 대한 고민이 담겨 있었다.

그리고 아버지의 발병을 알리는 나의 마지막 서신을 받고 바로 아카데미에서 출발한다고 했다.

그 뒤로 꼬박 일주일.

나는 에스티라가 치료제와 함께 오고 있기만을 바랐다.

"약은 만들어졌어?"

대답 대신에 에스티라는 소중히 품고 있던 가방을 열어 뒤적였다.

주먹을 꽉 쥐고 서서 기다리는 그 시간이 한없이 길게만 느껴졌다.

"여기 있어요, 아가씨."

에스티라가 내민 것은 작은 유리병에 담긴 진한 초록색의 액체였다.

"이게……."

"네, 제가 지금까지 찾아낸 가장 효과적인 배합으로 만든 치료제예요."

"하아……."

짧은 한숨과 함께 내 몸이 비틀거렸다.

"피렌티아 님!"

"아가씨!"

깜짝 놀라 나를 받아 준 클레리반이 아니었다면, 나는 그대로 주저앉았을 거다.

"괜찮으십니까?"

클레리반이 걱정이 듬뿍 담긴 목소리로 물었다.

나는 그런 클레리반에게 대답할 겨를도 없이 중얼거렸다.

"다행이야……."

치료제가 있어서 정말로 다행이야.

무서웠다.

이미 알고 있는 미래였음에도 불구하고 다시 아버지를 병으로 잃게 될까 봐 너무나 두려웠다.

"아가씨……."

로릴이 떨리는 나의 어깨를 매만져 주었다.

"아직 완성된 것은 아니에요. 일단은 갤러한 님께 투약을 해 보아야 알 수 있어요."

"얼마나 걸릴까? 약효가 나타날 때까지."

"이틀 정도면 알 수 있을 거예요."

"피곤하겠지만, 지금 아버지를 만나 줄 수 있을까?"

"그럼요, 아가씨."

에스티라는 흔쾌히 말하며 약과 책 몇 권을 함께 챙겼다.

"절대로! 안 될 말씀입니다!"

"후우."

일이 답답하게 됐네.

오말리 박사가 외치는 말에 나는 결국 땅이 꺼져라 한숨을 쉬었다.

일의 발단은 이랬다.

내가 에스티라를 데리고 아버지에게 데려갔을 때.

마침 할아버지가 병문안을 와 계셨고, 또 마침 오말리 박사가 아버지의 소화불량을 치료해 주기 위해서 왕진을 와 있었던 것이다.

활동량이 급격하게 줄어들면서 찾아온 일종의 합병증이었다.

에스티라를 본 오말리 박사는 곧바로 얼굴을 일그러뜨렸다.

몇 년이 지났어도, 악감정은 사라지지 않은 듯했다.

그리고 내가 상황을 설명하고 에스티라가 약병을 꺼내자, 오말리 박사가 저렇게 버럭 화를 낸 것이다.

"검증도 되지 않은 약을! 그것도 아직 새파랗게 젊은 저 아이가 만든 약을!"

오말리 박사가 얼굴에 핏대가 서도록 소리쳤다.

"어찌 갤러한 님께 투약한다는 말입니까!"

도중에 자신이 있는 자리를 깨달았는지 목소리가 작아지긴 했지만, 박사는 여전히 화가 나 씩씩거렸다.

"시끄럽군, 박사."

결국 인상을 찌푸린 할아버지에게 한마디 들었다.

"하, 하지만 가주님, 이건 정말로 위험한 일입니다."

오말리 박사는 고개를 돌려 에스티라를 노려보면서 말했다.

"에스티라라고 했던가?"

"예. 롬바르디 가문의 은혜로 아카데미에서 연구를 하고 있는 에스티라입니다, 가주님."

"그래서, 마침 자네가 아카데미에서 연구하고 있던 것이 틀렌브루의 치료제라고?"

공교롭게도.

할아버지의 따가운 시선이 에스티라에게 향했다.

"예, 그렇습니다. 사실은 다른 병에 대한 연구를 하다가 제가 만들어 낸 배합이 마침 틀렌브루병에 효과를 보이는 것을 발견하였습니다."

"한데 마침 또 갤러한이 틀렌브루병에 걸렸고 말이지."

"피렌티아 아가씨께서 안부 인사차 보내신 서신에서 병에 관한

이야기를 들었는데, 롬바르디의 은혜를 입은 제가 어찌 가만히 있겠습니까."

에스티라는 훌륭하게 답변했지만, 할아버지는 속을 알 수 없는 얼굴로 계속해서 그녀를 보고 있었다.

"먼 길을 와 줘서 고맙군요."

긴장된 분위기를 깨며 아버지가 말했다.

"그 약은 무엇으로 만든 겁니까?"

"'로젱'이라는 약초가 주원료로, 여러 약초들이 섞여 있는 약입니다. 여기 그 목록이 있습니다."

에스티라는 거리낌 없이 리스트를 내밀었고 아버지는 그것을 쭉 훑어내렸다.

워낙 책을 많이 읽고 박학다식한 아버지였기에 약초에도 일가견이 있었다.

"처음 보는 약초 이름이 많이 있군요."

"그것들은 여기 이 책에 찾아보시면……."

"가능하다면 그 책을 오늘 하루 동안 빌릴 수 있을까요?"

"그, 그럼요."

아버지의 부탁에 에스티라가 고개를 끄덕였다.

받아 든 책을 옆으로 내려놓은 아버지는 담담한 말투로 말했다.

"사실은 오늘 아침부터 왼발의 감각이 이상합니다. 아마도……."

"으음."

할아버지가 침음을 흘렸다.

"그래서 마음이 조급해진 찰나에 이런 소식을 들으니……."

아버지가 작은 약병을 바라봤다.

"안 됩니다!"

오말리 박사가 버럭 소리치며 끼어들었다.

"갤러한 님의 안위를 위해 주치의로서 절대로 묵과할 수 없습니다!"

아버지의 안전을 이유로 들고 있지만, 박사의 얼굴에서 두려움이 보이는 것은 왜일까.

자신이 설 자리를 잃을 것이 걱정되는 것같이 보이는 것은 어째서일까.

면전에서 온갖 모욕을 받고 있지만, 에스티라는 차분했다.

자신이 가지고 있는 것을 모두 보여 주고 아버지가 선택을 내릴 수 있도록 뒤로 물러나 있었다.

"저런 제대로 교육조차 받지 못한 의원의 약 따위는! 위험합니다!"

박사는 에스티라를 향해 아예 손가락질하고 있었다.

"저를 믿으시고, 천천히 증상들을 치료하시는 것이 현명합니다!"

가슴을 탕탕 두드리는 소리가 요란했다.

그때 아버지가 나를 바라봤다.

마치 내 의견을 묻는 듯이.

"어차피 다른 약이 있는 것도 아니잖아요."

내 말에 모두가 나를 돌아봤다.

"그러니까 저는 아빠가 에스티라의 약을 한번 믿어 봤으면 좋겠어요."

나는 이 약이 아버지의 병을 낫게 해 줄 유일한 치료제인 것을 안다.

하지만 처음부터 마구 밀어붙이지 않았던 것은, 아버지도 약을 먹어 볼 의지가 있음을 확인하고 싶었기 때문이다.

"그래, 그렇게 하자."

아버지의 고민은 길지 않았다.

"부탁합니다, 에스티라."

"최선을 다하겠습니다, 갤러한 님."

에스티라가 깊게 허리를 숙였다.

"이건 말도 안 되는 결정입니다! 후회하게 되실 겁니다!"

오말리 박사가 악담을 하면서 쾅 하고 문을 닫고 나가 버렸다.

그리고 아버지는 그날, 첫 번째 치료제를 마셨다.

"그게 지금 무슨 말이야. 치료제가 효과가 없다니?"

내 귀를 믿을 수가 없다.

뭐라고?

"……정확히 말씀드리면 효과가 없는 것은 아니지만, 약이 의도된 것의 절반 정도의 약효만 내고 있습니다."

에스티라가 질끈 감은 눈으로 말했다.

"죄송합니다, 아가씨……."

"말도…… 안 돼……."

그러면 안 된다.

에스티라는 분명히 치료제를 만든 사람이고, 그러니까 그 치료제를 먹은 아버지는 이제 병이 나아야 하는데.

"어째서……."

그리고 그 순간 내 머릿속에 경종이 울렸다.

지금 에스티라가 만든 약은, 이전 생의 그 약과 다를 수 있다.

분명히 지금의 에스티라는 그때보다 나이도 어리고 연구 경험도 적다.

너무나 많은 것이 달라졌다.

그 당연한 것을 나는 그동안 보지 못하고 있었다.

멍하게 한 곳만 바라보고 있을 때였다.

벌컥.

문이 열리고 클레리반이 뛰어 들어왔다.

"앙게나스가 기성복 사업을 베껴 갔습니다!"

"뭐라고요?"

"앙게나스가 서부에서 갤러한 의복점과 같은 형태의 기성복 사업을 하겠다고 황제 폐하에게 재가를 받으려고 한답니다!"

"미친 자들……."

기성복 사업은 현재 우리 갤러한 의복점만의 상술로 자리 잡은 상황이었다.

특허라는 것은 없지만, 아버지가 기성복 때문에 건국제 훈장까지 받았으니 황제가 보증하는 갤러한 롬바르디의 사업이었다.

그것을 잘 알고 있으니 앙게나스도 황제에게 허락을 받으려는 것이다.

"욕심을 부리다 입이 찢어질 것도 모르고 덤비다니."

갤러한 의복점의 기성복 사업은 단순히 아버지의 수완이 만들어 낸 것이 아니다.

롬바르디 가문이 가지고 있는 상단과 직물, 그리고 인맥이 총동원되어 일궈 낸 결과였다.

앙게나스는 절대로 감당하지 못한다.

"클레리반, 지금 당장……."

내가 막 클레리반에게 지시를 내리려고 했을 때, 또다시 문이 요란한 소리를 내며 열렸다.

"티아야!"

"티아!"

샤나넷의 쌍둥이들이었다.

나에게 와락 하고 달려들어 꽉 안아 주는데 얼굴이 온통 눈물과 콧물로 엉망이다.

"왜 그래, 두 사람?"

"흐윽, 들었어. 갤러한 님이……."

"틀렌브루병이라고…."

아버지의 병환은 아주 가까운 사람들과 오말리 박사를 제외하고는 아무도 모르는 비밀이다.

나는 쌍둥이의 어깨를 꽉 잡으며 물었다.

"그거 어디서 들었어?"

"저택에 소문이 났어."

"우리는 하녀들이 하는 말을 들었고."

젠장.

고용인들이 떠들고 있다면 이미 온 저택이 다 알고 있는 것이나 마찬가지다.

나는 일단 쌍둥이들을 돌려보냈다.

오랜만에 얼굴을 본 터라 매우 아쉬워했지만 그래도 순순히 자리를 비켰다.

아버지의 일로 내가 상심이 클 거라고 생각해 그런지, 나를 대하는 게 매우 조심스러웠다.

클레리반과 에스티라는 여전히 내 앞에 남아 있는 상태였다.

나는 일단 의자를 찾아 앉았다.

그리고 지금 상황을 정리했다.

마주 잡은 두 손이 차갑게 식어 있었다.

나는 가만히 눈을 감았다.

침착하자.

생각을 하는 거야.

이 문제들을 해결할 수 있는 방법을.

들숨과 날숨을 길게 이어 갔다.

처음에는 그것마저도 쉽지 않았다.

두방망이질 치는 가슴이 자꾸만 생각을 방해했다.

하지만 나는 아버지를 떠올렸다.

병색이 악화되면서 통증이 생겨 복용하는 진통제 때문에 요즘은 깨어 있는 시간이 길지 않은 아버지.

아버지가 약해져 있는 이 순간에 닥친 일들은 결코 우연이 아닐 것이다.

마음을 다잡고 내가 나서야 한다는 것만 생각했다.

그러자 거짓말처럼 떨림이 가라앉았다.

하나로 모이지 않고 엉망으로 산개하던 생각도 차츰 정리되기 시작했다.

마음이 충분히 가라앉았을 때, 나는 눈을 뜨고 말했다.

"에스티라."

"네, 아가씨."

"지금 약의 문제가 뭔지 정확하게, 하지만 간결하게 설명해 봐."

에스티라는 잠시 고민하다 입을 뗐다.

"배합된 약초들을 안정화해 줄 하나의 매개체가 필요해요. 그 하나의 재료를 찾아야 합니다."

다행이다.

역시 에스티라의 약은 완성품에서 그리 머지않았다.

생각해 내자, 생각.

이전 생에서 에스티라의 자서전을 읽은 적이 있다.

약초학에 대한 배경지식이 없어서 전문적인 내용에 대한 기억은 희미하지만, 그래도 생각해 내야 한다.

그때의 에스티라가 지금의 에스티라와 다른 점을.

[……약 5여 년 만의 휴가는 나를 고향으로 이끌었다. 연구는 성과 없이 지지부진했고, 지친 몸과 마음으로 찾은 그곳에서 나는 운이 좋게도 답을 찾을 수 있었다…….]

그래, 분명히 그런 내용이 있었다.

어쩌면 그때와 지금의 에스티라 모두 연구 과정에서 같은 벽에 가로막히지 않았을까?

"에스티라, 고향에 계신 할머님께 지금 상황을 말씀드린 적 있어?"

"아, 아뇨. 어쩐지 비밀로 해야 할 것 같아서……."

"바로 사람을 구해 줄 테니, 할머니께 서신을 보내 봐. 에스티라보다 훨씬 더 오랜 시간 동안 약을 만들어 오신 분이니까."

"아아, 그렇죠! 할머니라면, 할머니라면 아실지도 몰라요!"

에스티라의 얼굴에 화색이 돌았다.

나는 에스티라가 집사 요한에게 보여 줄 수 있도록 작은 메모를 써서 주었고, 에스티라는 지체 없이 방을 나섰다.

"그리고 클레리반은……."

앙게나스와 아버지 병환 소문은 밀접하게 얽혀 있는 문제였다.

"시기가 좋지 않습니다. 남부 진출을 위해서 서셔우 가문과 이야기가 오가는 와중에 갤러한 님이 틀렌브루병에 걸렸다는 소문은 치명적입니다."

"그걸 노린 거겠죠."

앙게나스의 짓일 것이다.

어떻게 아버지가 아픈 것을 알게 되었는지는 모르겠지만, 아마 오늘을 위해서 치밀하게 움직였을 것이다.

"서셔우 가문이 혹시 이미 알고 있을까요?"

클레리반이 내게 물었다.

"서셔우 부인의 성격이라면 그쪽의 말만 듣고 바로 믿었을 리 없어요. 롬바르디 가문과 완전히 남인 것도 아니고. 어떤 형태로든 우리에게 확인을 했을 거예요."

"그렇다면 다행이지만 서셔우 부인이 소문을 듣게 될 때까지 시간이 얼마 없습니다. 빨리 움직여야 합니다."

"앙게나스도 지금 황궁에 있다고 했죠?"

"예, 그렇습니다. 황궁 정문을 통과했다고 들었으니 이미 폐하를 배알하기 위해 대기 중일 겁니다."

시간이 없다는 클레리반의 말에 동의했다.

빨리 움직여야 한다.

"서셔우 부인에 대한 것은 내가 처리할 테니까. 클레리반은 바로 가야 할 곳이 있어요."

"말씀하십시오, 피렌티아 님."

클레리반이 일어서서 겉옷을 챙기며 말했다.

다행히 나는 지금 우리를 도와줄 수 있는 사람을 알고 있었다.

"지금 바로 나가서 할아버지를 만나세요. 할아버지께 이 상황을 말씀드리고 바로 황궁으로 가 달라고 부탁드리는 거예요."

황제를 보는 일은 아무리 고위 귀족에게도 쉬운 일이 아니다.

때에 따라서 며칠씩 기다려야 하는 경우도 있을 만큼.

하지만 할아버지라면.

이곳 롬바르디에서 출발해 바로 황제의 집무실까지 갈 수 있는 할아버지라면.

앙게나스를 따라잡을 수 있을지도 모른다.

클레리반의 나가는 뒷모습을 보면서 나는 굳게 닫혀 있는 아버지의 방문을 열었다.

"아빠, 아빠."

갤러한은 어깨를 흔드는 작은 손길에 눈을 떴다.

"으음, 티아니?"

얼마나 오랫동안 잠들어 있었는지.

뻑뻑한 눈은 몇 번을 깜박이고 나서야 흐릿한 세상을 보여 줬다.

"아빠, 잠깐만 일어나 보세요. 꼭 해야 하는 말이 있어요."

갤러한은 아직 한 손에 들어오는 딸의 작은 손을 꼭 쥐었다.

약에 취해서 꿈을 꾸는 것이 아닌지 확인하려는 것이었다.

"힘드실 텐데, 죄송해요."

"우리 티아가 죄송할 게 뭐 있어. 자꾸 잠만 자는 아빠가 더 미안하지."

갤러한은 이 와중에도 자꾸 감기려는 눈꺼풀과 싸웠다.

"해야 할 말이 뭐니, 티아?"

"아빠가 병에 걸리셨다는 소문이 돌고 있대요."

"……뭐?"

잠이 순식간에 달아났다.

갤러한의 병환은 마지막까지 비밀에 붙여져야 하는 것이었다.

그것은 갤러한 의복점을 위해서도, 그리고 무엇보다 티아를 위해서도 중요했다.

"아니, 어떻게……. 도대체 누가……."

갤러한은 당황해서 중얼거렸다.

그것을 막은 것은 딸의 말 한마디였다.

"아빠."

"티아야……?"

갤러한은 '아, 역시 꿈인가' 싶었다.

매일 보던 딸아이의 얼굴이 조금 달라 보였기 때문이었다.

분명히 얼굴은 아직 어린아이인데, 그 위에 훨씬 성숙한 성인의 모습이 겹쳐 보였다.

약에 취해서 헛것을 보는 것인가 싶을 정도였다.

"전부 다 설명해 드리고 싶지만, 지금 시간이 없어요. 그러니까

바로 말씀드릴게요. 편지를 한 장 써 주세요."

"편지를……? 누구에게?"

"서셔우 부인에게요."

티아는 재빨리 침대에서 사용할 수 있는 낮은 앉은뱅이 책상과 편지지, 그리고 필기구를 가져왔다.

"편지의 내용은 간단해요. '병환에 대해서 미리 말씀드리지 못한 것 죄송하다. 현재 몸을 추스르는 중이다. 하지만 제가 신뢰하는 사람에게 이 서신을 함께 들려 보내니, 저를 믿고 조금 더 기다려 주셨으면 좋겠다.'라고."

갤러한은 딸아이가 쥐여 주는 대로 깃펜을 들었다.

막 펜 끝을 종이에 가져다 대던 그는 시선을 들어 피렌티아를 바라봤다.

고요하지만 많은 것이 담긴 눈빛이었다.

"……급한 불을 끄면 그때는 이야기해 주겠니, 티아?"

딸아이가 남다르다는 것은 익히 알았다.

자신을 닮아 소심하고 유약하기는 했어도 배우는 것은 언제나 누구보다 빨랐던 아이였다.

과거에도 현재에도.

그 누구보다 사랑스러운 딸이었지만, 어쩌면 아버지인 자신이 모르는 비밀이 있을지도 모른다는 직감이 들었다.

"약속할게요, 아빠."

티아의 말을 듣고, 갤러한은 망설임 없이 깃펜을 움직였다.

처음부터 끝까지.

티아가 말해 준 대로 적었다.

마지막에는 다시 한번 깃펜을 잉크에 깊게 담갔다가 꺼내, 아픈 사람의 것이라고는 보이지 않는 힘찬 서명을 남겼다.

갤러한은 편지를 접어서 피렌티아에게 주면서 물었다.

"이 편지를 전해 줄 사람이 누군지 물어봐도 되겠니?"

그저 아무 사람의 손에 들려서 서신을 보내지는 않을 것 같았다.

아버지의 본능이라고 불러도 될 만큼, 막연한 짐작이었다.

티아는 잠시 놀란 얼굴을 하더니, 씨익 웃었다.

"샤나넷 고모에게 부탁할 거예요."

이윽고 티아는 갤러한의 볼에 '쪽!' 하고 뽀뽀를 남긴 뒤에 오도도 방을 뛰쳐나갔다.

앙게나스 가주는 미동도 않고, 제자리에 앉아 있었다.

옆에서 잠시도 가만히 있지 못하고 조바심을 내는 듀락 상단주, 크로이튼과는 완전히 대비되는 모습이었다.

"지금 우리가 이곳에 도착한 지 얼마나 지났지?"

"어어, 그러니까…… 네, 네 시간 정도 지났을 겁니다."

"그렇군."

요바네스는 현재 대신 80명이 참석하는 대회의를 주관하는 중이었다.

몇 시간 동안 이어질지 아무도 예측할 수 없는 대회의였지만, 조금 전 시종이 알리고 간 것에 따르면 회의는 거의 막바지라고 했다.

"으으, 어서 오셔야 할 텐데 말입니다."

크로이튼이 열리지 않는 문을 바라보면서 초조하게 말했다.

"잠시 후에 폐하께서 오시면, 크로이튼 너는 가만히 입 다물고 있어라. 내가 알아서 할 테니."

크로이튼은 고개를 끄덕이며 반겼다.

폐하의 앞에서 입을 열었다간 긴장감으로 울렁이는 속을 다 게워 낼지도 모르는데 잘됐다.

"호, 혹여 폐하께서 제게 말을 시키시더라도 가주께서 꼭 대신……."

벌컥.

아무런 전조도 없이 문이 열리고 요바네스 황제가 걸어 들어왔다.

크로이튼은 하얗게 질려 자라목이 되었고, 앙게나스 가주는 자리에서 벌떡 일어났다.

"이렇게 미리 약속도 없이 찾아오다니, 도대체 무슨 일이오?"

황후의 아버지이니 장인어른이었지만.

요바네스의 얼굴에서 장인에 대한 존경심은 찾아볼 수 없었다.

오히려 대회의 이후로 예정되어 있던 매사냥을 가지 못해 매우 심기가 불편한 것 같았다.

앙게나스 가주는 어울리지 않게 인자한 미소를 띠고 말했다.

"폐하께 꼭 허락받고 싶은 일이 있어 이렇게 실례를 무릅쓰고 찾아뵈었습니다."

"허락? 언제부터 앙게나스가 내 허락이 필요했지?"

"저희 앙게나스야 언제나 폐하와 제국의 번영을 위해 움직이지 않습니까. 이번에도 그런 일로 찾아뵙기는 했습니다만, 그래도 폐하의 특별한 재가가 필요한지라……."

"서론이 길군. 그래서 이번에는 어떤 가문을 공격할 셈이오?"

현재 램브루 제국은 포화 상태였다.

소위 '중앙 귀족' 혹은 '고위 귀족'이라고 불리는 자들이 많아도 너무 많았다.

그 사이를 비집고 들어서 자리를 잡기 위해 앙게나스는 그동안 다른 가문의 것들을 빼앗아 왔다.

브라운 가문이 그랬고, 빚을 지게 만들어 영토를 빼앗은 주변 귀족들이 그랬다.

자연히 적은 계속 많아질 수밖에 없었고, 황후가 앙게나스 가주의 딸만 아니었다면 진작에 공공의 적이 되어 멸문했을 것이다.

"롬바르디 가문입니다."

"……뭐? 지금 뭐라고 했소?"

"롬바르디 가문이라고 말씀드렸습니다."

"지금 미쳤소?"

요바네스는 진심으로 화가 나 외쳤다.

"황후도 그렇고, 대체! 대체 앙게나스는 롬바르디에게 무슨 원한이 있어서 매번 이리도 짐을 곤란하게……!"

"갤러한 롬바르디가 틀렌브루병이랍니다."

"갤러한이…… 틀렌브루병에 걸렸다?"

"예, 그래서 기성복 사업의 존망이 위태롭습니다. 이제 막 자리 잡아가는 의복점이 설립자인 갤러한 없이 살아남기는 어렵지요. 그렇게 되면 얼마나 많은 제국민들이 그 피해를 받겠습니까?"

"화, 확실하오? 갤러한의 병환이."

"예, 갤러한의 주치의에게 직접 들은 이야기입니다."

"허어……."

곤란했다.

기성복 사업을 치하하며 건국제 훈장까지 주었는데.

짐의 통치 아래에 이리 제국민들이 번영하였노라 대대적으로 자랑을 한 것이나 마찬가지인데.

"그래서 그 기성복이란 것을 저희 앙게나스가 한번 만들어 보려고 합니다. 윤허해 주십시오, 폐하."

"잠깐 내게 생각할 시간을 주시오."

요바네스는 앙게나스 가주의 제안을 진지하게 고민하려 했다.

"생각하실 필요 없습니다, 폐하."

룰락 롬바르디가 여유로운 모습으로 문을 활짝 열고 들어서기 전까지는.

이 상황 자체가 마치 유흥을 위해 만들어진 연극이라도 되는 듯이, 룰락의 만면에는 미소가 가득했지만 그의 옷깃에선 바람 냄새가 났다.

롬바르디에서 이곳까지 한시도 지체하지 않고 달려온 것이다.

"이 무슨 무엄한 짓이오!"

앙게나스의 가주, 페르딕 앙게나스가 룰락을 손가락질하면서 버럭 소리를 질렀다.

"아무리 롬바르디의 가주라고는 하나, 이리 폐하의 집무실에 함부로 쳐들어오는 것은 분명 선을 넘는 처사요!"

"선을 넘는 처사? 그래서 그대는 지금 폐하께 갤러한의 사업을 빼앗아 제게 달라 보채러 온 것인가?"

"그, 그걸 어떻게……."

"앙게나스가 내 집안의 비밀을 알아냈는데, 나라고 앙게나스의 더러운 수를 읽어 내지 못할까."

룰락은 성큼성큼 걸어서 페르딕 앙게나스의 코앞으로 걸어갔다.

키가 작고 호리호리한 체격의 페르딕 위로 룰락의 그림자가 졌다.

"조금 전 내게 선을 넘었다고 했나?"

"그, 그렇소! 감히 폐하의 집무실에……!"

룰락은 앵무새처럼 똑같은 말만 반복하는 페르딕 앙게나스의 목을 비틀어 버릴 것처럼 한 손을 위협적으로 쳐들었다.

"으윽!"

기세에 눌려서 잔뜩 몸을 웅크린 페르딕은 다음 순간 어깨를 부서뜨릴 듯 움켜쥐는 강한 악력에 소리를 지르지 않으려 이를 악물어야 했다.

룰락이 페르딕의 귓가로 몸을 기울이면서 나직하게 말했다.

"양심을 팔아 버리면서 머리도 함께 팔아 버린 건가, 페르딕?"

오직 페르딕 앙게나스의 귀에만 들리도록.

"겨우겨우 비명을 지르지 않는 것이 지금 그대의 최선이듯, 내가 움직이면 앙게나스도 네놈 꼴이 날 것인데."

"지, 지금 나를 협박하는 것이오?"

"그래, 협박하는 것이다. 잘 들어라, 페르딕 앙게나스."

룰락의 음성이 더욱 낮아졌다.

"내 아들이 병에 걸렸다는 소식을 듣고 기성복 사업을 도둑질하기 위해 황궁에 발을 디딘 순간부터, 네놈은 선을 넘었다."

주름진 갈색 눈이 분노로 시퍼렇게 빛나고 있었다.

"바로 나로부터 잘난 앙게나스를 지켜 주고 있던 선을 네 발로 넘어 버렸어. 알겠나, 페르딕?"

페르딕 앙게나스는 침을 꿀꺽 삼켰다.

룰락이 제 혈육의 일에는 인정사정없다는 것을 익히 알고는 있었지만.

일이 이렇게 흘러가게 될지도 모른다는 철저한 계산하에 움직인 것이지만.

어쩐지 룰락의 말대로 넘으면 안 될 선을 넘었다는 암담한 생각이 자꾸만 들었다.

후회라는 것이 페르딕의 안에서 고개를 치켜들고 있었다.

그리고 그 마음을 읽기라도 한 듯, 룰락이 세월의 흔적이 가득한 얼굴에 비뚠 웃음을 지으며 말했다.

"그래, 앞으로 그 생각을 수없이 하게 될 거야. 후회하고, 또 후회하게. '그때 갤러한을 건드리면 안 됐었다'고."

마지막으로 억 하는 소리가 날 정도로 페르딕 앙게나스의 어깨를 힘껏 움켜쥔 룰락이 돌아섰다.

"오랜만이군, 듀락 상단주."

"죄, 죄송……."

크로이튼 앙게나스는 저도 모르게 사죄했다.

"아니, 아니야. 지금 사과하지 말게. 앞으로 죄송할 일이 매우 많을 테니까."

룰락이 웃으며 말했지만, 듀락 상단주의 얼굴은 더욱 하얗게 질려갔다.

페르딕 앙게나스는 뒤늦게 도움을 청하는 얼굴로 요바네스 황제를 바라봤지만, 황제는 철저하게 방관자의 얼굴로 술을 홀짝이고 있을 뿐이었다.

"그래서 갤러한은 정말로 틀렌브루병에 걸렸소? 소문이 사실이오?"

황제가 룰락에게 물었다.

"그렇습니다."

"으음, 그러면 곤란한데 말이지."

"걱정하실 일은 없을 겁니다, 폐하."

"하지만 틀렌브루병이라면, 당장 다음 계절이면……."

요바네스도 슬쩍 룰락의 눈치를 보면서 말을 줄였다.

그러나 그가 의미하려던 것은 이미 말한 것이나 마찬가지였다.

"갤러한은 지금 치료 중입니다."

"치료? 하지만 틀렌브루병은 치료약이 없지 않소?"

"지금까지는 그러했습니다만."

룰락은 잠시 말을 멈췄다 이었다.

"새로운 치료제가 개발되었습니다. 아주 빠른 속도로 회복 중이지요. 그러니 갤러한은 괜찮을 겁니다."

"그, 그런!"

당황한 외침은 페르딕 앙게나스에게서 터져 나왔다.

틀렌브루의 치료제라니 말도 안 된다.

갤러한 롬바르디가 나을 수도 있다고?

룰락이 분개할 것을 알면서도 움직인 것은, 기성복 사업을 가질 수 있다면 그 정도 위험을 감수할 만하다고 계산했기 때문이었다.

그런데 만약 갤러한이 정말 살아남기라도 한다면.

등허리에 식은땀이 흘러내렸다.

"만약, 갤러한이 회복하지 못한다면? 그때는 어찌할 생각이시오?"

요바네스가 뱀 같은 눈으로 룰락을 바라봤다.

“그때는 롬바르디가 책임지고 그 사업을 이어 갈 생각이지만, 그런 일은 없을 겁니다. 갤러한은 자리를 털고 일어나 보일 테니 말입니다.”

룰락은 그 말을 하고 집무실을 나갔다.

마지막으로 페르딕 앙게나스를 노려보는 것을 잊지 않으면서.

“뭐, 일단 지켜보도록 하지. 멀쩡한 갤러한을 죽일 수도 없고 말이야.”

요바네스가 태평하게 술잔을 작게 흔들면서 말했다.

페르딕 앙게나스는 속에서 올라오는 쓴 물을 삼켜야 했다.

서셔우 부인은 자신의 앞에 앉은 샤나넷을 노려봤다.

“갤러한의 병에 대해서 소문으로 듣게 하다니, 이게 롬바르디가 동업하려는 가문을 대하는 태도인가?”

“미리 말씀드리지 못해 죄송합니다.”

샤나넷은 정중하게 머리를 숙였다.

그 모습에 셔서우 부인은 더욱 화가 났다.

“어디 변명이라도 해 보거라! 이래서야 내가 갤러한을 믿고 큰 사업을 일으킬 수 있겠는가 말이야!”

“숙모님.”

샤나넷이 조용한 목소리로 서셔우 부인을 부른 뒤, 품에서 서신을 꺼냈다.

갤러한의 서신이었다.

그것을 열어 본 서셔우 부인은 낮은 침음을 흘렸다.

[베트릭스 숙모님께.

지금쯤 저의 사정에 대해서 전해 들으시고 매우 화가 나셨을 것으로 미루어 짐작하고 있습니다.

때가 되면 알리려 하였다고 말씀드리고 싶지만, 그리하면 숙모님께 거짓말을 하는 것이 되겠지요.

딸아이 티아의 미래를 위하여 가능한 한 오랫동안, 아무도 모르게 비밀로 두려고 하였습니다.

그러나 본의와 다르게 모든 것이 알려진 이 상황에서, 숙모님께 염치없는 부탁을 드리려 합니다.

저를 믿고 잠시만 기다려 주십시오.

숙모님을 속이려 한 저를 믿지 못하시겠다면 이 서신을 가져간, 제가 신뢰하는 그 사람을 믿어 주십시오.

좋은 소식을 직접 찾아뵙고 전하는 날이 올 수 있도록 노력하겠습니다.

갤러한 올림.]

"약삭빠른 녀석……."

그저 순하고 여린 녀석인 줄 알았더니.

제 아버지 같은 능구렁이가 다 되었다.

이리 납작 엎드려 '숙모님' 하면 아픈 시조카에게 화를 내기도 마음이 쓰린 일이 아닌가.

얼굴에서 노기가 가신 서셔우 부인은 샤나넷에게 물었다.

"직접 찾아뵙고 전하겠다니. 이게 무슨 말이냐."

"그것은……."

샤나넷은 혼란스러움을 애써 감췄다.

내색은 하지 않고 있지만 서셔우 부인만큼이나 이 모든 상황을 받아들이려 애쓰고 있었다.

갤러한이 틀렌브루병에 걸렸다는 소식을 듣고 찾아가려고 준비를 하던 중에 피렌티아가 찾아왔다.

그리고 갤러한의 서신을 내밀며 대뜸 서셔우 부인을 찾아가 달라고 부탁을 받았다.

'저희 아빠의 누나가 아니라, 샤나넷 롬바르디로서 다녀와 주세요'라는 당부와 함께.

"롬바르디 장학생인 연구원 한 명이 마침 틀렌브루의 치료약을 발명해 가지고 왔습니다."

"그럼, 갤러한이 나을 수도 있다는 말이냐?"

"치료 중에 있습니다."

거짓말을 못 하기는 갤러한이나 샤나넷이나 마찬가지이니.

서셔우 부인은 가늘게 뜬 눈으로 샤나넷을 바라봤다.

"내가 믿고 기다리다가 그 믿음이 내 발등을 찍게 되면 어찌할 거냐. 앙게나스는 당장이라도 서셔우의 손을 잡고 뛰어들 기세로 찾아왔더구나."

역시.

샤나넷은 짐작했던 바를 확인하고 주먹을 꽉 쥐었다.

"숙모님, 갤러한은 제 동생이기는 하지만 바보스러울 정도로 거짓말을 하지 못하는 성격입니다. 조금만 약게 행동하면 좋을 텐데, 그러질 못하는 미련한 사람이지요."

그런 동생이 불치병에 걸렸다는 소식을 접한 지 채 몇 시간도 지나지 않았다.

그러나 지금 샤나넷에게 슬퍼하고 혼란스러워할 여유는 없었다.

갤러한이 부탁한 이 일을 제대로 마무리하는 것이 병상에 있는 동생을 위한 최선이었다.

"저는 갤러한이 지금 이 순간에도 최선을 다해 병을 이겨 낼 거라고 믿습니다. 하지만 만약 갤러한이 약속을 다하지 못한다면……."

샤나넷은 어린 조카의 말을 떠올렸다.

"저희 아빠의 누나가 아니라, 샤나넷 롬바르디로서 다녀와 주세요."

혹시 그 아이는 이런 말을 해야 하는 상황이 올 것을 미리 예상이라도 했던 것일까.

실없는 생각에 샤나넷은 은은히 미소를 지었다.

그리고 서셔우 부인을 똑바로 바라보면서 말했다.

"그렇다면 그때는 롬바르디를 믿어 주세요. 갤러한 그 아이는 '갤러한 의복점'의 창업주이기도 하지만, 가주 룰락 롬바르디의 아들입니다. 그리고 롬바르디는, 롬바르디를 믿고 함께한 이들을 절대 실망시키지 않습니다."

잠시 침묵이 흘렀다.

그리고 서셔우 부인은 낮은 탄식 같은 한숨을 내쉬었다.

"……갤러한에게는 서셔우 걱정은 말고 치료에만 전념하라고 전해 주렴. 조만간 한번 들르겠다는 말도 꼭 하고."

"예, 숙모님."

샤나넷은 살짝 떨리는 손을 넓은 드레스 소매 안으로 감추며 자리에서 일어났다.

"그리고 샤나넷."

서셔우 부인이 피곤한 얼굴로 이마를 문지르며 말했다.

"네 남편에게 우리 서셔우는 광산을 팔 생각이 없으니, 설득은 그만두라고 전해 주겠니."

"……광산?"

샤나넷은 잠시 당황하다가 이내 표정을 숨기고 고개를 끄덕였다.

"네, 숙모님. 그렇게 할게요."

한바탕 소동이 있던 뒤로 벌써 3주가 지났다.

다행히 한 번에 닥쳤던 일들은 일단락이 되었지만, 모두 임시방편일 뿐이었다.

해결책은 틀렌브루의 치료제를 만들어 아버지가 회복되는 방법밖에 없다.

에스티라는 최선을 다해서 연구하고 있지만, 아직 이렇다 할 돌파구를 찾아내지는 못했다.

아버지의 병은 저번 생처럼 착실하게 악화되어 가는 중이었고.

"……다녀올게."

그리고 이 상황에서 나는 페레스의 배동 역할을 하기 위해 입궁을 해야 한다.

마음 같아선 병상 옆을 지키고 싶지만, 아버지는 가서 페레스와 놀며 바람을 쐬고 오라고 등을 떠밀었다.

아버지가 바라시는 건데 안 갈 수도 없고.

나는 침울한 얼굴로 마차에 몸을 실었다.

롬바르디 저택에서 황궁에 도착하는 몇 시간 동안, 온갖 생각이 머릿속을 헤집어 놨다.

그리고 마침내 페레스가 사는 포이락궁에 도착했다.

"티아, 안녕."

페레스가 보일 듯 말 듯 한 미소로 인사했다.

"안녕."

솔직히 나는 짜증이 나 있었다.

한 시간이라도 더 아버지와 보내야 하는 이 상황에서 페레스와 함께 있는 시간이 아깝기도 했다.

무미건조한 내 인사를 받은 페레스는 잠시 내 얼굴을 빤히 바라봤다.

녀석의 버릇 중 하나였다.

"가자."

그러더니 페레스의 손이 내 손을 잡았다.

"뭐야? 어디 가는 건데?"

"우리가 오늘 하루 동안 놀 곳."

"나 놀 기분 아닌데."

"알아."

도대체 뭘 안다는 거야.

내 인내심이 한계에 다다르려 할 때였다.

페레스가 내 손을 잡지 않은 다른 손으로 커다란 문을 밀어 열었다.

"여긴……."

"포이락궁의 도서관이야. 여기에 틀렌브루병에 대한 책과 약초학 서적을 모아 놨어. 내가 할 수 있는 한 최대한 많이."

페레스는 도서관 가운데에 위치한 테이블의 의자를 빼 주며 말했다.

"틀렌브루병에 대해서 같이 찾아보자. 찾다 보면 우리가 방법을 찾을 수 있을지도 몰라."

"페레스……."

"이번에는 내가 널 도와줄게."

'최대한 많이' 책을 모아 놨다던 페레스의 말은 진짜였다.

"도대체 이런 책들은 다 어디서 구했어?"

"중앙궁에 있는 황실 도서관에서도 가져왔고, 또 이런 약초학 서적들은 원래 내가 가지고 있었던 것들이고."

대답을 하면서도 연신 책장을 넘기는 폼이 매우 익숙해 보였다.

문득 드는 생각에 페레스에게 물었다.

"페레스 너 혹시, 그동안 혼자서 틀렌브루의 약에 대해서 조사해 왔어?"

다 봤다.

페레스의 어깨가 크게 움찔한걸.

그리고 아무런 대답이 없는 것도 증거라면 증거였다.

페레스는 내게 거짓말을 할 바에야 차라리 아무 말도 하지 않는 녀석이니까.

"고마워."

"……."

아무 말 없이 책장을 뒤적이는 페레스의 귀가 새빨개졌다.

나는 소리 없이 웃으면서 책을 하나 집어 들었다.

그래, 그냥 에스티라에게 다 맡겨 놓은 채 발만 동동 구르는 것은 내 성격에 맞지 않는다.

틀렌브루 치료제의 마지막 조각을 찾기 위해 뭐라도 하는 게 차라리 마음이 편할 것 같았다.

우리가 도서관에서 책을 읽으며 시간을 보내는 동안, 케이틀린과 카일러스는 번갈아 다녀가며 먹을 것과 마실 것을 가득 챙겨 주었다.

"으으, 허리야."

몇 시간이 지났을까.

문득 허리가 끊어지는 것처럼 아파서 고개를 들었다.

이미 오후로 접어든 시각이었다.

건너편에 자리 잡은 페레스를 바라보니, 녀석은 아직도 책장에서 눈을 떼지 않고 있었다.

옆에는 이미 훑어본 책들이 작은 산을 이루고 있었다.

집중하고 있는 페레스를 방해하기 싫어서 창밖을 바라보고 있을 때였다.

"잠깐 나갈까?"

어느새 페레스는 나를 보고 있었다.

"정원이 산책하기 꽤 좋아."

페레스의 담백한 감상과는 다르게, 포이락궁의 정원은 매우 훌륭했다.

이 궁의 주인이 자주 정원에 들른다는 것을 알고 있는 듯, 산책로 주위로 갖은 꽃과 나무가 자연스레 어우러지고 있었다.

"어, 이 꽃은……. 네가 전에 보내 준 그 꽃 아니야?"

어딘가 익숙하게 생긴 붉은 꽃을 가리키면서 내가 물었다.

"응, 맞아. 봄니아 꽃."

"네가 이 꽃을 보내 줬던 때랑 계절이 좀 다른데?"

"이미 지난봄에 폈다가 졌어. 그런데 어째서인지 올해는 한 번 더 핀 것 같아."

"그래? 신기하네. 한 해에 두 번 피다니."

나는 다가가 그 꽃의 달콤한 향을 맡았다.

톡.

페레스가 봄니아 꽃을 하나 따서 나에게 건넸다.

달콤한 꽃잎을 하나 뜯어서 입에 넣으며 물었다.

"이 길을 쭉 따라가면 뭐가 나와?"

"중앙궁 후원."

"그렇구나……."

조금이라도 몸을 움직이니 머리가 맑아지는 것 같았다.

얼마나 걸었을까.

길의 끝에 페레스가 말한 후원이 보이는 것 같았다.

그리고 마침 그 후원을 걸어가던, 정말이지 마주치고 싶지 않았던 사람도.

"돌아가자."

"그래."

페레스도 영 귀찮은지 미간을 찌푸리면서 대답했다.

우리는 곧바로 몸을 돌려 왔던 길을 되돌아가려고 했다.

"야, 거기 너희 둘."

재수 없는 목소리가 굳이 우리를 따라오기 전까지는.

"후우."

벌써 안 좋은 예감이 드는데.

나는 '참을 인' 자를 새기며 뒤돌아서 인사했다.

"안녕하세요, 1황자 전하."

"그래, 역시 네가 맞았군."

아스타나가 재수 없게 웃으면서 다가왔다.

페레스는 이미 차가운 눈으로 아스타나를 응시하고 있었다.

여차하면 지난번처럼 검을 뽑기라도 할 듯이.

이번에는 그냥 조용히 넘어가자.

나는 그렇게 다짐했다.

하지만 그 다짐은 아스타나의 말에 곧바로 흔들렸다.

"듣자 하니 갤러한 롬바르디가 죽을병에 걸렸다던데?"

"이 미친 새끼가."

나도 모르게 육성으로 욕이 터져 나왔다.

아스타나는 놀라서 눈을 크게 떴다.

"지, 지금 나한테 욕을……."

금붕어처럼 소리 없이 뻐끔거리는 아스타나의 모습을 보면서 나는 다시 마음을 가라앉히기 위해 노력했다.

아버지의 이야기라서 너무 흥분해 버렸다.

하지만 불길하게도, 아스타나의 얼굴에 무언가 스치는 것이 보였다.

마치 날 괴롭힐 수 있는 약점을 찾았다는 듯 이죽거리는 미소였다.

"아버지가 죽어 가고 있는데, 너는 저 천한 놈과 황궁에서 노닥거리고 있다니. 혹시 친딸이 아닌 것 아니야?"

"그만둬."

내 옆에서 페레스가 낮은 목소리로 경고하듯 말했다.

하지만 아스타나는 어깨를 한번 으쓱하더니 계속해서 빈정거렸다.

"만약 내 아버지라면 나는 한시도 병상을 떠나지 않을 텐데 말이야. 하긴, 천한 것들을 괜히 천하다고 하는 게 아니지."

"아스타나."

"어미는 출신도 알 수 없는 유랑민이었으니, 혹시 또 모르지."

"그 입 닥쳐."

페레스가 검 손잡이에 손을 가져다 대면서 말했다.

"그거 알아? 유랑민들은 하룻밤 잘 곳을 구하기 위해서라면 아무에게나 몸을 팔……."

찰싹!

커다란 소리와 함께 아스타나의 얼굴이 옆으로 돌아갔다.

뺨에는 붉은 손자국이 서서히 올라왔다.

있는 힘껏, 그 뺨을 친 것은 나였다.

"나, 날 때렸어……."

아스타나는 한 손으로 볼을 움켜쥐고 중얼거렸다.

나는 그런 놈을 똑바로 노려봤다.

한계치를 넘어선 분노에 나도 모르게 눈물이 고인다.

"어, 어머니께, 아니, 황제 폐하께 말씀드릴 거다! 내, 내 뺨을 쳐?!"

인성이 밑바닥인 줄은 알았지만.

쓰레기 같은 놈.

"꼭 말해. 나도 할아버지께 오늘 있었던 일을 꼭 말씀드릴 테니까."

아스타나에게 한 글자, 한 글자 씹어 내듯이 말했다.

"한마디도 빠짐없이."

그제야 제가 했던 말을 떠올렸는지, 아스타나의 멍청한 얼굴이 일그러졌다.

제아무리 황자라고 하더라도 롬바르디 가문에 대해서, 그것도 지금 병상에 누워 있는 가주의 아들과 고인이 된 아내에 대해서 그따위 더러운 말을 지껄였는데 무사히 넘어갈 리가 없다.

마음 같아선 뺨이 아니라 가랑이 사이를 차 주고 싶지만 아직은 내가 롬바르디 가주가 아니라 참는다.

나는 끝까지 놈을 노려보다가 뒤돌아섰다.

소매로 대충 쓱쓱, 눈물을 닦아 냈다.

조금 전까지 봄니아 꽃잎 때문에 달았던 맛이 쓰디쓰게 변해 버렸다.

아스타나의 뺨을 때린 사건 때문에 나는 한 달 동안 자숙 기간을 명받았다.

물론 크게 혼이 난 것은 아니다.

오히려 할아버지가 아스타나를 발로 걷어차 주겠다고 달려가시려는 것을 말리느라 애 좀 먹었다.

사실 나는 열한 살 생일이 지나기 전까진 저택 밖으로 나가는 것이 자유롭지 않으니, 벌을 받지 않은 거나 마찬가지다.

맨날 여기저기 싸돌아다니기 좋아하는 아스타나는 두 달 근신을 명받아 꽤나 괴로워한다고 들었지만.

나는 내 서재에 앉아서 페레스에게서 빌려 온 약초 책을 뒤적거리고 있었다.

이쪽에 그럴듯한 배경지식이 있는 것도 아니라 이렇게 책장을 들여다본다고 에스티라도 못 한 엄청난 발견을 할 거라 기대하지는 않는다.

그저 아버지의 치료제를 찾기 위해서 뭐라도 하고 있으면 마음이 편하기 때문이었다.

팔락, 팔락.

한쪽 턱을 괴고 책장을 넘기고 있을 때였다.

"응? 봄니아 꽃? 이것도 약초로 쓸 수 있구나."

익숙한 꽃 그림에 멈춰 설명을 읽었다.

"'봄니아'는 대륙 남부 극단에서만 자생하는 식물로 꽃과 잎, 그리고 뿌리가 각기 다른 효능이 있는 특성을 가지고 있다……."

의미 없이 글줄을 따라 내려가던 내 손끝이 멈췄다.

"그러나 봄니아의 가장 강력한 효능은 꽃과 잎, 그리고 뿌리를 함께 사용했을 때 나타난다. 정확한 기전은 알 수 없지만, 함께 사용되는 다른 약초들의 효능을 안정적으로 극대화해 주는……."

원래 남부에서만 자생하는 식물.

그리고 고향으로 휴가를 갔던 이전 생의 에스티라.

퍼즐이 맞춰지는 것 같았다.

그때 서재 문을 벌컥 열고 에스티라가 들어왔다.

땀을 흘리며 헉헉거리는 것이 여기까지 뛰어온 모양이었다.

"하, 할머니께 답장이 왔는데…… 마을 주변에 흔히 피는 꽃 중에……!"

"봄니아?"

"어, 어떻게 아셨어요?"

역시.

치료제의 마지막 재료는 봄니아였구나.

웃고 있는 내 얼굴을 보던 에스티라가 울상을 지으며 말했다.

"그, 그런데 봄니아는 남부에만 자라는 야생초인 데다가 이미 개화 시기가 지나 버려서……."

"아니, 꽃이 핀 봄니아가 있는 곳을 알고 있어."

포이락궁의 후원에는 새빨간 봄니아 꽃이 피어 있었다, 분명.

나는 얼른 책상으로 달려가 편지를 썼다.

수신인은 페레스였다.

마음 같아서는 내가 포이락궁으로 달려가 봄니아 풀을 가져오고 싶지만 나는 자숙 기간이기 때문에 입궁하지 못한다.

망할, 아스타나!

아버지의 치료제에 봄니아 풀이 필요하다는 말과 꼭 꽃, 잎, 그리고 뿌리까지 함께 있어야 한다는 말을 휘갈겨 적었다.

편지지를 접는 손이 떨리고 있었다.

마지막 퍼즐을 찾았다는 기쁨도 잠시, 불안감이 나를 덮쳤다.

이 며칠 사이에 봄니아 꽃이 다 져 버렸으면 어떻게 하지.

페레스도 말했다.

원래 이 시기에 피지 않을 꽃이 폈다고.

제발, 제발.

나는 편지를 보내면서 간절하게 기도했다

밤이 되니 비가 내리기 시작했다.

폭우가 쏟아지는 밖을 보면서 나는 밤을 까맣게 지새우고 있었다.

"젠장, 젠장."

비가 창문을 때리는 소리와 내가 손톱을 물어뜯는 소리가 섞여 들었다.

이 비에 봄니아 꽃이 다 져 버리면 어떻게 하지.

마지막으로 봤던 게 벌써 며칠 전인데.

남아 있던 꽃마저 다 떨어져 버리면.

속이 타들어 가는 것 같았다.

그때였다.

"지금 저거, 마차야?"

창문에 머리를 박고 있던 나는 내 눈을 의심했다.

장대처럼 쏟아지는 폭우를 뚫고 마차 한 대가 별관으로 오고 있었다.

희뿌연 빗줄기 사이로 언뜻, 황실의 문양이 보였다.

설마.

나는 놀라서 아래층으로 뛰어 내려갔다.

쾅, 쾅, 쾅.

문을 두드리는 무거운 소리와 함께 별관의 집사가 이미 등을 들고 문으로 다가가고 있었다.

기익—.

밤새 굳게 닫혀 있던 문이 기다란 소음과 함께 열리고.

비에 흠뻑 젖은 녀석이 서 있었다.

"페레스?"

날 발견한 페레스가 품 안에 소중하게 안고 있던 무언가를 꺼냈다.

큼지막한 나무 상자였다.

달칵.

덮개를 열자 작은 소음과 함께 빗물에 젖은 흙냄새가 또렷하게 끼쳤다.

상자에는 흙이 묻은 붉은 꽃 한 무더기가 뿌리까지 얌전히 드러낸 채 담겨 있었다.

"봄니아 풀, 가져왔어."

비에 젖어 하얗게 질린 얼굴로, 페레스가 활짝 웃었다.

나는 그 얼굴에 손을 뻗었다.

하얀 얼굴의 살결이 차디차다.

"마른 수건을 가져오세요."

"아, 예, 아가씨."

마찬가지로 놀란 집사가 허둥지둥 마른 수건 몇 개를 가져왔다.

하나는 무겁게 젖어 버린 페레스의 어깨 위로, 또 하나는 머리 위로 덮어 녀석을 꽁꽁 싸맸다.

"이렇게 추운데, 왜……. 이 비를 다 맞고 왔어."

"비에 꽃이 다 져 버릴 것 같아서."

"아……."

"이 꽃이 있어야만, 티아의 아버지가 나을 수 있다고 했잖아."

"……바보같이."

페레스의 손을 잡아끌어 계단을 올랐다.

그런데도 녀석은 '어디 가?' 하는 질문 한번 하지 않았다.

그저 뒤따르며 내가 힘들지 않게 내 발걸음에 맞출 뿐이다.

나는 페레스를 데리고 내 방으로 돌아왔다.

그리고 벽난로 앞에 녀석을 앉혔다.

"벽난로의 불을 더 피워 주세요."

집사는 얼른 불씨에 장작 몇 개를 더 집어넣었다.

"케이틀린은? 카일러스는 네가 여기 온 거 알고 있어?"

"……아마 모를 거야."

"설마 내 서신을 받자마자 혼자 한밤중에 나가서 봄니아 풀을 캔 건 아니지?"

"……."

"그리고 비가 내리기 시작하니까 그만두고 안으로 들어갈 생각은 하지도 못하고, 그냥 꽃이 지기 전에 다 캐야 한다는 생각에 계속 쭈그리고 앉아서 땅을 팠던 건 아니지?"

"……."

"그리고 다 캔 봄니아를 나무 상자에 담아서 케이틀린이나 카일러스에게 알리지도 않고 마부만 깨워서 바로 여기로 온 건…… 아니지?"

페레스가 일렁이는 벽난로 불로 시선을 피한다.

"……일단 황궁에 사람을 보내야겠어요. 부탁드릴게요."

"화, 황궁. 포이락궁에 사람을 보내겠습니다."

아마 지금쯤 페레스가 사라진 것을 알고 궁이 뒤집어졌을 거다.

페레스는 나의 눈치를 보고 있었다.

그런 녀석의 까만 머리칼을 타고 물이 뚝뚝 떨어지고 있었다.

나는 수건으로 페레스의 머리를 털어 주면서 말했다.

"나중에 케이틀린과 카일러스에게는 내가 사과할게."

"티아가…… 왜?"

"나한테 봄니아를 가져다주느라고 그랬으니까. 너는 날 도와주려고 그랬던 거잖아."

"하지만……."

페레스는 무언가 말하려다가 다시 조개처럼 입을 다물었다.

그러고는 한쪽에 내려놨던 상자를 들어 나에게 내밀었다.

하지만 나는 고개를 저었다.

"네 몸이 따듯해지는 거 확인하고 갈 거야."

내 말에 페레스는 잠시 생각하더니 벽난로 가까이에 가서 스스로 머리를 말리기 시작했다.

그사이 되돌아온 집사가 따듯한 차와 뜨거운 수프를 가져왔고, 갈아입을 마른 옷도 준비해 주었다.

"자, 이제 따듯해졌어."

페레스가 다가와 자신의 손을 내 볼에 가져다 대면서 말했다.

녀석의 말대로였다.

조금 전까지는 차가워서 피가 돌지 않는 것 같았던 손이 금방 제 온기를 되찾은 상태였다.

"그러니까 어서 가."

나는 거절하지 않았다.

봄니아가 담긴 상자를 들고 페레스에게 당부했다.

"빨리 옷 갈아입고 따듯한 거 먹고 있어."

"응."

페레스는 말 잘 듣는 강아지처럼 얼른 대답했다.

나는 방을 나섰다.

어두컴컴한 복도에 나의 발걸음 소리와 상자가 덜컥거리는 소리만 울렸다.

나의 발걸음이 빨라졌다.

어느 순간 나는 뛰고 있었다.

별관 한쪽에 마련한 에스티라의 연구실에 도착했을 때, 내 숨은 턱 끝까지 차올라 터져 나갈 것 같았다.

"피렌티아 님?"

에스티라는 아직 일어나 있었다.

등이 켜져 있고 책이 여기저기 펼쳐져 있는 것을 보아 약에 대한 연구를 하고 있던 중인 것 같았다.

나는 에스티라 앞에서 상자를 열었다.

"봄니아를 구해 왔어."

"이, 이게……."

에스티라는 믿기지 않는 듯, 붉은 꽃잎을 손으로 만져 보며 말을 잇지 못했다.

나는 그런 에스티라에게 상자를 그대로 안겼다.

그리고 태어나 가장 간절한 마음으로 말했다.

"이제, 우리 아빠를 구해 줘, 에스티라."

에스티라가 새로운 약을 만들어 내는 데는 겨우 몇 시간밖에 걸리지 않았다.

해가 뜰 즈음에 에스티라는 그것을 바로 아버지에게로 가져갔다.

“새로운…… 약이라.”

요 며칠 부쩍 앙상해진 아버지는 에스티라가 내미는 새 약을 보면서 쓰게 웃었다.

그리 기대를 하지 않는 것 같았다.

“계속 시도해 주어서 고마워요, 에스티라.”

사지 중 유일하게 움직일 수 있는 왼손을 사용해 약을 마시면서도 그런 말만 반복하시는 것을 보면.

아버지에게 다가가 몇 마디 말을 건넬 수도 있었지만 뒤로 물러났다.

그렇지 않아도 힘든 아버지가 나 때문에 아무렇지 않은 척하게 하고 싶지 않았다.

조금 더 울고, 화를 내면 차라리 좋을 텐데.

아버지는 서서히 다가오는 죽음 앞에서까지 전과 변함없이 웃었다.

지난번 생에서처럼.

하지만.

이번 생의 나는 한밤중에 아버지 방에서 흘러나오는 울음소리가 어떤 것인지 안다.

또한, 다음 날 아버지의 붉게 부은 눈이 무엇 때문인지도 알고 있다.

나는 멀리서 그 모습을 지켜보다가 조용히 아버지의 방을 빠져나왔다.

목적지는 우리 집 근처에 페레스가 잠시 머물게 된 방이었다.

한참을 비를 맞으며 움직였던 페레스는 결국 감기에 걸리고 말았다.

심한 것은 아니었지만, 녀석이 왜 한밤중에 저택에 온 것인지 이유를 알게 된 할아버지가 직접 황제에게 서신을 보내 페레스를 가문의 손님으로서 머물게 했다.

"페레스는 좀 어때요?"

"방금 약을 마시고 잠이 드셨습니다."

궁에서 연락을 받고 온 카일러스가 작은 목소리로 대답했다.

조용히 침대로 다가가니 페레스가 세상모르는 얼굴로 잠이 들어 있었다.

나는 그 모습을 잠시 보다가 이불을 걷고 페레스의 옆자리로 파고들었다.

"피렌티아 아가씨?"

카일러스가 고개를 갸우뚱하면서 다가왔다.

왜 멀쩡한 내 방을 놔두고 여기에 눕냐는 얼굴이었다.

"지금은 혼자 있기 싫어서."

내 마음속 한구석에서 아주 심술궂은 목소리가 계속 묻고 있었다.

'봄니아가 정답인 게 확실해?'

나도 모른다.

하지만 정말로 봄니아가 마지막 조각이 아니라면.

그때 나는 어떻게 해야 하지.

시간 내에 또 다른 답을 찾아낼 수 있을까.

아버지를, 살릴 수 있을까?

머리가 한차례 핑 돌았다.

밤새 한숨도 자지 못한 몸이 드디어 한계에 다다랐다.

얼마 떨어지지 않은 곳에서 은근하게 전해져 오는 페레스의 온기가 마음을 달래 주는 것 같았다.

마지막으로 하얀 베개 위에 흩어진 녀석의 검은색 머리칼을 보다가, 나는 스르륵 잠이 들었다.

"아가씨, 아가씨……."

로릴이 나를 흔들어 깨웠다.

눈이 번쩍 뜨였다.

주변이 어둑해져 있었다.

옆에서 자고 있던 페레스는 이미 일어나서 새 옷을 입고 서 있었다.

"무슨 일이야?"

로릴의 표정이 이상하다.

나는 대답을 듣지 않고 침대에서 훌쩍 뛰어내렸다.

무슨 일이 있는 거다.

주변의 분위기가 어수선하다는 것을 피부로 느낄 수 있었다.

심장이 불안하게 쿵쾅거렸다.

설마.

설마.

나는 얼른 아버지 방으로 뛰어 들어갔다.

이미 많은 사람들이 들어와 있었다.

할아버지와 샤나넷, 그리고 비에제와 로렐스까지.

온 롬바르디 가문의 사람들이 일제히 나를 돌아봤다.

“왜…….”

완성되지 못한 말이 입에서 흘러나왔다.

나를 바라보는 사람들의 얼굴에서 무엇이든 읽어 내려고 했지만, 마치 머리가 멈춰 버린 것처럼 마음대로 되지 않았다.

무언가가 땅으로 잡아끄는 듯이 무거운 발을 옮겼다.

조금씩 침대 곁으로, 다가갔다.

사람들이 말없이 길을 비켜 주었다.

그리고 마침내 나는 침대 위의 아버지를 볼 수 있었다.

“티아야!”

“……아, 아빠?”

밝은 아버지의 목소리를 듣자 다리가 풀려 휘청였다.

“어어!”

여러 사람들이 그런 나에게 손을 뻗었지만, 내 몸을 잡아 준 것은 아버지였다.

정확하게는, 아버지의 오른손이었다.

틀렌브루에게 빼앗겼던, 그 손이었다.

“어떻게…….”

안정적이었다.

힘 있고 떨리지 않았다.

뼈가 앙상하기는 했지만, 나를 넘어지지 않게 잡아 주고 있었다.

“새 약이 효과가 있는 것 같아, 티아야.”

아버지가 부드럽게 웃으면서 말했다.

"마시고 몇 시간 지나지 않아서부터 천천히 감각이 돌아오더니……."
아버지가 오른손을 천천히 쥐었다 폈다 해 보였다.
그 부드러운 움직임을 나는 멍하니 보고 있었다.
"티아야."
아버지가 날 불렀다.
"아빠 이제 괜찮을 것 같아."
모든 짐을 내려놓은 듯, 안도하는 미소였다.
"아빠 이제 괜찮을 거야."
툭.
내 안에서 뭔가가 터지는 듯한 소리가 들렸다.
"흡, 흑……!"
멈출 수 없는 눈물이 흘러나왔다.
"아빠, 아빠……."
"그래, 우리 티아. 걱정 많았지?"
"아빠아……."
"아빠 이제 괜찮아. 티아도 괜찮아."
아버지의 품으로 뛰어들었다.
다정한 손이 내 등을 토닥여 주었다.
그렇게 얼마나 울었는지는 알 수 없었다.
기억하는 것이라고는 내가 그날 아버지의 품에서 하염없이 울었다는 것과 그때마다 아버지는 '이제 괜찮아'라는 말을 해 주었다는 것.
그리고 할아버지가 페레스에게 '고맙다'고 말하는 목소리가 들려왔다는 것뿐이었다.

Chapter 7

Chapter 7

완벽하게 화창한 날이었다.

기분 좋은 산들바람이 불어오고, 풀잎은 싱그러웠다.

밖에서는 악단이 연습하는 연주가 들려오고, 미리 도착한 손님들이 인사를 나누는 웅성거림도 들려왔다.

나는 화장대 앞에서 로릴의 도움을 받아 치장을 하는 중이었다.

"아가씨, 그렇게 좋으세요?"

"으응? 뭐가?"

"아까부터 계속 얼굴에서 미소가 떠날 줄 모르시잖아요."

"아, 그런가?"

나는 거울에 비치는 내 모습을 보면서 흡족하게 웃었다.

"오늘은 특별한 날이니 머리하는 데 오래 걸리실 거예요. 조금만 참으세요."

"응, 로릴이 하고 싶은 대로 해. 나는 괜찮아."

여유로운 내 반응에 로릴이 별일이라는 듯 웃었다.

"머리 손질하는 거 그렇게 귀찮아하시더니. 기분이 많이 좋으신가 봐요."

"그럼! 좋지!"

나는 큰 목소리로 대답했다.

"오늘은 내 열한 번째 생일인걸!"

드디어 저택을 자유롭게 출입할 수 있는 그날이 왔다.

당장 내일부터 밖으로 다닐 생각에 엉덩이가 들썩인다.

"그러고 보니 이제 마음대로 바깥 구경을 하실 수 있겠네요!"

로릴이 내 머리칼을 부드럽게 빗어 주면서 말했다.

내 말이 바로 그 말이야, 로릴!

"제일 먼저 무엇을 하고 싶으세요?"

"으음……."

잠깐 생각할 시간이 필요했다.

뭘 할지 생각하기 위해서가 아니었다.

할 게 너무 많아서 무엇을 먼저 할지 우선순위를 정하기 어려웠기 때문이었다.

내가 계속 고민하고 있자, 로릴이 몇 가지 예시를 들어 줬다.

"열한 살이 되셨을 때 라라네 아가씨는 바로 롬바르디시 외곽에 있는 화원에 가셨다고 하고요, 길리우 님과 메이론 님은 성 밖으로 말을 달리러 갔었다고 해요. 그리고 벨레삭 님은…… 관심이 없어서 알아보지 않아서 모르겠어요."

역시 우리 로릴.

아주 바람직한 태도였다.

벨레삭 따위가 열한 살 생일이 지나고 뭘 했는지 내가 알게 뭐람.

그렇게 생각하고 넘길 수 있다면 좋겠지만.

애석하게도 같은 저택에 살다 보니 벨레삭이 생일 다음 날 아스타나와 사냥을 하러 나갔었다는 것은 이미 들어 알고 있는 사실이었다.

누가 아스타나 쫄따구 1번 아니랄까 봐.

바깥출입이 자유로워진 이후론 더 찰싹 붙어 다녔지.

“그래서 아가씨는 뭘 하고 싶으세요?”

“나? 나는 사러 다니고 싶어!”

“사러 다녀요? 쇼핑 말이세요?”

“응! 사고 싶은 게 아주 많거든!”

“으음. 보석류?”

보단 그 보석이 나오는 광산!

“아니면, 맛있는 음식?”

음식을 만드는 레스토랑!

조만간 매물이 아주 괜찮은 게 나올 예정이거든.

“그것도 아니면…… 롬바르디를 떠나서 황도 구경도 재밌으실 거예요!”

황도에 갈 예정이긴 한데.

“그거 다 할 거야!”

“어머, 우리 아가씨. 욕심도 많으셔라!”

당연하지!

나는 내가 다 해 먹을 예정이라서!

나와 로릴은 서로 바라보면서 헤헤 웃었다.

곱게 빗은 머리를 등 뒤로 늘어뜨리고, 옆머리 조금을 빼내 흰색 예쁜 들꽃과 함께 땋았다.

그리고 로릴의 도움을 받아 오늘 입을 드레스로 갈아입었다.

"……아가씨, 이거 언제 판매 시작된다고 하셨죠?"

내가 입은 드레스를 보던 로릴이 눈을 반짝이며 물었다.

"다음 주. 이번 거 되게 잘 나왔지?"

"지금까지 나왔던 한정판 중에 제일 예쁜 것 같아요!"

"그래?"

로릴의 열광적인 반응에 매우 흡족해졌다.

얼마 전부터 내가 갤러한 의복점에서 시작한 마케팅이 아주 잘 먹히고 있었다.

이름하여 '리미티드 에디션'!

'기성복은 언제든 살 수 있는 흔한 것'이라는 이미지를 탈피하고 귀족들은 타깃으로 새로 시작한 프리미엄 라인을 띄우기 위한 방법이다.

제국 전역에 있는 갤러한 의복점 분점들에서 같은 날 같은 시각에 일제히 아주 비싼 드레스들을 판매하는데 그 수량이 매우 한정적이다.

한 시리즈당 전국에 풀리는 양이 겨우 200벌.

요즘 귀족들 사이에서는 갤러한 의복점의 드레스를 자기 식으로 예쁘게 개량해서 입는 것 이외에도 이 '한정판'을 모으는 것이 유행이다.

힘세고 돈 많은 귀족들이 많은 황도에서는 경쟁이 너무 치열하기 때문에 일부러 먼 곳의 분점까지 하인을 보내서 사 오게 하는 경우도 허다했다.

“그런데 이번 한정판은 내 생일을 기념해서 나온 거라 더 특별할 예정이야.”

“네? 더 특별하다뇨?”

“딱 100벌밖에 만들지 않았거든.”

나는 사악하게 웃었다.

“너, 너무하셔……. 이렇게 예쁜 드레스를 만들어 놓으시고 겨우 100벌이라니…….”

로릴이 울상이 되어 어깨를 툭 떨궜다.

숫자가 정해진 한정판이라 로릴에게 한 벌 빼 줄 수도 없고.

잠시 생각하다가 작은 힌트를 주기로 했다.

“딜라드가의 하인을 황도의 세 번째 분점으로 보내.”

세 번째 분점은 비교적 귀족들의 거주지에서 멀리 떨어져 있었지만 다른 황도의 분점들과 마찬가지로 10벌의 한정판이 배달될 예정이었다.

그러니 다른 곳보다 경쟁률을 조금이라도 낮출 수 있을 거다.

내 말뜻을 알아들은 로릴은 의미심장하게 고개를 끄덕였다.

똑똑.

“티아, 들어가도 될까?”

아버지가 방문을 두드리며 문틈으로 고개를 빼꼼히 내밀었다.

“아빠!”

나는 화장대 앞에서 일어나 아빠의 품에 와락 안겼다.

“아이쿠!”

아버지는 장난스럽게 두어 걸음 밀려나는 척하다가 나를 마주 안아 주었다.

"이제 열한 살이 되었는데, 아직 우리 딸은 다 크려면 먼 것 같은걸?"

"당연하죠! 저는 평생 아빠 앞에서는 어리광 피울 거예요!"

아버지는 에스티라의 약 덕분에 틀렌브루병에서 완전히 해방되었다.

일주일 만에 마비 증세는 완전히 사라졌고, 한 달쯤 뒤에는 가볍게 별관 주변을 산책할 수 있을 정도로 회복되었다.

그리고 내 생일인 오늘, 아버지는 전보다 조금 살이 빠진 모습이기는 했지만 완벽하게 건강해진 모습으로 돌아왔다.

"갤러한 님, 오늘 너무 멋지세요!"

"하하, 그래? 고마워, 로릴."

오히려 얼굴에 살이 빠지면서 더 샤프한 매력이 생겨났다고나 할까.

그래서 요즘 아버지의 인기가 날이 갈수록 높아지고 있었다.

이러다 조만간 새어머니를 만나게 되는 걸까 싶었지만 뭐, 아버지가 알아서 하시겠지.

"파티에 갈 준비가 다 끝났다면, 아빠에게 잠깐 시간을 내줄래?"

아버지가 나에게 손을 내밀었다.

나는 그 손을 덥석 잡았다.

아직은 나보다 훨씬 큰 아버지의 손은 전처럼 따듯하고 부드러웠다.

우리는 별관의 위층으로 향했다.

길게 늘어진 복도를 따라서 걷다가 아버지가 멈춘 곳은 어느 문 앞이었다.

"열어 보렴."

아버지가 내 손을 놔주면서 말했다.

달칵.

손잡이를 돌리자 문이 기다렸다는 듯 부드럽게 열렸다.

"아빠가 티아에게 주는 선물이란다."

햇살이 가득 들어오는 커다란 창과 부드럽고 따듯한 색으로 가득 찬 응접실이 우리를 맞이했다.

"여기…… 제 방, 아니 제 집이에요?"

"그래, 맞아."

"우와!"

나는 반쯤 뛰어서 응접실에 딸린 문 몇 개를 열어 봤다.

각각 침실과 작은 손님방, 그리고 서재였다.

"본관에 있던 티아의 서재를 이리로 옮겼어. 이편이 훨씬 편하게 사용할 수 있을 것 같아서."

정말이었다.

내 손때가 묻은 책과 필기구가 다 이곳으로 옮겨져 있었다.

"앞으로 티아는 이 집을 편하게 사용하면 된단다. 물론 가끔 아래층으로 내려와 주면 아빠가 조금 덜 쓸쓸하기는 하겠지만."

"아빠……."

"그래도 앞으로 바빠질 것을 생각하면, 이편이 좋겠지?"

정말로 아빠는 속일 수가 없다.

지난번 아버지와 약속한 대로, 나는 적당한 때를 봐서 몇 가지 일들을 털어놓았다.

'어떤 생각으로 샤나넷을 서셔우 부인에게 보냈는지'와 '페레스와 언제부터 알고 지냈는지' 같은 간단한 것들이었다.

하지만 겨우 그런 조각들을 가지고 아버지는 나를 대부분 파악해 버린 것 같았다.

얼마 전부터는 '갤러한 의복점'의 일을 결정하는 데에 나의 의견도 자연스럽게 물어보시는 것을 보면.

그렇게 탄생한 아이디어가 바로 '한정판'이었다.

"우리 티아……."

아버지는 나를 꼭 안아 주었다.

"생일 축하한다. 다른 사람들보다 아빠가 제일 먼저 생일 선물을 주고 싶었어."

"고마워요, 아빠."

나도 아버지를 힘주어 안았다.

"꿈만 같아요."

내 열한 번째 생일에 아버지가 이렇게 나와 함께 있다는 게.

아버지가 틀렌브루병을 이겨 내고 이렇게 건강한 모습으로 내 앞에 있다는 게.

쪽.

아버지가 내 이마에 애정이 듬뿍 담긴 뽀뽀를 해 주었다.

나는 울음이 나올 것 같아서, 아버지를 더욱 꽉 안았다.

이제 회귀하며 세웠던 첫 번째 목표를 이뤘다.

아버지를 살리는 것.

하지만 나에게는 이뤄야 할 것들이 아직 많았다.

"회의를 시작하겠소."

가장 상석에 앉은 의장이 주의를 집중시키며 말했다.

"아직 오지 않은 이들이 있으니 조금 더 기다리지요."

페르딕 앙게나스가 느긋하게 자리에 엉덩이를 붙이며 말했다.

"하지만……."

이미 오랜 시간을 지체했다.

앙게나스와 가까이 지내는 몇 가문이 아직 오지 않았다는 이유였다.

제시간에 도착해 회의실을 채운 귀족들 수십이 그 몇 명을 기다리고 있는 꼴이었다.

"어차피 중요한 사람들이 오지 않으면 회의를 시작하는 의미가 없지 않……."

"늦은 줄 알고 부리나케 왔더니, 아직 시작도 하지 않았다니. 이게 무슨 일이지?"

여유롭게 회의장의 문 양쪽을 벌컥 밀고 들어오는 사람이 있었다.

"로, 롬바르디 가주……."

의장이 벌떡 자리에서 일어나면서 인사했다.

룰락 롬바르디는 그가 의장이 되기 전, 몇십 년 동안 의장 자리에 앉아 있던 사람이었다.

"여기까지 어쩐 일이십니까."

"몇 년 쉬었으니, 다시 국정에 관심을 가져 보려고 말일세."

"아! 그렇다면 의장직을……."

"아닐세, 아니야. 나는 그런 중책을 맡으려 돌아온 것이 아니네. 그러기엔 너무 늙었지. 그냥 단순한 마음으로 왔네."

"단순한 마음이시라면……."

"누구한테 약속한 게 좀 있어서."

룰락은 그렇게 대답하며 맞은편에 앉아 있는 페르딕 앙게나스를 보며 웃었다.

"앞으로 그 생각을 수없이 하게 될 거야. 후회하고, 또 후회하게. '그때 갤러한을 건드리면 안 됐었다'고."

딸꾹.

앙게나스 가주가 황제의 집무실에서 있었던 그 일을 떠올리며 두려움에 저도 모르게 딸꾹질을 했다.

"회의를 시작하도록 하지. 이 많은 사람들을 겨우 몇 사람 때문에 계속 기다리게 할 이유가 있나."

의장은 슬쩍, 앙게나스 가주의 눈치를 보다가 의사봉을 땅땅 두드렸다.

아무리 앙게나스가 날고 긴다지만, 롬바르디에 비할 바가 아니었다.

결국 회의 내내, 앙게나스는 아무것도 얻어 내지 못했다.

사사건건 룰락이 방해했기 때문이었다.

그리고 그동안 앙게나스에게 쌓인 것이 많았던 귀족회 의원들은 룰락에게 동조하고 나섰다.

똥 씹은 얼굴을 하고 있는 페르딕 앙게나스에게 룰락이 빙그레 웃으며 말했다.

"벌써 그렇게 울상을 지으면 어떻게 하나. 앞으로 속상할 일이 얼마나 많이 남았는데."

너는 똥 됐다.

그렇게 대놓고 비웃는 격이었다.

"그럼 나는 이만 일어나 봐야겠군."

"롬바르디 가주, 혹 시간이 되시면 식사라도 함께……."

"아쉽지만 다음에 같이 하도록 하지. 오늘은 매우 중요한 일이 있어서 말이야."

"아, 혹시 폐하와 선약이……."

"손녀의 생일일세."

"예?"

"손녀의 생일 파티에 가야 한다고. 이크, 이거 늦었군! 땅땅, 두 들기게!"

의장은 멍한 얼굴로 시키는 대로 의사봉을 두 번 두들겼다.

회의가 공식적으로 폐회되었다는 뜻이었다.

"그럼 나 먼저 가 보겠네!"

바람같이 회의장을 빠져나가는 모습을 보면서 의장은 얼떨떨했지만 한 가지만은 확실히 알 수 있을 것 같았다.

앞으로 귀족 회의에서 앙게나스가 마음대로 설치지 못할 것이라고.

나의 열한 번째 생일 파티가 시작되었다.

롬바르디의 연회 홀이 손님으로 가득가득 들어차 있었다.

여덟 번째 생일 때도 꽤 성대한 생일 파티를 치렀지만, 이번에는 그때의 배는 되어 보이는 규모였다.

차이가 있다면, 그때는 할아버지가 일부러 사람들을 끌어모았지만 이번에는 오고 싶어 하는 사람들이 많아 자연스레 파티의 규모가 커졌다는 것이었다.

모두 아버지와 할아버지의 손님들이었지만, 나는 크게 신경 쓰지 않았다.

"아! 피렌티아 롬바르디 영애다!"

"저 드레스, 혹시 한정판으로 출시될 건가?"

"생일 축하드려요, 영애! 오늘도 너무 예쁘세요!"

나를 알아보는 사람들도 그만큼 늘었거든.

"안녕하세요, 와 주셔서 감사해요!"

능숙하게 그들에게 웃어 주면서 파티 장소를 둘러봤다.

연회 홀에 붙어 있는 정원에 커다란 분수가 흐르고 있었다.

그리고 그 옆에서 다른 사람들과 활기차게 대화를 나누고 있는 아버지가 보였다.

"하하하! 그것참 기발한 생각이군요!"

오히려 병에 걸리기 전보다도 더 활발해진 모습이었다.

녹색 눈이 대화를 나누는 상대를 살피는 듯 기민하게 움직이며 반짝였다.

여유롭게 웃으면서 사람을 대하는 것이 매우 능숙해 보이기도 했다.

그래서인지 아버지 옆에는 사람들이 바글바글 모여 있었다.

모두 아버지의 말 한마디, 농담 한마디에 귀 기울이는 모습이었다.

"생일 축하해!"

"엄마야!"

갑자기 얼굴 옆에서 희고 복슬복슬한 것이 확 튀어나왔다.

"길리우! 메이론! 놀랐잖아!"

큼직한 흰색 곰돌이 인형을 들고 장난스레 웃고 있는 쌍둥이였다.

"히히."
"뭘 이런 걸 가지고 놀라, 티아."
이제 본격적인 성장기에 접어들었는지, 두 사람은 하루가 다르게 크고 있었다.
"오랜만이야. 한 달 만에 돌아온 건가?"
"응. 그쯤 됐지."
"지루해 죽는 줄 알았어."
지난 한 달간 두 사람은 슐스 가문의 영지에 가 있었다.
휴가를 간 아버지 베스티안을 따라 친가에서 시간을 보내기 위함이었다.
"주변에 아무것도 없고."
"분위기는 얼마나 살벌한지."
"분위기가 살벌해?"
내 질문에 쌍둥이는 동시에 혀를 내두르며 대답했다.
"아버지가 엄격한 성격이라고 생각했는데, 아니었어."
"우리 아버지는 그쪽 친척들에 비하면 정말 유순한 편이더라고."
"말도 안 되지 정말."
"특히나 식사 시간에는 식기 부딪치는 소리만 달그락달그락 난다고. 열 명이나 함께 식사를 하고 있었는데!"
"숨 막혀 죽는 줄 알았다니까."
쌓인 게 많은지 두 사람은 불평을 쉬지 않고 뱉어 냈다.
"그렇게 힘들었으면 도중에 돌아오지 그랬어. 한 달씩이나 있을 필요는 없었을 텐데."
어차피 슐스 가문은 그리 먼 곳도 아니라, 얼마 전 열다섯 살이 된 쌍둥이 둘이 마차를 타고 이동하기에는 무리가 없는 거리였다.

그런데 길리우와 메이론의 반응이 조금 이상했다.

서로를 슬쩍 마주 보더니, 말꼬리를 돌린다.

"자, 어서 생일 선물 받아!"

"특별히 숲스 영지의 장인에게서 사 온 곰돌이야!"

"흐음."

매우 수상하기는 하지만, 속아 넘어가 주기로 하지.

나는 곰돌이를 받아 들었다.

보들보들하고 폭신폭신하기는 하지만, 그렇게 큰 감흥은 없다.

원래 인형에는 관심이 없는 나를 모를 쌍둥이도 아닌데.

왜 이런 선물을 줬을까.

내가 가만히 곰 인형을 들여다보고 있자, 메이론이 짓궂은 목소리로 물었다.

"어때? 곰돌이 마음에 들어?"

"응, 뭐……. 고마워."

그래도 선물로 준 물건에 대해서 불평을 할 만큼 내가 무례한 사람은 아니라고.

그런데 길리우가 메이론의 어깨를 툭 치며 말했다.

"그것 봐! 티아는 아무 말도 안 할 거라고 했잖아! 그러기엔 너무 착하다니까?"

"아아, 무조건 곰 인형을 던져 버릴 줄 알았는데! 넌 너무 착해, 티아!"

길리우는 연신 웃고, 메이론은 머리를 부여잡으면서 아쉬워했다.

곰돌이를 받은 내 반응을 두고 둘이 내기라도 한 모양이지.

메이론은 한숨을 쉬더니 말했다.

"티아, 어디 가서 싫으면 싫다고 확실하게 말해야 해. 넌 항상 다른 사람의 생각을 너무 많이 해서 탈이라니까."

내가?

도대체 내 어디가?

"넌 너무 착해."

이제는 길리우까지 합세했다.

"이게 우리의 선물일 리 없잖아!"

"더 큰 걸 기대해 줘야지!"

"더 큰 게 뭔데?"

내 물음에 대답은 하지 않고 씨익 웃기만 한다.

"티아는 가지고 싶은 게 뭔데?"

"나?"

가지고 싶은 걸 말해 보라고 하면 밤도 샐 수 있다.

하지만 나는 주변 사람들과 즐겁게 대화를 나누고 있는 아버지를 바라봤다.

"오늘은 더 바라면 안 될 것 같은데."

내 열한 번째 생일에 아버지가 살아 있다는 것만으로도.

그리고 이전 생에선 혼자서 보냈던 오늘을 이렇게 즐겁게 보내고 있는 것만으로도 이미 충분했다.

"그런 게 어딨어!"

메이론이 내 머리를 살짝 쓰다듬으며 웃었다.

"조만간 진짜 선물을 사 줄 테니까 우리랑 나가자."

"그래, 롬바르디 시내에도 재밌는 곳이 꽤 있으니까."

"하지만 티아 혼자 나가면 위험하니까, 우리랑 꼭 같이!"

내가 앞으로 혼자서 자주 돌아다닐 예정인 건 또 어떻게 알고.

"티아야?"

메이론이 눈을 가늘게 뜨면서 나를 불렀다.

아, 맞아.

얘네 은근 예리한 구석이 있었지.

나는 얼른 고개를 끄덕였다.

"혹시나 해서 해 두는 말인데, 절대로 혼자서 다니면 안 돼."

길리우가 제법 나이 많은 사촌 티를 내면서 나에게 말했다.

"그러는 두 사람은 어땠니?"

조용조용한 목소리가 쌍둥이에게 물었다.

"안녕, 라라네."

"생일 축하해, 티아. 내 선물은 저쪽에 다른 선물들과 함께 두었어. 예쁜 티아라야."

"고마워, 잘 쓸게!"

"그리고 길리우, 메이론. 두 사람이 티아에게 그런 충고를 할 만한 사람은 아니라고 생각해."

라라네가 다독이듯 말했다.

"아니, 왜?"

"열한 살 생일 파티 바로 다음 날부터 몇 달 동안 해만 뜨면 초원에 나가 말을 달리느라고 저택에 붙어 있을 줄 몰랐던 사람들이 누구였지?"

"끄응……."

크게 타박하거나 질책하듯 언성을 높인 것도 아니었지만, 쌍둥이는 라라네에게 반박을 하지 못했다.

나는 슬쩍 웃으면서 대화의 주제를 바꿔 버렸다.

"라라네는 점점 더 예뻐지네. 정말 부러워."

빈말이 아니다.

이제 성년을 겨우 두 해 남긴 라라네는 정말로 하루하루 피어나고 있었다.

지금만 봐도, 내 생일 파티에 참석한 또래의 남자들이 라라네에게서 눈을 떼지 못하고 있었다.

양 귓불이 빨개져서는 둘 다 라라네에게 반한 게 분명하다.

한 송이 청초한 백합 같달까.

너무나 깨끗하고 연약해서 보고 있자면 덜컥 겁이 나는, 그래서 동시에 지켜 주고 싶은 마음이 들게 하는 외모였다.

"주변에서 자꾸 그렇게 말해 주는데…… 나는 정말 모르겠어."

라라네의 흰 얼굴이 발그레하게 물들었다.

이 정도 칭찬에도 면역이 없는 롬바르디라니.

이건 분명히 타고난 성격의 문제였다.

"하지만 티아가 그렇게 말해 주니까 기뻐. 티아야말로 점점 예뻐지고 있는걸."

"맞아! 티아가 최고야!"

라라네의 뒤쪽에서 자그마한 얼굴이 뿅 하고 튀어나왔다.

빨간 홍당무 같은 머리에 주근깨가 가득한 어린 얼굴, 아스탈리우의 일곱 살짜리 남동생 크레니였다.

화단 뒤에 숨어서 페레스와 나의 대화를 엿듣다가 크게 혼쭐난 이후로, 크레니는 어째서인지 나의 팬이 되어 있었다.

"티아 최고!"

크레니가 와락 달려들어 나의 허리춤을 안았다.

그리고 말똥말똥한 눈으로 올려다보는 것이 내적 야광봉 몇 개는 흔들고 있는 것 같다.

"크레니, 티아에게 그러면 안 돼. 여기는 손님들도 계시잖니."

라라네가 점잖게 크레니를 타이르며 나에게서 떨어지게 했다.

"우웅……. 하지만 티아는 바빠서 오늘도 일주일 만에 봤는걸?"

눈을 울먹울먹하게 뜬 얼굴이 묘하게 익숙하다.

저 얼굴 어디서 많이 봤는데.

그런데 크레니 옆에서 쌍둥이가 함께 투덜거리기 시작했다.

"맞아, 요즘 티아 너무 바빠."

"매일 서재에만 있고. 도대체 얼굴을 볼 수가 없어."

아, 너희들이었구나.

어디서 봤나 했더니, 갑자기 내 뒤를 졸졸 따라다니던 쌍둥이와 판박이다.

속으로 작게 한숨을 쉰 나는 크레니에게 말했다.

"크레니, 너 약속한 대로 일주일에 책 한 권씩 읽고 있어?"

"응! 그때 티아가 빌려준 책 다 읽었어! 또 빌리러 가도 돼?"

"좋아, 앞으로 책을 빌리러 내 서재에 오는 것은 허락해 줄게."

"와아, 신난다! 책 많이 읽을 거야!"

무엇보다 교육은, 조기 교육이 짱이지.

나는 크레니의 머리를 쓱쓱 쓰다듬어 주었다.

크레니는 머리까지 근육으로 찬 것 같은 아스탈리우의 동생이란 것이 믿기지 않을 정도로 명석한 편이었다.

회귀하기 전, 마지막으로 들은 소식이 제국 아카데미에 입학한 뒤로 꽤 두각을 나타낸다는 것이었으니까.

어렸을 때 아스탈리우를 따라, 벨레삭과 몰려다니며 시간을 낭비하지만 않았어도 더 준비된 상태로 아카데미에 들어갈 수 있었을 텐데 하는 아쉬움이 있었다.

그런데 이번 생의 크레니는 어째서인지 제 형인 아스탈리우보다는 내 뒤를 쫓아다니기 시작했고, 이왕 이렇게 된 것 크레니를 조금 도와주기로 했다.

생판 모르는 남의 미래도 바꿔 줄 생각인데, 사촌이고 나를 잘 따르는 크레니를 모른 척할 이유는 없으니.

내가 머리를 쓰다듬어 주자 '헤헤' 하고 좋다고 웃는 얼굴이 꽤나 귀엽다.

그러다 문득 고개를 들었는데.

"어?"

내 옆을 지나가던 남자애가 손수건을 떨어뜨린 것을 모르고 걸어가는 것이 보였다.

"저기!"

내 부름에 남자애가 뒤를 돌았다.

"이거 떨어뜨렸는데."

이제 쌍둥이의 나이쯤 되어 보이는 남자애는 나와 내가 들고 있는 자기 손수건을 번갈아 보더니 얼굴이 새빨개졌다.

"가, 감사합니다, 피렌티아 롬바르디 영애."

조금 전에 라라네에게 관심이 있던 애들도 그러더니 얘도 얼굴이 빨개지네.

나는 '물지 않으니 안심하라'는 마음을 담아 빙긋 웃어 주며 손수건을 내밀었다.

그리고 나와 그 남자애의 손끝이 살짝 스쳤다.

"앗!"

화들짝 놀란 남자애는 손수건을 놓쳤고, 그것이 나풀나풀 바닥에 떨어지는 것을 나도 모르게 눈으로 좇고 있을 때였다.

어디선가 나타난 손이 흰 손수건을 잡아챘다.

굳은살이 많이 박인, 귀족들 중에 흔치 않은 거친 손이었다.

"여기."

아래로 내리뜬 붉은 눈동자와 햇살 아래에서 더 짙은 검은 머리칼.

"안녕, 티아."

페레스였다.

"안녕, 페레스……."

놀랐다.

"너, 왜 이렇게 키가…… 컸어?"

한밤중에 혼자서 황궁을 빠져나온 무책임한 행동 때문에 페레스는 자숙하란 벌을 받았다.

덕분에 그동안 우리는 만난 적이 없었다.

그전처럼 편지를 주고받았을 뿐이었다.

"성장기래."

그래, 성장기겠지.

그러니까 컸겠지.

근데 원래부터 컸던 애가 본격적인 성장기에 돌입하니 더 어마어마하다.

이제 곧 열네 번째 생일이라고는 하지만, 아직 열세 살인데.

키 순서로 치면 또래에서 제일 뒤에 서 있는 쌍둥이만큼 크다.

"이거 떨어뜨렸어."

멍하니 자기를 올려다보는 나에게 페레스가 다시 손수건을 건넸다.

"아, 이건 내 거 아니야. 저 사람 거야."

"……아, 그래?"

페레스가 내가 가리킨 남자애를 바라봤다.

"2, 2황자 전하……. 흡!"

꾸벅 인사를 한 남자애가 고개를 들어 페레스를 보더니 질겁을 한다.

왜 그러나 싶어서 페레스의 얼굴을 보려고 했지만, 머리칼과 햇빛에 가려서 잘 보이지는 않았다.

하지만 별다른 건 없는 것 같은데.

유약한 인상이기는 했지만 진짜 성격도 그런가 보네.

"가져가."

"아니요! 괘, 괜찮습니다!"

손사래까지 쳐 가면서 자기 손수건을 받지 않겠다고 하던 남자애는 파랗게 질린 얼굴로 도망치듯 멀어졌다.

"왜 저래?"

"……글쎄."

"화장실이라도 가고 싶었나?"

급하게 가는 와중이었는데 내가 잡았던 거라면 좀 미안한데.

고개를 갸웃하고 있는데 옆에서 메이론이 중얼거리는 소리가 들렸다.

"화장실이 가고 싶어졌겠지. 원래는 아니었어도."

"……누구?"

페레스가 내 바로 옆에 서 있는 메이론을 바라보면서 물었다.

그런데 그 분위기가 좀 묘하다.

빨간 눈동자가 살짝 짙어진 것 같기도 하다.

오랜만에 봐서 그런가.

아니면 그늘이 졌나.

내가 만약 페레스의 성격을 잘 몰랐다면 '적대감'이라고 말할 수도 있을 그런 기색이었다.

"난 티아의 사촌, 메이론 롬바르디. 그리고 이쪽은."

"길리우 롬바르디."

"아……. 안녕."

역시 내가 잘못 봤던 거구나.

낯을 가리는 것뿐이었어.

페레스의 얼굴이 내가 알던 대로 돌아왔다.

하늘을 올려다보니, 구름에 살짝 가려졌던 해가 다시 반짝 나왔다.

"난, 페레스."

"알아."

그런데 이번에는 쌍둥이의 분위기가 이상했다.

페레스를 흘겨보는 것이 영 못마땅한 얼굴이었다.

"뭐야, 두 사람 왜 그래?"

낯가리는 애가 용기를 내서 먼저 자기소개를 했는데!

"쪼잔하게 텃세라도 부리는 건 아니지?"

"그, 그런 게 아니라!"

"우리는 그냥!"

쌍둥이가 세상 억울하다는 듯 목소리를 높였다.

"괜찮아, 티아. 두 사람이 낯을 가리는 거겠지. 나도 그렇잖아."

페레스가 나를 타이르듯이 말했다.

"와!"

"허, 참!"

쌍둥이가 가슴을 두드렸다.

나는 두 사람을 째려봐 주면서 자리에 있는 다른 사촌들을 소개해 줬다.

"이쪽은 라라네. 벨레삭의 누나야."

"……그 벨레삭?"

"제 남동생을 만난 적이 있으시군요."

"잠깐, 몇 번."

페레스가 고개를 까딱이며 대답하자 라라네가 쓰게 웃었다.

"그리고 이쪽은…… 크레니. 한번 본 적 있지?"

크레니는 어느새 내 뒤에 숨어 있었다.

하긴, 무서워할 만하다.

지난번에 봤을 때 크레니가 뒤에 숨어 있던 나무를 페레스가 싹둑 잘라 버렸으니까.

"그랬던가?"

페레스는 크레니를 기억 못 하는 것 같았다.

나는 작게 한숨을 쉬면서 크레니의 동그랗고 작은 머리를 쓰다듬으며 설명했다.

"아스탈리우의 동생이야. 지난번에 우리 이야기를 엿듣고 있었잖아."

"……아스탈리우?"

"으음. 벨레삭 옆에 붙어 있던 덩치 큰 애."

"아아."

그제야 기억이 났는지 고개를 끄덕인 페레스는 크레니를 바라봤다.

"우웅."

크레니는 내 뒤로 더 파고들면서 몸을 숨겼다.

"안녕, 반가워. 지난번엔 미안."

페레스가 살짝 몸을 낮추면서 말했다.

하지만 턱도 없다.

크레니는 여전히 페레스를 무서워하면서 경계할 뿐이었다.

"으음. 맛있는 거 먹으러 가자. 단거, 단거."

나는 저 멀리 보이는 초콜릿 분수를 가리키면서 말했다.

입에 단게 들어가면 이 어색한 분위기가 풀리지 않을까.

그렇게 생각하면서 쌍둥이와 라라네, 페레스, 그리고 내 치맛자락을 잡고 있는 크레니를 이끌고 자리를 옮겼다.

갤러한은 주변의 귀족들과 대화를 나누다 문득 딸아이 쪽을 바라봤다.

조금 전까지 혼자서 연회장을 돌아다니던 아이는 어느새 제 사촌들과 2황자에게 둘러싸여 있었다.

'초콜릿 분수 쪽으로 가는구나.'

피렌티아와 아이들이 걸어가는 방향에 무엇이 있는지 확인한 갤러한은 조용히 작은 미소를 머금었다.

초콜릿을 유독 좋아하는 티아를 위해서 신경 써서 준비한 것이었다.

그때, 분위기를 확 깨는 심술궂은 목소리가 말을 걸었다.

"여전히 유별나구나."

"……형님."

꽤 오랜만에 얼굴을 마주한 비에제와 갤러한이었다.

"겨우 열한 살 생일을, 그것도 여자아이의 생일을 이리 연회까지 벌여서 챙기다니."

비에제가 연회장을 이죽거리는 얼굴로 돌아보면서 혀를 끌끌 찼다.

"낭비가 너무 심한 것 아니냐."

"오늘 롬바르디의 것은 이 연회장밖에 빌리지 않았으니 안심하십시오. 모두 제 사비로 준비한 연회이니까요."

"……그렇다면 다행이다만. 하지만 네 돈이라고 하더라도 이것은 너무 과하지. 돈을 너무 헤프게 쓰는 것이 아니냐."

"괜찮습니다."

사랑하는 딸에게 쓰지 않는다면 아무리 많은 돈을 벌어 봤자 무슨 소용인가.

"괜찮기는. 돈은 더 큰 일에 써야 하는 것이다."

사람들 앞이라 참아 보려 했지만 여전히 딴지를 거는 언사에 갤러한의 인내심도 이제 바닥이 났다.

"돈을 어찌 쓸지는 버는 사람 마음에 달렸지요."

"뭐라?"

"제가 돈에 대해 형님께 조언을 들어야 할 처지는 아닌 것 같습니다만."

비에제가 제 성격대로 버럭 화를 내려다 주변에 보는 눈이 많은 것을 깨닫고 대신 눈을 부라렸다.

"네가 한번 죽을 뻔하더니 눈에 뵈는 것이 없어졌구나."

"예."

갤러한이 웃으면서도 비에제를 향한 적개심을 숨기지 않으며 말했다.

"죽을병에 걸려서 누워 있다 보니, 누가 아군이고 적군인지 명확하게 보이더군요."

갤러한은 회복한 뒤에, 가장 먼저 누가 비밀을 앙게나스에 누설했는지 조사했다.

그 결과 갤러한을 진단했던 오말리 박사가 고발을 당하지 않는 조건으로 입을 열었고, 그의 증언은 비에제를 가리켰다.

자신이 틀렌브루병에 걸렸다는 사실을 전해 듣고는 그리 통쾌하게 웃었다던가.

"덕분에 눈이 뜨인 느낌입니다."

티아를 지키기 위해서 기성복 사업을 만들었다.

그리고 티아에게 물려줄 영지를 받았다.

그것이면 이제 충분할 거라고 안일한 생각을 하였다.

자신이 불치의 병에 걸렸다는 사실을 알게 되자마자, 비에제는 그것마저 모두 갈취해 가려고 했다.

아니, 기성복 사업을 병상에 누운 동생에게서 빼앗아 앙게나스에게 고이 바쳤던 것이다.

갤러한이 비에제를 바라보는 눈에는 더 이상 이전과 같은 애정과

미련은 없었다.

적(敵)과 나(我)를 구분하는 데까지 오랜 시간이 걸리기는 했으나, 한번 적으로 돌아선 이에게 어설픈 온정을 가질 정도로 무른 사람은 아니었다.

어머니의 모습을 많이 물려받았을 뿐, 갤러한도 룰락의 아들이었다.

용서할 생각도 없었고, 전처럼 물러나 몸을 낮출 생각도 없었다.

"그, 그 일은……."

비에제가 크흠 하고 헛기침을 하더니 말했다.

"네가 무슨 말을 하는 건지 모르겠다."

"그러시겠지요."

갤러한의 말투에 옅은 비웃음이 스며 있었다.

"여기는 제가 제 딸아이를 위해서 연 생일 연회입니다. 못마땅한 것이 있으시다면 돌아가셔도 좋습니다."

"뭐라고? 갤러한, 말이 지나치다!"

비에제가 역정을 냈지만 갤러한은 귓등으로 흘려 넘겼다.

그리고 지그시 웃으며 덧붙였다.

"안녕히 가십시오, 형님."

주변의 귀족들이 작게 웃었다.

차마 비에제 앞에서 대놓고 박장대소를 하지 못할 뿐이었다.

롬바르디가의 장남인 비에제가 어딘가 어설픈 사람이라는 것은 중앙 귀족이라면 모두 아는 사실이었다.

다만 차기 롬바르디 가주가 될지 모를 사람이었고, 또 앙게나스 출신의 처를 두었기 때문에 대놓고 무시하지 않을 뿐이었다.

자리에 서서 갤러한을 죽일 듯 노려보던 비에제가 돌아서 연회장을 나가 버렸지만 갤러한은 그쪽을 돌아보지도 않았다.

연회의 분위기가 무르익고 있었다.

음악은 더욱 흥겨워지고, 연회장 가운데에 마련된 자리에서 춤을 추는 사람들이 점점 많아졌다.

어른들이 쌍쌍이 홀 중앙을 채울 때도 있었고, 아직 성년이 되지 않은 아이들이 남녀를 나눴다가 모였다가 하면서 군무를 추기도 했다.

내 옆을 지키고 있던 쌍둥이와 라라네도 거기에 동참했고, 크레니는 제 부모님에게 불려 갔다.

"왜 그렇게 멀찍이 서 있어?"

단둘이 남자, 페레스는 나에게서 네다섯 발자국은 멀리 떨어져 있었다.

"전에 그랬잖아. 아직은 나랑 너무 가까이 지내는 것처럼 보이면 안 된다고."

"아아, 그거."

황후와 할아버지, 그리고 1황자와 2황자 사이의 대립 관계 가운데에 끼어서 등 터지는 새우 꼴이 될까 봐 했던 말이었다.

"그거 물 건너갔어."

"그게 무슨 말이야?"

"내가 너의 배동이 됐고, 그것도 모자라 네가 우리 아빠를 살렸다는 소문이 이미 파다하게 퍼졌을 텐데 뭐."

게다가 앙게나스가 아버지의 기성복 사업을 빼앗아 가려고까지 했으니.

이미 아버지와 황후, 앙게나스는 철저한 대립각을 세우게 되었다.

그 일 때문에 할아버지도 매우 화가 나 있는 것 같으시고.

다시 귀족 회의에 나가기 시작한 이유도 아마 앙게나스 때문이겠지.

지금 이 연회장 안만 둘러보아도, 친앙게나스, 친황후 쪽 가문의 사람들은 거의 보이지 않는다.

이미 귀족들은 서서히 노선을 정하기 시작한 것이다.

한 가지 다행인 것은, 요바네스 황제가 가운데서 이쪽저쪽 저울질을 하면서 균형을 맞춰 주고 있다는 것 정도였다.

조금 번거롭게 되기는 했지만 어차피 앙게나스와는 언젠가 틀어질 사이였으니까.

"일이 이렇게 됐으니 어쩔 수 없……."

나는 말을 멈추고 어느새 내 옆으로 와 있는 페레스를 바라봤다.

"왜?"

내가 흘겨보자 페레스가 조금 뻔뻔한 얼굴로 고개를 갸웃한다.

"너 그러다 나중에 후회한다? 나랑 그냥 친구 이상의 사이라는 뜬소문이라도 나면 큰일 나, 너."

"……어째서?"

"왜냐면."

이전 생에서 내가 딱 한 번, 구경 나온 사람들 사이에 섞여서 페레스를 봤을 때.

페레스는 혼자가 아니었다.

모두를 오시하는 차가운 얼굴을 한 페레스가 모는 말 뒤에, 그 여자가 탄 마차가 있었다.

"아무튼. 나중에 후회할 짓 하지 마시고."

나는 슬쩍 페레스의 몸을 밀어냈다.

아니, 밀어내려고 했다.

그런데 페레스가 어딘가 부루퉁한 얼굴을 하고 밀려나지 않았다.

얘가 왜 이래.

"페레스, 지금 주변 사람들이 우리를 주목하고 있는 거 알지?"

"그렇겠지."

'그렇겠지'라니. 속 편한 소리 하네.

나는 하나씩 집어서 설명해 주기로 했다.

"처음에 우리 할아버지가 너와 배동이 되는 것을 반대했던 이유가 있잖아? 잘못하면 정혼을 한 사이로 오해를 받을 수 있다고."

"응, 알고 있어."

"그리고 네가 우리 아버지를 살린 거나 마찬가지라는 소문이 돌면서, 지금도 우리 미래에 대해서 꾸준히 속닥거리는 사람들이 있는 것도 알고 있어, 그럼?"

"아니, 그건 몰랐어."

그럼 그렇지.

워낙 주변의 시선을 의식하지 않는 페레스 녀석이니까.

"그래도 상관없어."

"……뭐?"

"상관없다고."

아, 혼자만 미래를 알고 있다는 게 이렇게 답답한 거구나.

녀석은 미래에 자신이 어떤 여자를 만나 어떻게 사랑에 빠지게 되는지 모르니까.

지금 당장 어떤 소문이 돌든지 무심할 수도 있다.

나는 작게 한숨을 쉬었다.

내가 알기로 그 여자는 페레스의 소울메이트나 다름없다.

소문 속 두 사람은 마치 하늘에서 맺어 준 천생연분 같았고, 실제로 정말로 잘 어울리는 한 쌍이었다.

게다가 페레스가 황태자의 자리를 탈환하는 데도 많은 도움을 준 사람이었다.

그런 사람이 괜한 소문을 듣고 페레스와 인연이 닿지 않게 된다면, 큰일이다.

황태자가 되는 것은 내가 도와줄 수 있다고 하더라도, 녀석에게서 그렇게 소중한 사람을 만날 기회를 뺏는다는 것은 내가 용납할 수 없다.

나는 단호하게 고개를 저었다.

"그런 소문은 너에게 도움이 될 게 없어. 후회하지 말고, 지금부터 명확하게 선을 긋는 게 좋을 거야."

"티아."

페레스가 나를 부른다.

"후회 안 해."

"후회할 거야, 너."

"후회 안 할 거야."

이 고집쟁이!

다 널 생각해서 하는 건데!

내 마음도 모르고!

답답해서 속이 터질 것 같았지만, 이내 받아들였다.

미래를 모르니, 내가 하는 말도 이해가 가지 않겠지.

그래, 녀석의 몫까지 내가 조심하면 되지 뭐.

그런데 페레스가 묘하게 조용하다.

아랫입술을 꾹 다물고 고개를 옆으로 돌리고 서 있다.

"너 삐졌어?"

"……."

대답도 없다.

발끝으로 땅에 떨어진 이파리 하나를 꾹꾹 밟았다 떼었다 하기만 한다.

"야아, 페레스."

내가 어깨로 슬쩍 밀자, 나를 한번 보기는 하지만 이내 고개를 휙 돌려 버렸다.

단단히 삐졌나 보네.

"여기서 잠깐만 기다려 봐."

나는 그렇게 말하고 그것을 찾아 음식이 놓인 테이블 근처를 샅샅이 뒤졌다.

마침 멀지 않은 곳에 내가 찾던 것이 있었다.

"이거 먹고 풀어."

여전히 뚱한 얼굴로 서 있는 페레스에게 초콜릿 쿠키를 건넸다.

그런데 그냥 평범한 쿠키는 아니다.

내 손바닥을 두 개 합친 것보다도 큰, 대왕 초콜릿 쿠키다.

녀석은 그것을 받아 들더니, 반으로 툭 쪼갰다.

"너도 먹어."

나한테 준 쪽이 더 큰 것 같은데.

얼결에 반쪽의 대왕 쿠키를 받아 든 나는 한입 크게 베어 물었다.

우물거려 초콜릿이 녹을수록 혀가 찌릿찌릿하도록 단맛이 입 안에 퍼졌다.

아으, 달다.

단것은 몸에 좋지 않다는 생각이 들면서 더 맛있게 느껴지다니, 사람은 참 이상하지.

배덕감이 섞인 즐거움에 몸이 바르르 떨렸다.

역시, 복잡할 때는 단게 최고야.

쿠키에 열중하다가 시선이 느껴져 눈을 뜨니, 페레스의 입가에도 은근히 미소가 걸린 것이 보였다.

"역시 좋지?"

"응, 좋아."

페레스가 슬쩍 웃으며 고개를 끄덕였다.

자식, 삐졌던 거 풀렸구나.

나는 이제 내 눈높이보다도 높아진 페레스의 어깨를 토닥였다.

덩치는 조금 커졌어도, 하는 짓을 보니 아직 어리다.

이제 겨우 열세 살이니까 당연한 말이겠지만.

"시간이 지나면 다 알게 될 거야, 페레스."

지금 내가 했던 말이 무슨 의미였는지.

"나도 그렇게 생각해."

페레스가 한결 기분이 풀렸는지, 순순히 동의했다.

"시간이 지나면 알게 될 거야."

녀석은 그렇게 말하면서 다시 한번 쿠키를 와삭 깨물었다.

눈이 반짝이는 것을 보니, 초콜릿 쿠키가 제법 마음에 들었나 보다.

집에 갈 때 좀 싸 줘야지.

"아, 그러고 보니까, 나 아카데미에 가야 한대."

"쿨럭, ……뭐?"

"며칠 전에 그런 통보를 받았어. 아무래도……."

"라비니 황후의 뜻이겠지."

나는 최대한 목소리를 낮추며 말했다.

평민들에게는 꿈과 선망의 대상인 제국 아카데미였지만, 귀족들과 황족들에게는 조금 다르다.

가문을 이어받을 후계자는 아카데미에 보내지 않는다.

그것이 암암리에 유지되는 규칙이었다.

후계자는 가문에서 직접 가르친다.

하지만 둘째나 셋째 아들과 같이 스스로 작위를 이어 나가야 하는 이들은 제국 아카데미에 가서 인맥을 만들고 지식을 쌓는 길을 걸었다.

그러니 황후는 페레스를 아카데미로 보내서 황태자의 자리는 아스타나의 몫이라고 땅땅 박아 두고 싶은 것이다.

"별로 가고 싶지는 않은데……."

페레스가 중얼거렸다.

이해한다, 그 마음.

지금 당장 두고 본다면 아카데미에 가는 것은 크게 후퇴하는 것으로 보일 수 있다.

일단 5년이라는 긴 시간 동안 아주 짧은 방학을 제외하고는 폐쇄적인 아카데미에서 생활해야 한다.

그리고 그동안 아스타나는 귀족들을 포섭해 나갈 거다.

페레스라는 경쟁자는 아카데미에 처박아 놓은 채로.

황후가 노리는 것도 바로 그 점일 것이다.

더 이상 페레스를 함부로 죽이거나 해할 수 없게 되었으니까.

하지만 이것은 어디까지나 그쪽이 원하는 결과일 뿐.

이전 생의 페레스는 아카데미에서 믿을 수 있는 자기편을 만났다.

아카데미는 후계자가 되지 못한 자들이 마지못해 택하는 차선책이라고 보는 시선이 많은 게 사실이다.

그러나 바꿔 말하자면 본인의 의지와는 다르게, 능력이 있는데도 불구하고 아카데미로 밀려난 이들이 잔뜩 모여 있다는 뜻이기도 했다.

그곳에서 페레스는 인정받지 못한, 유능하고 우수한 인재들을 입맛에 맞게 쏙쏙 골라낼 예정이다.

또한 아카데미는 황후의 손이 닿지 않는 곳이다.

어쨌든 그 안에서만큼은 황제의 황명을 제외한 다른 제국법들을 상위하는 엄한 교칙이 존재했고, 학생들은 그 법의 보호를 받았으니까.

이런저런 이유를 다 따져 봤을 때, 페레스는 아카데미에 입학해야 한다.

"혹시 특별한 이유라도 있어? 아카데미에 가기 싫은 이유 말이야."

"그거야……."

페레스가 뭔가를 말하려다가 내 눈을 빤히 바라본다.

루비 같은 눈동자가 빛을 받아 반짝였다.

"그냥."

이유를 말하기 싫은 눈치였다.

매사에 솔직한 녀석답지 않은 반응이었지만, 그럴 때도 있는 거니까.

"한번 천천히 생각해 봐."

나는 '아카데미에 꼭 가야 한다'고 말하면서 등을 떠밀거나 하지는 않았다.

"……응."

녀석은 또 속을 알 수 없는 표정으로 고개를 끄덕일 뿐이었다.

[……아아, 사랑하는 그대여.

아아, 경애해 마지않는 그대여.

나의 삶, 나의 빛, 나의 심장인 그대여!

당신을 생각하며 나의 해가 뜨고, 별이 지니, 아름다운 그대여.

이 사랑을 잊지 말아 주오.

우리 함께 즐거운 오늘을.

잊지 말아 주오.]

짝짝짝-!

오페라 티켓이 연일 매진인 줄리에타 아비노가 부르는 생일 축하 공연이라니.

귀족들은 박수를 치면서도 상식 밖의 호화로움에 놀라 입을 떡 벌렸다.

아무리 롬바르디 가주의 손녀라지만, 갤러한 롬바르디의 딸이라지만 이렇게 화려하고 성대한 열한 살짜리의 생일은 듣도 보도 못했다.

"줄리에타 아비노가 갤러한 의복점의 후원을 받는다더니."

그 어느 맞춤 드레스 못지않게 화려한 줄리에타의 무대 의상을 보며 누군가가 소곤거렸다.

"의복점의 후원이 아니라, 갤러한 롬바르디의 후원이라는 소문이 돌던데요? 둘이 그렇고 그런 사이라고……."

"어머, 정말요?"

"줄리에타 양도 그렇고 2황자 전하도 그렇고, 갤러한 롬바르디의 손이 닿으면 무엇이든 성공한다는 소문이 진짜인가 봐요."

"하긴, 서셔우 영지도 의복점을 만든 지 한 달 만에 조세금이 몇 배나 불어났다죠?"

"황위 계승을 점칠 게 아니라, 롬바르디의 차기 가주를 점쳐야 하는 것 아닌가 모르겠어요."

"첫째냐, 셋째냐의 문제죠."

그 말에 모두들 동의하듯 고개를 끄덕였다.

"이미 황실은 줄타기를 시작한 듯한데……."

이야기를 나누던 귀족들의 시선이 2황자 페레스에게 닿았다.

"하지만 아무리 그래도 앙게나스가를 처가로 둔 비에제 롬바르디를 이길 수 있을까요?"

"하긴……."

또다시 여러 사람들이 동의했다.

갤러한이 요즘 큰 두각을 보이고 있기는 하나, 첫째 비에제도 무시할 수는 없었다.

"게다가 갤러한 롬바르디에게는 가문을 이어 갈 아들도 없잖아요? 아직 젊으니 앞으로 낳을 가능성도 있기는 하지만……."

"하지만 갤러한 님의 딸이 유독 가주의 예쁨을 받는다는 말이 있어요."

"아무리 예쁨을 받는다고 한들, 여자아이는 한계가 있죠."

애석하게도 맞는 말이었다.

"그렇지만요……."

그때 무리 중 한 명이 어느 한쪽을 가리키면서 말했다.

"지금까지 룰락 롬바르디가 저렇게 예뻐한 후계가 있었던가요?"

그곳에는 '할아버지!' 하고 웃으면서 달려가 폭 안기는 피렌티아와, 그런 손녀를 안고 입이 귀에 걸려 '어허허허!' 하는 어딘가 얼빠진 웃음을 터뜨리고 있는 롬바르디 가주가 있었다.

"하, 참……."

도무지 어디에 줄을 서야 할지.

손녀가 마냥 예뻐 어쩔 줄 모르는 팔불출 룰락 롬바르디의 모습을 보는 귀족들의 고민은 더욱 깊어만 갔다.

번쩍.

누가 깨우지 않아도 두 눈이 저절로 떠졌다.

밖에서는 짹짹하는 새가 지저귀는 소리가 들리고, 선선한 바람과 화창한 하늘까지.

완벽한 아침이었다.

씻고, 옷을 갈아입고, 단장을 하고, 간단한 아침 식사를 하고.

이 일련의 일들이 물 흐르듯 막힘이 없었다.

마지막으로 거울 앞에 선 나의 옷매무새를 만져 주던 로릴이 물었다.

"그렇게 기다리시던 자유의 첫날이 되었는데, 오늘은 무엇을 하실 거예요?"

"으음, 일단."

나는 침대 옆으로 걸어가 서랍 안에 소중하게 보관해 놓았던 주머니를 하나 꺼냈다.

짤랑.

한 번 들으면 누구나 알 수밖에 없는 소리가 울렸다.

주머니를 가득 채운 돈의 묵직함에 흐뭇하게 웃으며 말했다.

"그동안 모아 놓은 용돈을 좀 써야지."

첫날은 쇼핑이지.

"얼마나 오랫동안 모아 놓으신 거예요?"

로릴이 다가와서 내 용돈 주머니를 들어서 가늠해 보며 물었다.

글쎄. 회귀한 뒤로 전부?

"내 용돈 대부분은 롬바르디 은행에 들어 있고, 이건 일부야."

"하긴 그러시겠네요. 아가씨 용돈을 생각해 보면……."

주머니 끈을 풀어서 내용물을 본 로릴의 말소리가 멈췄다.

"아가씨?"

"응?"

"이 돈을 다 가지고 가실 생각이세요?"

로릴은 작게 한숨을 쉬었다.

아마 저택 밖의 사정을 잘 모르는 내가 터무니없는 돈을 챙겨 놓았다고 생각하는 것 같았다.

"이 주머니 안에 있는 돈의 반의반만 가져가셔도……."

"아니야, 그거 다 필요해."

"하지만 아가씨 이 정도 돈이면요."

"알아, 그 정도 돈이면 롬바르디 시내에 건물 하나는 살 수 있겠지. 알고 있어."

내 말에 로릴의 표정이 멍해졌다.

"그걸 어떻게 아셨어요?"

"다 아는 방법이 있지."

이래 봬도 저택 밖에서 자취 경험이 몇 년인데.

"아무튼 다 필요해서 가져가는 돈이야."

"드레스랑 보석 사실 거면 그냥 롬바르디 저택 앞으로 어음을 쓰시는 게 어때요? 이렇게 현금을 가져가실 필요는 없는데……."

"나는 드레스랑 보석 산다는 말 한 적 없는데?"

여전히 내 의도가 짐작이 가질 않는지 고개를 갸웃하는 로릴에게 걱정 말라며 웃어 주었다.

"드디어 나가는구나."

나는 따로 꾸미지 않은 갤러한 의복점의 수수한 기성복을 입고 마차에 탔다.

그동안 아버지와 할아버지와 가끔 마차를 타고 황궁으로 간 적은 있지만, 이렇게 혼자서 나가는 것은 처음이다.

아니, 혼자는 아니다.

"아가씨와 함께 외출을 하는 날이 오다니!"

나보다 더 신난 로릴과 함께니까.

"일단 롬바르디 광장으로 가자."

내 말을 로릴이 마부에게 전하자 마차가 천천히 움직이기 시작했다.

창문 밖으로 익숙한 풍경이 휙휙 스쳐 지나갔다.

롬바르디 저택에서 대로를 따라 쭉 달려 나온 지 얼마 지나지 않아 우리는 광장에 도착했다.

"아가씨, 조심히 내리세요!"

로릴이 먼저 내려 내 손을 잡아 주었다.

"와아."

오랜만에 광장을 걷는 기분은 생각보다 더 굉장했다.

"멋져."

여러 사람들이 바쁘게 오가는 광장도, 한가운데에 서 있는 초대 롬바르디 가주의 동상도 내 기억보다 훨씬 크게 느껴졌다.

솔직히 언제나 조용하고 깔끔한 롬바르디 저택에 비하면 그리 아름다운 풍경은 아니다.

하지만 마차들이 지나다니며 일으키는 먼지와 시끄럽게 사람들이 떠드는 소음에는 분명히 활기를 주는 무언가가 있었다.

나는 광장의 바쁜 공기를 가슴 가득 깊게 들이쉬면서 말했다.

"우리 저쪽으로 가자."

로릴의 손을 잡아 광장 한쪽 길로 끌어당겼다.

"저쪽에 뭐가 있는데요, 아가씨?"

"응, 세상에서 제일 맛있는 빵집."

대로에서 벗어나 요리조리 익숙한 골목길을 따라서 걸었다.

로릴은 자기도 이쪽은 처음 와 본다면서 연신 신기해하며 주변을 둘러봤다.

모퉁이를 돌자 저 멀리 내가 세 들어 살던 건물이 보였다.

저 허름한 건물의 2층 작은 방이 내 보금자리였다.

아마 지금은 다른 사람이 매일 밤 피곤한 몸을 누이고, 또 내일을 살아갈 위안을 받겠지.

그리고 그 앞에는 매일 아침 내가 신선한 빵을 사 갔던 빵집이 있다.

향긋한 빵 냄새에 더 이상 참을 수가 없어서 나는 로릴의 손을 놓고 도도도 뛰어갔다.

마침 갓 나온 빵을 진열 중이던 페리 아주머니가 보였다.

내 기억보다 젊은 얼굴이지만, 특유의 푸근하고 다정한 얼굴은 그대로였다.

"안녕하세요, 아주머니!"

"으응? 그래, 안녕. 처음 보는 아이로구나. 근처에 이사 왔니?"

롬바르디 저택에서 쫓겨난 내가 달랑 가방 하나를 가지고 처음 이사를 왔을 때도, 페리 아주머니는 이렇게 말하면서 나를 반겨 주었다.

마치 앞으로 오랜 이웃이 될 사람을 만났다는 듯 반갑게 웃으면서.

"저는 티아예요!"

"그래, 티아. 나는 편하게 페리 아줌마라고 부르면 된단다. 오늘은 어떤 빵을 줄까?"

아, 드디어 그걸 먹을 수 있어!

가슴이 두근거렸다.

"저 바게트 샌드위치 두 개 주세요!"

"어머, 어디선가 우리 집 특별 메뉴가 맛있다는 소리를 들었나 보구나?"

메뉴판에 써 있지 않아서 아는 단골들만 사 가는 이 샌드위치가 지난 몇 년 동안 너무나 그리웠다.

"아가씨! 혼자 그렇게 뛰어가시면 어떻게 해요!"

뒤늦게 따라온 로릴이 헉헉 거리며 말했다.

"아가씨……?"

페리 아주머니가 나와 로릴을 동그란 눈으로 번갈아 바라본다.

아, 이런.

"저희 새언니에요! 나이 차가 많이 나는 오빠가 있어서…… 하하. 편하게 이름 부르라고 말씀을 드려도, 아이참."

"아이고, 집안의 막둥이였구나! 어쩐지 사랑 많이 받은 태가 나더라니! 자, 여기 있다."

어제 팔다 남은 짧고 통통한 바게트의 속을 반으로 갈라 근처 시장에서 파는 흔한 햄과 치즈를 넣은 샌드위치가 내 양손에 들렸다.

"아, 냄새 좋다."

롬바르디 저택에서 먹는 음식과는 비교도 안 되는 값싼 샌드위치였지만 이게 너무 그리웠다.

"안녕히 계세요!"

"그래, 또 와!"

페리 아주머니가 웃으며 손을 흔들어 주었다.

몇 발자국 걸어 나와서, 로릴이 내 귀에 대고 속삭였다.

"아가씨, 이런 음식 드셨다가 배앓이라도 하면 어쩌시려고요."
"그럴 걱정 없으니까 한번 먹어 봐, 로릴. 정말 맛있어."
나는 입을 와앙 크게 벌려서 욕심껏 베어 물었다.
"그래, 이 맛이야."
길거리를 걸어가면서 먹는 페리 아주머니네의 샌드위치라니!
그리웠어!
딜라드 가문의 귀한 영애인 로릴은 내 행동이 이해가 가지 않는지 망설였다.
하긴, 일반적인 귀족 영애들에게 길에서 음식을 먹는다는 것은 상식 밖의 일이다.
아무리 비교적 자유로운 로릴이라도 한 번도 해 본 적 없는 일일 거다.
"안 먹을 거면 나 주든가."
츄라이, 츄라이.
내 말에 로릴은 주변에 지나다니는 사람이 없다는 것을 확인하고 소심하게 한 입을 먹었다.
"……어머!"
"맛있지?"
"네! 와아, 정말 맛있어요!"
깜짝 놀라며 두 입, 세 입 계속 먹는다.
그 모습을 흐뭇하게 바라보면서 나도 샌드위치를 다시 먹기 시작했다.
아, 짜고 고소한 맛! 맛있어!
"거기 단골 해야겠어요!"

로릴이 눈을 반짝이면서 말했다.

나는 로릴이 샌드위치에 정신이 팔린 틈을 타서 자연스럽게 다음 목적지로 걸어갔다.

사람들이 시끌벅적하게 많은 롬바르디 시내의 시장이었다.

과일, 음식, 가재도구 등 온갖 물건을 사고파는 사람들로 정신이 없는 중심가로는 가지 않는다.

살짝 방향을 틀어 그 옆에 생긴 신시가지에 도착했다.

시장보다 조금 더 정돈된 느낌의 거리에 짙은 녹색 건물이 보였다.

얼마 전에 개업한 갤러한 의복점의 롬바르디 내 두 번째 분점이었다.

"의복점에 가 보시려고요?"

"응, 새로 생긴 곳이니까 구경해 보려고."

계속해서 사람들이 드나드는 의복점을 보면서 로릴에게 당부했다.

"잠깐 확인할 게 있으니까 따로 들어가자. 그리고 사람들이 먼저 나를 알아보지 않는 한은 내 이름 말하지 마. 알겠지?"

"네, 아가씨……."

문을 열고 들어가니 잘 정돈된 의복점 내부가 보였다.

이렇게 생겼구나.

클레리반에게 말로만 전해 들었지, 직접 와 보는 것은 처음이었다.

의복점은 내가 알고 있던 '옷 가게'와 비슷한 분위기였다.

1층은 여성복, 2층은 남성복이랬지.

나는 그동안 서면으로만 보고받았던 것들을 직접 하나씩 확인해 보고 있었다.

한눈에 보기에도 귀족 영애인 로릴에게는 바로 의복점의 직원이 따라붙었지만, 혼자 온 어린애인 나에게는 신경 쓰는 사람이 없다.

"안녕하세요, 손님. 혼자 오셨나요?"

내가 갤러한 의복점의 손님 응대 스킬에 조금 실망하려 할 때였다.

상냥한 목소리가 나에게 말을 걸었다.

검은 머리칼에 보라색 눈동자를 가진 여자였다.

"혼자 온 건 아니고, 아빠를 기다리고 있어요."

"아아, 그러시군요. 그럼 필요한 게 있으면 언제든 불러 주세요?"

여자가 나에게 생긋 웃어 주더니 또 다른 손님에게 가서 친절하게 웃으며 대화를 시작한다.

나는 그녀와 더불어 의복점에서 일하는 직원들의 모습을, 옷을 구경하는 척하며 지켜보고 있었다.

고성이 들려온 것도 그때였다.

"아니, 얼마 전에 사 간 옷이라니까?"

한 중년 남성이 화가 난 얼굴로 직원에게 무언가를 따지고 있었다.

"왜 사람 말을 못 믿고 그래?"

남자 앞에는 단정한 감색 원피스가 열 벌 정도 쌓여 있었다.

옷을 환불하는 사람인 것 같았다.

"감히 리바틴 가문의 사람을 지금 거짓말쟁이로 모는 건가? 그래?"

중년 남자는 턱을 치켜들면서 고압적으로 말했다.

주변의 시선이 모이자, 의복점의 직원은 얼굴이 빨개지면서 어쩔 수 없이 머리를 숙였다.

"그게 아니라……. 죄송합니다, 환불해 드리겠습니다."

"진작 그럴 것이지!"

웃는 남자의 얼굴이 어째 조금 비릿하게 느껴졌다.

뭔가 이상한데.

결국 직원이 옷의 가격만큼의 어음을 만들어 남자에게 주려고 했을 때였다.

"잠시만 실례하겠습니다."

나에게 말을 걸었던 여자가 부드럽게 직원의 앞을 막아서면서 웃었다.

"안녕하세요. 롬바르디 분점을 총괄하고 있는 바이올렛이라고 합니다. 리바틴 가문에서 오셨다고 하셨죠?"

"그, 그렇소만?"

"그럼 리바틴 가문의 집사님이 되시나요?"

"크흠, 밝히지 않으려고 했는데. 맞소."

남자는 떨떠름하게 말하며 인상을 찌푸렸다.

"저희 갤러한 의복점에서는 모든 거래에 '영수증'이라는 서류를 만들어 드립니다. 장갑 한 벌을 사셔도 마찬가지이지요. 조금 전에 이 옷을 40벌 구매하셨고 그중 10벌을 환불받기를 원한다고 하셨는데, 그렇다면 그 40벌의 영수증을 지참하셔야 합니다."

"그런 건 금시초문……."

"집사님이라면 물론 알고 계신 점일 텐데요."

여전히 웃는 낯이었지만 바이올렛의 미소가 서늘했다.

아차 싶었던 남자가 얼른 해명하듯 둘러댔다.

"우, 우리 가문은 의복점과의 거래가 처음이라……."

"말씀하신 리바틴 가문은 이곳이 아니라 롬바르디 본점에서 저희와 총 세 번의 거래를 한 곳입니다. 그때마다 제가 동석하였는데 죄송하지만 손님의 얼굴을 뵌 적은 없는 것 같네요. 실례지만 손님의 성함을 알 수 있을까요?"

"나, 나는 그러니까…… 이잇!"

남자가 이를 갈더니 바이올렛을 노려보면서 의복점을 뛰쳐나갔다.

"후우……."

작게 한숨을 쉰 바이올렛은 금방 웃는 얼굴을 되찾고 손님들에게 죄송하다고 사과했다.

"점장님, 죄송합니다……."

남자에게 깜박 속아서 돈을 내줄 뻔했던 직원이 다가와서 바이올렛에게 말했다.

"괜찮아. 하지만 다음부터는 꼭 영수증을 확인하도록 해. 그리고 자주 거래하는 가문의 정보는 기억해 두어야지. 얼마 전 리바틴 가문에 도둑이 들었던 것 잊었어?"

"아아! 그런 일이 있었죠, 맞다……."

울상인 직원의 어깨를 두드려 주는 바이올렛을 보면서 나는 내심 미소를 지었다.

좋아, 저 사람이라면 되겠어.

그렇게 만족하고 있을 때였다.

마차가 멈추는 소리에 창밖을 확인한 바이올렛이 나에게 다가와 허리를 숙여 눈높이를 맞추며 말했다.

"갤러한 님께서 도착하셨습니다, 피렌티아 아가씨."

"나인 걸…… 알았어요?"

"실제로 뵌 적은 없지만, 아가씨에 대한 일들은 많이 듣고 외워 놓았답니다. 조금 전에는 티 내고 싶어 하지 않으시는 것 같아 실례가 많았습니다, 아가씨."

이 철저함이란!

역시, 바이올렛 리페답다.

나는 웃으면서 바이올렛에게 한 손을 내밀어 악수를 청했다.

"만나서 반가워요, 바이올렛."

"제 이름을 알고 계셨습니까?"

바이올렛이 눈을 동그랗게 떴다.

"조금 전에 듣기도 했고, 또 나도 의복점의 일이라면 중요한 것들은 외워 두는 편이라서요."

"어머나……."

바이올렛이 작게 웃는다.

하지만 예리한 눈빛만큼은 쉴 새 없이 나를 읽어 내려고 하고 있다.

바이올렛 리페.

이전 생에서 클레리반의 오른팔이자 펠렛 상회의 이인자로 활약한 사람이었다.

단기간에 펠렛 상회가 눈부신 성장을 한 건 클레리반의 천재적인 감각이 있기에 가능했지만 바이올렛의 치밀한 경영도 빠질 수 없었다.

클레리반이 앞장서서 대범하게 사업을 이끌어 가면, 바이올렛이 뒤에서 모든 것을 꼼꼼하게 감수하면서 경영하는 환상적인 듀오였다.

바이올렛 리페라는 사람이 없었다면 혜성처럼 급부상한 '펠렛 상회'는 없었을 것이다.

조금 전 일 처리 하는 모습을 보니, 그 시절의 바이올렛보다 어리다고 해서 걱정할 필요는 없는 것 같다.

할아버지가 훌륭한 인재들을 보면 이런 느낌이셨을까.

나는 바이올렛을 보면서 진하게 웃었다.
"티아?"
그때 나를 부르는 소리가 들렸다.
막 의복점으로 들어서던 아버지였다.
"아빠!"
내가 뛰어가 안기자 아버지는 어안이 벙벙한 얼굴로 눈이 동그래졌다.
"네가 여기는 어떻게……."
"오늘부터 저도 밖에 다닐 수 있으니까요!"
"그래, 그랬지……."
내 등을 토닥이면서도 아버지는 헛웃음을 지었다.
"티아와 이렇게 밖에서 우연히 마주치는 날이 오다니……."
중얼거리는 아버지의 목소리가 딸의 성장에 감격한 듯이 먹먹해졌다.
우리 아버지도 참.
"아빠가 여기 있는 것은 어떻게 알았니?"
아버지는 보통 롬바르디 본점에 있는 사무실이나 황도 분점의 사무실로 출근을 한다.
이곳 분점은 생긴 지 얼마 되지 않아 아버지가 자주 들러 보는 곳 중 하나였다.
"클레리반 님이 알려 주셨어요!"
마침 들어와 의복점 직원에게 겉옷을 넘겨주던 클레리반이 움찔한다.
"클레리반 님?"

아버지의 시선을 받은 클레리반이 크흠 하고 설명했다.

"갤러한 님을 깜짝 놀래 주고 싶다고, 피렌티아 님께서 일정을 물으시길래……."

"그랬군요…… 하하."

"아빠, 우리 밖으로 나갈까요?"

나는 아버지의 손을 잡으면서 물었다.

"아무래도 그게 좋겠다."

주변을 둘러본 아버지도 고개를 끄덕였다.

어느새 의복점 안에 있던 모든 사람들이 우리를 보고 있었기 때문이었다.

'누가 이렇게 시끄럽게 떠들어?' 하는 불쾌한 눈은 아니었다.

오히려 유명한 배우나 연예인을 우연히 마주친 것 같은, 놀라서 자기들끼리 소곤거리는 그런 분위기였다.

"그 유명한 갤러한 롬바르디 부녀를 실제로 보다니!"

"아유, 귀여워라!"

"저 뒤의 남자는 그럼, 클레리반 펠렛님!"

그들의 대화 소리가 들릴 만큼 웅성거림이 점점 커지고 있었다.

"우리 맛있는 거 먹으러 가요!"

어차피 점심시간이니, 아버지의 일을 조금 방해해도 되겠지.

내가 그렇게 말하자, 아버지도 함박웃음을 지으면서 고개를 끄덕였다.

"그래, 우리 티아 뭐가 먹고 싶니?"

어딜 가자고 할까.

회귀한 뒤로 가고 싶었지만 참아야 했던 맛집 목록들이 머리를 스쳤다.

과일이나 가벼운 채식을 즐길 것 같은 외모와는 다르게 철저한 육식파인 아버지는 내가 안내한 식당을 매우 만족스러워했다.

이전 생에서 월급이 들어오면 큰마음 먹고 오고는 했던 곳으로, 그리 고급스럽지는 않지만 커다란 고깃덩어리를 오븐에서 구워 내는 로스트가 일품인 곳이었다.

"여기 나중에 또 와요, 아가씨!"

로릴도 즐거워했다.

그런데 클레리반은 조금 반응이 달랐다.

"클레리반 님, 괜찮으세요?"

잘 먹지 않고 포크를 내려놓은 뒤, 냅킨으로 입을 닦고 있는 클레리반에게 물었다.

혹시 어디 아픈 건가 싶은 마음이었다.

"괜찮습니다. 제 입맛과는 잘 맞지 않은 것뿐입니다."

"오라, 아니, 클레리반 님은 육류를 별로 안 좋아하세요."

로릴이 습관적으로 '오라버니'라고 부르려다가 밖인 것을 깨닫고 고쳐 부르며 말했다.

"에앵?"

생긴 건 완전 육식인데?

"피가 뚝뚝 떨어지는 레어 스테이크를 한 입 먹고 자근자근 씹다가, 레드 와인을 마시면서 '훗' 하고 웃게 생기셨는데!"

"……예시가 매우 구체적이군요. 하지만 저는 육류를 별로 좋아하지 않습니다."
"저도 몰랐네요."
아버지가 고기를 큼지막하게 썰면서 의외라는 듯 말했다.
"그럼 주로 어떤 음식을 좋아하세요?"
"가벼운 샐러드나 해산물 위주의 음식을 좋아합니다. 하지만 그런 레스토랑이 많이 없어서 제가 주로 해 먹습니다."
"요리도 하세요?"
놀라움의 연속이다.
집에 가면 가구라고는 침대만 덩그러니 놓고 살 것 같은 분위기인데.
그런 사람이 집에서 손수 요리를 해 먹다니.
"그러면, 잠시만요!"
나는 메뉴판에서 한 가지 음식을 더 주문했다.
신선하게 손질해서 구운 해산물과 잎채소가 버무려진 상큼한 샐러드로, 로스트 말고도 이곳이 자랑하는 인기 메뉴였다.
"와아."
별 기대 없이 한 입 먹어 본 클레리반이 깜짝 놀랐다.
"맛있죠, 클레리반 님?"
"네에. 신경 써 주셔서 감사합니다, 피렌티아 님."
"이왕 식사하는 것, 다 같이 맛있게 먹으면 좋으니까요!"
확실히 조금 전과는 식사 속도가 달라진 클레리반을 보고 있자니 흐뭇하다.
한쪽 손으로 턱을 괴고 그 모습을 지켜보다가 아버지의 식사가 거의 끝나 가는 것 같아서 나는 본론을 꺼냈다.

"아빠, 클레리반 님 저 주세요."

"쿨럭!"

"……컥!"

어째서인지 아버지와 클레리반이 동시에 사레가 들렸다.

"아빠, 괜찮아요? 클레리반 님도 여기요."

얼굴이 새빨개질 정도로 기침하는 두 사람에게 물을 건네주었다.

"그게, 콜록, 도대체 무슨 말이니, 티아!"

아버지가 냅킨으로 가린 입으로 여전히 쿨럭거리며 물었다.

그러다 아버지답지 않게 사나운 눈으로 클레리반을 노려본다.

"클레리반 님, 설명하시죠."

"아니, 저, 그게……. 뭔가 오해가……."

클레리반은 얼마나 당황했는지 입을 닦던 냅킨으로 이마에 흐르는 땀을 닦고 있었다.

나는 더 오해가 생기기 전에 끼어들어 설명했다.

"말 그대로예요. 앞으로 클레리반 님의 도움이 필요해요. 클레리반 님, 할아버지께 사표는 내셨죠?"

"예, 어제 냈습니다."

클레리반은 미리 이야기해 뒀던 대로 할아버지와의 고용 관계를 정리했다.

할아버지는 조금 충격을 받은 것 같기는 했지만, 그래도 클레리반에게 '앞으로 필요한 것이 있으면 말하라'고 하셨다고 들었다.

아버지는 이제 기침을 멈추고 진지한 눈으로 나와 클레리반을 바라보고 있었다.

"당분간 의복점 일과 겸업은 가능할 거예요. 그렇지만 나중에는……."

말하다 보니 아버지에게 조금 미안해졌다.

나와 함께 새로운 일을 시작하는 것이 클레리반에게는 더 좋은 기회가 분명했지만, 지금까지 함께 기성복 사업을 운영해 온 아버지니까.

"그래. 그렇게 하시죠, 클레리반 님."

하지만 아버지의 대답은 간단명료했다.

"의복점은 이제 안정되었으니 괜찮을 겁니다. 저보다는 티아가 클레리반 님의 도움이 더 필요하겠죠."

아버지는 클레리반과 나의 관계에 대해서 완전히 알지는 못한다.

그저 내가 클레리반의 도움을 받아서 뭔가 일을 시작해 보려 마음먹은 것으로 여기는 듯했다.

내 나이를 생각해 보면 그쪽이 제일 신빙성 있기는 했다.

아무도 내가 클레리반을 실무자로 앞세워서 주도적으로 사업을 할 거라고는 생각하지 못할 거다.

"앞으로 티아를 잘 부탁드립니다, 클레리반 님."

아버지가 웃으면서 그렇게 말하자, 클레리반이 고개를 까딱 숙였다.

다행히 아버지와 클레리반은 모든 일정을 마치고 사무실에 쉬기 위해 돌아가던 중이라고 했다.

아버지는 바이올렛과 몇 가지를 더 상의해야 했지만, 클레리반이 할 일은 모두 끝난 상태였다.

그래서 나는 클레리반과 로릴을 데리고 오늘 나의 세 번째 목적지로 향했다.

갤러한 의복점에서 그리 멀리 떨어지지 않은 번화가였다.

하지만 시장에서 어느 정도 떨어져 있고 대로가 뻥 뚫려 있어서 마차가 많이 지나다니는 곳이었다.

나는 그중, 코너에 위치한 3층짜리 건물로 두 사람을 이끌었다.

“여기 맞지, 로릴?”

“네, 맞아요. 전 주인이 여기서 기다린다고 했는데……. 아, 저기 있네요!”

로릴이 한 중년 남자에게 반갑게 인사를 하면서 다가갔다.

“여기가 어딥니까, 피렌티아 님?”

클레리반이 주변을 둘러보면서 나에게 물었다.

“조금 있으면 다 알게 될 거예요.”

‘전 주인’이라고 불린 남자는 우리를 건물 1층으로 이끌었다.

이미 모든 물건이 비워지고 텅 빈 내부에는 작은 테이블만 하나 놓여 있었다.

그리고 품에서 계약서를 한 장 꺼냈다.

이미 대부분이 작성되어 있고, 몇 군데 빈 부분과 마지막 사인만 남겨진 계약서였다.

“자, 그럼 건물의 새 주인 이름이 무엇이오?”

질문을 받은 로릴이 나를 바라봤다.

“클레리반 펠렛이라고 적으면 돼요.”

“……피렌티아 님?”

옆에서 클레리반이 나를 작게 부르는 목소리가 들렸지만 나는 그쪽을 바라보지 않았다.

"클레리반 펠렛……. 자, 그럼 다 작성되었으니 잔금을 치르고 여기에 클레리반이란 사람이 사인만 하면 끝이오."

남자는 자기 이름이 적힌 부분에 사인을 하고 깃펜을 내려놓았다.

"잔금은 여기 있어요."

나는 가지고 있던 돈주머니를 책상 위에 내려놓으면서 말했다.

집에서부터 챙겨 온 나의 용돈 주머니였다.

"현금이라니…… 잠깐 세 보지."

주인이 주머니 안에 든 금화를 세어 보는 동안, 나는 클레리반 쪽으로 돌아섰다.

"오늘부터 여기가 우리의 사무실이 될 거예요."

"그런데 왜 저의 이름을……."

"이 건물은 클레리반의 거니까요."

"하지만……."

"나는 롬바르디라서, 내가 취득한 건물은 다 할아버지가 알게 될 거예요. 늦든 빠르든. 그럼 안 되니까 클레리반이 건물의 주인이 되는 게 맞아요."

"그렇습니까……."

"하지만 그것과는 별개로, 이 건물은 정말로 클레리반 거예요. 앞으로 잘해 보자는 선물이요."

클레리반은 한동안 말을 하지 못하고 가만히 서 있었다.

그사이에 전 주인은 동전을 모두 세어 보고, 잔금이 맞는다는 것을 확인했다.

"자, 클레리반, 서명하세요."

나는 클레리반에게 깃펜을 넘겨주었다.

그것을 받아 들고 잠시 손안에서 굴리던 클레리반은 이내 거침없이 자기 이름을 적어 내려갔다.

"감사합니다, 아가씨."

서명을 마친 클레리반은 나에게 고개를 숙여 보였다.

만족스럽게 계약을 마친 전 주인은 계약서를 품 안에 다시 집어넣다가 우리를 돌아보며 물었다.

"아, 그리고 내가 신고를 할 때 여기 건물 이름을 관청에 새로 등록해야 하는데, 뭘로 할 거요?"

"펠렛 상회요."

내가 대답했다.

"'클레리반 펠렛'의 성을 따서, '펠렛 상회'라고 신고해 주세요."

황후궁에는 오늘도 손님이 방문해 있었다.

부친인 앙게나스 가주였다.

"지금 뭐라고 하셨죠?"

라비니가 돌아서며 가주를 노려봤다.

"줄리에타 아비노가, 롬바르디의 연회에서 노래를 불러요?"

오페라 가수로서 급부상하며, 최근 황제의 새 애인이 된 줄리에타에 대한 황후의 누적된 분노는 상당했다.

그런데 그런 줄리에타가 숙적인 롬바르디의 연회에서 축하 공연을 했다는 사실에 쌓이고 쌓이던 것이 결국 폭발하고 말았다.

"아악!"

비명 같은 소리를 지르면서 황후는 눈에 보이는 모든 것들을 던지기 시작했다.

투명한 크리스탈로 만든 화병도, 조금 전 시녀가 가지고 들어왔던 찻잔과 찻주전자도 예외는 없었다.

쨍그랑하는 날카로운 소리가 수십 번 울리며 응접실 바닥이 엉망이 되고 나서야 황후는 발작을 멈췄다.

"하아, 하아……."

곱게 틀어 올려 묶었던 머리칼이 다 빠져나와 황후의 거친 숨소리마다 흔들렸다.

"……그 계집이, 롬바르디의 줄을 잡았다는 거군요."

털썩, 응접실 소파에 앉은 황후가 팔걸이를 움켜쥐며 말했다.

"갤러한 의복점의 홍보 모델을 하였던 것이 시작이었던 듯싶습니다."

"그래, 그랬겠죠."

황후는 입술을 잘근잘근 씹었다.

황제의 부정한 통정 때문은 아니었다.

처음부터 그런 관계였다, 그들은.

라비니에게도 비밀스럽게 만남을 가지는 애인은 몇이나 있었다.

철저히 서로에게 주고받는 것이 있어 맺어진 부부였으니, 혼외관계를 맺는다고 하여서 분노할 사이는 아니었다.

하지만 그로 인해 자신의 귀족 사회에서의 입지가 위태로워진다면 이야기는 달랐다.

황제를 거쳐 간 수많은 여자들은 그동안 라비니의 적수가 되지 않았다.

오히려 그중 좋은 싹이 보이고, 황후에게 복종할 줄 아는 이는 자신의 곁에 두면서 부리기도 했다.

하지만 줄리에타는 그런 종류가 아니었다.

어디서나 주목받기를 좋아하고, 본인이 시선의 중심이 되고 싶어 했다.

문제는 그 주목과 시선은 모두 라비니의 것이어야 한다는 점이었다.

"조만간 손을 써야겠군요."

싸늘한 라비니의 말에 앙게나스 가주는 가만히 시선을 내렸다.

라비니의 잔인함은 부친인 그마저 소름 돋게 할 때가 있었다.

"그 계획은 차질 없이 되어 가고 있겠죠, 아버지?"

"예, 황후마마."

"꼭, 우리 손에 넣어야 해요. 이번 기회를 놓치면 또 언제가 될지 모르니."

라비니의 눈이 마치 시퍼런 불길이라도 일 듯 이글거렸다.

"……황후마마의 말씀이 맞습니다."

앙게나스 가주는 입을 꾹 다물며 테이블 위에 혼자 남은 자신의 찻잔을 들었다.

오랜만에 롬바르디 일가가 한자리에 둘러앉았다.

롬바르디의 가족 정찬이었다.

여느 때처럼 아이들과 어른을 테이블 두 개로 나눠 둔 모양이었다.

이미 라라네와 벨레삭도 도착해 있었다.
나는 웃는 얼굴로 라라네에게 인사를 건넸다.
"안녕, 라라네."
"안녕."
그리고 벨레삭과는 인사 없이 자리에 앉았다.
바로 뒤이어 아스탈리우와 크레니 형제가 도착했는데.
"넌 이쪽에 앉으라고!"
아스탈리우가 어린 제 남동생을 거칠게 자기 옆자리에 끌어당겼다.
그 바람에 휘청거린 크레니의 얼굴이 온통 울상이다.
아무래도 크레니가 나와 어울리는 게 싫어서 저러는 모양인데.
제 동생도 저와 마찬가지로 벨레삭의 똘마니로 만들 생각인 게 뻔했다.
"난 저쪽에 앉고 싶은데……."
크레니가 울먹이는 목소리로 내 옆자리를 바라보며 중얼거렸다.
하지만 아스탈리우는 더 험악한 얼굴로 크레니에게 겁을 줬다.
에효.
나는 속으로 한숨을 쉬면서 말했다.
"크레니, 이리 와."
내 부름을 들은 크레니는 반색을 하더니 잠시 아스탈리우의 눈치를 봤다.
"괜찮으니까 이리 와."
잠시 망설이던 크레니는 결국 오도도 뛰어서 내 옆자리에 안착했다.
나는 크레니의 귀에 대고 속삭였다.
"앞으로 아스탈리우가 괴롭히면 어머니에게로 뛰어가면 돼. 알겠지?"

로넷은 아스탈리우가 크레니에게 폭력을 사용하는 것을 질색했다.

아마 지금도 아스탈리우는 제 어머니의 눈치를 피해서 살살, 크레니를 괴롭히고 있을 것이다.

"웅!"

크레니는 여전히 불안감이 섞인 눈으로 아스탈리우를 바라보기는 했지만, 그래도 해맑게 웃으며 고개를 끄덕였다.

에휴, 아무래도 좀 자주 데리고 놀아야겠네.

사실 아스탈리우와 노는 것은 크레니에게 아무런 도움이 되지 않는다.

악영향만 끼칠 뿐이지.

크레니는 나와 라라네 사이에 앉았는데, 라라네는 아직 팔이 짧은 크레니 앞에 물을 따라 주거나 하면서 이것저것 챙겨 주었다.

"티아, 안녕."

테이블에 쌍둥이가 합류했다.

그런데 두 사람의 얼굴이 별로 좋지 않았다.

지난번에도 이런 상태였던 것 같은데.

"두 사람 얼굴이 왜 그래?"

답지 않게 침울한 것이 마음에 걸렸다.

"그게……."

메이론이 잠시 머뭇거리더니 길리우가 고개를 작게 끄덕이는 것을 보고 말했다.

"아버지와 어머니 사이가 요즘 좀 안 좋으셔."

"두 분이?"

잉꼬부부 저리 가라 할 만큼 깨가 쏟아지는 샤나넷과 베스티안 부부가?

"그동안은 우리 앞에서 싸우신 적은 없었거든. 근데 오늘은……."

"조금 크게 다투셨어."

쌍둥이가 풀이 죽어 말했다.

"어떤 걸로 그렇게 싸웠는데?"

"잘은 모르겠지만, 가문에 대한 이야기인 것 같았어."

"'롬바르디'랑 '슐스', 이런 단어가 자주 나왔으니까."

양쪽 집안의 이름이 오가는 다툼이라니.

"혹시 지난번에 슐스가에 오래 있던 것도 그래서였어?"

"……응."

"아무래도 두 분은 거리가 조금 필요하신 것 같아."

메이론이 제법 냉정하게 말했다.

"부모님 중에 어느 한쪽을 골라야 할 일이 없기를 바랄 뿐이지, 뭐."

길리우도 반쯤 체념한 듯이 말했다.

아, 그러고 보니 이즈음이구나.

샤나넷과 베스티안이 이혼했던 일이 떠올랐다.

나는 어른들이 식사를 하고 있는 테이블을 바라봤다.

샤나넷은 창백한 안색으로 아무 말 없이 식사를 하고 있었지만 베스티안은 평소와 다르지 않았다.

쉴 새 없이 웃고 떠들고, 유쾌한 모습 그대로였다.

완벽히 대조되는 두 사람이었다.

그때, 아버지가 식사를 마치고 할아버지에게 인사를 하는 것이 보였다.

오늘 일이 바빠 양해를 구하고 먼저 자리에서 일어나는 것이었다.

아버지는 마지막으로 나에게 싱긋 웃어 주고는 식당을 빠져나갔다.

그리고 그 뒤를 비에제가 따라 나가는 것이 보였다.

"갤러한."

바쁘게 출근을 하던 갤러한은 자신을 부르는 달갑지 않은 소리에 뒤로 돌았다.

비에제였다.

"아직 너의 사과를 아직 받지 못했다만."

급히 나가는 사람을 불러 세워 놓고 기껏 하는 말이 사과라니.

갤러한은 속으로 한숨을 삼키며 말했다.

"사과를 해야 할 짓을 한 적은 없습니다, 형님."

"나를 연회에서 내쫓은 것을 기억하지 못하느냐?"

"형님을 연회에서 내쫓은 적은 없습니다. 티아의 생일 연회가 마음에 들지 않는다고 하시기에, 그러면 돌아가시라 말씀드렸을 뿐입니다."

비에제의 얼굴이 금세 붉으락푸르락했다.

한때는 저 불같은 성격에 두려움을 느낀 적도 있었다.

하지만 갤러한은 이제 그런 큰형이 안쓰럽기까지 했다.

앞뒤를 재지 못하고 질러 대기만 하는 성미는 그 사람을 우스워 보이게만 할 뿐이라는 것을 배웠다.

"너."

비에제가 위협적으로 얼굴을 들이밀었지만, 갤러한은 뒷짐 진 상태로 더 물러서지도 나아가지도 않았다.

"아버님을 믿고 이리 방종하게 구는 것 같은데. 아버님이 언제까지 저리 정정하실 거라고 생각하는 거냐?"

갤러한은 자신의 귀를 의심했다.

그리고 암담한 심정을 느꼈다.

비에제는 정말로 권력욕에 눈이 멀어 버렸다.

형제인 자신은 둘째로 치더라도, 아버지인 룰락에 대한 망발을 서슴지 않을 만큼.

갤러한은 다시 한번 마음을 굳혔다.

이번에 훈장과 함께 체사유 지역을 수여받으면서 먹었던 마음이었다.

"형님."

갤러한은 담담하게, 하지만 경고하는 마음을 담아 말했다.

"저는 롬바르디 가주직에 전혀 관심이 없습니다. 그리고 그것을 형님도 잘 아실 거라고 생각합니다."

비에제는 작게 움찔했지만, 그 두 눈에는 여전히 경계심이 서려 있었다.

갤러한은 한숨을 삼키며 말을 이었다.

"저는 때가 되면 이 저택에서 나가 체사유로 갈 겁니다."

"……진심이냐?"

"형님에게는 이 롬바르디가 세상에서 제일 값진 것으로 보일지 모르겠으나, 저는 제 딸을 이 진흙탕에서 살게 할 생각이 없습니다."

이 세상 그 무엇보다 티아가 더 소중하다.

그래서 갤러한은 딸아이를 롬바르디의 혈족들과 떨어트려 놓을 생각이었다.

자유롭게, 사람답게, 숨 쉬며 살 수 있도록.

"그러니 우리를 건드리지 마십시오. 저는 경고했습니다."

갤러한은 마지막으로 비에제를 한번 노려보고는 등을 돌려 걸어갔다.

혼자 남겨진 비에제는 건방진 동생의 태도가 몹시 불쾌했지만, 어쨌든 항복 선언을 받아 내었다 생각했다.

일이 이렇게 쉽게 풀릴 줄이야!

제 입으로 가주직에 관심이 없다고 하다니!

앓던 이가 빠진 것처럼 시원했다.

흡족한 미소가 절로 나왔다.

이로써 갤러한과 가주직을 놓고 싸우는 일은 없을 것이다.

비에제는 이제 남은 경쟁자는 없다고 믿었다.

"선생님, 개업을 축하드려요!"

나는 오는 길에 화원에서 사 온 작은 화분을 클레리반에게 내밀었다.

이번에 새로 고용된 상회의 직원들이 그런 나를 보고 귀엽다는 듯 미소를 지었다.

대외적으로 클레리반은 나의 가능성을 아주 높게 평가하여, 롬바르디와의 고용 계약이 끝났음에도 불구하고 나를 계속해서 가르치는 것으로 만들어 두었다.

내가 앞으로 상회에 자주 드나들더라도 그것을 이상하게 생각하는 사람이 생기지 않도록 한 조치였다.

"화분은 제가 자리를 찾아 놓을게요."

어느샌가 나타난 싹싹한 상회의 직원이 얼른 내 손에서 화분을 가져갔다.

"그럼, 위층으로 올라가실까요?"

클레리반이 사무실이 있는 3층으로 나를 이끌었다.

사무실로 들어서자 미리 차를 준비하고 기다리고 있던 바이올렛이 보였다.

이번에 내가 클레리반에게 꼭 데려오라고 했던, 펠렛 상회의 놓칠 수 없는 중요 멤버였다.

달칵.

문이 닫히고 사무실 안에 우리 세 사람만 남았다.

그리고 나는 자연스럽게 가장 상석에 앉았다.

"이제 상회도 무사히 개업을 했으니까, 첫 번째 목표를 세워야겠죠?"

내 말에 클레리반과 바이올렛이 진지한 얼굴로 고개를 끄덕였다.

그 듬직한 모습에 천군만마를 얻은 것 같은 뿌듯함이 밀려왔다.

나는 헛기침으로 작게 목을 가다듬고 입을 열었다.

"우리 펠렛 상회의 첫 번째 목표는 광산이에요."

"광산…… 이요?"

바이올렛이 멍하니 되물었다.

"네, 광산. 펠렛 상회의 이름으로 광산을 살 거예요, 바이올렛."

"아, 네……."

대답은 하지만 이해한 얼굴은 아니다.

하긴 그럴 만도 했다.

"알아요, 광산은 비싸죠."

그것도 매우.

웬만한 영지 하나의 값과도 비슷한 것이 광산이다.

어떤 것이 묻혀 있느냐에 따라서 몇 배의 차이가 나는 경우도 허다하다.

"죄송하지만, 피렌티아 님."

바이올렛이 한 손을 조심스럽게 들었다.

"광산은 어떤 광산을 생각하시는지……."

"석탄 광산이에요."

"아아. 그 정도면 가능할지도 모르겠습니다."

바이올렛은 아무래도 내가 이번 펠렛 상회를 개업하면서 준 1년치 운영 자금을 생각하며 계산해 보는 것 같았다.

"펠렛 상회의 운영금은 쓰지 않을 거예요, 바이올렛."

"하지만 비교적 값이 싼 편인 석탄 광산이라고 하더라도 1000골드는 나갈 텐데요."

특별한 전문 지식이 없는 평범한 노동자가 한 달에 받는 임금은 대략 3실버 정도가 된다.

그리고 실버 40개가 모이면 1골드와 같은 가치를 지닌다.

이런 상황에서 내가 롬바르디로서 숨 쉬는 것만으로 달마다 받는 돈은 8골드.

성년이 지나면 이 돈은 20골드로 올라간다.

물론 내가 기본적인 생활을 하는 데에 필요한 돈은 별개다.

내가 태어난 뒤로 이 돈은 착실히 롬바르디 은행에 있는 나의 금고에 쌓이고 있었고 말이다.

아버지의 기성복 사업이 시작되고, 클레리반을 내 사람으로 만든 뒤.

나는 그동안 모아 온 돈을 모두 클레리반에게 맡겨서 갤러한 의복점에 투자했다.

그리고 그 결과는 당연히 매우 성공적이었다.

"클레리반, 자금은 여유로운가요?"

나는 차향을 즐기고 있던 클레리반을 돌아보면서 물었다.

"으음. 광산의 가격이 3000골드를 넘지 않는다면 문제없습니다. 만약 그 이상이 되면 자금을 조달하는 데 한 달 정도의 시간이 걸립니다. 현금으로 만들어야 하니까요."

"그럼 됐네요."

나와 클레리반이 아무렇지 않게 나누는 대화를 들은 바이올렛은 넋이 나간 얼굴이었다.

"3000골드……."

그만한 돈이 잘 실감이 나지 않는 듯 작게 중얼거렸다.

아직 조금 적응 기간이 필요한 것이겠지.

"어쨌든 앞으로 생각해 두고 있는 사업들을 무리 없이 실행하려면, 이번 기회에 자금을 크게 불려야 해요."

이번 단 한 건의 투자로 펠렛 상회는 제국 안에서 손꼽히는 상단이 될 거다.

내가 장담한다.

의미심장하게 웃고 있는 나에게 클레리반이 물었다.

"염두에 두고 계신 광산이 있으신 거군요."

역시 클레리반.

내 마음을 잘 읽는단 말이지.

"북서쪽에 있는 '리라' 지역의 오래된 탄광이 경매 매물로 나왔을 거예요. 렝칸타 가문의 소유지예요. 광산의 크기 자체는 꽤 크지만, 남은 석탄 양의 기대치는 아주 낮은."

이전 생에서 리라 탄광의 이야기는 한동안 온 제국을 떠들썩하게 할 정도로 회자되었다.

리라 지역을 가지고 있던 렝칸타 가문은 계속되는 가뭄에 제대로 수확이 되지 않았다.

하지만 황실에는 매년 정해진 세금을 내야 하므로, 근처에 있는 다른 가문들에게 큰돈을 빌렸다.

그러다 점점 늘어난 빚을 갚기 위해 오래된 자산 중 하나인 탄광을 경매로 내놓는다.

정말 별 볼 일 없는 탄광이다.

마지막으로 채굴 작업을 했던 것이 수십 년도 더 전의 일이었으니.

그런데 이 오래된 탄광 바로 아래에 그동안 발견된 적이 없던 보석의 원석이 묻혀 있다.

일류 장인이 연마하면 황실과 귀족 가릴 것 없이 모두가 손에 넣기를 갈망하게 되는 그런 보석이.

"그런 정도라면 1000골드 안쪽에서 낙찰이 되겠군요."

조금 정신을 차린 것 같은 바이올렛이 신중한 목소리로 말했다.

"경쟁자가 없다면 600골드까지도 낮출 수 있을지도 모릅니다."

클레리반도 낙관했다.

하지만 나는 고개를 저었다.

"2000골드."

원래의 낙찰가는 1800골드.

나는 딱 200골드를 높여 부를 생각이었다.

각각 입찰의 기회가 한 번씩밖에 주어지지 않는 단순 경매였기 때문에 상대방이 얼마를 써 낼지만 알면 낙찰을 받는 일도 쉬웠다.

"낙찰받으려면 2000골드 정도는 써야 할 거예요."

"예?"

두 사람이 깜짝 놀랐다.

"오래된 탄광에 2000골드만큼의 가치는 없습니다, 피렌티아 님."

클레리반이 나를 말렸다.

당연하다.

아직 캐낼 것이 많은, 이제 막 발견된 탄광이라면 모를까.

2000골드라면 지나친 금액이다.

"조금 전에 말씀하셨죠. 경쟁자가 없다면 가격을 낮출 수 있다고."

클레리반이 조금 전에 한 말이었다.

"반대로 경쟁자가 있을 예정이니까 가격이 올라가는 것은 어쩔 수 없죠."

"아무리 경쟁자가 있다고 하더라도……."

"앙게나스가 입찰할 거예요."

이전 생에서 이 리라 탄광을 낙찰받아 엄청난 잭팟을 터뜨린 것은 바로 앙게나스였다.

점점 황제와의 사이가 틀어졌음에도 라비니 황후가 계속해서 권력을 유지하고, 아스타나에게 힘을 실어 줄 귀족들을 매수할 수 있었던 것도 다 리라에서 발견된 보석 덕분이었다.

사무실이 조용해졌다.

그러다 클레리반이 침음을 흘렸다.

"확실히 앙게나스를 상대하려면 그 정도 출혈을 감수해야 할 수도……."

앙게나스는 최근 들어 광업에 공격적인 투자를 하면서 급속도로 몸집을 불려 가는 중이었다.

"혹시 단순한 탄광이 아닌 건가요?"

"왜 그렇게 생각해요, 바이올렛?"

"앙게나스는 이미 충분히 탄광을 소유하고 있으니까요. 아직 발견되지 않은 탄맥이 있다고 하더라도 개발 비용까지 따져 보면 앙게나스가 무리할 이유는 없어요."

손가락으로 턱을 짚은 바이올렛이 소리 내어 생각하기 시작했다.

"하지만 경매에 참가하기 전에 비밀리에 전문가를 보내서 광산을 재평가하는 것은 흔한 일이니까. 그쪽은 렝칸타 가문이 모르는 다른 정보를 가지고 있을 수는 있죠."

나는 바이올렛이 추론해 가는 과정을 즐거운 마음으로 지켜보았다.

"금광? 하지만 금광이라면 더 적극적으로 나올 거예요. 어떻게 해서든 손에 넣어야 할 테니까요. 하지만 낙찰가가 애매한 것으로 봐서는 최대한 티를 내고 싶지 않아 하는 것 같은데……."

그리고 바이올렛의 얼굴에 한 가지 깨달음이 스치는 것을 볼 수 있었다.

"으음……."

하지만 바이올렛은 오히려 입을 꾹 다물었다.

그래서 내가 대신 말해 줬다.

"철광."

"하지만 철광은……."

"앙게나스에게 허락되지 않은 소유물이죠."

군수 자원인 철광은 대부분이 황실의 독점 대상이었다.

자기 영지에서 철광이 발견되면 그것을 황실에 상납하고 작위를 올려받거나 다른 영지를 하사받는 일도 허다했다.

물론 앙게나스는 그렇게 하지 않았다.

철 매장량이 적다는 이유로 버티며 광산을 내놓지 않았고, 공식적으로 철을 소유한 가문이 되었다.

"하지만 내가 원하는 건 철광이 아니에요."

애초에 철 매장량은 얼마 되지도 않고 말이다.

물론 그것은 따로 생각해 둔 쓰임이 있다.

"일단 나머지 이야기는 광산을 낙찰받고 이야기해요."

지금 내 계획을 우르르 다 쏟아 내 봤자, 클레리반과 바이올렛의 혼란만 가중시킬 뿐이다.

나는 자리에서 일어나면서 바이올렛에게 지시했다.

"리라 탄광에 대해서 알아보세요, 바이올렛."

"예, 피렌티아 님."

나에게서 받은 첫 업무이니만큼, 바이올렛의 두 눈에는 굳은 의지가 불타올랐다.

"그리고 클레리반은 며칠 뒤에 나와 황도에 다녀와요."

이번에 발견되는 보석은 일반 보석공들은 다루지 못한다.

아주 경험이 풍부하고 실력 또한 제국에서 손꼽히는 장인이 필요하다.

그 사람의 손에서 비로소 원석은 빛을 발할 것이다.

이왕 앙게나스의 것을 빼앗아 오게 되었으니 제대로 해 볼 생각이다.

광산을 코앞에서 놓치게 될 앙게나스가 배가 아파서 데굴데굴 구를 만큼.

모름지기 롬바르디는 은혜는 열 배로, 원수도 열 배로 갚는 법이다.

그러게, 마음을 곱게 썼어야지.

누가 우리 아버지 사업에 눈독 들이래?

아침 일찍, 클레리반과 함께 황도로 출발했다.

명목은 당연히 선생님과 황도 견학.

나는 평소보다 조금 더 신경을 써서 옷을 차려입었다.

목에는 페레스가 통 루비를 조각해서 만들어 준 꽃 모양 목걸이를 했다.

바로 인접해 있는 황도와 롬바르디 영지엔 매일 수많은 사람들이 사용하는 대로가 잘 닦여 있어서 이동이 편하다.

얼마 지나지 않아 우리는 황도에서 귀족들이 주로 사용하는 번화가인 세다큐나가에 도착할 수 있었다.

일단 우리의 첫 번째 목적지는 세다큐나에 최근 개업한 '카라멜 에비뉴'라는 제과점이었다.

대리석과 그을린 나무 장식재를 잘 사용해서 고풍스러운 분위기 덕분에 인기가 많은 곳이었다.

오늘은 일부러 떼 놓고 왔지만, 로릴도 이곳의 엄청난 팬이었다.

"어서 오십시오."

말끔하게 생긴 직원이 우리를 웃으며 맞아 주었다.

곱슬거리는 갈색 머리칼을 멋지게 빗어 넘긴, 깊은 호박색 눈동자가 인상 깊은 직원이었다.

"'카라멜 에비뉴'의 직원 베이트라고 합니다. 위층으로 안내해 드릴까요?"

1층에서는 진열과 판매를, 2층과 3층은 디저트와 차를 마실 수 있는 공간이었다.

"아뇨, 케이크 사 갈 거예요."

"예, 그럼 저쪽으로 모시겠습니다."

보면 볼수록 디저트 가게에 잘 어울리는 곱상한 외모였다.

나는 베이트의 뒤를 따라 서른 개가 넘는 다양한 디저트가 놓인 진열대 앞에 섰다.

"으음……."

다 맛있어 보이는데.

고르기가 어렵다.

역시, 이럴 때는 고민하지 않고.

"다 주세요."

"……예?"

베이트가 웃는 얼굴 그대로 되물었다.

"못 고르겠어서요. 여기 진열되어 있는 디저트를 두 개씩 다 주세요."

그 유명한 '저기서부터 저기까지' 쇼핑법이다.

"아! 포장은 둘로 나눠 주세요."

역시 돈 많은 게 최고야.

여유롭게 포장이 되기를 기다리며 카라멜 에비뉴의 내부를 구경했다.

"계산은 제가 하겠습니다."

클레리반이 나서며 말했다.

"네, 그러세요."

어차피 펠렛 상회의 지출로 처리될 거니까.

그런데 계산을 하려던 베이트가 클레리반의 얼굴을 빤히 바라본다.

"뭡니까?"

"아, 아닙니다. 죄송합니다. 계산 도와드리겠습니다."

기분이 상한 클레리반이 묻자, 베이트가 웃으면서 얼른 사과했다.

"포장된 것 하나는 집으로 가져가서 로릴이랑 함께 먹을 거고, 하나는 롬바르디 상단을 통해서 페레스에게 보내 주세요. 가능하죠?"

"예, 피렌티아 님."

그러다 시선을 돌리니, 베이트의 호박색 눈이 조금 전 클레리반을 본 것처럼 나를 보고 있다.

나는 싱긋, 웃어 주었다.

"가요, 클레리반 선생님."

"예, 아가씨."

클레리반이 양손에 케이크가 든 커다란 상자 두 개를 들고 내 뒤를 따랐다.

그리고 카라멜 에비뉴의 직원, 베이트의 시선도 우리가 마차에 올라설 때까지 끈질기게 따라붙었다.

"세다큐나가에 아이반 영지 직영점이 있죠?"

"예, 바로 다음 골목입니다."

"거기로 가요."

지난번 아버지가 건국 훈장을 받을 때 마주친 적이 있었던, 북의 아이반 가문은 광물로 유명하다.

산이 많은 지역이라 그런지 금에서부터 생활 곳곳에 흔히 쓰이는 흑연과 석탄까지 나오지 않는 광물이 없었다.

특히 아이반 지역의 보석들은 그 광도가 높고 알이 크기로 유명해서, 세다큐나가에 직영점을 운영했다.

아이반 지역에서 나온 보석들을 가지고 그곳의 숙련된 보석공들이 만든 물건만 파는 곳이었다.

그래서 언제나 귀족들로 가게는 북적였고, 그것은 오늘도 마찬가지였다.

'아이반'이라고 쓰인 밝은 간판 아래의 문으로 사람들이 바쁘게 오갔다.

그리고 이곳에 아무도 성공적으로 연마해 내지 못했던 그 원석을 세상에서 가장 아름다운 보석으로 만들어 낸 그 장인이 있다.

"들어가시죠, 피렌티아 님."

클레리반이 문을 잡아 주며 말했다.

안으로 들어가자, 넓은 매장 여기저기에 앉아서 상담을 받고 보석을 사는 사람들이 보였다.

그중 몇몇이 우연히 내 쪽을 돌아보더니 자기들끼리 소곤거렸다.

"방금 들어온 저 아이……."

"롬바르디가의, 맞지?"

"맞는 것 같은데……."

건국제 연회와 내 생일 연회 덕분에 나를 알아보는 사람들이 조금 생겼다.

어차피 롬바르디로 태어난 이상 어쩔 수 없는 운명이다.

나는 사람들의 시선을 받으면서 가장 안쪽에 있는 진열대 앞으로 걸어갔다.

밝고 화려한 조명 아래에 서 있는 정복을 입은 남자가 이곳의 책임자로 보였다.

"어서 오십시오, 피렌티아 롬바르디 영애."

역시 내가 누군지 알고 있구나.

이런 귀족들을 상대하는 곳에서는 중요한 사람들의 신상을 미리미리 알아 놓는 것이 경쟁력이기는 하다.

나도 할아버지를 옆에서 보좌할 때 가장 먼저 공부한 것이 그런 것들이었다.

제국의 동, 서, 남, 북, 그리고 중앙의 고위 귀족 가문들의 가계도와 중요 인물들 간의 관계와 같은 정보 말이다.

"저희 '아이반'에는 첫 방문이시군요."

이미 나에 대해서는 파악이 끝났다는 건가.

나는 느릿하게 고개를 끄덕이고는 남자에게 말했다.

"여기 있는 물건들 말고, '특별품'들을 보고 싶은데요."

내가 요구한 '특별품'은 일반 보석공들이 찍어 내듯 만들어 내는 것이 아닌, 아이반의 장인들이 작품으로 만들어 낸 특별한 보석을 말했다.

남자는 웃는 얼굴 그대로 살짝 멈칫하더니 내 뒤에 서 있는 클레리반을 바라봤다.

"일행이십니까?"

나는 알아도 클레리반은 모른다는 뜻이렸다.

클레리반도 그것을 느꼈는지, 살짝 미간을 찌푸리며 대답했다.

"클레리반 펠렛입니다."

"으음. 롬바르디 영애가 신원을 보증하신다니 함께 들어가도 되겠군요."

남자는 새침하게 말하며 안쪽으로 통하는 문을 열었다.

졸지에 신원이 불분명한 사람 취급을 받은 클레리반은 울컥한 것 같았다.

이전 생에 부친인 로마시에 딜라드의 뒤를 이어서 롬바르디 상단의 책임자가 되었던 클레리반은 매우 유명한 사람이었지만, 지금은 아직 아니다.

의복점도 아버지가 일종의 간판 역할을 하는 바람에 클레리반은 묻히는 경향이 많다.

나는 클레리반의 등을 슬쩍 토닥여 주었다.

조금만 참아.

이번 일이 끝나면 클레리반 펠렛이라는 이름을 모르는 사람은 없을 거야.

그의 이름을 딴 펠렛 상회가 제국 전역에 유명해질 거니까.

책임자를 따라서 부드러운 카펫이 깔려 있는 통로를 지나 안쪽 방으로 들어왔다.

자물쇠를 몇 개나 열 정도로 보안이 삼엄했다.

문이 열리자 보석이 진열된 곳에서부터 밝은 빛이 잘게 반짝이는 것이 보였다.

나는 두근거리는 가슴을 애써 누르고, 아무렇지 않은 척 유리 진열대 안의 물건들을 둘러봤다.

아이반 안쪽의 특별품에 대해서 들어만 봤지, 실제로 보는 것은 나도 처음이다.

"특별히 찾는 보석이 있으십니까?"

"으음."

나는 여기에 온 목적이 된 그 물건을 찾으려고 진열대 안을 쭉 둘러봤다.

그러자 남자는 내 앞으로 다양하게 보석 몇 개가 놓인 쿠션을 내밀었다.

"이건 어떠십니까."

나는 그 물건들을 보고 다시 한번 남자를 바라봤다.

웃음이 날 것 같았다.

이 사람, 날 무시하고 있구나.

안쪽 방까지 데려왔다고 잠시 방심하고 있었더니.

흰 장갑을 낀 책임자가 내게 보여 준 것은 크기는 크지만 커팅이 엉망이거나 보석의 순도가 엉망인 것들뿐이었다.

남자는 지금 내 안목을 시험해 보는 것이었다.

크기가 크고 언뜻 화려해 보이니 안목이 없는 사람이었다면 하품인 것을 모르고 구매할 테다.

아마 내 나이가 어려서 우습게 본 거겠지.

나는 뻔뻔한 얼굴로 서 있는 남자를 향해서 말했다.

하지만 화를 내거나 불쾌한 마음을 표현하지는 않았다.

그냥 아량을 베풀어 실수를 눈감아 주겠다는 말투로 말했다.

“다시 한번 기회를 드리죠. 제대로 된 물건을 가져오세요.”

“……알겠습니다.”

남자는 시선을 아래로 내리깔더니 정중하게 고개를 숙였다.

“아니다. 내가 직접 보고 고를게요.”

나는 그렇게 말하고 진열장 앞을 천천히 걸었다.

그리고 얼마 지나지 않아서 그것을 발견할 수 있었다.

“저거.”

특별품들 중에서도 가장 가운데, 가장 빛이 잘 드는 곳에 놓인 보석.

다소 밋밋하고 단조로운 다른 물건들과는 달리, 세밀하고 자잘한 커팅으로 원석의 아름다움을 최대한 끌어올린 연녹색의 페리도트였다.

“저 작품을 만든 사람, 지금 여기 있죠? 그 사람을 만나고 싶은데.”

“그걸 어떻게……. 아니, 그건 좀 곤란합니다.”

그렇게 나올 줄 알았다.

아이반 가주가 그렇게 애지중지하는 장인을 쉽게 만나게 해 줄 리가 없지.

그래서 준비한 게 있다.

나는 반 발짝 옆으로 비키면서 클레리반을 바라봤다.

미리 언질해 뒀던 대로, 클레리반이 한 발짝 앞으로 나섰다.

“다시 한번 소개를 하지. 갤러한 의복점과 펠렛 상회의 책임자,

클레리반 펠렛이오."

"아……."

책임자는 놀란 듯 눈을 끔벅거렸다.

자신이 대놓고 무시했던 사람이 갤러한 의복점의 책임자라니.

놀라서 심장이 철렁하는 것 같겠지.

클레리반은 조금 전의 복수라도 하듯, 낮고 차가운 목소리로 당당하게 요구했다.

"이 보석을 연마한 장인에게, 내가 만나고 싶어 한다고 전해 주겠소?"

"누가 날 만나고 싶어 한다고?"

'아이반' 직영점. 위층의 공방에서 한창 작업을 하던 크로일리는 주름진 눈가를 찌푸리며 짜증을 냈다.

"갤러한 의복점의 책임자랍니다."

"그런 사람이 날 왜?"

"글쎄요……."

"쳇."

작업하는 데 방해를 받는 일을 제일 싫어하는 크로일리는 욕지거리를 내뱉으면서도 앞치마를 벗었다.

어쨌든 갤러한 의복점의 책임자는 무시할 수 없는 위치의 사람이었으니.

특별품이 모여 있는 방으로 내려온 크로일리를 맞이한 것은 아직 어린 여자아이와 큰 키의 눈매가 매섭게 생긴 남자였다.
크로일리는 아이는 무시하고 남자 쪽으로 다가가 인사했다.
"저를 찾으셨다 들었습니다만."
아이반에서야 장인으로서 귀족 못지않은 대우를 받는 크로일리였지만 어쨌든 신분은 평민이었다.
게다가 요즘 제국의 돈은 혼자 다 번다던 갤러한 의복점의 책임자가 아닌가.
꼬장꼬장한 성격으로 유명한 크로일리도 모자를 벗으며 허리를 숙였다.
"반갑습니다, 크로일리 님. 클레리반 펠렛입니다."
그런데 한 성격 할 것 같았던 남자가 서글서글하게 웃으며 악수하자 손을 내밀었다.
"아, 예……."
크로일리는 얼결에 그 손을 맞잡았다.
"바쁘실 텐데 방해해서 미안합니다. 꼭 얼굴을 보고 하고 싶은 말이 있어서요."
손녀의 병을 치료하기 위해서 좋은 의원이 있는 황도로 이사한 뒤, 귀족에게 존대를 듣는 것은 처음이었다.
너무 오랜만이라 조금 어색하기는 하지만, 어쨌든 장인으로서 인정을 받는 것 같아 작업을 방해받은 짜증은 눈 녹듯 사라졌다.
"아이반 최고 장인의 위명은 익히 들었습니다. 그래서 크로일리 님께 의뢰를 하고 싶은데요."
"그것은 좀 곤란합니다."
크로일리는 손사래를 치면서 말했다.

사실 일정은 널널했지만, 크로일리는 귀찮았다.

그리고 한 귀족의 부탁을 들어주면 그때는 끝도 없는 청탁이 줄을 이을 것이 분명했다.

"아이반의 보석 작업만으로도 일정이 꽉 차 있습니다."

이렇게 세공을 청탁하려는 귀족들을 물리치는 방법을 크로일리는 잘 알고 있었다.

"하지만 이건 크로일리 님에게도 좋은 기회가……."

"이 늙은이가 조금만 젊었더라도 힘이 있었을 텐데. 죄송합니다."

"그런……."

크로일리가 능청스럽게 콜록거리면서 말하자 클레리반은 더 밀어붙이지 못하고 할 말을 잃었다.

"흠흠!"

그때, 구석에서 혼자서 보석 구경을 하고 있던 여자아이가 크게 헛기침을 했다.

그리고 그것이 마치 신호라도 된 듯이 누그러졌던 클레리반의 기세가 다시 올라왔다.

"바쁘신 것은 알겠지만 한번 고려해 주시길 바라겠습니다, 크로일리 님."

"그러니까 제가 이미 일정이……."

크로일리는 슬쩍 짜증이 났다.

쉽게 포기할 것 같지 않았다.

그래서 아껴 두었던 비장의 수를 꺼냈다.

"사실 제 손녀가 병이 있어서……."

"아……."

"그 아이를 돌봐야 합니다, 펠렛 공. 부디 양해해 주십시오."

손녀는 용한 의원의 치료를 받아 무럭무럭 잘 크고 있었지만 둘러대기엔 이 핑계가 제격이다.

역시나 클레리반도 말문이 막혔다.

"그럼 저는 이만 공방으로 돌아가겠습니다. 살펴 가십……."

"한 번도 다뤄 보지 못한 원석은 어때요?"

조금 전에 헛기침을 했던 여자아이였다.

"꼬마 귀족 아가씨."

크로일리는 결국 제 성격을 드러내고 말았다.

손녀와 비슷한 또래의 귀족 아이가 한 말이 장인으로서의 자존심을 건드린 탓이었다.

"이 늙은이가 아직까지 연마해 보지 못한 보석은 없소."

"아닐 텐데."

"아 글쎄, 없다니까!"

"그 말, 책임지실 수 있어요?"

씨익 웃는 얼굴이 얄밉기 그지없다.

"만약에 제가, 그러니까 여기 클레리반 님이 크로일리 님이 한 번도 본 적 없는 원석을 가져다준다면 어떻게 하실 거예요?"

"애초에 그런 게 존재하지 않는다니까 그러시오!"

"그런 게 존재하면, 도전해 볼 생각은 있으세요?"

"도, 도전……. 하!"

보석 연마로 따라올 자가 없는 이 크로일리에게 도전이라니!

맹랑한 꼬맹이가 누군지는 모르겠지만, 크로일리의 자존심을 아주 제대로 긁어 버렸다.

주름진 얼굴이 붉으락푸르락하며 씩씩 내뿜는 콧김에 콧수염이 들썩거렸다.

"그래, 좋소!"

크로일리가 굽은 허리를 쭉 펴고 가슴을 탕탕 치며 말했다.

"그런 보석이 있다면 내가 열 일 제쳐 두고 작업해 드리지!"

그런 크로일리를 '흐음' 하는 뜻 모를 소리를 내며 바라보던 소녀는 미덥지 못하다는 듯 눈을 가늘게 뜨더니 물었다.

"장인으로서의 명예를 걸고요?"

"그, 그러지!"

순간 움찔했지만, 크로일리는 덥석 목숨보다 중요하게 생각하는 그 자부심을 걸었다.

"좋아요."

그렇게 말하며 조금 전처럼 씩 웃는데, 크로일리는 어째 등줄기를 따라 오한이 드는 것 같아 어깨를 움찔했다.

"티아가 이걸 보냈다고?"

포이락궁에 디저트가 가득 담긴 커다란 상자가 배달되었다.

"……이걸 다?"

상자의 뚜껑을 열어 보며 페레스가 어리둥절해 물었다.

배달된 것은 적어도 30종이 넘는 조각 케이크와 디저트 들이었다.

"카라멜 에비뉴의 케이크네요! 요즘 아주 인기가 좋은 제과점이지요."

케이틀린의 설명에 페레스의 귀가 발갛게 물들었다.

겉으로 드러나는 표현은 그게 다였지만, 페레스는 무척이나 기뻤다.

황궁에 자주 찾아와 주지 않아서 조금 슬프기는 했지만, 티아도 나를 생각했구나.

"어떤 것으로 드시겠어요, 황자님?"

케이틀린이 덩달아 즐거워하면서 접시에 옮겨 담을 준비를 했다.

페레스는 상자 안을 물끄러미 봤다.

티아는 이 중에 무엇을 먹었을까.

어떤 케이크를 제일 좋아할까.

찬찬히 훑어보는 눈동자에 하얀 크림을 얹은 초콜릿 케이크가 보였다.

"아마 저거겠다."

초콜릿에 크림에.

티아가 좋아하는 것이 몽땅 모여 있다.

욕심껏 케이크를 떠먹고는 행복해할 티아를 떠올리니, 페레스의 얼굴에도 보일 듯 말 듯 한 미소가 번졌다.

"이걸로."

페레스가 손끝으로 가리킨 케이크를 케이틀린이 막 작은 접시에 옮겨 담았을 때였다.

포이락궁에 황제의 시종이 도착했다.

"후원으로 오시라는 황명입니다, 2황자 전하."

"……지금?"

"예, 그렇습니다."

페레스는 아쉬움이 뚝뚝 떨어지는 눈으로 케이크 상자를 바라봤다.

그 모습을 본 시종이 말했다.

“저희가 중앙궁에 준비한 다과가 있기는 하지만, 그것을 가져오셔도 상관 없…….”

“아니.”

페레스는 딱 잘라 거절했다.

“그냥 갈 거야.”

티아가 보내 준 선물을 다른 누군가와, 그것도 황제와 나누고 싶은 생각은 없었다.

“카일러스.”

“네, 황자님. 제가 지키고 있겠습니다.”

카일러스가 페레스의 마음을 다 안다는 듯 웃으며 든든하게 말했다.

페레스는 그런 카일러스에게 고개를 한 번 끄덕여 주고는 시종의 뒤를 따라나섰다.

중앙궁의 후원에는 커다란 유리 온실이 하나 있었다.

주로 진상된 귀한 식물들 중, 황도의 기후에서 잘 자라지 않는 것들을 보호하기 위한 용도였다.

그리고 적정 온도가 잘 유지되는 특징 때문에 티타임을 가지기 위한 장소로도 많이 사용되었다.

후원에 도착한 페레스는 온실 내부의 모습을 보고 잠시 발걸음을 멈췄다.

그 안에서 한가로이 꽃구경을 하며 차를 마시고 있는 것은 황제가 아니었다.

라비니 황후였다.

시종을 흘끔 바라보니, 황명이 가리킨 곳이 저곳이 맞는다는 듯 웃으며 온실 문을 열었다.

저벅.

온실 안으로 들어선 페레스의 발소리가 크게 울렸다.

"그래, 왔군요."

근처에 자라나고 있는 꽃잎을 들여다보던 라비니 황후가 고개를 들어 페레스를 바라보며 반겼다.

"이리 와서 앉으세요."

생긋 웃는 얼굴이 제법 진심 같았다.

그러나 페레스는 어둡게 가라앉은 눈으로 황후를 보고 서 있을 뿐이었다.

"앉으라고 하지 않았나요?"

황후가 더욱 밝은 미소와 달콤한 목소리로 말했다.

페레스가 대답 대신, 황후가 가리킨 의자를 빼내어 앉았다.

흡족한 미소를 지은 라비니는 직접 페레스 앞에 다기를 놓아주었다.

그동안, 페레스는 조금 전까지 라비니가 매만지고 있던 꽃을 바라봤다.

말레피샨.

지독한 독초로, 품고 있는 독성이 강할수록 더욱 샛노란 꽃을 피우는 종이었다.

그러나 꽃의 모양만큼은 누구나 사로잡을 듯 아름다웠다.

바람에 흔들리는 여린 꽃잎이 황후의 눈부신 금발과 무척이나 닮아 있었다.

쪼르륵.

단조로운 소리와 함께 페레스의 찻잔이 채워졌다.

맑고 투명한 노란색이었다.

"내가 황자를 여기로 부른 이유를 궁금해하고 있을 거예요, 그렇죠?"

페레스는 대답 대신 등받이에 허리를 기댔다.

그 여유로운 모습에 라비니의 긴 속눈썹이 잠시 파르르 떨렸다.

그러나 그녀의 얼굴에 지어진 미소는 꽃향기라도 낼 듯이 더욱 진해져만 갔다.

"그동안은 내가 황자에게 무심했어요. 아주 미안하게 생각하고 있답니다. 그래서 오늘 황자를 여기로 부른 이유는 다름이 아니라……."

황후는 말을 멈췄다.

그녀의 시선이 페레스 앞에 놓인 찻잔에 가 닿았다.

"어째서 마시지 않죠, 황자?"

완곡하지만 분명한 압박이었다.

어서 네 앞에 놓인 차를 마셔라.

황후의 미소가 그렇게 명령하고 있었다.

하지만 페레스는 굴하지 않았다.

찻잔에는 손끝도 대지 않으며 무심한 얼굴로 황후를 마주 봤다.

"일반적인 차가 아니에요. 내가 황자를 위해서 특별히 준비해 놓은 약초를 달인 차인데……. 마음에 들지 않는 건가요?"

라비니의 목소리만 듣고 있자면, 페레스는 황후가 마음을 써서 건넨 차를 거부하는 아주 배은망덕한 사람이 되는 것 같았다.

그렇다고 그런 것을 신경 쓸 페레스는 아니었지만.

그의 붉은 눈동자가 샛노랗게 투명한 찻물을 바라봤다.

그리고 느릿하게 입을 열었다.

"저는 괜찮습니다. 풀이라면 이제 지겨워서요."

페레스가 제 앞에 놓인 찻잔의 받침을 황후 앞으로 밀었다.

"제 몫까지 드십시오."

"……아쉽네요."

무엇이.

페레스는 오래된 분노가 울컥 치밀어 오르려는 것을 느끼고 소리 없이 깊게 심호흡했다.

녹슨 칼은 겨누어 봤자 위협적이지 않다.

아직은 품속에서 더 벼르고 날을 세워야 할 때였다.

그러나 그 다짐은 황후의 다음 말에 바로 흔들렸다.

"내가 오늘 황자를 이곳에 부른 이유는, 앞으로 황자의 어머니가 되어 주겠다 말하기 위해서예요."

어머니.

그 단어가 황후의 입에서 흘러나오는 순간, 페레스는 황후의 목을 그어 버리는 자신의 모습을 그렸다.

먼저 아스타나를 찌르고 찔러 만신창이로 만들어 발밑에 눕혀 놓고, 그의 눈앞에서 라비니를 죽여 버리는.

그 쓰러져 가던 별궁에서 황제를 저주하며 마지막 숨을 들이켜던 모친의 모습이 눈앞에 가득했다.

혼자 남을 어린 그를 걱정하던 메마른 눈물이 아직 손을 축축하게 적시고 있는 것 같았다.

페레스는 라비니 황후를 노려봤다.

저 모자의 피를 뒤집어써야, 이 분노를 잠재울 수 있을 것만 같았다.

순간적으로 그의 눈에서 튄 불꽃을 보았는지 황후는 더욱 즐거운 듯 미소 지었다.

"폐하께도 말씀드렸답니다. 내가 비록 황자의 생모는 아니지만, 앞으로 황자를 내 친자식처럼 돌봐 주고 싶다고."

그르륵.

결국 페레스의 손아귀 안에서 철제 의자의 팔걸이가 우그러졌다.

"아직은 어머니의 손이 많이 필요할 나이가 아닙니까. 폐하께서 어찌나 뿌듯해하시던지. 그래서 고민 끝에, 황자를 위한 최선의 교육법을 생각해 내었어요."

황후가 눈을 곱게 휘며 말했다.

"아카데미로 가세요, 황자."

이 자리에 더 남아 있다가는 정말로.

벌떡.

페레스는 더 이상 듣지 않고 바로 자리에서 일어났다.

"황자!"

조금 놀란 듯한 황후가 미간을 찌푸리며 목소리를 높였다.

"이게 무슨 짓인가요, 황자! 아직 내 말이 다 끝나지 않았거늘!"

"죄송합니다."

페레스가 앉아 있는 황후를 차가운 눈으로 내리깔아 보며 말했다.

"제가 배운 것이 없어서요."

그 말을 남긴 페레스는 미련 없이 온실을 떠났다.

뒤에서 황후가 뭐라고 소리치는 것이 들렸지만, 신경 쓰지 않았다.

페레스가 오러를 다룰 줄 안다는 것을 안 뒤로, 감히 그를 강제로 구인할 만큼의 기사는 황후 곁에 없었으니까.

그대로 걸어서 포이락궁으로 돌아온 페레스를, 케이틀린과 카일러스는 걱정스런 눈으로 바라봤다.

이를 악문 페레스의 얼굴이 엉망으로 일그러져 있었기 때문이었다.

그 누구도 함부로 다가가 말을 걸지 못했다.

카일러스는 발을 동동 굴렀다.

차라리 소리를 지르고 물건을 부수면 지켜보는 마음이 이렇게 아리지는 않을 것 같았다.

그냥 눈물도 나지 않는 얼굴로 고개를 숙이고 앉은 모습이 오늘따라 너무나 작게만 보였다.

분명히 황제궁의 연락을 받고 다녀오신 길인데, 저렇게 와르르 무너진 모습은 처음이라 더 어찌할 바를 몰랐다.

그때, 페레스를 지켜보던 케이틀린이 움직이기 시작했다.

대단한 것은 아니었다.

그저 초콜릿 케이크 한 조각을 페레스의 앞에 놓고 따듯한 우유를 그 옆에 놔 주었을 뿐이었다.

'딸각' 하는 소리에 페레스가 케이크를 바라봤다.

길고 검은 속눈썹이 바르르 떨렸다.

테이블에 가만히 놓인 케이크 한 조각이 마치 자신을 바라보고 있는 것처럼 느껴졌다.

이성을 태울 듯 이글거리던 축적된 분노가 식고 있었다.

터질 듯이 쿵쾅거리던 심장이 점차 가라앉았다.

검을 잡고 싶어서 덜덜거리던 손의 떨림이 멎어 갔다.

페레스는 차분해진 그 손으로 대신 포크를 들었다.

티아가 그랬을 것처럼, 크게 한 조각을 입 안으로 밀어 넣었다.

달콤한 크림과 빵이 입 안에서 녹아들 듯 섞였다.

아무 말도 없이, 묵묵하게.

손과 입만 놀려 가며 케이크 한 조각을 다 먹어 치웠을 때, 페레스는 평소의 모습으로 돌아와 있었다.

"달아."

입가에 묻은 흰 크림을 엄지손가락으로 쓱 문질러 훑으며 페레스가 중얼거렸다.

나는 바이올렛이 '리라 탄광'에 대해서 조사를 마쳤다는 소식을 듣고 펠렛 상회 사무실을 찾았다.

바이올렛은 나에게 잘 정리된 두툼한 보고서를 내밀었다.

"렝칸타 가문은 총 7000골드가량의 빚이 있다고 합니다. 그중 600골드는 즉시 갚아야 하는 빚이기 때문에 경매 시작가도 그즈음으로 보고 있습니다."

600골드라면 일반적인 귀족 가문에선 꽤나 큰돈이다.

탄광 하나를 처분하려고 하는 것도 이해가 갈 만큼.

"리라 탄광에 남아 있는 석탄 매장량은 매우 소량일 것으로 예측됩니다. 그리고 따로 수소문해 본 결과, 몇 달 전 앙게나스의 사람들이 이 근처를 다녀갔다고 합니다."

"정확하게 누군지는 알아냈나요?"

"듀락 상단의 상단주 크로이튼 앙게나스입니다."

바이올렛이 확신에 찬 목소리로 말했다.

"비밀리에 다녀간 게 아닌가 봐요?"

"조용히 특별한 통지 없이 오기는 했지만 원래 앙게나스 상단과의 거래가 없는 곳이고, 리라의 여관 시설이 마음에 들지 않아 한밤중에 영주의 성문을 두드려 방을 얻어 자는 바람에 그 지역에 소문이 조금 돌았나 봅니다."

아이고, 비밀리에 조사를 가서는 잠자리 투정을 하다니.

나는 고개를 절레절레 저었다.

"철에 대한 소문은요?"

"듀락 상단주와 동행했던 전문가가 그 근처에 철강이 매장되어 있을 가능성이 제법 높다고 말했다고 합니다."

있기는 있지.

딱 3개월 퍼 나르면 씨가 말라 버릴 만큼 조금이기는 하지만.

"그래서 낙찰가는…… 1300골드에서 1500골드 사이일 것으로 예상됩니다."

나는 고개를 끄덕였다.

하지만 리라 탄광은 내가 말했던 대로 2000골드에 낙찰이 될 것이다.

물론 바이올렛의 예측은 타당했다.

나는 미래의 낙찰가를 알고, 바이올렛은 모르고 있을 뿐.

"혹시 모르니까 예비 자금까지 합쳐서 2100골드 정도로 넉넉히 준비하기로 해요."

"예, 알겠습니다."

그렇게 이야기를 마무리하려고 했을 때였다.

나와 바이올렛의 대화를 줄곧 조용히 듣고 있던 클레리반이 입을 열었다.

"그것보단 조금 더 준비하셔야 할지도 모르겠습니다."

"왜 그렇게 생각하세요?"

"롬바르디가 리라 광산의 경매에 참가할 예정이라고 합니다."

나는 잘못 들은 것인가 싶어서 클레리반을 빤히 쳐다봤다.

"오늘 저택에 잠시 들렀을 때, 그런 이야기를 들었습니다."

"정확히 누구한테 들으셨어요, 그 정보?"

"롬바르디 상단주…… 에게 들었습니다."

롬바르디 상단주라면 클레리반의 부친인 로마시에 딜라드이다.

허튼소리를, 그것도 아들에게 할 사람은 절대 아니다.

그렇다면 정말로 롬바르디도 리라 광산에 대한 소문을 들었다는 것인데.

나는 기억을 되살려 다시 꼼꼼하게 짚어 보기 시작했다.

하지만 아무리 기억을 되짚어 보아도 그 당시의 낙찰가는 2000 골드가 맞았다.

"롬바르디는 철의 독점을 유지하기 위해 돈을 아끼지 않습니다. 그러니 생각보다 더 많은 돈을 준비하셔야 할지도 모르겠습니다."

클레리반이 진지한 얼굴로 조언했다.

그의 말이 맞다.

롬바르디도 철광석에 대해서 알고 있다면, 당장 5000골드쯤을 불러서 낙찰을 받을 가능성도 농후했다.

혹시 내가 한 어떤 일 때문에 나비효과가 일어나 롬바르디가 갑자기 경매에 참여하게 된 것일까?

하지만 그 아래에 묻혀 있는 보석은 5000골드를 써서라도 사들일 만한 가치가 있는 것이다.

지금부터 움직인다면 5000골드를 경매 당일에 준비하는 것도 불가능하지는 않았다.

그리고 한 가지 생각이 고개를 들었다.

만약 롬바르디가 이전 생에서도 이 경매에 참여했었다면?

나는 머릿속이 잔뜩 엉켜 버린 것 같은 기분을 느끼면서 고민에 빠졌다.

툭.

내 머리 위에 뭔가가 얹어졌다.

"……뭐야?"

머리 위를 만지니 가볍고 부들부들한 것이 만져졌다.

심각하게 고민하는 중인데, 이게 뭐야?

살짝 짜증이 나서 머리 위에 얹어진 물건을 벗어 보니 하얀 들꽃을 엮어 만든 화관이었다.

"이게 웬……."

"내가 만든 건데!"

귓가에 아이 특유의 짜랑짜랑한 목소리가 날아와 박혔다.

"티아한테 엄청 잘 어울려!"

크레니가 주근깨 박힌 얼굴에 함박웃음을 지으면서 외쳤다.

아, 그렇지.

나 지금 꽃놀이 중이었지.

며칠 전, 펠렛 상회 사무실에서 있었던 대화를 떠올리느라 잠시 생각이 다른 곳에 가 있었다.

그래도 그렇지, 꽃놀이라니.

열한 살짜리 노릇을 하는 것도 참 힘든 일이었다.

"맞아! 티아에게 정말로 잘 어울려!"

연두색으로 풀물이 든 크레니의 고사리 같은 손을 대충 털어 내주면서, 라라네가 미소 지었다.

우리는 지금 롬바르디 저택 내부에 있는 들판에 나와 있었다.

이맘때쯤이면 들판이 가득하도록 자잘한 들꽃이 피는데, 그걸 가지고 화관도 만들고 꽃반지도 만들고 하면서 노는 것이다.

할 일이 별로 없는 이 시대 어린이들의 대표적인 놀이 방법 중 하나였다.

"아, 힘드네……."

어린이 노릇 하기.

지금 머릿속에선 리라 탄광과 앙게나스, 그리고 롬바르디가 얽혀 엉망이고.

또 2000골드니 5000골드니 돈에 대한 계산이 복잡한데.

현실은 풀밭에 앉아 꽃놀이라니.

고민과 현실의 괴리가 너무 커서 괴롭다.

"노란색 꽃도 잘 어울린다!"

"정말로 그렇네."

"왜냐면 티아는 예쁘니까!"

크레니가 제멋대로 내 머리 위에 다른 화관을 올려놓고는 또 좋다며 손뼉을 짝짝 친다.

"다 잘 어울리는 게 당연하지!"

"크레니는 티아를 정말로 좋아하는구나."

라라네가 크레니의 빨간 머리칼을 쓰다듬으면서 말했다.

"응! 나는 티아 누나랑 결혼할 거야!"

"뭐어?"

라라네가 커다랗고 맑은 눈으로 미소 지으며 나를 바라봤다.

지금, 나보고 저 말에 반응해 주라는 건가.

하아.

여기 있는 들꽃들이 모조리 삶에 대한 의지를 잃고 스스로 시들어서 드러누워 버릴 만큼 깊은 한숨이 나올 것 같았지만 어린이의 동심은 지켜 줘야 하니까.

나는 내가 들어도 약간 기계적인 목소리로 대꾸했다.

"와아, 기쁘네."

하지만 신이 난 크레니는 그런 것 따위 모르고 나에게 줄 반지를 만들겠다고 다시 들판을 뛰어다니며 깔깔거린다.

"티아, 무슨 일 있니?"

라라네가 내 볼에서 작은 풀잎을 떼어 내 주면서 물었다.

나야 아직 열한 살이 할 만한 일을 하고 있다지만, 라라네는 순수하게 나와 크레니를 보살피고 함께 놀아 주는 중이었다.

마음씨 고운 라라네.

"응? 아니. 아무 일도 없는데."

"며칠 전부터 얼굴이 조금 안 좋아 보여. 혹시 고민이 있는 거면……. 내가 별로 도움은 안 되겠지만."

라라네가 곱게 웃었다.

그때, 저 멀리서부터 들판을 쓸듯 바람이 불어와 라라네의 길고 탐스러운 갈색 머리칼을 나부끼게 했다.

곱게 빗은 머리가 헝클어졌는데도, 그 바람이 불어오는 쪽으로 얼굴을 돌리며 웃는 얼굴이 싱그럽다.

그래, 라라네는 이런 사람이었지.

싸늘하게 식어서 가슴에 꽃 한 다발을 품고 돌아왔던 그때의 라라네가 떠올라 마음이 아팠다.

나는 웃으며 라라네에게 말했다.

"아니, 지금은 괜찮아. 하지만 고민이 생기면 그때는 들어 줘, 라라네."

"그래, 언제든지."

라라네는 내 말에 기뻐했다.

"티아! 티아!"

저 멀리 갔던 크레니가 발간 얼굴로 달려왔다.

"길리우랑 메이론한테도 화관을 주러 가자!"

"쌍둥이 것도 만들었구나! 착한 크레니. 이제 훈련이 끝나고 집에 돌아왔을 시간이니까 지금 가 볼까?"

"응!"

샤나넷 부부와 쌍둥이가 사는 곳은 다행히 이곳에서 멀지 않다.

나는 라라네와 크레니의 뒤를 따라 일어섰다.

아이고 삭신이야.

딱딱한 들판에 몇 시간이고 앉아서 놀다 보니 관절이 아픈 것 같다.

아직 팔팔한 나이지만, 어쨌든 그렇다.

"나는 크레니의 손을 닦아 주고 갈게. 화관을 가지고 먼저 가 있어."

"응, 알겠어."

라라네와 크레니가 손을 잡고 종종 멀어지고, 나는 혼자서 쌍둥이네 응접실로 들어갔다.

"아무도 없……."

열려 있는 문을 밀고 들어가 쌍둥이를 찾는데 저 안쪽에서 익숙한 목소리가 들려왔다.

"……리라 탄광…… 예상대로 진행이 되고 있는지……."

리라 탄광?

나는 얼른 숨죽이며 기둥 뒤에 숨었다.

'고작 이런 자가 앙게나스의 듀락 상단주라니.'

베스티안은 맞은편에 앉아 있는 상대를 보며 속으로 비웃었다.

좋은 가문에서 태어난 것 말고는 어느 면에서도 베스티안 자신보다 잘난 구석이 없는 사람이었다.

저자가 잘한 일이라고는 정말, 앙게나스라는 좋은 가문의 피를 타고 났다는 것 말고는 아무것도 없었다.

그런데도 상단주라니, 실로 과분한 자리였다.

롬바르디도, 앙게나스도.

모두 과대평가된 얼간이들뿐이었다.

"공을 믿지 못해서가 아니라……."

"원체 중요한 사안이니 그분들이 신경을 쓰는 것도 당연한 일이지요."

베스티안은 사람들에게 호감을 불러일으키는 미소를 지으며 말했다.

"경매 예정일은 일전에 말씀드렸던 대로, 오늘부터 일주일 뒤입니다."

"다행히 변동 사항은 없군. 그렇다면 경매 입찰가도……."

"변동 없습니다. 롬바르디는 약속했던 것과 마찬가지로 1600골드로 입찰할 겁니다."

이번 일이 끝난 뒤에 조금 입장이 곤란해지기는 하겠지만 베스티안은 크게 걱정하지 않았다.

어쨌든 자신은 룰락 롬바르디의 하나밖에 없는 사위였다.

룰락은 제 식구라면 내치지 못하고 끝까지 감싸고도는 물렁한 면이 있으니 몇 달 자숙하는 척하고 있으면 될 일이었다.

그렇게 하면 슓스 가문이 리라 광산의 채굴 사업권을 따내게 될 것이니 그리 큰 손해도 아니었다.

"그렇다면 우리 듀락은 1800골드로 맞춰서 입찰하면 되겠군."

"맞습니다. 모두 미리 의논한 대로입니다."

"하하, 이것 참."

듀락 상단주는 옆머리를 긁으면서 얼빠진 웃음을 흘렸다.

"나도 명을 받고 공의 상황을 확인하러 오기는 했지만 민망하군, 민망해. 이리 일을 차질 없이 진행하고 있는데 말이야."

"하하, 과찬이십니다. 하지만 말씀하신 대로 이 베스티안 슓스를 좀 더 믿어 주시면 좋을 거 같습니다."

"그, 그렇지. 나라도 그렇지, 암."

듀락 상단주는 슬쩍 시선을 피하며 버릇처럼 멍청한 웃음을 흘렸다.

그러고는 꽤나 선심을 쓰는 것 같은 말투로 말했다.

"채굴권에 대해서는 염려 마시게. 우리가 리라 탄광을 낙찰받기만 하면 약속대로 숲스가에게 돌아갈 테니까."

당연하지, 그것이 거래의 조건인데.

베스티안은 듀락 상단주의 작태에 비웃지 않으려고 환한 미소를 지었다.

"앙게나스만 믿고 있겠……."

달그락.

아주 작은 소음이 들렸다.

베스티안은 그 즉시 말을 멈추고 매와 같은 눈으로 방 안을 샅샅이 훑어보기 시작했다.

사람 좋은 웃음 따위는 이미 싸늘하게 식어 버린 지 오래였다.

그때, 출입문 쪽의 기둥 뒤에서 파란색 드레스 자락이 삐져나와 있는 것이 보였다.

저벅저벅.

베스티안은 기둥 뒤에 몸을 숨긴 작은 인영의 어깨를 매섭게 잡아챘다.

억센 그의 손에 딸려 나온 것은 엉성한 화관을 쓰고 있는 갈색 머리칼의 여자아이, 갤러한의 딸이었다.

"……너."

일그러진 얼굴로 베스티안이 추궁하려 할 때였다.

"길리우랑 메이론 있나요? 화관을 주러 왔는데!"

피렌티아가 해맑은 얼굴로 손에 든 화관 두 개를 내밀며 웃었다.

젠장, 들켰나.

안간힘을 써서 웃고 있는 입꼬리에 경련이 이는 것만 같다.

분명히 조용히 있었는데, 내가 여기에 있는 건 어떻게 알았지.

평소에 그 사람 좋은 얼굴은 어디 가고, 뱀의 것처럼 번들거리는 베스티안의 눈이 나를 노려봤다.

그래, 이게 당신의 본모습이었구나.

"너, 언제부터 여기에 있었지?"

"조금 전에 왔어요."

"문소리는 들리지 않았는데?"

"문이 열려 있어서 그냥 들어왔는데……. 죄송해요……."

나는 최대한 겁먹은 척 어깨를 움츠렸다.

그때, 나의 구원자가 들어왔다.

"티아?"

크레니의 손을 잡은 라라네였다.

"……왜 그래?"

분위기가 심상치 않은 것을 느꼈는지, 라라네가 얼굴을 굳혔다.

"그게……."

"아무것도 아니란다."

베스티안이 아프게 잡고 있던 내 어깨를 놔주며 웃었다.

“어머, 손님이 많네?”

응접실 반대편 출입구에서 샤나넷이 나타났다.

“당신도 여기 있었어요? 나는 티아와 아이들에게 다과를 주려고 했는데. 그럼 당신과 손님의 것도…….”

“아니, 아니에요. 우리는 막 일어나려던 참이었으니까.”

다시 평소의 모습대로 돌아온 베스티안이 듀락 상단주의 어깨를 툭툭 치며 말했다.

“오늘은 늦을 거예요. 기다리지 말고 먼저 잠자리에 들어요.”

샤나넷의 볼에 다정하게 입을 맞춘 베스티안은 바로 응접실을 떠났다.

나는 그 비겁한 뒷모습을 보다가 샤나넷을 바라봤다.

“아직 쌍둥이들은 오지 않았는데…….”

웃고 있는 샤나넷이 들고 있는 다기는 두 사람을 위한 것뿐이었고, 들고 있는 쟁반에는 찻잎이 엉망으로 흩어져 있었다.

황도 경제부 관청 구석의 작은 공간.

물건이라고는 앞쪽에 마련된 연단과 줄지어 놓인 의자 열 개 남짓이 전부인 방이었다.

이곳에서 오늘도 다른 날과 다를 것 없이 공공 경매가 열렸다.

주로 귀족이나 돈이 많은 상인이 안전하게 재산을 팔고 싶을 때 이용하는 것이 '공공 경매'였다.

물건의 판매가에서 약간의 수수료를 납부하면 모든 과정이 황실의 비호 안에서 진행되니 쓸데없는 뒷말이 나오지 않아 선호하는 방식이었다.

관청의 공무원은 따분한 얼굴로 자신이 진행해야 하는 경매의 문서를 들춰 보았다.

북서부의 어떤 귀족이 빚 때문에 쓰지 않는 탄광을 내놓았군.

참 팔자도 좋아.

가지고 있는 것이 많아서 돈이 부족하면 이렇게 하나씩 처분하면 그만이고.

지루한 상념이 스쳐 가는 평범한 일상이었다.

특히나 오늘의 경매는 봉투에 입찰가를 적어서 내면 그것뿐인 단순 입찰 방식이라 더 준비할 것도 없었다.

"유찰이나 되지 말아야 할 텐데……."

워낙 허다하게 열리는 공공 경매다 보니 이따금 입찰자가 나타나지 않아 유찰이 되는 경우가 있었다.

게다가 오래된 탄광이라니.

경매에 나온 물건도 영 시원찮아 더 우려가 되었다.

유찰이 되면 경매를 한 번 더 열어야 하니 일이 늘어난다.

달칵.

그때, 그 걱정을 잠재우듯 누군가가 문을 열고 들어오는 소리가 들렸다.

"이 앞쪽으로 앉으면 됩니……."

기계적으로 안내하던 경매인은 말을 멈췄다.

"아, 앙게나스……."

"맞네, 듀락 상단에서 왔네."

앙게나스 가문의 상단주 크로이튼 앙게나스였다.

제국 전역에서 대박을 터뜨린 코로이-융 사업 이후로 매우 유명해져 황도에 사는 사람치고 그를 모르는 사람은 없었다.

얼마나 부티가 흐르는지.

피부에서는 광채가 나는 것 같고 입고 있는 옷의 때깔부터가 일반인과는 달랐다.

"여, 여기 앉으십시오."

"고맙네."

얼른 가장 앞쪽의 의자를 내주면서도 경매인은 얼떨떨했다.

그 뒤로 중소 상회를 대표해서 온 이들이 몇 있었지만, 모두들 경매인과 같은 반응이었다.

"앙게나스가 여길 왜……?"

다들 차마 가까이 오지도 못하고 멀리서 쑥덕거렸다.

앙게나스가 참가한 것을 보니 리라 탄광에 석탄이 생각보다 더 많이 남아 있는 것 아니냐 하는 대화가 오갔다.

듀락 상단주는 그런 사람들의 반응을 즐기기라도 하듯, 흡족한 미소로 팔짱을 끼고 앉아서 지그시 눈을 감고 있을 뿐이었다.

그때, 문이 다시 열렸다.

멍하니 앙게나스 상단주를 보다가 무심코 그쪽으로 고개를 돌린 경매인의 눈이 금방이라도 눈이 튀어나올 듯이 동그래졌다.

"허업!"

얼마나 놀랐는지 말소리도 내지 못하고 숨을 삼켰다.

그리고 그 반응은 경매장에 있던 다른 사람들에게서도 똑같이 나왔다.

"내가 지금 대낮에 꿈을 꾸고 있는 것인가?"

"아닐세, 나, 나도 보고 있으니……."

웅성웅성.

좁은 경매장 안에 소란이 일었다.

사람들의 관심을 온몸에 받으며 즐기고 있었던 듀락 상단주는 감았던 눈을 슬쩍 떴다.

"으음. 왔군."

방금 경매장 안으로 들어온 것은 롬바르디의 사람들이었다.

롬바르디 상단의 상단주 로마시에 딜라드와 광업사의 베스티안 슐스였다.

조금 전까지 듀락 상단주에게 쏠려 있던 관심이 순식간에 저쪽으로 옮겨붙었다.

듀락 상단주는 조금 아쉬웠지만 잠시 뒤에 더 큰 이득을 얻게 될 것이니 크게 개의치 않았다.

그저 자리에서 일어나며 두 사람을 맞이했다.

"안녕하셨습니까, 두 분."

"어허, 여기서 뵙는군요."

"오랜만입니다, 듀락 상단주."

로마시에 딜라드가 허허 웃으며 악수했다.

그사이, 크로이튼과 베스티안은 은밀하게 눈빛을 주고받았다.

미리 이야기를 나누었던 대로 일을 진행하자는 뜻이었다.

베스티안은 인사를 하는 척하며 고개를 끄덕였다.

며칠 전 두 사람의 모의를 자칫 들킬 뻔했던 일이 있었지만, 베스티안은 계획을 바꾸거나 하지는 않았다.

피렌티아의 반응을 봤을 때, 아무것도 듣지 못했을 것이라 여긴 것이다.

만약 숨기는 게 있다면 어린아이가 그렇게 해맑게 웃을 수 있을 리가 없다.

"아니, 이게 무슨 일인가 몰라……."

"그러게. 앙게나스와 롬바르디라니. 리라 광산이 우리가 생각했던 것보다 훨씬 큰 건인 것 같구먼."

"에잇, 오늘 경매는 공쳤군."

롬바르디가 등장한 이후, 다들 경매에 입찰하는 것 자체를 포기해 버렸다.

앙게나스 상단이라면 어찌어찌 비벼 볼 만하겠으나, 롬바르디는 차원이 다른 상대였다.

원하는 것이 있으면 몇 배의 금액을 불러서라도 기어코 가져가고 마는 그들의 방식을 잘 알고 있었기 때문이었다.

마찬가지로 롬바르디와 앙게나스가 나란히 앉아 있는 모습을 멍하니 보던 경매인은 자리에서 일어났다.

아직 경매 시작까지는 몇 분 남았지만, 롬바르디마저 참석한 상황에 더 기다려 봤자였다.

경매가 시작될 기색이 보이자, 웅성거리던 실내도 조용해졌다.

덜컥.

문이 열리는 소리가 다시 난 것도 그때였다.

혼자서 경매장 안으로 들어온 사람은 키가 훤칠하게 큰 미남자였다.

내부를 쓱 둘러본 남자는 여유로운 발걸음으로 안으로 들어섰다.

유명한 두 가문의 인사들을 봤을 때와는 다르게 사람들은 시큰둥했다.

그런데 의외의 반응이 터져 나왔다.

바로 롬바르디와 앙게나스의 사람들에게서였다.

"아, 아니!"

"네가 어떻게……."

"클레리반 펠렛?"

깜짝 놀라 엉덩이를 들썩거리는 세 사람과는 다르게 클레리반은 태평하기만 했다.

고개를 까딱하며 인사를 하더니 아무도 앉아 있지 않은 중간 자리 아무 데나 앉아 다리를 꼬았다.

"허어……."

특히 로마시에 딜라드는 갑자기 나타난 아들의 모습에 놀라서 엉거주춤 일어나기까지 했다.

잠시 말없이 눈짓을 주고받은 듀락 상단주와 베스티안은 미간을 찌푸렸다.

"그, 그럼 경매를…… 시작하겠습니다."

눈치를 보던 경매인은 시간을 확인하고 떨리는 목소리로 선언했다.

"경매 최저가는 700골드입니다."

경매에 참석한 사람들에게 아무것도 쓰이지 않은 종이 하나와 봉투가 하나씩 주어졌다.

그곳에 자신이 입찰하는 금액을 적어서 밀봉해 내면, 경매인이 확인하고 최고가를 적어 낸 사람에게 낙찰되는 단순한 방식이었다.

듀락 상단도, 롬바르디도, 그리고 클레리반도 얼마를 적어 낼까 고민하는 사람은 없었다.

종이와 펜을 받자마자 바로 숫자를 적고 봉투의 입을 봉했다.

앙게나스와 롬바르디의 사람들, 특히 베스티안은 클레리반을 연신 흘끔거렸지만 시선을 받은 본인은 고고하게 정면만 바라보고 있을 뿐이었다.

잠시 뒤.

경매인이 봉투를 모두 걷어 갔다.

사각사각하는 봉투를 여는 소리만 들릴 뿐, 경매실 내부는 묘한 긴장감으로 침묵이 흘렀다.

"결과를…… 발표하겠습니다."

경매인이 절차에 따라 낙찰에 가까웠던 세 입찰가를 발표했다.

"일단 첫 번째로 듀락 상단…… 2000골드."

베스티안은 웃는 얼굴 그대로 눈동자만 굴려 듀락 상단주를 바라봤다.

분명히 자신은 1800골드면 충분할 것이라고 말해 주었는데.

베스티안을 믿지 못한 소심한 듀락 상단주가 기어코 200골드를 더 적어 낸 것이다.

"그리고 두 번째로 롬바르디 상단은 1600골드."

경매실 내부가 다시 소란스러워졌다.

"그럼 앙게나스가 이긴 것인가?"

"맞지. 400골드를 더 써냈으니까."

"롬바르디가 앙게나스에게 매물을 빼앗기다니……!"

앙게나스와 롬바르디의 미묘한 대립 관계를 모르는 사람들은 없었기에 반향은 더욱 컸다.

로마시에 딜라드는 붉어진 얼굴로 베스티안을 바라보며 작은 목소리로 물었다.

"이게 어찌 된 일입니까, 베스티안 님."

"글쎄요……."

베스티안은 그저 곤란하다는 듯, 자신도 이유를 알 수가 없다는 듯 고개를 저으며 천연덕스레 연기를 했다.

"1600골드면 충분하고도 남는 금액이었는데……."

"일단, 나중에 이야기하시죠."

화가 난 것이 분명한 로마시에 딜라드였지만 사람들의 앞이라 부글부글 끓어오르는 속을 참을 뿐이었다.

"아직 발표가 끝나지 않았습니다. 마지막으로……."

경매인이 목소리를 높였다.

"마지막으로 펠렛 상회."

종이에 적힌 숫자를 본 경매인이 꿀꺽 침을 삼켰다.

"펠렛 상회…… 2050골드."

경매장이 경악과 정적에 휩싸였다.

"그, 그러므로 리라 광산은 펠렛 상회에게 낙찰되었음을…… 선언합니다."

땅, 땅!

경쾌한 목봉의 소리가 울렸지만 아무도 말소리를 내는 사람은 없었다.

그대로 시간이 정지한 듯 굳어 버렸다.

"이, 이게……."

특히 앙게나스의 듀락 상단주는 충격에 물 밖으로 나온 금붕어처럼 입만 뻐끔거렸다.

드르륵.

그때 클레리반이 자리에서 일어나며 의자가 바닥을 긁었다.

놀라 치뜬 베스티안, 듀락 상단주, 그리고 부친인 로마시에 딜라드의 눈이 차례로 클레리반을 바라봤다.

자리에서 일어나 툭툭, 아무렇지 않은 얼굴로 옷매무새를 점검한 클레리반은 그제야 그들에게 눈길을 주었다.

그의 한쪽 입꼬리가 슬쩍 올라갔다.

"그럼."

다시금 고개를 까딱한 클레리반은 긴 다리를 움직여 성큼성큼 경매장을 빠져나갔다.

"안 돼!"

듀락 상단주가 비명을 지르며 머리를 부여잡았다.

클레리반의 뒤를 이어 경매인이 서류를 가지고 얼른 사무실로 돌아갈 때까지, 쉬이 자리를 뜬 사람은 없었다.

보석 사업은 순항했다.

리라 광산을 낙찰받은 지 딱 두 달 만에 첫 원석이 세상에 모습을 드러냈다.

클레리반은 그것을 직접 가지고 '아이반'의 크로일리에게 가져갔고, 내가 말했던 대로 '세상에 태어나 처음 본 원석'에 장인은 오히려 '제발 내가 세공하게 해 달라'고 무릎이라도 꿇으려 했다.

하지만 연마는 쉽지 않았다.

보석의 강도가 얼마나 높은지, 그동안 크로일리가 사용한 도구들은 새 원석 앞에서 무용지물이었다.

그러나 그럴수록 장인의 집착은 점점 커져만 갔고.

그리고 또 두 달 뒤.

세다큐나가에 펠렛 상회의 보석 가게가 문을 열었다.

"보석의 이름이 아직 없는데. 무엇으로 하시겠어요, 피렌티아 님?"

그렇게 묻는 바이올렛에게 나는 대답해 주었다.

"다이아몬드. 앞으로 그걸 다이아몬드라고 부르자."

물론 다이아몬드는 선을 보이자마자 불티나게 팔려 갔다.

일반 보석보다 열 배는 비싼 가격임에도 불구하고 크로일리에게 선주문이 끝을 모르고 이어졌다.

그럴 수밖에 없었다.

다이아몬드의 아름다움은 그동안 이 세상에 없던 것이었으니까.

크로일리가 처음 세공한 보석들 중에 가장 크고 아름다운 다이아몬드를 황제에게 진상했더니, 그것을 받은 요바네스의 웃음소리가 중앙궁 밖에까지 들렸다니 말 다 했지.

"아아, 좋다."

시원한 과일 주스를 쪽쪽 빨아 먹으면서 다이아몬드의 판매 보고서를 보고 있자니 천국이 따로 없다.

앙게나스의 것을 빼앗아 와서 그런가, 더 달고 꼬시다.

나는 다 마신 주스 잔을 아쉽게 내려놓고 창밖을 바라보면서 중얼거렸다.

"그럼 이제 베스티안을 좀 파 볼까?"

세상에서 샤나넷을 가장 사랑하고 쌍둥이에게는 다정한 아버지와 내 어깨를 부서뜨릴 듯이 쥐며 얼굴을 일그러뜨리던 롬바르디의 배신자.

둘 중에 어떤 것이 진짜 얼굴인지 가려볼 때가 됐다.

이전 생에서의 샤나넷과 베스티안의 이혼은 꽤나 떠들썩한 스캔들이었다.

귀족들 간에 이혼이 그리 흔하지 않았기도 했고, 특히나 롬바르디의 속사정은 언제나 좋은 가십거리였기 때문이었다.

그런데 그렇게 뜨겁게 세간의 입에 오르내렸음에도 불구하고, 두 사람의 이혼 이유는 정확하게 밝혀진 것이 없었다.

물론 소문은 무성했다.

베스티안에게 다른 여자가 있다는 소문부터, 그 여자가 어디에 사는 누구였더라, 그 사실을 알게 된 샤나넷이 베스티안을 쫓아냈다더라.

별의별 사족이 함께 따라붙었다.

“정말 여자 문제인 걸까…….”

솔직히 그건 아니지 싶었다.

베스티안 슐스가 잘생기고 호감형인 외모를 가졌다고는 하지만, 정말로 그것뿐이었다.

귀족들 사이에서 슐스 가문은 그리 좋은 대접을 받지 못했다.

아니, 아예 존재 자체가 희미했다.

롬바르디인 샤나넷과 결혼한 후에야 간신히 중앙 귀족 계보에 발을 들여놓았으니까.

귀족들 중에는 흔치 않게 연애결혼을 한 샤나넷과 베스티안이다.

똑똑한 샤나넷이 고른 남자이니, 그나마 심성이 좋은 사람인가 싶었지만 이제는 그것도 아닌 것 같고.

그에 반해 샤나넷은 어떤가.

아름답고, 우아하고, 상냥하고.

무엇보다 롬바르디의 장녀이기까지 하다.

결혼하기 전까지, 샤나넷은 가문의 온갖 중책을 맡고 있었다.

정말 여성의 몸으로 다음 대 롬바르디 가주가 되는 것 아니냐는 말이 나올 정도였다.

하지만 어째서인지 결혼 후에 샤나넷은 그런 중책들을 하나씩 내려놓았고 지금은 정말 최소한의 일만 하고 있었다.

마치 자기 자신을 작게, 눈에 띄지 않게 만들려는 사람처럼 행동했다.

그 능력이 아까웠다.

"그래, 뭔가 앞뒤가 안 맞는단 말이지."

돌이켜 생각해 보면 샤나넷과 베스티안의 이혼은 앞뒤가 맞지 않는 일투성이였다.

"왜 싸우지 않았지?"

부부 사이에 무슨 문제가 있어서 이혼을 하든, 아이들의 양육권을 가지기 위해서 싸우는 게 일반적이다.

그러나 샤나넷은 싸우지 않았다.

마치 본인의 잘못으로 이혼을 하게 된 사람처럼.

쌍둥이와 상당한 금액의 위자료를 베스티안에게 넘겨주고 본인은 휴양지로 내려가 버렸다.

말이 롬바르디의 휴양지이지, 그곳은 마차를 타고도 3주가 넘게 걸리는 멀고 먼 곳이었다.

샤나넷은 스스로를 그곳에 가둬 버렸다.

그래서 사교계에서는 이혼의 귀책사유가 샤나넷에게 있는 것이 분명하다는 소문이 제일 힘을 얻었다.

샤나넷은 그런 소문을 알면서도 해명하거나 정확한 이유를 밝히지 않았다.

침묵을 지켰을 뿐이었다.

베스티안은 얼마 지나지 않아 슐스 영지 출신의 여자와 재혼을 했고 말이다.

"마치 기다렸다는 듯이 말이지."

영 수상했다.

같은 영지 출신이라 오래전부터 알고 지내서라고 이해하기엔 뭔가 냄새가 났다.

"흐음……."

그렇게 생각에 빠져 있을 때, 클레리반이 사무실의 문을 열고 들어왔다.

"왔어요, 클레리반?"

"기다리시게 해서 죄송합니다."

"요즘 정신없이 바쁘시잖아요. 한가한 제가 기다리는 게 당연하죠."

제국 전역에 다이아몬드 붐이 일면서, 클레리반은 정말 발바닥에 불이 날 정도로 뛰어다니고 있었다.

특히나 귀족들의 청탁이 물밀 듯 쏟아져 들어오고 있었다.

그냥 선착순으로 주문을 받으면 좋기야 하겠지만, 그건 멍청한 짓이다.

남들보다 먼저 다이아몬드를 받으려고 혈안이 된 귀족들은 다루기 쉬운 상대다.

하지만 나는 클레리반에게 고위 귀족들에게선 대가를 받지 말라고 했다.

고작 대기 기간을 줄여 주고 푼돈 몇 푼 받고 퉁치는 청탁은 필요 없다.

그들에게는 빚을 지게 만드는 게 두말할 것도 없이 훨씬 이득이다.

물론 클레리반은 그 일을 아주 훌륭히 잘 해내고 있었다.

"오늘은 누구누구였어요?"

"펜터우드가, 월렌가, 그리고 롬바르디 저택에 들렀다 오는 길입니다."

"혹시 할아버지?"

"예, 샤나넷 님의 목걸이에 대해서 이야기하시던데……."

샤나넷이 애지중지하는 목걸이가 있었다.

샤나넷의 어머니이자 내 할머니인 나탈리아의 유품이었다.

"심플한 사파이어 목걸이이니까 다이아몬드가 잘 어울리겠네요. 한두 달 안에 해 드린다고 하세요."

"네, 피렌티아 님."

나는 고개를 끄덕이는 클레리반의 얼굴을 조금 가까이 들여다봤다.

"왜 그러십니까?"

"바빠서 얼굴이 안 좋아졌을 줄 알았는데, 오히려 훨씬 좋아 보이는데요?"

"일이 체질이라 그렇습니다. 사업이 성공적으로 잘되고 있으니 힘이 넘칠 수밖에요."

클레리반이 피부도 훨씬 매끈매끈해졌다며 내게 보여 줬다.

정말로 깐 달걀같이 뽀얗고 윤기가 흐른다.

신기하네.

"아, 연회 준비는 어떻게 되어 가고 있어요?"

"차질 없이 진행 중입니다. 초대한 사람들 대부분이 참석하겠다고 답신을 보내왔습니다."

"초대 명단 말인데요……."

설마 싶기는 하지만, 밑져야 본전이니까.

한번 확인해 보는 것도 나쁘지 않겠지.

"아직 추가 가능하죠?"

"예, 혹시 2황자 전하를 생각하시는 거라면 경비 병력을 추가하면 가능……."

"아뇨. 페레스 아니에요."

"그렇다면……."

"숄스 영지에 있는 패트론가로 초대장을 보내세요. 마리아라는 여자 앞으로."

마리아 패트론.

베스티안의 재혼 상대였다.

펠렛 상회의 연회는 성황리에 열렸다.

참석이 비교적 자유로운 여타 연회와는 다르게 꼭 초대장을 지참해서 명단에 있는 사람만 입장할 수 있다는 새로운 형식의 파티는 참석한 사람들의 어깨를 으쓱하게 하기에 충분했다.

연회장에 들어가는 데 성공한 사람들끼리 묘한 유대감을 자아내는 것에도 안성맞춤이라.

연회 분위기는 유독 화기애애했다.

사람들이 모두 모이자, 클레리반이 계단 위에 마련된 자리로 올라섰다.

일반적으로 연회의 주최자가 그냥 단상이나 앞에 서서 말하는 것과는 다른 모습이었다.

귀족들은 화려한 옷을 차려입고 머리를 단정하게 빗어 넘겨 근사한 얼굴을 드러낸 클레리반을 저마다 즐거운 얼굴로 올려다봤다.

"펠렛 상회의 성황을 축하하기 위해서 이 자리에 모여 주신 여러 분들께 감사드립니다."

자신감이 넘치는 잘생긴 얼굴에서 반짝반짝 빛이 나는 것 같았다.

"그 감사하는 마음을 담아 약소하지만 선물을 준비했습니다. 연회장을 나서기 전에 초대장을 지참하여 출입구 쪽에 있는 저희 펠렛 상회의 직원을 찾아 주십시오. 그러면 바로 이것."

클레리반이 모두가 볼 수 있도록 손에 든 다이아몬드 목걸이를 들어 올렸다.

심플한 금줄에 작은 다이아몬드가 전부인 것이었지만 빛을 받아 반짝이는 보석은 마치 하늘의 별 같았다.

"목걸이를 선물로 드릴 겁니다."

반응은 즉각적이었다.

"우와!"

"대단하군!"

귀족들 사이에서 환호가 터져 나왔다.

"좋은 음식, 좋은 음악을 준비했으니 충분히 즐기다 가십시오."

클레리반이 인사를 마치고 본격적으로 연회가 시작되었다.

계단 아래로 내려온 클레리반에게 제일 먼저 다가선 것은 북의 아이반 가주였다.

클레리반이 아이반 가문 소속의 보석공인 크로일리를 고용하는 대가로 어마어마한 이익을 얻고 있는 수혜자였다.

"오셨습니까, 가주님!"

거친 북쪽 지역의 귀족들 위에 군림하고 있는 아이반의 가주였다.

체격도 우람하고 엄청난 카리스마를 풍기는 그였지만, 클레리반이 깍듯하게 인사하자 만면에 미소를 지으며 웃었다.

"클레리반! 이번에도 내가 보낸 모피의 일부만 받았다면서! 섭섭하게 왜 자꾸 그러나! 자네라면 그 몇 배도 아깝지 않은데!"

"그런 귀한 물건을 챙겨 주신 마음만 감사히 받겠습니다."

"하하, 거참! 나중에 정말 필요한 것이 생기면 내게 얼마든 말하게!"

"그리하겠습니다, 아이반 가주님."

그다음은 역시 롬바르디가였다.

발코니 쪽에 모여 있는 룰락과 가족들을 발견한 클레리반이 먼저 다가섰다.

"와 주셨습니까."

"자네의 사업이 순항하는 것을 축하하는 연회인데 내가 빠질 수는 없지. 아주 자랑스럽고 축하하네!"

클레리반이 독립 후 펠렛 상회를 성공적으로 이끌어 가자 룰락도 클레리반을 대하는 말투에 변화를 주었다.

이제 아랫사람이 아니라 한 명의 사업가로서 존중하는 마음을 담은 행동이었다.

“축하합니다.”

비에제와 로렌스는 짧은 말만 한마디 툭 던질 뿐이었다.

연회에 초대되어 온 사람치고는 무례하기 짝이 없는 태도였지만, 클레리반은 그러려니 하고 웃어넘겼다.

대놓고 폄하하려고 들지 않는 것만 하더라도 두 사람이 상당히 기가 눌려 있는 상태라는 것을 알 수 있었다.

“축하드려요, 클레리반 님.”

룰락 곁에 서 있던 샤나넷이 고운 미소를 지으며 말했다.

“이렇게 유능한 분을 진작에 알아보지 못한 것이 얼마나 아쉬운지 몰라요.”

롬바르디 가문에서 제대로 능력을 펼칠 기회를 잡지 못하고 고작 저택 살림만 꾸리던 클레리반이었다.

그런 그가 독립을 한 뒤에 물 만난 고기처럼 성공해 나가는 모습을 보자 샤나넷은 안타까운 마음이 들었다.

저런 인재를 진작 알아보고 롬바르디 상단에서 요직을 맡겼다면 좋았을 텐데 하고 말이다.

“어려서부터 롬바르디의 은혜를 받고 자란 몸이 아닙니까. 언제든 제가 도울 일이 있다면 말씀해 주십시오.”

그 말에 룰락이 만족스럽게 웃으며 클레리반의 어깨를 두드리고 말했다.

“그래도 자네가 광산을 가져가서 다행이야. 앙게나스가 욕심을 부렸다고 들었는데…….”

“운이 좋아 간발의 차로 낙찰을 받을 수 있었습니다.”

“그래, 운이란 말이지.”

룰락의 못마땅한 시선이 베스티안을 바라봤다.

롬바르디의 식구들과 함께 있지 않고, 떨어진 곳에서 온갖 사람들과 반갑게 인사하며 떠드는 모습에 룰락이 혀를 쯧 하고 찼다.

“아버지.”

샤나넷이 작게 타박하자 시선을 거두기는 했지만, 얼굴에 씁쓸한 기색은 그대로 남아 있었다.

베스티안이 리라 광산의 낙찰을 받지 못한 것은 실수라며 사죄했지만, 룰락은 영 찜찜한 마음이 사라지지 않았다.

게다가 그 자리에 함께 있었던 로마시에의 말도 자꾸만 머리에 남았다.

“앙게나스 상단주가 저희를 보고 그리 놀라지 않는 것이 이상했습니다.”

롬바르디가 그 경매에 참가하는 것은 극비였다.

그러니 그날 롬바르디가 경매에 참여하는 것을 알고 있는 사람은 겨우 한 손에 꼽았다.

그런데 앙게나스는 롬바르디의 등장에 놀라지 않았다니.

입찰가가 롬바르디보다 높았던 것도 그렇고 영 시원찮은 구석이 많았다.

호랑이도 제 말 하면 온다던가.

베스티안이 귀족들 사이에서 실컷 떠들고 상기된 얼굴로 돌아왔다.

한 손에는 어느새 술도 한 잔 들고 있는 채였다.

"저쪽에 음식과 앉을 자리가 마련되어 있다는데. 가시죠, 아버님."

여전히 넉살은 좋은 베스티안의 모습에 룰락은 못마땅함을 속으로 삼켰다.

어쨌든 딸인 샤나넷을 아끼고 사랑하는 것 같으니 여러 부족함을 모른 척하는 것이었다.

"자리에 앉아 계시면 제가 바로 이 와인을 한 잔 가져다드리겠습니다. 얼마나 향이 좋은지!"

자리를 옮기면서도 베스티안은 연신 큰 목소리로 떠들었다.

주최자인 클레리반보다도 더 연회를 즐기고 있는 모습이었다.

"나중에 이 와인의 이름을 꼭 알려 주셔야 합……."

그런데 그런 베스티안의 말이 뚝 끊겼다.

멀리 있는 한 여자를 발견한 직후였다.

나는 연회에 도착한 이후로 일부러 아무 말도 하지 않고 조용히 있었다.

최대한 존재감 자체를 죽이고 베스티안을 예의 주시하고 있었던 것이다.

바로 이 순간을 목격하기 위해서.

베스티안의 시선이 멀찌감치 떨어진 곳에 있는 마리아 패트론에게 꽂힌 듯 움직이지 않는 것이 보였다.

확실히 당황하기는 했다.

너무 놀라서 걸음까지 멈춰 버리는 것을 보면.

"……베스티안?"

팔짱을 끼고 함께 걷고 있던 샤나넷이 남편이 멈추자 의아한 듯 불렀다.

"어……."

언제나 유들유들하고 여유로운 베스티안답지 않게 얼굴이 해쓱하다.

만약 베스티안이 바람을 피우고 있는 거라면 그럴 만하다.

아내와 내연녀가 한 장소에 있게 된 거니까.

등 뒤로 식은땀이 줄줄 흐르겠지.

"왜 그래요? 어디 아파요?"

샤나넷이 걱정스럽게 물었다.

"아니……. 아는 사람을 본 것 같아서."

멍하니 베스티안이 말하자 샤나넷은 고개를 갸웃했다.

"여기에 당신이 모르는 사람이 있는 게 더 신기할 것 같은데. 누군데 그래요?"

"아니, 아니에요. 당신은 신경 쓸 필요 없어요."

하지만 이미 샤나넷은 주변을 두리번거리고 있었다.

그리고 정확하게 마리아 패트론을 가리키면서 말했다.

"혹시 저 여성분이에요?"

"아, 그게……."

그리고 그때 베스티안의 말문을 더 막아 버리는 일이 일어났다.

샤나넷과 베스티안을 발견한 마리아 패트론이 웃는 얼굴로 이쪽을 향해 걸어오기 시작한 것이었다.

갈색 머리칼과 갈색 눈을 한.

특별하게 눈길을 받을 일은 없을 듯한 지극히 평범한 외모를 가진 여자였다.

하지만 나는 긴장을 늦추지 않았다.

웃는 얼굴과 어울리지 않는 번들거리는 눈빛이, 지난번 우연히 목격한 베스티안의 것과 비슷한 그 눈빛이 신경 쓰였다.

또각또각.

그녀가 가까이 다가올수록, 베스티안의 얼굴이 더욱 딱딱하게 굳어 가는 것이 보였다.

나는 더욱 숨을 죽였다.

일부러 할아버지와 롬바르디 사람들이 모두 참석한 이 자리에 여자를 불렀다.

베스티안을 심리적으로 더 압박하기 위해서였고, 만약 일이 터지면 할아버지가 진실을 바로 알 수 있도록 말이다.

그런데.

"안녕하세요."

다가온 마리아 패트론이 부드러운 미소를 지으면서 할아버지에게 먼저 인사를 한다.

"그대는……."

할아버지는 생전 처음 보는 젊은 여자가 말을 걸자 조금 당황한 듯했다.

마리아 패트론은 공손하게 무릎을 굽히며 자기소개를 했다.

"슐스 영지에 의탁하고 있는 패트론 가문의 마리아라고 합니다, 가주님. 가주님의 위명을 전해 듣기만 하다가 이렇게 직접 뵙게 되어서 영광입니다."

"아, 그러시군."

할아버지는 고개를 끄덕이면서도 여전히 마리아 패트론이 왜 자신에게 와서 인사를 하는 것인지 의아한 듯했다.

제국의 사람치고 할아버지를 모르는 사람은 없다.

하지만 이렇게 와서 직접 인사를 할 만한 자격을 갖춘 사람은 많지 않았다.

사돈인 슐스 가주도 아니고, 그 영지에 의탁하고 있는 한미한 가문의 영애가 할아버지의 앞길을 막고 서서 인사를 하는 것은 꽤나 건방진 태도였다.

할아버지는 마리아 패트론을 찬찬히 훑어보더니 베스티안을 가리키며 물었다.

"내 사위인 베스티안과도 아는 사이겠군, 그럼?"

"예, 베스티안 님과는 어려서 함께 자랐지요. 오랜만입니다, 베스티안 님."

"예, 오랜만입니다."

베스티안도 마주 인사하면서 마리아와 인사를 나눴다.

서로 인사를 하는 모습이 퍽 자연스럽고 예의 바르기까지 하다.

내 짐작이 틀렸던 건가…….

하긴, 내연녀가 바람피우는 상대의 부인 가족을 이렇게 당당하게 대하는 것도 말이 안 된다.

조금 전까지는 파리하다고 생각했던 얼굴이 지금은 멀쩡한 것 같기도 하고.

맥이 빠지는 것 같으면서도 안심이 되는 느낌이었다.

앙게나스와 뒤로 손을 잡고 일을 꾸민다는 것은 알았지만 적어도 샤나넷의 결혼 생활이 배신당하지는 않았다는 것이니까.

"샤나넷 님이시죠? 슐스 영지에서 샤나넷 님에 대한 칭송이 자자해서 어떤 분이실지 항상 궁금했었는데……."

마리아 패트론은 샤나넷에게 친근하게 말까지 먼저 건넸다.

"소문만큼이나 아름다운 분이셨네요."

"그런가요. 칭찬 고마워요."

샤나넷은 어색하기는 하지만 그래도 예의 바르게 웃으며 말했다.

"……별말씀을요."

그런데 마지막으로 샤나넷을 흘긋 바라보는 마리아 패트론의 눈길이 영 곱지 않다.

입으로 하고 있는 말과는 정반대였다.

마리아 패트론과 베스티안은 정말 우연히 만난 오래된 지인의 모습을 하고 있었다.

하지만 뭔가 이상했다.

촉이 발동한다, 촉이.

"그럼 또 뵙겠습니다."

마리아 패트론은 여상스레 인사를 하고는 멀어졌다.

베스티안은 그 여자를 흘끗 보더니 다시 와인에 대해서 떠들면서 평소의 모습으로 돌아왔다.

그 뒤에 롬바르디 사람들은 뿔뿔이 흩어졌다.

나와 아버지, 그리고 샤나넷네 식구와 할아버지는 함께 앉아서 식사를 했다.

비에제와 로렐스 가족은 연회장 반대편에 아는 사람들이 있다면서 가 버렸다.

클레리반은 연회 내내 자신을 찾는 사람들 때문에 정신없이 바빴지만 중간중간 돌아와 우리가 불편한 것은 없는지 확인하고는 했다.

으으, 찜찜해.

일단 생각했던 일은 벌어지지 않았고, 영 애매한 찝찝함만 남았다.

시간을 들여서 더 알아봐야겠어.

이대로 넘어가서는 안 된다고, 내 촉이 말하고 있었다.

"우리 티아가 오늘은 말이 없구나? 무슨 일이 있느냐?"

할아버지가 내 앞에 작게 썬 스테이크를 놔 주면서 물었다.

"아무 일도 없어요. 그냥 조금 신기해서 둘러보느라 바빴어요, 할아버지."

"그래, 티아는 클레리반과 가까운 사이니 그럴 만도 하다."

할아버지가 내 머리를 쓱쓱 쓰다듬으며 말했다.

"클레리반이 아무리 바빠지더라도 티아를 가르치는 일을 계속하겠다고 하였으니, 너도 열심히 배워야 한다."

"네, 할아버지."

나는 착한 손녀답게 얌전히 대답하면서 입에 고기 조각을 물었다.

조금 이상한 기분이기는 했다.

이 많은 사람들이, 제국에서 내로라하는 귀족들이 모여서 축하하는 펠렛 상회의 성공이 모두 내 것이라는 것이.

그리고 그 사실을 여기 모인 사람들 아무도 모른다는 것이.

어쩐지 어깨가 우쭐해지는, 묘한 느낌이었다.

나는 대충 식사를 하고는 화장실을 핑계로 테이블을 떠났다.

클레리반과 만나 연회의 중간 점검을 하기 위해서였다.

연회장의 2층에 있는 작은 방에서 비밀리에 만나기로 했는데.

문제는 2층으로 올라가는 계단이 어디에 있는지 도통 모르겠다.

일단 계단이 있을 법한 곳을 찾아 마구 걸어 다니는데, 연회장 구석의 모퉁이를 돌자 화장실의 표지판이 보였다.

도대체 계단은 어디에 있는 거야.

속으로 한숨을 삼키면서 돌아서는데, 화장실에서 막 나오는 마리아 패트론의 뒷모습이 보였다.

그리고 복도 안쪽으로 더 깊숙이 들어가는 모퉁이에서 불쑥 나온 손 하나가 그녀를 휙 잡아끄는 것도.

"꺅!"

"쉿, 나야."

베스티안의 목소리다.

나는 그대로 모퉁이 뒤에 바짝 붙어 서서 몸을 숨겼다.

그런데 이상했다.

아무런 소리도 들리지 않았다.

나는 조심스레 고개를 내밀어 소리가 들려왔던 쪽을 봤다.

도대체 뭘 하길래 이렇게 조용…….

이 미친 쌍쌍바들이!

"으응……."

베스티안과 마리아 패트론은 키스를 하고 있었다.

그늘이 진 구석에 몸을 숨기고 세상에는 둘밖에 없는 듯 열렬히.

하지만 내 눈에는 그저 역겨워 보일 뿐이다.

당장에 소리를 질러서라도 사람들을 불러 모아 저 두 사람이 구경거리가 되도록 만들고 싶었지만.

나는 일단 그런 마음을 꾹 눌러 내리고 두 사람의 대화를 듣기 위해 귀를 기울였다.

"자기, 조금 전에 얼굴 볼만하더라? 내가 그 여자가 있는데 가까이 오는 게 그렇게 놀랐어?"

마리아 패트론이 웃음을 흘리면서 베스티안에게 물었다.

"그럼 놀라지, 안 놀라? 여기는 어떻게 온 거야? 어떻게 들어왔어?"

"뭐야. 나는 여기 오면 안 되는 사람인 것처럼 말하네?"

여자의 목소리가 뾰로통해졌다.

"그, 그런 게 아니라…… 초대장이 있어야 올 수 있는 그런 자리니까."

"흐응. 초대장이 집으로 왔으니까 들어왔지."

내가 마리아 패트론을 불러내기 위해서 보냈던 초대장이었다.

"자기가 보낸 거 아니었어?"

"초대장이 집으로 갔다고?"

잠시 당황하던 베스티안은 이내 둘러대며 말을 돌렸다.

"어, 어어…… 내가 보냈지. 그래도 아내가 있는데 그렇게 오면 어떻게 해. 게다가 룰락 롬바르디에게 인사까지 하고."

"그 여자, 실제로 본 적은 없었으니까."

마리아 패트론이 말했다.

"그렇게 예쁘다고 하는 사람들이 많아서 어떤가 했더니. 별것도 아니더만. 도대체 저런 여자랑 여태 어떻게 살았어?"

저게 진짜?

샤나넷을 어디다 비교해!

그런데 이어지는 베스티안의 말이 더 가관이었다.

"그 여자는, 매력이 없어. 내 눈에는 마리아 네가 제일 아름다워.

예전에도 그랬고, 지금도 그래.”

지랄도 풍년이다, 진짜.

“하지만 이런 식으로 나서는 건 위험해. 알잖아, 마리아. 아직은 때가 아니야. 롬바르디가 멍청하기는 해도 눈치가 빠른 자들도 몇 있다고.”

“하지만 심심한걸…….”

“황도로 이사 온 지 얼마나 됐다고 벌써 심심하다는 거야.”

“혼자 있기 외롭단 말이야. 자기도 겨우 며칠에 한 번씩 와서 자고 가는 것뿐이고.”

그러니까 살림을 차려 줬다는 거네.

“조금만 참아. 오래 기다리게 해서 미안해, 마리아.”

“그렇지만…….”

“마음 같아선 지금 당장이라도 이혼하고 싶지만 아직은 때가 아니야. 조금 더 모아야 하는 거 알잖아.”

당장이라도 이혼하고 싶다고?

어이가 없어서 헛웃음이 나왔다.

베스티안은 그렇게 연신 마리아 패트론을 달랬고 두 사람은 잠시 후에 따로 떨어져 연회장으로 돌아갔다.

조용한 복도에 혼자 남은 나는 쿵쾅거리는 심장을 가라앉히며 생각했다.

오래 기다리게 해서 미안하다고?

그렇다면 외도가 하루 이틀의 문제는 아니라는 뜻이다.

아직은 때가 아니야?

베스티안은 계속해서 그렇게 말했다.

마치 이혼하기에 적절한 시기를 기다리고 있다는 것처럼 들린다.
그리고 가장 신경 쓰이는 것은 베스티안이 했던 마지막 말이었다.

"조금 더 모아야 하는 것 알잖아."

뭘 모아야 한다는 걸까.
돈? 이혼 사유?
무엇이 되었든, 한 가지는 확신할 수 있었다.
이전 생의 샤나넷은 결혼 생활뿐만이 아니라 이혼의 과정에서도 베스티안에게 완전히 속았다는 것을.

나는 손끝으로 쿠키의 부스러기를 콱 뭉개며 중얼거렸다.
"남자들이란……."
"쿨럭!"
내 혼잣말을 들은 페레스가 옆에서 사레가 들려 콜록거렸다.
나는 그동안 하지 못한 배동 역할을 하기 위해 오랜만에 황궁에 와 있었다.
그러나 내가 페레스를 만난 곳은 포이락궁이 아니었다.
황궁을 찾는 모든 이들에게 공개된 중앙궁의 정원이었다.
죄를 지은 것도 아니고, 맨날 포이락궁에만 박혀 있어야 할 이유는 없으니까.
케이틀린과 카일러스는 볕이 제일 잘 드는, 분수 근처의 좋은 자리에 테이블과 의자를 펼쳐 주었다.
이번에도 내가 카라멜 에비뉴에서 사 온 케이크가 예쁜 접시 위에 담겼다.

음료는 나나 페레스나 차를 그렇게 좋아하지는 않고 둘 다 성장기이기 때문에 하얀 우유가 대신 놓였다.

하지만 지금은 별로 케이크를 먹고 싶은 기분이 아니었다.

나는 또 다른 빵 부스러기를 찾아 노려보며 손가락 끝으로 툭, 멀리멀리 튕겨 냈다.

"……티아?"

페레스가 조금 당황한 얼굴로 나를 불렀지만 나는 대답하지 않았다.

정말이지, 베스티안 때문에 남자에 대한 불신이 생기려고 한다고.

그 생글생글 웃는 얼굴로 바람이라니.

"으음."

페레스는 저기압인 나를 보며 잠시 고민을 하다가 갑자기 주변을 두리번거렸다.

그러더니 자리에서 일어나 조금 멀리 떨어져 있는 화단으로 휘적휘적 걸어가더니 꽃을 이만큼 꺾어 왔다.

보드랍고 자그마한 하얀 꽃잎이 마치 동그란 부케처럼 피어 있는 꽃이었다.

그리고 그것을 내 손에 가만히 쥐여 준다.

"……."

이러니 더 뚱한 채로 있을 수가 없다.

너무 마음씨가 예쁘잖아.

꽃을 받은 내 반응을 살피려는 것인지, 가까이서 빤히 내 눈을 바라보는 페레스는 말 그대로 '화도 풀리게 하는 미친 미모'다.

나는 반쯤 항복하는 심정으로 작게 한숨을 쉬고 꽃의 향기를 맡았다.

달큼하면서도 코끝에 오래 감도는 꽃향기를 맡고 있자니 부글거리던 속이 조금 진정되는 것 같다.

"고마워, 페레스."

"이제 조금 괜찮아?"

조금 미안한 마음이 든다.

페레스한테 괜히 화풀이를 한 것 같기도 하고.

나는 민망한 마음에 설명했다.

"처음부터 너 때문에 화가 난 건 아니었어."

"알아."

"그럼 꽃은 왜 준 거야?"

"달콤한 것으로도 풀리지 않는다면, 보기 좋은 꽃으로는 기분이 나아질까 싶어서."

"아아."

"티아는 꽃, 좋아하니까."

으음, 그렇기는 한데.

페레스에게 마음이 읽힌 것 같아서 조금 이상했다.

특히나 저 붉은 눈동자가 조금의 미동도 없이 나를 볼 때면 비밀을 다 들킬 것 같고.

또 기분이 좀 묘해진달까.

나는 슬쩍 녀석의 시선을 피하면서 우유를 홀짝였다.

그러면서 곁눈으로 살피니, 페레스는 꽃을 꺾느라고 옷에 묻은 풀을 툭툭 털어 내고 있었고 곁에 선 케이틀린도 도와주고 있었다.

누구는 마의 십육 세니 격변기니 하면서 성장기를 겪으며 외모가 못나진다던데.

그러긴커녕, 페레스는 점점 더 잘생겨지고 있었다.

지금도 본인은 그냥 웃을 터는 것 같지만, 어딘가 모르게 우수에 찬 눈빛과 조각한 것 같은 코와 날렵한 턱선이 사람 시선을 자꾸만 사로잡는다.

그 모습을 보다가 나는 반쯤 충동적으로 툭 던지듯 말했다.

"페레스, 너는 나중에 바람피우고 그러면 안 돼."

우뚝.

페레스와 케이틀린의 움직임이 멈췄다.

옆에서 다 먹은 케이크 그릇을 정리하던 카일러스도 마찬가지였다.

세 사람이 말없이 날 바라봤다.

왜, 뭐.

가장 먼저 반응을 보인 건 카일러스였다.

아랫입술을 꽉 깨물면서 이모티콘 같은 눈으로 웃음을 삼키더니 얼굴을 숨긴다.

케이틀린은 동그랗게 뜬 눈을 몇 번 깜박이며 놀란 얼굴로 나와 페레스를 번갈아 봤다.

그리고 페레스는.

"너…… 괜찮아?"

나는 녀석의 손등을 톡톡 치며 물었다.

그러자 얼음처럼 굳어 있던 녀석의 얼굴에 순식간에 불이 붙었다.

정말로 화르륵 소리가 날 것 같았다.

뽀얀 피부가 목 밑에서부터 빨갛게 달아올라, 결국 귀 끝까지 붉어졌다.

"아, 으응……."

페레스가 천천히 고개를 끄덕였다.

다들 반응이 왜 이래?

내가 못 할 말이라도 했나?

"너 얼굴이…… 진짜 빨개. 감기라도 걸리는 거 아니야?"

밖에 앉아 있기엔 날이 좀 추운가?

"아, 아니. 괜찮아."

페레스가 두 손으로 얼굴을 가리며 대답했다.

손이 워낙 커서 얼굴이 쏙 들어간다.

"조금, 놀라서."

"바람피우지 말라는 말이?"

"……응."

그게 왜?

"하지만 이제 페레스도 슬슬 그런 나이잖아?"

"그런…… 나이?"

"으음. 여자에 관심이 갈 나이?"

슬슬 사춘기에 접어들 나이니까.

페레스가 얼굴을 가렸던 손을 천천히 내리더니 나에게 물었다.

"그래서?"

"그러니까 혹시 사귀는 사람이 생기게 되면 절대 바람은 피우면 안 되는 거라고."

"……그런 말이었군."

페레스가 낮은 목소리로 중얼거렸다.

"후우."

"하아."

뒤쪽에 있던 카일러스와 케이틀린도 동시에 한숨을 쉰다.

"다들 왜 그래?"

내가 물었지만 케이틀린과 카일러스는 내 눈을 피했다.

다시 평정심을 찾은 것 같은 페레스가 대신 나에게 질문했다.

"오늘 기분이 안 좋았던 것도 혹시 그런 이유 때문이야?"

"응, 좀 일이 있어서."

"남자?"

베스티안이 남자이기는 하니까.

나는 고개를 끄덕였다.

그런데 페레스가 재차 묻는다.

"……남자?"

아, 맞는다니까 그러네.

나는 다시 고개를 끄덕였다.

그런데 페레스의 분위기가 이상했다.

뭔가 싸늘하게 식은 것 같기도 하고, 이글이글하는 것 같기도 하고.

산들산들 기분 좋게 불어오던 바람도 멈춰 버려서 공기가 무거워졌다.

"티아."

"응?"

"남자 친구가…… 있었어?"

얘가 뭔 소리래.

"뭐가 있어?"

"남자."

"아니? 아직 없는데?"

나 아직 열한 살밖에 안 됐거든?

"그럼 조금 전에 그 말은 뭐야."

"아, 나 말고. 아는 사람."

롬바르디가 아닌 외부 사람에게 집안 이야기를 하기는 좀 그래서 대충 둘러댔다.

"아아."

한 손으로 얼굴을 쓸어내리면서 마른세수를 한 페레스가 우유를 벌컥벌컥 들이켰다.

나는 그런 페레스를 보면서 말했다.

"잘생겼다고 해서 여자 마음에 상처를 주고 그러면 안 되는 거야. 알겠지, 페레스?"

페레스는 결국 우유 한 잔을 모두 비우고 손등으로 입가를 훔쳤다.

그리고 조금 뚱한 목소리로 대답했다.

"그런 걱정은 안 해도 될 것 같은데."

"알아, 알아. 너는 그런 나쁜 사람 아니라는 거."

그럼, 그럼.

베스티안 따위와는 비교도 할 수 없지.

페레스가 오해하기 전에 나는 얼른 설명했다.

"하지만……."

"하지만?"

"혹시 몰라서 친구로서 조언하는 거야. 네가 요즘 부쩍 쑥쑥 크고 있으니까."

처음 만났을 때를 떠올려 보면, 같은 애라고 생각하기 어려울 만큼 페레스는 변했다.

이제는 어엿한 황자 태가 난다고나 할까.

단순히 키나 외모적인 것들만 말하는 것이 아니었다.

"이번 펠렛 상회의 연회에서 말이야, 너에 대한 말들이 많이 들리더라고."

어리다는 것은 편했다.

어딜 가나 사람들의 시선이 집요하게 따라붙는 롬바르디의 어른들과는 다르게 어린 나는 아직 비교적 자유로웠다.

그래서 연회에서 삼삼오오 모여 나누는 대화를 들을 수 있었는데.

귀족들에게 아스타나와 페레스는 자주 등장하는 화제였다.

"아직 아스타나가 공식적으로 황태자 임명을 받지 못한 이유로 너를 드는 사람이 대부분이었어."

"……나를?"

페레스는 조금 놀란 눈치였다.

하긴.

아직까지 스스로 황자라는 자각이 없는 편이었다, 페레스는.

"지난번 오러 사건도 그렇고, 너의 학업적인 성취 같은 것들이 꽤 새어 나가고 있나 봐."

새어 나간 건지, 누군가가 일부러 퍼뜨리고 있는 건지는 모르겠지만.

페레스를 후원하고 있는 할아버지 말고도 그런 소문에서 이득을 볼 수 있는 사람은 몇 있었다.

예를 들면, 아스타나와 페레스를 저울질하면서 앙게나스에게서 많은 것들을 얻어 내고 있는 황제와 같은 사람들.

"그리고 태생부터 어쩔 수 없잖아. 어쨌든 아스타나 말고 지금까지 살아남아서 장성한 황자는 너밖에 없으니까."

황제는 황비를 들이지 않았을 뿐, 애인은 꾸준히 있어 왔다.

그런데 아이가 아스타나와 페레스밖에 없었을 리 없다.

하지만 '살아남은' 것은 페레스뿐이다.

황후는 그만큼 철저하고 비정한 사람이었다.

자신의 아들을 다음 대 황제를 만들기 위해서라면 무슨 일이든 하는.

그런 황후에게 페레스는 견디지 못할 눈엣가시 같은 존재고 말이다.

"아카데미에 가라고 더 압박을 가해 오지는 않아?"

"……얼마 전에 황후가 날 불렀어. 그리고 아카데미로 가라고 했어."

말하는 페레스의 목소리가 유독 낮다.

"그런 일이 있었어?"

슬쩍, 케이틀린과 카일러스의 눈치를 살폈다.

두 사람의 표정이 눈에 띄게 굳어지는 것을 봐서, 분명히 그 이상의 일이 있었던 것 같은데.

페레스는 더 이상의 말을 하지 않았다.

어지간히 다시 언급하고 싶지 않은 듯했다.

그렇다면 어쩔 수 없지.

나는 한숨과 함께 고개를 끄덕이며 페레스에게 말했다.

"아마 앞으로 그런 일은 더욱 자주 있을 거야. 네가 스스로 황궁에서 나가 아카데미로 향하기 전까지는."

"하지만 나는 아카데미에 가고 싶지 않아."

"그래, 그건 어디까지나 너의 선택이니까. 아무리 황후라고 하더라도 너를 억지로 잡아다가 아카데미에 입학하게 할 수는 없어."

가문의 후계 구도에서 밀려난 이가 억지로 아카데미에 수용되듯 넘겨지는 것을 막기 위해 만들어진 법이었다.

아카데미 입학은 어디까지나 '자의'에 의해서 이루어져야 한다.

그렇지 않았다면 황후는 이미 오래전에 페레스를 아카데미에 던져 넣었겠지.

"그러니까 너를 설득하기 위해서 애를 쓰는 거고."

"……그렇다면 상관없어."

페레스가 묵묵하게 대답했다.

"날 억지로 끌고 가지 않는다면, 내가 아카데미에 입학하는 일은 없을 테니까."

녀석답지 않게 강경한 태도였다.

잠시 대화가 끊겼다.

무슨 고민을 하는 것인지, 페레스는 생각에 잠겼다.

나는 페레스가 기운이 나게 해 줄 수 있는 방법이 없을까 하다가 문득 내 가방 안에 들어 있는 선물이 떠올랐다.

페레스에게 주기 위해 가져온 것이었다.

나는 손바닥만 한 검은색 상자를 꺼내서 녀석의 앞에 놓고 태연하게 우유를 홀짝였다.

"이게…… 뭐야?"

페레스가 어리둥절하게 물었다.

나는 대수롭지 않게 대답했다.

"오다 주웠어."

"오다 주웠다고?"

"일단 한번 열어서 봐 봐."

페레스는 나를 다시 한번 바라보더니 조심스러운 손길로 상자를 열었다.

약간의 햇살이 닿자마자 수백 수천 개의 반짝임으로 쪼개지며 더욱 화려한 빛을 내는 보석이 모습을 드러냈다.

"이거…… 다이아몬드?"

페레스를 위해서 특별히 제작한 다이아몬드 브로치다.

녀석은 난생처음 보는 다이아몬드를 만져 보지도 않고 그냥 바라보고만 있었다.

"어때, 마음에 들어?"

"……화려해."

애매한 감상이다.

솔직히 조금 서운한 마음에 나는 일부러 한껏 힘을 주어 말했다.

"너 주려고 주문 제작한 건데."

"마음에 들어."

0.5초도 생각하지 않고 녀석이 바로 대답했다.

태세 전환이 좀 빠른 것 같기는 하지만.

"보고만 있지 말고, 잘 어울리나 한번 해 봐."

쿨한 척하려고 했는데.

나는 조급함을 이기지 못하고 말했다.

잠시 망설이던 페레스는 브로치를 꺼내서 가슴팍에 달았다.

크로일리가 자랑하는 커팅술 중에 가장 화려한 공법으로 연마된 보석은 눈이 아플 정도로 반짝임에도 불구하고 바라보는 것을 멈추지 못할 만큼 아름다웠다.

"우와."

뒤에서 카일러스가 작게 탄성을 질렀다.

나도 그 기분에 십분 동감한다.

브로치는 오로지 페레스를 위해서 제작된 만큼의 값을 했다.

순도 높고 커다란 다이아몬드도 그랬지만 같은 방식으로 세공된 흑요석과의 조화가 더욱 그랬다.

"역시 잘 어울릴 줄 알았어."

페레스의 미모가 한층 더 살아나는 것 같아서 뿌듯했다.

카일러스와 케이틀린도 내 말에 동의하는 듯 고개를 힘차게 끄덕였다.

"고마워."

페레스도 연신 신기한 듯이 다이아몬드에서 눈을 떼지 못하고 있었다.

"근데 엄청 비쌌을 것 같은데."

"음. 좀?"

조금은 아니다.

만약 이 브로치를 돈을 주고 사려고 했다면 수백 골드는 족히 들었을 것이다.

요즘은 없어서 못 파는 다이아몬드라서 몸값이 몇 배로 뛰어 더욱 그렇다.

나는 어깨를 으쓱하면서 페레스에게 당부했다.

"여기저기 예쁘게 하고 다녀. 어디든 잘 어울릴 테니까."

페레스가 가슴팍의 브로치를 만지작거리며 고개를 끄덕였다.

하지만 녀석은 이내 브로치를 다시 상자 안으로 넣었다.

"특별한 날 할 거야."

"뭐, 선물은 받은 사람 마음이니까."

입가에 은근하게 미소가 지어진 것을 보니 페레스는 지금 무척 기분이 좋은 듯했다.

나도 마찬가지였다.

우습게도 페레스에게 선물을 하니 내가 다이아몬드 광산의 주인이 된 실감이 났달까.

"우리 이제 슬슬 돌아갈……."

찬 바람이 부는 것 같아서 포이락궁으로 돌아가자고 말하려던 참이었다.

"으음? 선객이 있었군."

익숙하고 울림이 깊은 요바네스 황제의 목소리가 들려온 것은.

황제는 혼자가 아니었다.

뒷짐을 지고 우리가 있는 정원으로 들어선 황제의 뒤에는 황후와 아스타나가 함께였다.

아마 아스타나를 데리고 황제와 시간을 보내려고 했을 황후는 불편한 심기를 감추려고 하지도 않았다.

그리고 먼저 나를 보고 있던 아스타나와 눈이 마주쳤다.

이제 열다섯 살이 된 아스타나는 완전히 청소년기에 접어든 모습이었다.

내가 기억하던 '1황자 아스타나'의 모습과 더 가까운 모습이기도 했다.

"황제 폐하와 황후마마, 그리고 1황자 전하를 뵙습니다."

나는 서둘러 자리에서 일어서서 예법에 맞게 인사했다.

"누군가 했더니, 너희들이었구나."

요바네스는 호기심 어린 눈으로 나와 페레스를 번갈아 봤다.

그러다 나에게 친근한 목소리로 말을 걸었다.

"꽤 오랜만이구나, 피렌티아. 갤러한이 건국 훈장을 받았던 때가 마지막이었던가."

그렇게 말하며 웃는 얼굴은 정말로 친근한 옆집 아저씨 같다.

사실은 누구보다 능글맞고 정치적인 손익 계산이 빠른 사람이라고는 상상하기 힘들 만큼.

그러나 그건 나도 못지않다.

페레스를 대하는 태도가 아니꼽든, 자식들을 놓고 자신의 이득을 취하기 위해 저울질하는 행동이 짜증이 나든.

어쨌든 요바네스는 이 제국의 황제다.

나는 일부러 부끄럽다는 듯 뽀얗게 웃으며 말했다.

"그런 것까지 기억해 주시니 영광입니다, 폐하."

"으음?"

요바네스는 눈을 동그랗게 뜨더니 이내 미소를 지으며 말했다.

"네가 말도 참 예쁘게 할 줄 아는구나."

"어여삐 봐 주셔서 감사합니다, 폐하."

공손하고 귀엽게.

그러나 동시에 기죽는 구석 없이, 강단 있게.

나는 롬바르디이니까.

황제의 시선을 피하지 않으며 방긋 웃었다.

그러자 황제의 눈에 이채가 스쳤다.

잠시 나를 은근히 보던 황제는 고개만 살짝 돌려 황후를 보며 말했다.

“차 한잔 마시기에는 이만한 장소가 없으니, 이 자리에 합류하는 게 어떻겠소, 황후.”

황제가 저렇게 말하는데 황후가 할 말은 정해져 있다.

“그렇게 하시지요, 폐하.”

그러나 그러면서도 페레스를 죽일 듯 노려보는 것은 잊지 않았다.

나와 페레스가 있던 자리에 테이블과 의자가 추가로 놓이며, 참 어색하고도 불편한 자리가 마련되었다.

어쩌다 마주 앉게 된 아스타나와 페레스는 서로를 쳐다보지도 않았고, 황제는 그런 불편한 분위기에는 아랑곳하지도 않고 혼자서만 유유자적한 모습으로 차를 마셨다.

다른 사람들은 어떻든, 자기만 편하면 되는 건가.

참 얄미운 황제였다.

그러다 다시 한번 아스타나와 눈이 마주쳤다.

쟤는 왜 자꾸 저렇게 날 보고 있는 거야.

정말 불편하기 짝이 없는 티타임이었다.

아, 빨리 집에 가고 싶어.

그냥 포이락궁에서나 있을 걸 하고 후회하고 있는 나에게 황제가 물었다.

“갤러한은 이제 완전히 괜찮아진 것이냐?”

“예, 다행히 약의 효과가 좋아서 아무런 후유증 없이 회복하셨어요.”

“그것참 다행이군요.”

황후가 대화에 끼어들면서 말했다.

다행은 무슨.

아버지의 기성복 사업을 빼앗아 가려고 했던 주제에.

"그리고 2황자."

황후가 페레스를 불렀다.

"……예, 황후마마."

페레스가 마지못해 대답하자, 황후는 살포시 의기양양한 미소를 지으며 말했다.

"앞으로 손님은 되도록 포이락궁 안에서 맞이하는 것이 좋겠어요. 그곳이 2황자의 공간이니까요."

한마디로 밖에 돌아다니지 말고 포이락궁에 찌그러져 있으라는 뜻이었다.

아니, 왜?

너랑 아스타나는 멀쩡히 돌아다니면서?

가만히 차나 마시고 가려 했더니 안 되겠네.

나는 대신 대답했다.

"제 잘못이에요, 황후마마."

얼굴에 울상을 가득 짓고서.

"제가 이곳 정원이 보고 싶어서 2황자 전하께 졸랐어요. 저를 꾸짖어 주세요."

황후는 잠시 당황하더니 헛기침을 했다.

"흐음. 뭐, 롬바르디 영애가 그렇게 말한다면 이번만큼은 눈감아 주……."

"황궁에 들어온 사람은 모두 자유롭게 출입할 수 있는 곳이라고 들었는데, 잘못 알고 있었던 제 잘못이에요……. 정말 죄송합니다,

폐하.”

나는 바로 화살을 황제에게로 돌렸다.

사실 이 정원이 누구나 자유롭게 사용할 수 있다는 것은 모두 안다.

황후는 지금 말도 안 되는 억지를 부리고 있는 것이고.

이런 상황에서 황제가 할 수 있는 말은 정해져 있지.

“……네가 잘못 안 것은 아니다. 이 정원은 사람들의 출입이 자유로운 곳이지.”

“정말요? 그럼 저도 가끔 황궁에 올 때마다 구경을 와도 될까요, 폐하?”

황제는 황후를 흘끔 보더니, 천천히 고개를 끄덕였다.

“아아, 기뻐요!”

황제가 문제없다고 했으니, 황후는 할 말이 없다.

나는 일부러 더욱 천진난만하게 웃으며 페레스에게 말했다.

“앞으로도 정원 구경을 할 수 있게 되다니. 다행이죠, 황자 전하?”

나는 테이블 밑으로 페레스의 발을 툭 찼다.

“으응. 그렇네.”

다행히 페레스는 적절하게 대답했다.

“감사합니다, 폐하!”

나는 황후를 대화에서 배제시키고 계속해서 황제에게만 웃어 보였다.

황제는 그런 나를 빤히 보더니 짓궂은 목소리로 말했다.

“아무래도 딸이 다르기는 다르군. 피렌티아, 너 내 딸이 되지 않으련? 갤러한의 딸보다는 내 딸이 되면 훨씬 재미있는 일들이 많을 거다.”

내가 요즘 펠렛 상회에, 광산에.

얼마나 재밌게 사는지 알지도 못하면서.

어이가 없었지만 나는 '꺄아!' 하고 웃으면서 능청스레 대답했다.

"저희 아버지는 잘 모르겠지만 폐하께선 저희 할아버지와 싸우셔야 할지도 모르는데, 괜찮으시겠어요? 저희 할아버지가 저를 엄청 예뻐하시거든요!"

"뭐라?"

내 당돌한 반응에 놀라던 황제는 커다란 웃음을 터뜨렸다.

"하하하! 아주 재치 있는 아이구나!"

그러더니 일순간, 목소리가 은근해졌다.

"그래, 네가 가주의 어여쁨을 받고 있는 것은 한눈에 봐도 알겠다. 그렇게 좋은 품질의 다이아몬드라니."

황제의 시선이 홀린 듯 고정되어 있는 곳은 내 머리였다.

정확하게는 머리핀이었다.

엄지손톱만 한 크기의 굵은 다이아몬드와 그보다 작은 자잘한 다이아몬드들이 그 주변을 감싸며 박혀 있는 것이었다.

"요즘 다이아몬드의 인기가 하늘을 찔러서 작은 것도 구하기가 어렵다던데. 그만한 머리핀을 손녀를 위해 구입할 정도라면 그 애정이 대단하구나."

그렇게 말하면서도 황제의 눈은 내 머리핀에서 떨어질 줄을 몰랐다.

지독한 욕심이었다.

분명히 황제에게는 다이아몬드 사업이 자리를 잡자마자 이것의 두 배 크기는 되는 것을 진상했다.

황제는 그러고도 사람을 시켜서 비밀리에 귀걸이와 목걸이 세트를 몇 개 구입하기도 했다.

내가 클레리반에게 직접 승인을 내려 주었으니 확실히 안다.

모든 것이 다 주어진 황자로 태어나서 황제가 되었음에도 저런 물욕이라니.

어떤 면에선 참 대단한 사람이었다.

나는 손을 들어서 머리핀을 매만지며 말했다.

"이 머리핀은 부끄럽지만, 할아버지께 받은 선물이 아니에요."

"그렇다면, 갤러한이냐?"

"아니요. 선생님께 받았습니다, 폐하."

"선생님?"

요바네스가 고개를 갸웃했다.

"네, 펠렛 상회를 운영하고 있는 클레리반 펠렛이 저의 선생님입니다."

"호오, 클레리반 펠렛이?"

요바네스는 정말로 몰랐었던 듯 순수하게 놀랐다.

"롬바르디가를 나가고 난 뒤에도 계속 너를 가르치고 있다는 것이냐?"

"예. 그렇습니다, 폐하."

"진정으로 소중한 제자인 것이 틀림없구나. 그리 바쁜 와중에도 챙겨 주는 것을 보면!"

"많이 챙겨 주시는 덕에 곁에서 많이 보고 배우고 있습니다."

"그래, 그런 것이야말로 최고의 학습이지."

피부로 즉시 느낄 수 있었다.

나를 바라보는 황제의 눈빛이 달라졌다는 것을.

그런데 아무 말도 없이 가만히 있던 아스타나가 사고를 쳤다.

"이건 뭐야?"

페레스 앞에 놓여 있던 브로치 상자를 불쑥 가져가 버린 것이다.

"어, 그건……."

말릴 새도 없었다.

마치 자기 물건처럼 브로치 함을 가져간 아스타나는 바로 뚜껑을 열어 버렸다.

"다이아몬드 브로치?"

"이렇게 큰 다이아몬드라니……."

아스타나와 황후가 놀라서 동시에 중얼거렸다.

탁!

페레스가 자리에서 일어나 브로치 상자를 거칠게 빼앗았다.

"너……!"

황후가 그 모습을 보고 눈을 부라렸다.

"네까짓 게 무슨 수로 그런 걸……."

아스타나는 그 브로치가 페레스의 것이라는 걸 믿을 수 없는 듯했다.

"제가 선물한 브로치랍니다."

나는 겸손한 미소를 지으며 말했다.

"2황자 전하, 괜찮으시다면 다른 분들께 브로치를 조금 더 보여 드리면 어떨까요?"

좀 더 제대로 자랑하라고!

페레스는 싫은 기색이 매우 역력했지만 내 말에 따라 순순히 브로치 상자를 다시 열었다.

반짝반짝 빛나는 최고의 보석을 보는 세 사람의 눈에서 탐욕과 부러움이 뚝뚝 흘러내렸다.

최고야, 짜릿해!

“허허. 2황자가 좋은 친구를 두었구나.”

그나마 말할 정신이 있는 것은 이미 커다란 다이아몬드를 가지고 있는 황제뿐이었다.

내가 알기로 황후와 아스타나는 아직 다이아몬드를 소유하고 있지 않다.

앙게나스가 몇 차례 주문을 넣었지만 나는 우선순위를 제일 뒤로 미뤘다.

그러니 다른 귀족에게 웃돈을 얹어 구매하지 않는 이상, 황후가 다이아몬드를 손에 넣는 것은 아주 후일이 될 것이다.

원래 앙게나스가의 소유가 되었을 리라 광산이 지금은 내 것이다.

이 다이아몬드도 원래대로라면 황후와 아스타나의 소유였겠지만.

‘지금은 내 거지롱.’

나란히 앉아서 다이아몬드 브로치를 멍하니 바라보는 두 사람에게 정말로 하고 싶은 말이 있었다.

늬 집엔 이런 거 없지?

황궁을 방문한 며칠 뒤.

나는 다시 펠렛 상회의 사무실을 찾았다.

"상당량의 돈을 빼돌리고 있더군요."

클레리반이 찌푸린 눈으로 서류를 넘기며 말했다.

사실 펠렛 상회의 연회가 끝난 뒤에 클레리반에게 도움을 청했다.

베스티안이 앙게나스와 쿵작거린다는 것을 알고 있던 클레리반도 외도에 대해서는 고개를 갸웃할 만큼, 베스티안의 연기는 훌륭했다.

모두가 베스티안이 샤나넷을 생각하는 마음만큼은 전혀 의심하지 않도록 말이다.

하지만 내가 직접 목격한 장면을 말해 주니 얼른 팔을 걷어붙이고 롬바르디에 남아 있는 인맥을 동원해 은밀히 알아봐 주었다.

"그동안 잡히지 않았던 게 이상할 정도입니다."

"그 정도예요?"

"예, 물론 자세히 들여다보면 금방 미심쩍은 구석이 보이겠지만……. 아무래도 베스티안 슖스를 의심하는 사람은 없었겠죠."

다른 누구도 아닌, 롬바르디 가문의 사위인 베스티안 슖스이니까.

롬바르디의 일원이 롬바르디의 재산을 빼돌리고 있을지 누가 알았겠는가.

"내부 사정에 대해서 아주 잘 아는 사람들만 알아볼 겁니다. 겉으로 보기엔 아무 문제가 없으니까요."

클레리반은 단지 며칠 동안 알아본 것만으로도 많은 이야기를 해 주었다.

베스티안이 결혼한 것은 16년 전이다.

그럼 그 긴 시간 동안 도대체 얼마나 많은 것을 훔쳐 자신의 것으로 만들었던 것일까.

나는 생각하기도 싫어 고개를 저었다.

"그리고 베스티안 슐스가 제게 방문 의사를 보내왔습니다. 잠시 의논하고 싶은 문제가 있다고 하더군요."

"클레리반이 자신에 대해서 조사하고 다니는 것을 알게 된 것은 아니고요?"

"연회가 열리던 날 제게 직접 물었으니 그건 아닐 겁니다."

"흐음……."

무슨 꿍꿍이일까.

앙게나스에게 갈 예정이었던 광산을 우리에게 빼앗긴 이 상황에서, 의논하고 싶은 일이라면 대충 감은 왔지만 말이다.

"아! 그리고 부동산은요? 최근에 취득한 부동산이 있던가요?"

그 여자에게 살림을 차려 줬다는 말이 기억나 클레리반에게 알아봐 달라 부탁했던 것이었다.

"약 반년 전에 롬바르디 소유에서 베스티안 슐스 소유로 이전된 주택이 하나 있기는 합니다. 일반적인 조치는 아니었던 것인지 제대로 된 문서를 남기지 않은 것이 이상합니다."

"하지만 그런 일이라면 롬바르디의 부동산 책임자가 한 일이라는 건데……. 도대체 누가…… 아."

롬바르디의 부동산을 관리하는 것은 다름 아닌 비에제다.

"비에제도 베스티안의 행동에 대해서 어느 정도 알고 있었다는 말이네요."

이 바밤바들이.

비에제가 베스티안이 바람을 피우고 있다는 것까지 모두 알고 있었을지는 미지수이지만.

비에제가 적어도 롬바르디의 재산 소중한 줄은 알 거라고 생각했는데 말이지.

"하긴, 자기한테 이득이 되는 거라면 더한 것도 줬겠죠, 그 사람이라면."

내 말에 클레리반이 동의하며 고개를 끄덕였다.

"그 버릇 개 못 주고……. 그러니까 부전자전이지."

이전 생에서 나를 쫓아내고 난 뒤에 부동산 관리를 도맡았던 것이 바로 벨레삭이었다.

툭하면 롬바르디의 부동산이 마치 자신의 것이라도 되는 양 측근들에게 나눠 주곤 했던 것은 아버지와 똑 닮았었지.

"부전자전이요……?"

"아아, 아무것도 아니에요. 그럼 한번 베스티안 슐스를 만나서 무슨 이야기를 하는지 들어 보세요."

"예, 알겠습니다."

"그리고 만약 베스티안이……."

베스티안이 클레리반에게 만나자고 한 이유는 뻔했다.

그래서 나는 몇 가지 경우의 수를 만들어 클레리반에게 어떻게 대응해야 할지 말해 두었다.

"들어오세요, 베스티안 님."

"오랜만입니다, 클레리반."

베스티안 슐스가 펠렛 상회의 사무실을 방문했다.

방문해도 좋다, 연락을 보낸 지 겨우 반나절 만의 일이었다.

"진작 한번 왔었어야 했는데."

베스티안이 거드름을 피우며 말했다.

마치 자신이 신경 써 주지 못해 미안하다는 말투였다.

클레리반의 쭉 뻗은 눈썹이 보이지 않게 꿈틀거렸다.

아직 상황 파악이 안 된 건가.

속이 뒤틀린 클레리반은 베스티안을 똑바로 바라보면서 한쪽 다리를 꼬고 그 위에 깍지 낀 손을 올렸다.

한쪽 입꼬리도 슬쩍 올려 비웃어 주는 것도 잊지 않았다.

"왔더라도 절 만나지는 못했을 겁니다. 워낙 바빠서 베스티안 님을 위한 시간을 내지는 못했을 테니까요."

너 따위 만날 여유는 없었다는 말이었다.

베스티안의 눈 밑이 실룩거리는 것을 보며 클레리반은 여유롭게 말을 이었다.

"그래서, 오늘은 어떤 용건으로 왔습니까?"

"이것 참 섭섭하군요. 우리가 용건이 있어야만 얼굴을 보는 사이인가?"

"네."

클레리반이 딱 잘라 말했다.

"용건도 없이 마주 보고 앉아 있을 만큼 개인적인 친분이 있는 사이도 아니죠."

그리고 클레리반의 차가운 시선이 베스티안을 머리부터 발까지 한번 쭉 훑었다.

마치 아랫사람의 집무실을 찾은 듯한 거만한 자세를 지적하는 눈길이었다.

클레리반은 더 이상 롬바르디의 고용인이 아니었다.

게다가 아쉬운 건 베스티안이었다.

클레리반은 언제든 자리에서 일어나 베스티안보다 훨씬 중요하고 가치가 있는 사람을 만나러 갈 수 있었다.

"크흠."

눈치를 챈 것인지, 베스티안이 소파의 등받이에서 등허리를 떼고 바로 앉았다.

그제야 클레리반의 날카로운 기세가 조금 누그러들었다.

"오늘 내가 찾아온 이유는……."

베스티안이 흘끔, 닫혀 있는 사무실 문을 확인하더니 운을 뗐다.

"지난번 연회의 초대장 말입니다."

"네."

"그게 어떻게 된 일인지……."

"정확하게 말씀해 주시지 않으면 제가 대답을 드리기가 어렵습니다. 지난번 연회의 초대장에 뭔가 문제라도 있었다는 말입니까?"

"아니, 그게 아니라."

베스티안이 애써 미소를 짓는 모습이 애처롭기까지 했다.

"펠렛 상회의 초대장을 받을 일이 없는 것 같은 사람이 연회에 있던데……."

"아, 마리아 패트론 영애?"

내연녀의 이름이 나오자 베스티안의 얼굴이 일순간 굳어 버렸다.

그 뒤로 다시 미소를 지어 보려고 하지만, 전과 같은 웃음은 아니었다.

한편 클레리반은 다시금 피렌티아의 능력에 감탄하고 있었다.

베스티안의 용건을 딱 두 가지일 것이라고 마치 예언하듯 말해 주었는데.

정말로 그중 하나가 나왔다.

클레리반은 무표정한 얼굴 아래로, '역시' 하고 재차 감동하고 있었다.

"후우……."

베스티안이 마른세수를 했다.

그리고 드러난 얼굴은 이제껏 클레리반이 알아 온 것과는 조금 다른 얼굴이었다.

"언제부터 알고 있었습니까?"

잘생긴 얼굴에서 꾸며 낸 미소를 걷어 내니, 남은 것은 번들거리는 눈이었다.

"지금 중요한 질문은 그게 아닐 텐데요."

"……그럼 다시 묻죠. 도대체 무슨 생각이었습니까? 샤나넷이 그 모든 사람들 앞에서 충격으로 쓰러지는 모습이라도 보고 싶었던 겁니까?"

바람을 피우는 자의 변명치고는 지나치게 궁색했다.

아내를 걱정하는 척이라니.

클레리반은 헛웃음이 났다.

"그냥 호의적인 제스처였을 뿐입니다. 패트론 영애도 펠렛 상회의 연회에 와 보고 싶어 할 것 같아서요. 얼마 전에 슐스 영지에서 올라왔으니 사교계에 자리 잡기 얼마나 힘드시겠습니까."

베스티안은 움찔했다.

클레리반이 생각보다 마리아에 대해서 더 많이 알고 있다는 것을 깨달았기 때문이었다.

"세기의 연회였다고 회자되고 있는 제 연회에 다녀갔으니, 이제 한결 수월해졌겠군요."

사실이었다.

마리아 패트론은 그 자리에서 알게 된 고위 가문의 영애들과 친해져 어느 정도 사교계에 발을 들이는 데 성공한 상태였다.

"저는 오히려 감사 인사를 받을 줄 알았는데 말이죠."

클레리반의 말에 베스티안의 머리가 빠르게 돌아가기 시작했다.

클레리반은 정말로 호의를 담아 마리아를 그 자리에 초대한 것 같았다.

자신이 샤나넷을 두고 외도한 것에 대해 비난하는 기색도 없었다.

베스티안은 조심스레 물었다.

"그럼 정말로 좋은 의도로 보낸 초대장이었단 말입니까?"

"롬바르디에서 일한 기간이 길수록 보고 들은 것도, 그리고 느낀 것도 많은 법이죠."

클레리반이 고개를 끄덕이며 대답했다.

"저는 마리아 패트론 영애에 대해서 알게 된 이후로 베스티안 님을 더 좋게 평가하게 된 사람입니다."

"좋게 평가한다니……."

클레리반은 티 나지 않게 숨을 고른 후에 준비했던 말을 내뱉었다.

"통쾌했다고나 할까요?"

베스티안은 순간 웃음이 터져 나올 것 같았다.

역시 클레리반 이자도 롬바르디를 경멸하고 있었구나!

어떤 면에서는 베스티안 자신과 동지나 다름없었다.

마음이 탁 놓이며 긴장이 풀렸다.

"그래, 그렇죠. 롬바르디의 인간들이 오래 견딜 만한 족속은 아니죠."

클레리반도 자신처럼 롬바르디를 싫어한다고 생각하자, 베스티안의 언행에는 거침이 없었다.

"그래서 클레리반 님도 독립해서 나온 겁니까?"

"뭐…… 그렇다고 볼 수 있죠."

"하하! 아주 현명한 선택을 하셨습니다! 부러울 지경이에요!"

베스티안은 아예 고개까지 젖혀 가며 웃었다.

"지난번 리라 탄광의 일도 그렇고, 아주 수완이 좋은 분이셨군요!"

"칭찬 감사합니다."

"그렇다면 이야기가 쉬워질 것 같아 마음이 아주 가벼워졌습니다."

"……편하게 말해 보시죠."

클레리반이 부추겼다.

"저도 이제 슬슬 롬바르디에게서 독립을 하려고 하는데, 클레리반 님이 조금 도와주셨으면 합니다."

"독립이라면……."

"샤나넷과 갈라서고 숲스로 돌아가야죠. 롬바르디의 족속들에게는 이제 신물이 날 지경입니다."

"하지만 정당한 사유 없이 롬바르디와 이혼하는 것이 쉽지 않을 텐데요. 위자료가 상당할 겁니다."

"아아, 그건 생각해 놓은 방법이 있으니 괜찮습니다. 그동안 롬바르디를 상대하느라 정신적인 고통이 이만저만이 아니었으니, 위자료는 내가 받아야 할 겁니다. 아무튼 걱정 마세요."
걱정이라니. 내가 외도나 하는 파렴치한을 왜?
클레리반은 불쾌해졌다.
베스티안이 마치 동료라도 된 듯 착각하는 행동에 역겨울 정도였다.
"그래서 제가 도와줄 수 있는 부분이 뭡니까?"
"다름이 아니라 리라 탄광, 아니 다이아몬드 광산 말입니다. 그 광산의 채굴권을 우리 술스 가문에게 맡기면 어떻겠습니까?"
정확하게 피렌티아가 예측한 두 번째 사유였다.
'아아, 역시 피렌티아 님.'
클레리반은 롬바르디의 희망이자 빛인 그녀를 떠올리면서 눈앞의 쓰레기를 상대하기 위한 힘을 얻었다.
"으음. 그건 조금 생각을 해 봐야 할 것 같군요."
클레리반의 말에 베스티안이 실망한 기색을 감추지 못하며 이런 저런 말로 구슬리려고 했지만, 클레리반은 계속해서 '생각해 보겠다'는 태도만 고수했다.
반쯤은 사실이기도 했다.
피렌티아의 뜻을 따라야 하니까 말이다.
"알겠습니다. 숙고해 보십시오."

베스티안은 일단 순순히 물러섰다.
대신 며칠 뒤에 클레리반과 다시 만날 약속을 잡았다.
그때 채굴 수수료를 낮추는 등 계약 조건을 맞춰 볼 생각이었다.
하지만 바로 일이 성사되지 않은 상황에 짜증이 났기에, 롬바르디 저택에 도착해 외투를 벗어젖히는 행동은 거칠었다.

'다이아몬드 광산의 채굴권을 따내야, 지긋지긋한 롬바르디를 떠날 수 있는데.'

그때 등 뒤에서 익숙한 목소리가 말을 걸었다.

"언제 왔어요, 베스티안?"

아내인 샤나넷이었다.

베스티안은 얼굴을 일그러트린 채 속으로 욕을 내뱉고는 뒤로 돌아섰다.

"샤나넷."

세상이 아는 베스티안 슐스의 다정한 미소만 남아 있는 얼굴이었다.

그러나 샤나넷의 표정은 그리 밝지 못했다.

손에 어떤 서류 꾸러미를 든 채로 베스티안 앞에 서 있는 샤나넷의 얼굴에는 그늘이 잔뜩 서려 있었다.

"우리 잠시 이야기 좀 해요."

서늘한 샤나넷의 말에 베스티안은 속으로 혀를 쯧 하고 찼다.

지난 몇 개월간 부부의 대화는 항상 이런 식이었다.

마리아가 슐스 영지를 떠나 근처로 이사 오자마자 벌어지기 시작한 일이었다.

샤나넷은 갑자기 한 번도 신경 쓴 적 없었던 베스티안의 외박에 대해서 질문을 하기 시작했고, 처남인 비에제와 어울리는 것에도 제동을 걸기 시작했다.

그리고 온전히 베스티안의 영역이었던 롬바르디 광업사의 일에도 조금씩 관심을 보였다.

마치 무언가를 아는 사람처럼.

"또 무슨 일인가요, 샤나넷."

베스티안은 짜증을 숨기고, 힘없는 미소를 지어 보이며 말했다.

"어제 집에 돌아오지 않은 것 때문이면, 일이 바빠서 어쩔 수 없……."

탁.

샤나넷이 화장대 위에 올려놓은 서류를 본 베스티안은 말을 멈췄다.

"광업사의 거래 내역을 왜 당신이 가지고 있죠?"

베스티안의 말에도 날이 섰다.

그럴 수밖에 없었다.

그동안 롬바르디로부터 돈을 빼돌려 온 흔적이 담긴 내역이었으니까.

"베스티안."

샤나넷의 차분한 목소리가 침실에 울렸다.

"동의 없이 당신의 일에 참견해서 미안해요. 불쾌할 것도 알아요."

샤나넷은 담담하게 먼저 사과했다.

"하지만 나는 꼭 확인해야만 했어요."

우연히 베스티안과 듀락 상단주의 대화를 듣게 된 이후로, 샤나넷은 마음이 편한 날이 하루도 없었다.

처음에는 내가 잘못 들었겠거니 했지만, 리라 탄광의 경매에 롬바르디가 실패했다는 말을 들었을 때는 절망에 빠지기도 했다.

펠렛 상회라는 변수가 없었다면 리라 광산은 고스란히 앙게나스에게 돌아갔을 것이다.

샤나넷은 받아들여야 했다.

자신의 남편이 롬바르디의 적대 가문과 손을 잡고 있다는 사실을.

천천히, 그동안 남편이 해 온 일을 조사하기 시작했다.

그리고 눈앞의 서류가 그 결과물이었다.

"설명해 봐요, 베스티안. 도대체 이게 어떻게 된 일인지."

그럼에도 불구하고 샤나넷은 진심으로 믿고 싶었다.

베스티안에게 나름의 이유가 있을 것이라고.

"……이걸 어떻게 구했죠? 이건 모두 기밀 사항들인데."

그러나 남편은 그녀가 어떻게 서류를 손에 넣었는지만 궁금해하고 있었다.

"나의 동의 없이는 광업사의 기밀을 열람할 수 없을 텐데. 어떻게……."

당황해서 횡설수설하던 베스티안은 스스로 그 답을 찾아냈다.

"그래, 맞아요. 당신은 롬바르디였죠."

롬바르디 가주의 직계는 원한다면 언제든 롬바르디 휘하의 사업에 관여할 수 있는 권한이 있었다.

원래의 책임자가 누구인지는 중요하지 않았다.

원하는 그 즉시, 책임자를 상위하는 직권이 생겼다.

결혼을 통해서 롬바르디가 된 사람에게는 주어지지 않는 절대적인 권력이었다.

"그래서 하고 싶은 말이 뭔가요, 샤나넷."

"어떻게 그렇게 당당할 수 있죠, 베스티안?"

샤나넷은 고개를 절레절레 저었다.

"당신은 그동안 롬바르디로부터 많은 돈을 빼돌렸어요. 그리고 그것을 내가 알게 되었는데. 어떻게 당신은……."

"다 우리를 위해 한 일이니까요."

"우리를…… 위했다고요?"

베스티안은 자못 슬픈 얼굴을 꾸며 냈다.

샤나넷은 마음이 약하다.

그는 그것을 이용하기로 마음먹었다.

"샤나넷, 나는 당신을 너무나 사랑해서, 남자로서 내 자식에게 내 성을 물려줄 수 없는 치욕도 감수하면서 당신과 결혼했어요."

그동안 롬바르디의 돈을 훔친 것이 들킨 모양이지만, 아직 빠져나갈 방법은 있었다.

"하지만 당신 가문의 사람들은 계속해서 나를 무시했죠. 슖스 가문도 함께."

베스티안과 슖스가를 무시한 것은 주로 비에제와 로렐스였다.

그러나 결국 필요에 의해서 가장 가깝게 지낸 것도 그 두 사람이었다.

하지만 베스티안은 그 사실은 쏙 빼놓고 계속 말을 이어 갔다.

"그래서 그럴 수밖에 없었어요. 슖스 가문을 조금이라도 롬바르디에 어울리는 가문으로 만들려고요."

"롬바르디의 재산을 빼돌려서요?"

"그렇게 할 수밖에 없었던 내 마음은 편했겠어요?"

베스티안은 계속해서 샤나넷의 동정심에 호소했다.

"롬바르디에서 슖스 가문으로 주는 지원금이 있잖아요. 그 돈으로 만족할 수는 없었나요?"

매년 수천 골드가 슖스에게 지원된다.

사돈에 대한 룰락의 배려였다.

정곡을 찔린 베스티안은 답답한 척 한숨을 쉬었다.

"그래요. 내가 롬바르디의 돈을 임의로 슖스에 준 것은 사실이에요. 하지만 그 정도의 돈은 롬바르디에게 아무것도 아니잖아요? 모두 우리 부부가 행복할 수 있는 방법을 찾기 위해서 나 나름대로 노력한 거였어요."

상관없었다.

얼마가 되었던, 그것은 롬바르디의 재산이었다.

베스티안이 마음대로 자신의 가문에 주고 말고 할 수 있는 돈이 아니었다.

샤나넷은 그 사실을 알고 있었다.

그러나 베스티안에게 그런 말들을 쏟아 낼 수는 없었다.

그렇게 하기엔 샤나넷은 남편을 너무나 사랑했다.

'모두 우리를 위해서였다'는 그 말에 샤나넷은 차라리 슬퍼졌다.

"지금껏 몇 년 동안, 이만한 돈이 없어져도 아무도 몰랐던 게 그 증거예요. 롬바르디에게는 별 의미 없는 돈이지만, 슐스에게는 너무나 필요했던 것이라고요."

샤나넷은 울고 싶었다.

롬바르디로 태어난 이상 어쩔 수 없는 운명이라고 수많은 것들을 받아들였지만.

사랑하는 남편까지도 자신의 태생에 희생되는 것 같았다.

무거운 죄책감이 들었다.

결국 샤나넷은 고개를 저으며 말했다.

"지금 당장 이 일을 아버지에게 알리지는 않을 거예요."

역시!

베스티안은 속으로 쾌재를 불렀다.

"하지만 더는 안 돼요. 그리고 그동안 슐스에게 돌아간 돈은…… 슐스가 롬바르디에게서 빌려 간 것으로 해요. 오랜 시간이 걸리더라도 모두 롬바르디에게로 돌려놓는 거예요."

당연히 베스티안은 그럴 생각이 없었다.

하지만 그는 열렬히 고개를 끄덕였다.

샤나넷은 너무나 피곤한 얼굴로 침실을 나서며 베스티안에게 마지막으로 말했다.

"아이들이 아버지를 보고 싶어 해요. 일이 바쁜 건 알겠지만 쌍둥이를 생각해서라도 조금 더 얼굴을 보여 줘요, 베스티안."

샤나넷이 나가고 침실 문이 닫혔다.

혼자 남은 베스티안은 얼굴을 일그러뜨렸다.

"끝까지 잘난 척은."

언제나 혼자서만 고고한 척하는 게 너무나 혐오스러웠다.

무슨 일이 있어도 침착한 얼굴을 유지하는 것이 사람 같지 않아 소름이 돋았다.

그때 화장대 위의 한 물건이 베스티안의 눈에 들어왔다.

샤나넷이 가장 아끼는 어머니의 유품이었다.

특별할 것도 없는 초라한 목걸이를 궁상맞게 쓸고 닦는 게 안 그래도 눈에 거슬리던 참이었다.

"어디 이래도 계속 그렇게 침착할 수 있을까?"

비릿하게 웃은 베스티안은 그것을 자신의 주머니에 넣었다.

"오늘은 뭐 하고 놀까?"

"그러게나 말이다…… 하아."

망할 꼬맹이.

크레니는 체력이 무한이라도 되는 건지, 아무리 놀아 줘도 지칠 줄을 모른다.

무리해서 크레니와 놀아 주던 라라네가 결국 몸살로 앓아눕고, 아스탈리우가 싫다고 우는 크레니를 데리고 사냥을 가려고 하길래 어쩔 수 없이 내가 데려왔다.

주방에 사는 생쥐한테도 귀엽다고 빵 쪼가리를 모아다 주는 애인데, 이런 애를 무슨 생각으로 사냥터에 데려간다는 건지.

"우리 책 읽으러 갈까? 아니면 저번처럼 꽃 왕관 만들고 놀까?"

"쌍둥이한테 갈 거야."

오늘은 휴일이니까.

쌍둥이들도 훈련을 가지 않고 집에 있겠지.

내가 아는 사람들 중에 크레니의 망아지 같은 체력을 감당할 수 있는 건 걔들밖에 없다.

가서 크레니를 던져 주면 알아서들 재밌게 놀겠지.

옆에서 조잘조잘 떠드는 크레니의 수다를 들으며 걷다 보니 쌍둥이네 집 근처에 금방 도착했다.

"근데 분위기가 왜 이래?"

현관문도 활짝 열려 있고, 분위기가 어수선하다.

"세상에, 어떻게 해……."

"도대체 누가……?"

몇몇 고용인들이 열려 있는 문 쪽을 바라보면서 수군거리는 소리가 들린다.

"크레니, 이리 와."

나는 크레니의 손을 잡고 조심스레 안으로 들어섰다.

"죄송합니다, 죄송합니다!"

"죽을죄를 지었습니다!"

가장 먼저 들린 것은 누군가의 커다란 목소리였다.

응접실 안쪽으로 들어가 보니 목소리의 주인공인 듯한 하녀 둘이 머리를 숙이고 있는 모습이 보였다.

두 사람은 하얗게 질린 얼굴로 연신 무언가를 사죄하고 있었다.

"죄송합니다, 샤나넷 님!"

그중에 하나는 본관을 책임지는 하녀장이었다.

사과를 받는 대상인 샤나넷은 두 사람 앞에 등을 돌리고 서 있어서 얼굴이 보이지는 않았다.

하녀장은 절망적으로 샤나넷의 뒷모습을 올려다보더니 다시 한 번 눈을 질끈 감으며 외쳤다.

"모, 목걸이는 무슨 수를 써서라도, 꼭 찾아내겠습니다!"

목걸이?

누군가가 샤나넷의 목걸이를 잃어버린 건가?

지금 고개를 들지 못하는 하녀장은 롬바르디 저택에서 수십 년을 일해 온 사람이다.

성격도 꼬장꼬장한 편이라 웬만한 일에 대해서는 저렇게 사색이 되지는 않을 텐데.

"오, 오늘 아침에 침실을 청소한 아이들을 찾아서 추려 보면……."

"되었네."

등을 돌린 채 가만히 서 있던 샤나넷이 말했다.

마치 남의 일처럼 높낮이 없이 단조로운 목소리였다.

하지만 그 작은 목소리에도 하녀장은 흠칫하며 몸을 굳혔다.

"아닙니다, 샤나넷 님. 제가 무슨 수를 써서라도 범인을……."

"넬리."

샤나넷이 하녀장의 이름을 불렀다.

"목걸이는 내가 잃어버린 것 같네."

"……예?"

"생각해 보니, 며칠 전에 내가 목걸이를 착용하고 외출을 한 적이 있네. 그때 밖에서 잃어버린 게 틀림없어."

거짓말.

샤나넷은 어머니의 유품인 그 목걸이를 무척이나 소중하게 여긴다.

정말 특별한 날이 아니면 착용하지 않는다는 것은 저택에 사는 사람이라면 누구나 아는 일이었다.

하녀장은 할 말을 찾지 못하는 듯했다.

"하, 하지만……."

"그러니 괜한 사람들 고생시키지 말게."

쉽게 덮고 넘어갈 일은 아니었다.

롬바르디 가문처럼 일반적인 평민들은 평생 구경도 하지 못하는 귀중한 물건이 집 안 곳곳에 널려 있는 고위 귀족들은 이 같은 일을 아주 엄중하게 다룬다.

고용인이 주인의 물건에 손을 대는 사건이 생기면 그날로 고용인들의 숙소는 완전히 뒤집힌다.

그래도 찾는 물건이 나오지 않으면 유력한 하인들을 데려다가 실토하라며 고문하는 일도 심심치 않게 있을 정도니까.

아마 하녀장도 그런 미래를 예상하고 그렇게 하얗게 질려 있었을 것이다.

"내 말 알아듣겠는가?"

여전히 얼굴을 보여 주지 않은 샤나넷이 엄한 목소리로 물었다.

"예, 예. 샤나넷 님."

"가, 감사합니다……!"

아마 방을 청소했던 것으로 보이는 하녀가 달달 떨리는 몸을 겨우 가누며 말했다.

"나가 보게."

샤나넷의 명령에 하녀장과 다른 고용인들이 모두 밖으로 나갔다.

나도 함께 나가야 하나 싶었지만, 왠지 지금은 샤나넷을 혼자 두고 나가는 것이 옳지 않은 일 같았다.

달칵하는 소리와 함께 문이 닫히고.

그 순간이었다.

꼿꼿하게 서 있던 샤나넷의 몸이 그대로 무너졌다.

"……흑!"

그 자리에 주저앉아 입을 틀어막은 뒷모습이 너무나 작아 보였다.

"어……."

크레니가 그 모습을 보고 다가가려고 했지만 나는 고개를 저으며 손을 놔주지 않았다.

"어머니……."

방에서 상황을 지켜보고 있던 길리우와 메이론이 샤나넷에게 다가갔기 때문이었다.

잠시 머뭇거리던 쌍둥이는 조심스레 샤나넷의 어깨를 짚었다.

아들들 때문인지, 샤나넷은 스스로를 추슬러 보려고 했지만 쉽지 않아 보였다.

"으응……."

어린 크레니는 샤나넷과 쌍둥이들의 모습을 보는 것만으로도 벌써 눈물이 그렁그렁하다.

"우리는 다음에 놀러 오자."

나는 크레니의 손을 살짝 잡아당기며 작은 목소리로 말했다.

"응."

그리고 돌아섰는데.

"할아버지……?"

슬픈 눈을 한 할아버지가 샤나넷을 바라보고 있었다.

잠시 무너진 샤나넷의 뒷모습을 보던 할아버지는 조용히 뒤돌아섰다.

아무 말도 없었지만 왠지 따라오라는 뜻 같아서, 나는 크레니의 손을 잡고 할아버지와 함께 밖의 정원으로 나와 걷기 시작했다.

매일 습관처럼, 같은 길을 산책하는 할아버지를 따라서.

크레니를 배려한 할아버지의 발걸음은 평소보다 느렸다.

크레니도 할아버지의 기분을 의식하는 것인지 아무 말도 않고 조용히 걸었고 말이다.

그리고 마침내 상록수 숲에 다다랐다.

할아버지와 할머니의 추억이 남아 있는 곳이었다.

할아버지는 걸음을 멈추고 가장 커다란 나무에 지그시 손을 가져다 대며 말했다.

"샤나넷이 어째서 목걸이 하나 잃어버린 것에 저렇게 슬퍼하는지 아느냐?"

"할머니의 유품이라고 들었어요."

나는 조심스럽게 대답했다.

"소중한 물건이니까. 그렇게 소중한 물건이 없어진다면, 저도 정말로 슬플 것 같아요."

그리운 듯 소나무를 매만지던 할아버지가 나를 돌아보며 빙긋이 웃었다.

그리고 내 머리를 쓰다듬어 주었다.

조금 기운이 없는 손길이었다.

"그래, 샤나넷의 그런 마음을 이해해 주다니 우리 티아가 참 착하구나."

그리고 할아버지는 반쯤 중얼거리듯 말했다.

"샤나넷은 나탈리아와 유독 가까웠지. 첫째였고 또 사남매 중 유일한 딸이었으니. 그 목걸이는 나탈리아가 눈을 감기 직전, 샤나넷에게 직접 준 물건이란다."

목걸이는 내 생각보다도 더욱 특별한 물건이었다.

그런 유품을 잃어버렸으니, 상실감이 얼마나 클까.

"그리 소중한 물건이라면 무슨 수를 써서라도 찾아내면 그만인 것을."

"샤나넷 고모는 롬바르디의 평화를 사랑하는 사람이니까요."

"……뭐라?"

"그냥, 그런 분인 것 같아요, 저는."

나는 놀란 눈으로 나를 바라보는 할아버지에게 작게 미소 지으며 말했다.

이전 생에서 샤나넷이 많은 것을 잃으며 이혼한 이유를 생각해 보다 내린 결론이었다.

샤나넷은 롬바르디 가문의 평화를 자신의 문제 때문에 깨고 싶지 않았던 것이다.

베스티안에게 다른 여자가 있는 줄은 꿈에도 모르고, 롬바르디와 쌍둥이들을 위해서 본인이 모든 것을 짊어진 것이다.

샤나넷다운, 바보같이 착한 선택이었다.

나는 잠시 생각하다가 조심스레 할아버지의 소매를 톡톡 잡아당기며 물었다.

"혹시요, 할아버지."

"으음?"

"할머니께서 남기신 물건이 더 있어요? 목걸이같이 항상 몸에 지닐 수 있는 물건이요."

"으음. 나탈리아의 반지가 몇 개 남아 있기는 하지."

"그럼 그걸 샤나넷 고모에게 주시면 어때요? 목걸이만큼은 아니겠지만 그래도 빈자리를 조금 채워 줄 수는 있을 것 같은데."

"호오, 그것참 좋은 방법이구나! 그래, 그래야겠다!"

씁쓸함이 남아 있던 할아버지의 얼굴이 활짝 펴졌다.

"어이구, 어이구! 똑똑한 녀석!"

할아버지는 까슬까슬한 수염이 따갑게 느껴질 정도로 나를 꽉 안아 주었다.

크레니는 크게 웃는 할아버지를 처음 보는 듯 '헤에' 하고 올려다보더니, 자기도 머리를 쓰다듬어 달라고 슬쩍 내밀었다.

"그래, 그래. 어서 가서 나탈리아의 보석함을 찾아봐야겠다."

크레니의 동그란 머리통을 쓰다듬으면서 할아버지는 계속해서 그렇게 유쾌하게 웃었다.

디저트 가게인 '카라멜 에비뉴'에 이번 주에만 벌써 세 번째 출근 도장을 찍었다.

오늘은 클레리반이 베스티안을 다시 만나는 날이었고, 나는 그동안 달콤한 것을 먹으러 들렀다.

클레리반이 내가 지시한 대로 일을 잘 처리하리라 믿어 의심치 않아 디저트 가게에 오는 발걸음이 한없이 가벼웠다.

얼마 전부터는 그냥 케이크를 사 가지 않고 2층으로 올라와 한두 조각씩 먹고 가는 날이 더 많았다.

"으음! 맛있어!"

포크로 가득 떠 올려 앙 하고 물자 느껴지는 부드러운 크림의 단맛과 고소함에 발을 동동 굴렀다.

그런 내 앞에 딸각 하고 다른 디저트가 담긴 접시를 놔 주며, 종업원인 베이트가 작게 미소를 지었다.

"저희 가게의 케이크를 정말로 좋아하시는군요."

"맛있으니까요! 그리고 여기에 오면 마음이 왠지 편해져요."

"마음이요?"

"네! 으음, 아무도 모르는 나의 아지트에 온 듯한 느낌이랄까?"

내 말에 베이트가 움직임을 멈추고 나를 빤히 바라봤다.

신비한 호박색 눈동자는 마치 진짜 보석을 보는 듯한 묘한 느낌이 들었다.

"그냥 말이 그렇다는 거죠."

나는 슬쩍 그 눈을 피하며 말을 돌렸다.

"오늘은 어른이 좋아할 만한 디저트들 위주로 두 상자로 나눠서 포장해 주세요. 선물할 거거든요."

"어른이 좋아할 만한 디저트라……."

목걸이를 잃어버린 뒤로 안색이 부쩍 어두워진 샤나넷에게 가져다줄 생각이었다.

"그중 하나는 펠렛 상회로 보내 주시고요."

요즘 열심히 일을 한 클레리반과 바이올렛을 위한 간식 선물이었다.

"예, 알겠습니다. 잠시만 기다려 주시면 가져오죠."

베이트가 정중하게 고개를 까딱하더니 아래층으로 내려갔다.

다시 혼자 남겨진 나는 조금 전에 베이트가 가져온 새 디저트를 경건한 마음으로 한 입 떠먹어 보고 있었다.

"아하하!"

"영애, 농담도 잘하셔라!"

같은 2층 반대쪽에 있던 한 무리의 여자들이 크게 웃음을 터뜨렸다.

그들이 불쾌하거나 한 것은 아니었다.

단순하게 큰 소리가 나기에 돌아본 것뿐인데, 그 무리 중 한 여자와 눈이 마주쳤다.

부채로 얼굴을 가리고 눈만 내놓은 채로 웃고 있던 마리아 패트론이었다.

"아, 진짜 밥맛 떨어지게."

조금 전까지 하늘을 나는 것 같던 행복감이 순식간에 싹 사라져 버렸다.

저 여자를 여기서 마주치다니.

그런데 설상가상으로 마리아 패트론과 그 주변인들이 말을 몇 마디 속닥거리며 주고받더니 내 쪽으로 다가온다.

"아, 왜 와. 오지 마……."

"안녕하세요, 영애. 피렌티아 롬바르디 영애 맞으시지요?"

기어코 와서 말을 건다.

"네, 맞는데요."

여기서 내가 저 여자의 머리채를 잡아 뜯지 않는 것만으로도 나는 올해의 어린이 상을 받아 마땅하다.

자격이 있고말고.

"지, 지난번에 펠렛 상회 연회에서 뵌 적이 있는데……."

내 싸늘한 반응에 조금 당황한 듯한 마리아 패트론이 억지웃음을 지으며 친한 척을 한다.

"그런데요?"

"호호. 아직 어린 분에게 그날의 연회는 조금 정신이 없었죠? 저를 기억 못 하시는 것을 보니……. 그날 제가 롬바르디 가주님과도 따로 인사를 나누었었는데……."

마리아 패트론은 함께 다가온 영애들을 의식하고 일부러 들으라는 듯이 어깨를 으쓱대며 말했다.

"아아. 그때 그……."

내가 기억이 난 것처럼 하자 마리아 패트론은 '그럼 그렇지' 하는 얼굴을 해 보였다.

"주제를 모르고 할아버지께 말을 걸던 하급 귀족."

"풋."

여자들이 웃음을 터뜨리고, 마리아 패트론의 얼굴은 시뻘게졌다.

멍청하긴.

남자 보는 눈만 없는 줄 알았더니, 사람 보는 눈도 없다.

내가 아무리 어리다고는 하지만 자기가 바보 취급을 할 만큼의 사람이 아니라는 것도 한눈에 알아채지 못하다니.

저런 형편없는 센스를 가진 사람은 황도의 살벌한 사교계에 나서 봤자 웃음거리만 될 뿐이다.

지금 마리아 패트론를 실컷 비웃고 있는 영애들도 딱 그런 부류다.

촌에서 올라온 분수 모르는 하급 귀족 하나 데리고 놀려 먹고 있는 사람들.

마지막으로 싸늘하게 마리아 패트론을 위아래로 훑어봐 주며 고개를 돌리려고 할 때였다.

내 눈에 보여서는 안 되는 무언가가 들어왔다.

잘못 보고 있는 건가?

눈을 깜박여 봤지만, 그것은 사라지지 않았다.

"그 목걸이……."

별다른 장식은 없지만 독특한 커팅과 순도가 높은 둥그런 사파이어 목걸이.

그건 분명히 샤나넷의 목걸이였다.

너무 놀랐다.

나는 멍하니 마리아 패트론의 목에서 달랑거리는 목걸이를 바라봤다.

샤나넷의 목걸이가 왜 저기 걸려 있어?

황당하다 못해 기가 찼다.

"그 목걸이를 왜……."

내 중얼거림에 마리아 패트론이 자신의 목걸이를 손끝으로 만지작거렸다.

뚫어져라 바라보는 나의 시선을 오해한 것인지 입가에 우월한 미소가 걸린 채였다.

"참 예쁜 목걸이지요? 안 그래도 오늘 좋은 안목을 가졌다고 다른 영애분들께 얼마나 칭찬을 받았는지 몰라요."

"……아름다운 목걸이이기는 하죠."

마리아 패트론과 함께 있던 사람들은 조금 분하지만 목걸이가 꽤나 괜찮은 물건인 것을 인정하고 있었다.

롬바르디 안주인의 물건이었고 지금은 샤나넷이 가지고 있기에 '수수한' 목걸이라고 했지, 정말로 가치까지 소박한 물건이라고는 안 했다.

여전히 일반 귀족들이 보기에는 충분히 훌륭한 품질의 목걸이였다.

마리아 패트론 같은 여자의 목에 걸려 있기에는 더더욱 과분했다.

"그 목걸이 어디서 났어요?"

당장 그 여자의 머리채를 잡고 휘두르며 샤나넷의 목걸이를 내놓으라고 소리 지르고 싶은 것을 참았다.

덕분에 내 목소리는 잘게 떨리고 있었다.

"어머. 이 목걸이는 그냥 돈 주고 살 수 있는 물건이 아니에요."

마리아 패트론이 내가 자기 물건을 탐낸다는 것처럼 손으로 슬쩍 가리며 말했다.

옆에 있던 다른 귀족 여자가 확인하듯 물었다.

"패트론 영애의 소중한 사람이 선물로 줬다고 했죠?"

"네, 얼마 전에 제 생일이었거든요."

나는 내 귀를 의심했다.

방금 내가 뭘 들은 거지?

저 목걸이를 누가 줬다고?

"그러니까 패트론 영애의 연인이 그 목걸이를 선물했다고요?"

"네."

미친놈.

베스티안 개자식.

숲에 사는 식인 몬스터도 너 같은 거 먹으면 병 걸린다고 가래침 뱉으며 돌아설 더러운 새끼.

자기 마누라의 어머니가 남긴 유품을 훔쳐서 제 애인을 줘?

사람이 얼마나 썩으면 그런 짓을 할 수 있는 거지?

"그이의 가문에 대대로 내려온 아주 특별한 물건이래요."

롬바르디 안주인의 유품이 슐스 가문의 가보로 둔갑하는 순간이었다.

나는 너무 화가 나서 정신이 아찔해지는 것을 느꼈다.

마리아 패트론이 하는 것을 봐서, 그녀는 정말로 저 목걸이가 어떤 물건인지 모르는 것 같았다.

만약 저게 샤나넷의 물건이라는 것을 알았다면.

그리고 할머니의 유품이라는 것을 알았다면 이렇게 행동하지는 않았을 거다.

아무리 멍청하고 생각이 없어도 그렇지, 그런 목걸이를 하고 그것을 알아볼지도 모르는 내 앞에 쫄래쫄래 걸어오지는 않았겠지.

그렇다면 결국 베스티안이 목걸이의 출처에 대해서 마리아 패트론에게도 거짓말을 했다는 건데.

그때 마리아 패트론이 수줍은 목소리로 말했다.

"지금은 비록 사정이 있어서 떨어져 있는 시간이 많지만, 이렇게 특별한 선물로 사랑받고 있다는 것을 느끼게 해 주는 사람이랍니다."

꼴값 떨고 있네.

말은 똑바로 해야지.

그 사정이란 게 베스티안이 애가 둘이나 딸린 유부남이란 거고, 사랑이 아니라 불륜이다.

그리고 마리아 패트론은 지금 자기들의 불륜을 내가 모를 거라고 생각하고 저렇게 실실 쪼개고 있는 것이고.

샤나넷의 조카이자, 자기들이 돈을 훔치고 있는 롬바르디인.

나, 피렌티아 롬바르디 앞에서.

그래.

벌을 받아야 할 건 베스티안 혼자가 아니었지.

나는 잠시 저 뻔뻔한 여자를 처리할 수 있는 방법을 생각해 봤다.

마침 오늘이 안성맞춤이었다.

계획이 서자 분노로 들끓고 있던 머릿속이 거짓말처럼 차분해졌다.

나는 마시고 있던 과일주스가 든 유리잔을 들고 마리아 패트론의 옷에 훅 부어 버렸다.

그다지 실수인 척하지도 않았다.

마음 같아선 얼굴에 부어 버리고 싶은 것을 참고 있으니까.

"지, 지금 뭐 하시는……."

당황한 마리아 패트론이 주스가 뚝뚝 흐르는 자기 드레스를 잡고 나에게 따지려고 들었다.

나는 생긋 웃어 주었다.
"아, 실수."
그리고 마리아 패트론이 절대로 거절하지 못할 제안을 했다.
"저의 실수로 옷이 더러워졌으니 배상할게요."
"지금 이 옷이 얼마짜리인 줄 아시고……!"
"갤러한 의복점의 프리미엄 드레스."
불만이 터져 나오던 마리아 패트론의 입이 합 다물린다.
"그걸로 배상할 테니까, 갤러한 의복점으로 가요."
"그, 그렇다면야……."
나는 먼저 자리에서 일어났다.
그런 나에게 옆에 있던 영애들이 물었다.
"저희도 동행해도 될까요?"
나는 고개를 끄덕이며 대답해 줬다.
"네, 그러세요."
소문내 줄 구경꾼은 많을수록 좋으니까.

"네? 8000골드를 달라고 하셨습니까, 지금?"
베스티안의 놀란 목소리가 펠렛 상회의 사무실 안을 쩌렁쩌렁하게 울렸다.
"네, 맞습니다."
하지만 그에 대답하는 클레리반의 목소리는 평온하기만 했다.
"채굴권을 주는 조건으로 어느 정도의 대가를 요구할 줄은 알았지만……. 그래도 그렇지, 8000골드라니.”

너무나 어마어마한 금액에 베스티안이 혀를 내둘렀다.

“욕심이 너무 관한 것 아닙니까?”

베스티안의 힐난에 클레리반은 헛웃음이 나올 것 같았다.

지금 남의 것을 도둑질하고 탐내는 사람이 누구인데.

그 사람에게 욕심이 과하다는 말을 들어야 하다니.

하지만 클레리반은 피렌티아가 지시한 것들을 상기하며 차분한 모습을 유지했다.

“이건 비밀입니다만, 사실 펠렛 상회는 제 회사가 아닙니다.”

“그, 그럼…….”

“이렇게 상회를 세우고 광산까지 살 만한 자금을 제가 가지고 있을 리 만무하지 않습니까? 당연히 여러 사람에게 투자를 받은 것이지요.”

클레리반이 능청스레 말했다.

사실 펠렛 상회의 유일한 투자자이자 주인은 피렌티아였지만 말이다.

“그분들이 채굴 회사를 바꾸고 싶으면 그 정도 대가를 치러야 한다고 말하는데 제가 뭘 어쩌겠습니까.”

“그럼, 기한은 언제까지…….”

“당장 오늘 주셔야 합니다.”

“아니, 말이 안 되지 않습니까! 그런 거금을 오늘 안에 마련해 오라니!”

베스티안이 버럭 성을 냈지만, 클레리반은 어깨를 한번 으쓱할 뿐이었다.

"투자자들이 한자리에 모이는 날을 1년에 딱 한 번으로 정했습니다. 다들 바쁜 분들이니까요. 그리고 그날이 바로 오늘 밤입니다."

"그래도 그렇지, 그 큰돈을 어떻게 오늘 바로……."

베스티안은 아예 울상이었다.

다이아몬드 광산의 채굴권이 너무나 탐났다.

게다가 하루라도 빨리 샤나넷 롬바르디와 이혼하고 자유를 얻고 싶었다.

그렇기에 펠렛 상회의 채굴권을 얻으려고 했던 것인데.

8000골드라면 그동안 롬바르디에게서 빼돌린 금액과 얼추 맞아떨어지는 돈이었다.

하지만 그런 돈이 당장 현금으로 수중에 있을 리가 없다.

아무리 머리를 굴려 보아도 마땅한 수가 생각나지 않는 베스티안에게 클레리반이 달콤한 말을 속삭였다.

"대출을 받으시는 것은 어떻습니까?"

"대, 대출?"

"롬바르디 은행에서라면 베스티안 님의 신용으로 얼마든지 가능하시지 않습니까? 룰락 롬바르디의 사위이니까요."

클레리반의 말이 맞았다.

롬바르디 은행에서라면 믿고 그 정도 돈을 빌려줄 것이다.

"일단 급한 불부터 끄고, 대출금은 차차 갚아 나가시는 게 좋을 겁니다."

클레리반의 차분한 목소리에 베스티안은 순식간에 대출을 받는 것이 가장 좋은 방법이라는 생각에 사로잡혔다.

그런 베스티안에게 클레리반이 더욱 은근한 목소리로 말했다.

"사실 채굴권을 가져가서 다이아몬드 수익 일부를 가져가기 시작하면, 금방 채워 넣을 수 있는 금액 아닙니까."

"……그건 그렇죠."

"이번 기회를 놓치시면 1년을 기다려야 할 겁니다."

그러면 안 되는데.

베스티안은 초조해서 아랫입술을 깨물었다.

그리고 잠시 뒤.

결심한 듯, 베스티안이 자리에서 일어났다.

"은행에 다녀올 테니 어디 가지 말고 기다리십시오."

"으음. 선약이 있기는 한데…… 뭐, 알겠습니다."

베스티안은 마음이 급했다.

다행히 멀지 않은 곳에 롬바르디 은행이 있었다.

허겁지겁 그곳으로 달려간 베스티안은 급하게 지점장을 찾았다.

평소 안면이 있었던 지점장은 갑자기 찾아온 베스티안에 어리둥절해하면서도 친절하게 응대했다.

"미리 말씀을 주시면 저희가 광업사로 찾아뵈었을 텐데요! 여기까지 어쩐 일이십니까, 베스티안 님."

"대출을 좀 받으려고 왔습니다. 8000골드 정도 필요한데, 가능합니까?"

"8000골드요……."

지점장은 잠시 베스티안을 바라보다가 고개를 끄덕였다.

"그러시면 신용 대출이 될 텐데요. 괜찮으십니까?"

"상관없으니, 바로 8000골드를 무기명 어음으로 써 주세요."

베스티안의 입가에 비로소 웃음이 번졌다.

롬바르디의 사위인 것이 이럴 때는 정말 편하구나!

서둘러 사인을 하고 서류를 작성한 베스티안은 받아 든 어음을 들고 얼른 펠렛 상회로 돌아왔다.

다행히 클레리반은 아직 그 자리에 그대로 앉아 있었다.

"여기 있습니다. 이제 된 것이지요?"

테이블 위에 놓인 어음을 들어서 품 깊숙한 곳에 갈무리한 클레리반은 느리게 고개를 끄덕이며 말했다.

"예, 이 돈은 제가 투자자들께 잘 전달해 드리겠습니다."

어음이 들어 있는 가슴팍을 톡톡 치는 클레리반의 미소가 유독 짙었다.

황도에 있는 갤러한 의복점의 분점은 유독 크고 화려한 지점이었다.

나와 함께 온 덕분에 의복점 직원들에게 융숭한 대접을 받게 된 마리아 패트론과 영애들이 어깨를 우쭐하는 것이 한눈에도 보였다.

마리아 패트론은 프리미엄 드레스가 걸린 옷걸이 앞에서 한참을 뒤적거리다가 하나를 고르며 말했다.

"이 옷이 마음에 들어요."

드레스 가슴선을 따라 자잘한 에메랄드가 붙어 있어서 프리미엄 라인에서도 가장 비싼 축에 속하는 드레스였다.

참고로 조금 전 마리아 패트론이 입고 있던 드레스 열 벌은 살 수 있는 가격이었다.

하지만 나는 흔쾌히 고개를 끄덕여 주었다.

"으음? 티아 아니냐?"

바로 이런 상황이 벌어질 것을 알고 있었기 때문이었다.

나는 천천히 뒤로 돌았다.

"티아가 여기에는 어쩐 일이니?"

마침 갤러한 의복점의 황도 분점에 들어서던 할아버지와 아버지가 나를 보고 놀라 다가오고 있었다.

"할아버지! 아빠!"

나는 아버지와 할아버지에게 뛰어가 반갑게 인사했다.

오늘 두 분이 이곳에 올 예정인 것은 미리 알고 있었다.

그래서 마리아 패트론을 이곳으로 데려온 것이다.

"미리 말해 줬으면 아빠랑 할아버지가 조금이라도 더 서둘러 왔을 텐데……."

아버지가 내 머리를 쓰다듬으며 말했다.

"저도 예정에 없었는데 갑자기 오게 되었지 뭐예요."

그렇게 말하면서 슬쩍 돌아보니, 마리아 패트론과 영애들이 난리가 난 게 보였다.

제국 전역에 퍼져 있는 갤러한 의복점의 주인인 갤러한 롬바르디와 롬바르디의 가주인 룰락 롬바르디라니.

자기들끼리 속닥거리고 있었다.

아버지는 그런 영애들을 보면서 내게 물었다.

"저 사람들은…… 티아의 동행인 거니?"

나와 어울리기에는 영 나이대가 맞지 않는다.

자연스레 아버지와 할아버지의 얼굴에 의문이 떠올랐다.

그때 마리아 패트론과 영애들이 조심스럽게 다가왔다.

나는 자연스레 마리아 패트론을 가리키며 말했다.

"제가 패트론 영애의 옷에 주스를 쏟아 버렸어요. 그래서 새 옷을 사 드리려고 친구분들과 함께 초대를 했는데. 괜찮죠, 아빠?"

아버지는 조금 놀라면서 마리아 패트론의 옷을 살피며 말했다.

"그럼, 당연히 괜찮고말고. 이런, 옷이 엉망이 되었구……."

아버지의 말이 멈췄다.

시선은 마리아 패트론의 목걸이에 향한 채로였다.

흔들리는 눈으로 계속해서 목걸이를 보고 있는 것이 혹시 잘못 보는 것인가 싶은 모양이었다.

"아끼던 옷이라 조금 속상하기는 하지만 괜찮습니다……."

마리아 패트론이 그렇게 말하고 있는데도 아버지는 쉬이 입을 떼지 못했다.

아마 확신이 없는 것 같았다.

목걸이는 샤나넷의 물건이었으니까.

결국 마리아 패트론이 그렇게 말하고 다시 프리미엄 드레스 쪽으로 돌아가려고 할 때였다.

"거기 자네."

할아버지가 낮은 목소리로 마리아 패트론을 불러 세웠다.

"이리로 좀 와 보게."

할아버지의 시선은 정확하게 한 곳에 박혀 있었다.

"자네가 하고 있는 목걸이 좀 보지."

룰락 롬바르디는 자신의 앞에선 젊은 영애를 찬찬히 훑어봤다.

입고 있는 드레스는 주스 자국으로 엉망이었지만, 턱 끝을 살짝 치켜들고 서 있는 모습이 꽤나 당돌했다.

하지만 그러면서도 눈은 제대로 마주 보지 못하고 슬쩍 시선을 피한다.

이미 룰락를 두려워하고 있었다.

자신감 있는 척하고 싶지만, 결국 강단이 있는 성격은 아닌.

흔히 있는 타입이었다.

룰락은 차분한 목소리로 물었다.

"내 손녀가 옷에 음료를 흘렸다고?"

"예, 그런 작은 소동이 있었습니다."

"그것에 대해서는 내가 대신 사과하지."

"구, 굳이 그러실 필요까지는 없습니다. 이렇게 옷을 변상해 주시기도 했고……."

마리아 패트론의 말에 룰락은 고개를 끄덕였다.

"그래, 다행이군. 그렇다면 내 다음 질문에 솔직하게 대답해 주겠나?"

"어떤 질문이신지……."

"자네, 내 사위와는 무슨 사이인가?"

"……예?"

마리아 패트론의 목소리가 크게 떨렸다.

이미 비밀을 감추고 있는 그 속내를 들킨 것이나 마찬가지였다.

"잠시 동안의 실수였을 거라고 여기고 자네에게 기회를 주겠네."

"무, 무슨 말씀을 하시는 것인지 잘 모르겠……."

"아니, 다시 생각하게."

룰락이 마리아 패트론의 얼굴을 지그시 들여다보며 말했다.

"나는 자네에게 내 사위 베스티안 슐스와의 관계를 물었고, 자네는 그저 어설프게 발뺌하는 것보다는 훨씬 나은 대답을 내놓아야 할 걸세."

"으으……."

이제 마리아 패트론은 룰락의 기운에 완전히 눌려 있었다.

몸은 달달 떨리고, 발은 지금 당장이라도 도망치고 싶은 것처럼 주춤거렸다.

그러나 룰락에게 그런 그녀를 동정하는 기색은 전혀 없었다.

마리아 패트론이 가까이로 다가온 순간, 룰락은 알았다.

그녀가 하고 있는 목걸이가 딸인 샤나넷의 것이라는 사실을.

그리고 다음 순간 바로 떠오른 것은, 베스티안이었다.

정확히는 펠렛 상회의 연회에서 동향 사람이라며 인사를 나누었던 두 사람을 말이다.

"그 목걸이는 내 아내의 유품일세. 지금은 장녀인 샤나넷의 물건이지."

"그, 그럴 리가 없습니다! 잘못 보신 것이겠지요!"

마리아 패트론의 말에 룰락은 고개를 가로저었다.

"자네에게 그 목걸이를 준 이가 어떻게 설명했을지는 모르겠지만, 그건 내 아내의 유품이 맞네. 뒤쪽에 내 아내 나탈리아 롬바르디의 이니셜이 새겨져 있지."

마리아 패트론은 떨리는 손으로 목걸이를 뒤집어 보았다.

룰락의 말대로였다.

자세히 보지 않으면 모를 작은 이니셜이 새겨져 있었다.

"어렵다면 내가 선택지를 주지. 이대로 롬바르디에 침입해 목걸이를 훔쳐 간 도둑이 되어 황도 치안대에 넘겨질 건가."

치안대라는 말에 마리아 패트론의 심장이 덜컥 내려앉았다.

"아니면 베스티안 숄스와의 관계에 대해서 실토할 건가."

"그, 그건……."

마리아 패트론은 아랫입술을 꽉 깨물고 있었다.

항상 베스티안이 '늙은이' 혹은 '노인네'라고 부르며 룰락 롬바르디를 무시하는 말만 들어 왔다.

그래서 마리아 패트론은 항상 롬바르디 가주를 우습게 생각했다.

바로 코앞에서 베스티안과 자신이 돈을 훔치고 있는 것도 모르는 멍청한 늙은이라고.

하지만 마리아 패트론은 멍청했던 것은 자신임을 깨달았다.

룰락 롬바르디는 무서운 사람이었다.

지금 자신을 숨도 못 쉬게 만드는 저 위압감이 그렇게 말하고 있었다.

도대체 내가 무슨 짓을 저지른 거지.

그것도 롬바르디를 상대로.

후회해 봤지만 이미 늦었다.

마리아 패트론은 눈을 질끈 감고 덜덜 떨었다.

"지금 이 자리에서 다 말하기 힘들다면 일단 한 가지만 대답하게. 그 목걸이를 자네에게 준 것이, 베스티안 숄스가 맞나?"

룰락의 질문에 마리아 패트론은 천천히 고개를 끄덕였다.

"갤러한."

룰락 롬바르디는 분노로 얼굴을 단단히 굳히고 있는 아들을 불렀다.

"티아를 챙기거라. 저택으로 돌아가자. 물론 자네도 함께."

마지막 말에 마리아 패트론의 몸이 크게 움찔했다.

"죄, 죄송합니다! 부디 용서를……."

겁을 먹고 머리를 조아리는 그녀를 차갑게 내려다보며 룰락이 말했다.

"들통나지 않았다면, 미안해하지도 않았겠지. 좋은 말로 할 때 따라오게."

마리아 패트론은 마지막으로 지푸라기라도 잡는 심정으로 함께 왔던 영애들을 돌아봤다.

그러나 오가는 대화에서 이야기의 맥락을 대충 파악한 그녀들은 그런 마리아 패트론을 경멸스럽다는 듯 보고 있었다.

"가지."

룰락이 그렇게 말하고 갤러한 의복점을 나섰다.

결국 마리아 패트론은 그 뒤를 따라 롬바르디 저택으로 향하는 마차에 올라탈 수밖에 없었다.

하늘이 어둑한 시각.

샤나넷은 황도의 한 주택 앞에 서 있었다.

귀족보다는 부유한 평민층이 살기에 적합한 그런 집이었다.

부친과 남동생이 데려온 여자가 다짜고짜 그녀 앞에 무릎을 꿇었던 것이 겨우 몇 시간 전이었다.

슐스 영지 출신이라던 그 여자였다.

그리고 그 여자가 그렇게 찾았던 어머니의 유품을 목에 걸고 있었다.

"베스티안 슐스가 줬어요. 슐스가에 대대로 내려오는 물건이라고 하면서……."

여자는 울먹이는 목소리로 말했다.

"부인과 가정이 있는 사람이라는 것을 알면서도 만남을 이어 왔습니다. 정말로 죄송합니다."

샤나넷은 터져 나오려는 비명을 억지로 참아야 했다.

"얼마나…… 얼마나 되었죠."
"지난 7년 동안……."

7년.
그 끔찍한 숫자에 샤나넷은 눈을 질끈 감았다.
그리고 굳은 얼굴로 베스티안이 여자에게 마련해 줬다는 집의 문을 두드렸다.
잠시 뒤, 작은 소음과 함께 문이 열렸다.
"마리아, 어딜 갔다가 이제 오는……."
이미 집에서 입는 편한 옷으로 갈아입은 베스티안이 무심코 문을 열어 주다가 말을 멈췄다.

현관문에 서 있는 샤나넷을 발견하고는 얼굴이 점차 하얗게 질려 갔다.

"다, 당신이 여기엔 어떻게……."

샤나넷은 조용히 그런 베스티안을 응시했다.

"그, 그러니까 이건……. 여기는 친구의 집인데……. 어떻게 된 상황이냐면요, 샤나넷."

베스티안은 또 거짓말을 늘어놓으려고 하고 있었다.

그리고 종국에는 어설픈 웃음을 지어 보이더니 말했다.

"오해를 할 만한 상황인 것은 알겠는데. 샤나넷, 나를 믿죠?"

그녀가 한때 사랑에 빠졌던 그 얼굴을 하고서.

그러나 오히려 샤나넷은 그 순간, 확실하게 알 수 있었다.

이 남자는 이미 그녀가 평생을 함께 하겠노라 약속했던 그 사람이 아니었다.

샤나넷은 있는 힘껏, 베스티안의 뺨을 쳤다.

짜악-!

커다란 마찰음이 조용한 주택가 거리에 울렸다.

"베스티안 슐스."

베스티안이 한 번도 들어 본 적 없는 서늘한 목소리로 샤나넷이 말했다.

"당신에게 이제 돌아올 집은 없어."

돌아선 그녀는 근처에 세워진 마차까지 망설임 없이 걸었다.

단 한 번도 뒤를 돌아보는 일 없이.

맞은 뺨을 부여잡고 서 있다가, 그제야 정신을 차린 베스티안은 허겁지겁 그 뒤를 따라가려고 했다.

“젠장! 하필이면 이런 때에!”

롬바르디 은행에서 빌린 8000골드가 베스티안의 머릿속을 하얗게 만들고 있었다.

인상을 잔뜩 쓴 그가 샤나넷의 뒤를 따라 골목을 빠져나가려던 순간.

탁.

베스티안의 앞을 가로막는 두 사람이 있었다.

“길리우? 메이론? 너, 너희들이 어떻게 여길…….”

어느새 자라서 아버지와 눈높이가 비슷해진 쌍둥이들이었다.

“잠깐 비켜 봐라. 너희 어머니와 내가 할 이야기가…….”

“오지 마요.”

길리우가 베스티안의 가슴팍을 손으로 짚어 가로막으며 말했다.

“더 이상 어머니를 괴롭히면 가만히 안 둬요.”

메이론이 이를 악물고 말했다.

베스티안을 싸늘한 경고의 눈으로 바라본 쌍둥이는 마차가 출발하는 소리가 들리자 돌아섰다.

샤나넷과 마찬가지로 뒤도 돌아보지 않은 두 사람은 훌쩍 말에 올라탔다.

그리고 천천히 말을 몰았다.

다그닥, 다그닥.

황금으로 만들어진 롬바르디 문양이 박혀 있는 마차 뒤를 쌍둥이가 호위하듯, 그렇게 멀어져 갔다.

베스티안과 샤나넷은 이혼했다.

다만 이전 생과는 달리 나쁜 사람은 벌을 받았다.

베스티안과 마리아 패트론은 그동안 롬바르디의 돈을 빼돌린 것이 밝혀져 감옥에 갇혔다.

형이 끝나고 나오더라도, 롬바르디 은행에서 빌린 8000골드와 이자를 합친 빚이 베스티안을 기다리고 있을 것이다.

슈스 가문도 당연히 박살이 났다.

할아버지가 나서서 그렇게 만들었다.

그동안 주었던 지원금과 투자금을 모조리 회수하자 슈스 가문에 남는 것은 아무것도 없었다.

그리고 할아버지는 귀족 회의를 압박해서 슈스라는 이름을 귀족 명부에서 지워 버렸다.

지금은 영지를 포기하고 친척네 어딘가로 갔다던데, 내가 상관할 바가 아니다.

내가 걱정하는 것은 샤나넷이었다.

그날 이후로 벌써 한 달째, 밖으로 나오지 않고 칩거 중이었다.

나는 매일 쌍둥이를 핑계로 얼굴을 비치고 있었지만, 샤나넷을 보지는 못했다.

"에휴……."

베스티안 그 버러지 같은 놈을 욕하면서 내가 막 쌍둥이네 집의 문을 열려고 할 때였다.

"어머, 티아구나."

마침 안에서 문을 열고 나온 샤나넷이 나를 보고 환하게 웃었다.

"어어……."

나는 순간 너무 놀라서 어버버하다가 물었다.

"어디 가세요?"

"출근하는 길이란다."

"출근이요?"

"오늘부터 롬바르디 광업사를 내가 운영하기로 했단다. 그동안 놓고 있었던 가문의 일을 다시 맡아 해 나가야지."

그렇게 말하는 샤나넷의 얼굴에선 마치 빛이 나는 것 같았다.

어색하게 꾸며진 거짓 미소가 아니었다.

샤나넷은 어딘가 홀가분해 보였다.

"쌍둥이들은 안에 있으니, 놀다 가렴."

"네에……."

마지막으로 곱게 웃으며 내 머리를 쓰다듬어 준 샤나넷은 복도를 걸어갔다.

혼자 걸어가는 뒷모습이었지만 오히려 어느 때보다 더 커 보였다.

등을 꼿꼿이 세우고 그 누구의 눈치도 보지 않았다.

가장 샤나넷다운 모습이었다.

요즘 내 일과는 꽤나 단순했다.

일주일에 세 번 정도 클레리반의 보고를 받으러 펠렛 상회에 오는 것이 정해진 일정의 전부였다.

나머지 시간에는 황궁에 페레스를 보러 가거나, 사촌들과 놀러 다니며 시간을 보낸다.

오늘은 한가롭게 광장 구경을 하다가 펠렛 상회의 사무실에 들른

길이었다.

갤러한 의복점에 바쁜 일이 생겨서 도와주러 파견 근무를 나갔던 바이올렛도 오랜만에 사무실에서 나를 기다리고 있었다.

"남부에서 밀 구매하는 일은 잘 마무리되었나요?"

"예, 마침 서셔우 지방과 제국 극남 지방에 풍년이 든 터라 좋은 가격으로 구입할 수 있었습니다."

나는 별말 없이 고개를 끄덕였다.

올해 남부 농사가 유례없는 풍작이라는 것은 내 기억에 남아 있는 대로였다.

그다지 놀라지 않는 내 반응을 본 클레리반이 반신반의하는 듯한 말투로 내게 물었다.

"설마, 알고 계셨던 겁니까?"

"뭘요?"

"남부가 올해 풍년일 거란 것 말입니다."

눈치도 빨라라.

하지만 나는 어깨를 으쓱하며 도대체 무슨 말인지 모르겠다는 표정을 지었다.

"제가 무슨 예언가도 아니고, 그걸 어떻게 알았겠어요?"

"하지만 조금 전에 반응이……."

"그거야 클레리반과 바이올렛, 그리고 펠렛 상회의 유능한 직원들이 잘 해낼 거라고 처음부터 믿었으니까요."

"아……."

갑작스런 나의 칭찬 폭탄에 멍한 얼굴을 하던 클레리반의 입꼬리가 자기도 모르게 슬쩍 올라간다.

몇 번 씰룩거리던 입을 황급히 가려 보지만 평소의 날카로운 눈매가 흐물흐물하게 풀린 게 다 보여서 아무 소용도 없다.

하여간 클레리반은 칭찬에 무지 약하다.

나는 그런 클레리반이 잠시 진정하게 두고, 바이올렛에게 물었다.

"전에 말했던 '레드 상단'에 대한 것은 알아봤나요, 바이올렛?"

"네, 그런데 별다른 것이 나오질 않아서……. 죄송합니다."

바이올렛이 얇은 보고서를 내밀며 면목 없다는 듯 말했다.

하지만 나는 고개를 저었다.

"바이올렛의 잘못이 아니에요. 이 레드 상단이 그렇게 많은 일을 한 곳은 아니니까요."

처음부터 별 소득이 없을 거란 생각으로 내린 지시였다.

"이만큼 알아 온 것만 하더라도 충분히 수고하셨어요, 바이올렛."

칭찬에 약한 것은 바이올렛도 마찬가지인가 보다.

단정한 하얀 얼굴이 살짝 붉게 물든 것을 보면.

그래서 나는 이왕 칭찬을 한 김에 조금 더 하기로 했다.

"이렇게 부탁드리는 일마다 완벽하게 잘해 주시니까 제가 할 일이 없어서 조금 심심할 지경인걸요."

"그, 그런 말씀을……."

"더욱 열심히 하겠습니다."

바이올렛은 더욱 얼굴을 빨갛게 물들였고, 클레리반은 뭔가 결심한 듯 의미심장하게 대답했다.

"그리고 클레리반."

"네, 피렌티아 님."

"로릴이 동부 여행에서 클레리반의 선물을 사 왔던데. 상회에서 롬바르디 저택으로 사람을 보내서 가져가세요."

지난 몇 달간, 로릴은 어머니인 딜라드 부인의 친정이 있는 동부로 긴 여행을 다녀왔다.

그러면서 나와 아버지, 그리고 클레리반의 선물을 사 왔는데 아무래도 보는 눈이 있다 보니 클레리반에게 직접 선물을 줄 수는 없었다.

이복 남매였지만 대외적으로 클레리반과 딜라드가는 아무런 관계가 없었으니까.

"……예, 알겠습니다."

잠시 멈칫하던 클레리반은 이윽고 고개를 끄덕였다.

본인 말로는 '전혀 상관없는 남남이다'라고 하지만, 글쎄.

내가 지켜봐 온 클레리반은 본인 스스로 생각하는 것보다 훨씬 여동생인 로릴을 아끼는 사람이었다.

나는 그런 클레리반과 바이올렛에게 인사를 한 뒤에 저택으로 돌아왔다.

마차에서 내려서 바로 집으로 들어가지 않고 정원으로 나와 조금 걸었다.

베스티안의 배신과 샤나넷의 이혼이라는 폭풍이 지나가고 저택은 다시 전처럼 평화로워졌다.

아니, 사실 지나치게 평화로워져서 조금 심심한 감이 없잖아…….

"흑! 흐아앙!"

소나무 정원으로 들어가는 길목에서 어린애가 우는 소리가 들렸다.

이 익숙한 목소리는 크레니다.

울음소리가 나는 나무 사이로 다가가니 아니나 다를까, 크레니가 무언가를 끌어안고 울고 있었다.

"넌 또 왜 울고 있어?"

내 목소리에 무릎에 파묻고 있던 고개를 드는데, 크레니의 얼굴이 가관이다.

눈물, 콧물로 범벅이 되어 있고 머리는 땀에 잔뜩 헝클어져 있었다.

게다가 뭐가 그렇게 분한지 얼굴이 새빨개지도록 열을 올리며 히끅거리고 있었다.

"흡! 티, 티아아……."

날 발견한 크레니가 오도도 달려오더니 풀썩 안긴다.

그리고 더 목 놓아 본격적으로 울기 시작했다.

"으아아앙! 흑! 흐엉!"

울음소리도 참 다채롭지.

울보답게 다양한 소리로 울어 대는 크레니는 달랜다고 달래지는 애가 아니라는 것을 이미 경험으로 알고 있다.

그래서 나는 반쯤 포기한 마음으로 크레니가 안고 있는 물건을 확인했다.

"책이네? 내가 어제 빌려준 책?"

그런데 책의 상태가 조금 이상했다.

"이거, 왜 이렇게 다 찢어져 있는 거야?"

자세히 보니 그냥 얌전하게 찢어진 게 아니었다.

갈기갈기 조각난 책장은 누군가가 발로 밟은 것인지 검은색 발자국이 잔뜩 나 있기까지 했다.

"미, 미안해……. 미아내애……."

내가 책의 상태를 살피자 크레니의 울음소리가 더 커졌다.

사실 처음부터 크레니에게 줄 생각으로 산 책이라, 책이 엉망이 된 것은 신경 쓰이지 않는다.

그런데 책장에 잔뜩 찍힌 발자국과 크레니의 셔츠에 찍힌 발자국이 똑같은 것은 많이 눈에 거슬린다.

누구랑 싸웠나 싶기도 했지만, 크기를 보아 하니 크레니의 또래는 절대 아니다.

분명히 다 큰 성인의 발처럼 커다란 발자국이었다.

"이거 누가 그랬어?"

나는 커다란 발자국을 가리키면서 물었다.

"이, 이거…… 이거 벨레삭 형이……."

"벨레삭?"

어쩨 요즘 좀 잠잠하다 했다!

슬쩍 들춰 보니 크레니의 팔에는 멍까지 들어 있었다.

"무슨 일이 있었는지 제대로 말해, 크레니."

"흑! 그게…… 내, 내가 혼자서 책을 읽고 있었는데……."

"그런데?"

"히잉, 벨레, 삭이 와서…… 그 책 뭐냐고, 흑! 그래서…… 내, 내가 티아 거라고 해, 했더니!"

울음소리가 섞여 있어서 알아듣기는 어려웠지만, 크레니가 설명한 자초지종은 이랬다.

"그러니까 너 혼자서 책을 읽고 있었는데 벨레삭이 왔고, 네가 읽고 있는 책이 내 거라는 걸 알고는 책을 막 찢었다고?"

"우웅……."

"그리고 너는 그걸 막으려다가 이렇게 된 거고?"

"……웅."

"벨레삭 이 개미 똥구멍 같은 게!"

울컥하고 묵은 감정이 올라왔다.

"괴롭힐 게 없어서 자기 어린 사촌 동생을 패?!"

아니, 이전 생에서 나를 그렇게 패던 놈이었으니, 더 어린 크레니라고 괜찮을 리가 없지.

"네 형은! 아스탈리우는 뭐 했는데!"

"그, 그냥 옆에서……."

"바보 머저리 같은 놈! 자기 동생이 맞고 있는데!"

내가 답답해서 열불을 내자, 크레니가 옆에서 다시 훌쩍이기 시작했다.

이 어린 게 책을 지키겠다고 막다가 밟히기까지 하는데 제 친형이라는 놈은 옆에서 멀뚱히 보고만 있었다니.

서러웠겠지.

하지만 나는 일부러 엄하게 말했다.

"뚝. 그만하면 많이 울었어. 그만 울어."

"……뚝."

크레니는 내 말에 히끅거리며 터져 나오는 울음을 아랫입술을 꾹 다물며 참아 낸다.

조금 진정하는 기색의 크레니에게 나는 차분하게 설명했다.

"크레니, 너 이 책 얼마 같아."

"으음. 잘 모르겠어……."

아직 밖에서 무언가를 사 본 적이 없으니 경제관념이 없을 만도 하다.

"자, 내가 이 책을 4실버에 샀어. 너 달마다 받는 용돈 얼마야."

"1골드."

아마 로렐스와 로넷 부부는 크레니 몫으로 나오는 돈 중에서 일부만 주고 있는 듯했다.

"그래, 그럼 네 용돈으로 이 책 충분히 살 수 있으니까 새 책을 사서 나에게 주면 되는 거야. 미안하다고 말 한마디 얹어 주면 더 좋고."

"하, 하지만……."

"겨우 돈으로 살 수 있는 물건 때문에 네 몸을 다칠 필요는 없어. 내 말 알겠어?"

"응……."

"소중하다고 생각하는 물건을 지키는 것도 중요하지만 어디까지나 제일 중요한 건 너 자신이야."

무슨 생각을 하는 것인지 아직 물기가 마르지 않은 눈이 나를 보며 두어 번 깜박인다.

얼마 전 여덟 살이 된 크레니이기에 나는 조금 더 강경한 조언을 해 주었다.

"잘 들어, 크레니. 너는 롬바르디야. 그것도 꽤 괜찮은 롬바르디. 롬바르디는 화나는 일이 있으면 손 놓고 앉아서 그냥 엉엉 울지 않아. 우리는 복수를 하지."

"복수……?"

"그래, 복수. 그것도 제대로 된 걸로."

애를 이 꼴을 만들어 놓은 벨레삭 자식을 가만히 둘 생각은 전혀 없다.

벨레삭과 아스탈리우 뒤치다꺼리 전문가인 내가, 그 둘이 자신에 대해서 아는 것보다 더 많이 안다고 자부한다.

물론 약점까지도.

“하지만 크레니 너는 아직 어리니까 이번만큼은 내가 대신 복수해 줄 거야. 하지만 다음부턴 이렇게 무작정 울고 있기만 하면 안 돼. 알겠어?”

“응, 응! 알겠어!”

나는 크레니의 머리를 쓱쓱 쓰다듬어 주고 그동안 우리 둘의 대화를 듣고 있던 사람에게 돌아섰다.

“할아버지.”

내 부름에 굵은 소나무 뒤에 몸을 반쯤 숨기고 있던 할아버지가 걸어 나왔다.

“허허, 알고 있었느냐?”

숨어 있던 것이 멋쩍은지 할아버지는 입맛을 다셨다.

하지만 나는 그런 할아버지를 보면서 웃지 않았다.

내가 단단히 화가 났다는 것을 눈치챈 할아버지는 크레니의 상태를 찬찬히 훑어보며 눈썹을 찌푸렸다.

“부탁이 있어요, 할아버지.”

“……말해 보거라.”

“크레니 데리고 밖에 잠깐 나갔다 오는 걸 허락해 주세요.”

“으음? 그게 전부냐?”

아마 내가 ‘벨레삭을 혼내 주세요’라고 말할 것이라 생각했는지, 할아버지는 놀란 얼굴을 했다.

하지만 나는 그렇게 쉬운 소원을 말할 생각이 없었다.

할아버지가 벨레삭에게 할 수 있는 일은 기껏해야 무섭게 혼을 내거나, 일주일 정도 외출 금지를 시키는 것 정도.

크레니를 이렇게 만들고 감히 내 책을 찢은 벌로는 가당치도 않다.

크레니에게 약속한 대로 벨레삭은 내가 직접 손봐 줄 생각이다.

"어딜 가려고?"

할아버지가 궁금한 듯 물었다.

"얘 단것 좀 먹이려고요."

나는 손등으로 눈물을 닦아 내고 있는 크레니를 가리키면서 대답했다.

"그, 그러려무나……."

나는 바로 크레니의 손을 잡고 조금 전에 내가 타고 돌아왔던 마차에 다시 올라탔다.

내가 크레니를 데리고 온 곳은 물론 '카라멜 에비뉴'였다.

"자, 이거 먹어. 팍팍 먹고 얼른 쑥쑥 커서 벨레삭 따위 아래로 내려다봐 주란 말이야."

크레니 앞으로 우유와 초콜릿 케이크를 밀어 주면서 말했다.

다 커서도 남자치고 키가 작은 편인 벨레삭과는 다르게 사촌들 중에서 제일 키가 클 크레니인 것을 아니까 하는 말이었다.

"헤헤. 웅!"

입가에 초콜릿이 묻은 크레니가 아직 빨간 눈으로 좋다고 웃었다.

그런 크레니에게 입을 닦으라고 냅킨을 던져 주고 있는데, 조금 특별한 대화가 들려왔다.

"월세 계약을 연장하지 않겠다니, 그게 지금 무슨 말씀입니까?"

소리가 난 쪽을 바라보자 꽤 당황한 얼굴의 베이트가 누군가와 대화를 나누고 있는 것이 보였다.

"들었지 않나. 계약이 끝나면 바로 가게를 비워 달라는 말이지 뭐겠나?"

마른 몸에 깐깐한 인상의 중년 남자는 대화가 꽤나 귀찮은 기색이었다.

연신 귀나 후비며 혀를 차는 것을 보면.

그러나 동시에 남자의 눈은 가게 내부를 연신 훑어보고 있었다.

욕심이 그득그득 담긴 눈빛이었다.

"계약 당시에는 앞으로 10년 정도는 걱정 없이 가게를 운영할 수 있게 해 주시겠다고!"

"그거야 우리 아버지가 돌아가시기 전에 하신 말씀이고. 나는 그런 말에 동의한 적 없는데 뭘!"

"아무리 그래도 그렇지……."

언제나 유들유들하게 미소를 짓고 있는 베이트였지만 지금은 하얗게 질려 있었다.

"가게를 연 지 이제 2년밖에 되지 않았고, 겨우 자리를 잡아 가는 와중에 이러시면 어떻게 합니까."

"아, 글쎄. 내가 알 바 아니라니까?"

건물 주인으로 보이는 사람은 베이트의 사정 따위에는 전혀 관심이 없었다.

부친이 사망하는 바람에 건물을 상속받았는지, 새 주인은 갑자기 자기 것이 된 건물을 둘러보기 바빴다.

"아버지는 거참, 이런 좋은 건물을 그런 말도 안 되는 가격에……."

혼잣말인지, 다른 사람도 들으라는 것인지 모를 그런 중얼거림이었다.

그럴수록 베이트의 잘생긴 얼굴은 절망감에 물들고 있었다.

그러나 물러설 수 없는지, 베이트가 다시 한번 건물주에게 다가서며 말했다.

"월세를 올려서 드리겠습니다. 재고해 주시죠."

그러나 건물주는 그런 베이트의 제안을 받아들이기는커녕, 어이없다는 듯 코웃음만 흘렸다.

그리고 베이트를 위아래로 훑어 내리며 말했다.

"보아하니 나이도 꽤 젊은 것 같은데, 인생 너무 그렇게 쉽게 쉽게 가려고 하면 안 되는 거요."

"쉬, 쉽게 쉽게……. 하."

베이트가 앞머리를 쓸어 올리며 헛웃음을 삼켰다.

할 말은 많지만, 차마 할 수 없는 그런 얼굴이었다.

"이 제과점이 그렇게 유명하다지? 뭐 얼마나 맛있게 하기에 그런가 했더니, 이제 보니 순 자리가 좋은 덕분이었군."

새 건물주가 마지막으로 한 말이 베이트의 한계였던 모양이었다.

"일단 지금은 영업 중이니 다음에 시간 약속을 한 뒤에 다시 이야기하시죠. 제가 댁으로 찾아뵙겠습니다."

"아, 됐소."

건물주는 귀찮다는 듯, 한 손을 휘휘 저었다.

"더 긴말할 것 없고, 지금 계약이 끝나면 자리를 비워 줄 준비나 하시오."

그리고 남자는 가게를 나가 버렸다.

"하아……."

베이트의 한숨이 깊었다.

그럴 수밖에.

이제 '카라멜 에비뉴'가 입소문을 타서 그동안 투자한 것들을 회수해야 할 시점인데.

대뜸 새로 나타난 주인이 가게를 비우라고 하니 막막한 게 당연했다.

찌푸린 미간을 짚은 베이트가 나를 돌아보는 바람에 시선이 마주쳤다.

나는 당황하지 않고 생긋 웃으면서 말했다.

"여기 이거 똑같은 걸로 두 조각 추가요."

나라도 많이 팔아 줘야지.

내 말에 고개를 작게 끄덕인 베이트는 금방 초콜릿 케이크 두 조각을 더 내왔다.

그런데 유리잔에 가득 담긴 우유 한 잔도 함께였다.

"이건 시킨 적 없는데요?"

"서비스입니다."

"서비스요?"

당장 가게에서 쫓겨날 판에 무슨 서비스?

내가 어이가 없어서 빤히 올려다보자, 베이트가 슬쩍 내 눈을 피하더니 옆머리를 작게 긁으며 말했다.

"성장기에는 우유를 많이 마시는 것이 좋습니다."

"아, 네에……."

뭔가 굉장히 오랜만이었다.

이렇게 제대로 된 어린아이 취급을 받는 것은.

내 주변에 있는 사람들은 다 나를 벌써 반쯤 자란 준성인처럼 대했다.

아버지와 사촌들도 그랬고, 나를 상사로 둔 클레리반과 바이올렛은 두말할 것도 없었다.

내가 그냥 평범한 열한 살짜리 꼬맹이가 아니라는 것을 잘 알고 있으니까 말이다.

하지만 그건 베이트도 마찬가지일 텐데?

"일단 감사하게 마실게요."

나는 꾸벅 인사를 하면서 우유를 한 모금 들이켰다.

베이트는 그런 내 모습을 어쩐지 조금 흐뭇한 얼굴로 보다가, 나와 다시 눈이 마주치자 언제 그랬냐는 듯 무표정으로 돌아갔다.

표정 관리 되게 못 하네.

키득거리는 웃음이 날 것 같아서 나는 그대로 우유를 두어 모금 더 마셔 버렸다.

그대로 크레니와 이런저런 대화를 나누고 있자, 다시 평소의 모습대로 돌아간 베이트는 2층 가득히 사람들이 들어찬 테이블 사이를 누비며 일을 시작했다.

구석에 뒷짐을 지고 서서 손님들에게 부족한 것은 없는지 지켜보기도 했고, 빈 잔이 보이면 재빠르게 다가가 채워 주기도 했다.

가끔 아래층의 카운터를 보기도 하지만, 대부분은 이렇게 손님들 사이를 누빈다.

그게 지난 몇 개월간 내가 '카라멜 에비뉴'의 단골이 되어서 파악한 베이트였다.

일단 가게의 영업시간 동안만큼은 베이트는 누구보다 훌륭한 웨이터였다.

'카라멜 에비뉴'의 영업시간 동안만큼은.

"그래서 요즘 그 가문이 어마어마한 빚에……."

"페아민가의 셋째가 바람난 상대가요……."

"서부에 있는 내 친척한테서 들은 소문인데……."

밖을 바라보며 조용히 우유만 홀짝이고 있자니, 삼삼오오 모여 앉은 여성들이 온갖 주제로 나누는 대화가 오롯이 들려온다.

마치 내 몸은 여기 이 '카라멜 에비뉴'에 앉아 있지만 내 귀는 제국의 방방곡곡에서 벌어진 일을 듣고 있는 것 같달까.

그러다 나를 바라보는 강렬한 시선을 느끼고 고개를 들었다.

조금 전에 건물주와의 실랑이가 모두 거짓말인 것처럼 한구석에 고요하게 서 있는 베이트였다.

호박색 밝은 눈동자를 빛내고 기척도 내지 않고 서 있는 모습이 마치 고양이 같았다.

능청을 떨면서 제 할 일만 하고 있는 것 같지만, 예민한 귀를 연신 쫑긋거리는 그런 고양이 말이다.

정말이지.

표정 관리 되게 못 한다니까?

간만에 귀족회 의원들이 모인 회의장이 뜨거웠다.

서로 마주 보고 앉아 두 진영으로 갈려서 첨예하게 목소리를 높일 만한 사안이 회의 주제로 상정되었기 때문이었다.

"가뭄이 든 곳은 임시로나마 세율을 낮춰서 제국민들의 짐을 덜어 주는 것이 당연한 것 아니오!"

"그게 제국민들의 짐이오? 동부 귀족들의 짐이지!"

각 진영의 선봉에 선 귀족 둘이 목에 핏대를 세우며 맞섰다.

"이미 동부는 작년 가뭄에 세금을 면제받은 일이 있소! 올해도 또 그리해 달라는 것은 욕심이오, 욕심!"

"작년보다 더 심한 가뭄이 들었는데 그럼 어쩌란 말이오!"

"동부의 귀족들끼리 사유 재산을 처분하든 해서 돈을 구해 와야지!"

그렇게 한참을 싸우다 이번에는 선봉에 섰던 귀족들보다 조금 더 나이가 있는 귀족들이 나섰다.

"동부에서 감면받은 세금 때문에 지금 나라 재정이 말이 아니오. 그쪽도 그 사실을 모르는 것은 아닐 텐데?"

"국고가 조금 줄어든 것은 사실이지만, 딱히 어려운 상황은 아니지 않소. 동부의 고혈을 짜낼 만큼은 아니란 말이오."

"하지만 동부의 귀족들이 가뭄을 핑계로 세금을 내지 않으니 다른 지역들이 그 빈자리를 메꾸느라 손해가 이만저만이 아니오. 이건 동부의 이기심이요, 이기심."

저마다 목소리를 높여서 싸우는 가운데, 롬바르디와 앙게나스는 조용했다.

앙게나스 가주는 주변에 앉은 측근들이 끊임없이 소곤거리는 말들을 듣고 있었고, 룰락 롬바르디는 혼자 딴 세상에 앉아 있는 듯 천하태평이었다.

당장 국가 안보에 비상이라도 걸린 듯이 치열하게 싸우고 있었지만, 사실은 그리 심각한 일은 아니었다.

동부에 가뭄이 들었으니 올해 그들의 세금을 면제해 줄 것이냐 말 것이냐.

그것이 전부였다.

사실 이곳에 앉은 귀족 회의 일원들 중에 동부 출신은 겨우 몇 사람 되지 않았다.

다들 남의 일을 가지고 저렇게 열을 내며 싸우고 있는 이유는 한 가지였다.

자존심.

이것은 롬바르디와 앙게나스를 주축으로 뭉친 귀족들의 자존심 싸움이었다.

그렇게 열띤 설전이 잠시 소강상태에 이르렀을 때.

앙게나스 가주가 발언을 했다.

"만약 동부의 세금을 무슨 일이 있어도 면제해 주어야겠다면, 지금 이곳에서 반대하는 가문들의 부담금은 한 푼도 올라서는 안 될 것이오."

"그게 무슨 억지 같은……."

당연히 한쪽에서의 조세가 줄면 나머지의 부담이 늘 수밖에 없다.

잠잠해졌던 공세가 앙게나스 가주에게 폭발적으로 퍼부어졌다.

그러나 앙게나스 가주는 그 원성을 묵묵히 받아 내고 있었다.

중간중간, 불씨가 사그라들 것 같으면 다시 발언을 하며 분위기를 계속해서 이어 갔다.

'계속 이 안건으로 시간을 끌어야 한다.'

페르딕 앙게나스는 손수건을 꺼내서 슬쩍 땀을 닦았다.

뒤에 나올 안건이 다음 회의로 넘어가도록 만들어야 했다.

귀족 회의는 다수결의 원칙을 따랐다.

그런데 오늘 참석한 앙게나스 진영의 귀족들의 수가 조금 적었다.

이 상태로 다음 안건으로 넘어갔다간 큰 손해를 볼 것이 뻔했다.

그런데 그 순간, 페르딕 앙게나스와 룰락 롬바르디의 시선이 마주쳤다.

흠칫.

앙게나스 가주는 애써 침착한 얼굴로 손수건을 품에 접어 넣었지만 아차 싶었다.

큰 회의장 건너편에 앉은 룰락 롬바르디의 입꼬리가 묘하게 올라가는 것이 보였기 때문이었다.

"자자."

시장 통처럼 소란스럽던 장내가 룰락 롬바르디의 목소리에 순식간에 조용해졌다.

발언을 멈춘 것은 앙게나스 진영도 마찬가지였다.

룰락 롬바르디는 그런 존재감을 가진 이였다.

"이 자리에서 우리끼리 담론을 계속 이어 간다고 한들 무슨 소용이겠소?"

느릿하면서도 인정하기 싫지만 위엄 있는 목소리에 흥분해서 날뛰던 귀족들이 조금씩 차분해지고 있었다.

'이러면 안 되는데!'

앙게나스 가주는 급한 마음에 아무 말이나 지껄여 버렸다.

"그게 무슨 우리 귀족회 전체를 무시하는 발언이오! 사과하시오!"

워낙 급하게 말하는 바람에 너무 뜬금없는 말을 해 버렸다.

앙게나스 편을 들던 사람들도 잠시 움찔하며 페르딕을 돌아봤다.

얼굴이 시뻘게졌지만, 페르딕 앙게나스는 모른 척, 매우 화가 난 척하며 룰락을 노려봤다.

"내 말은, 황제 폐하의 의견을 들어 보자는 말이었소. 우리가 여기서 누가 많이 내고 적게 내고 운운하는 세금도 결국 모두 폐하의 재산이 아니오?"

반박할 말이 없었다.

모두를 고개를 끄덕이며 수긍하는 분위기였다.

그런 좌중을 돌아보며 룰락 롬바르디가 부드럽게 말했다.

"그럼 다음 안건으로 넘어가는 것이 어떻겠소."

페르딕 앙게나스는 결국 고개를 떨궜다.

수를 다 읽혀 버렸다.

아무리 애를 써도 룰락 롬바르디의 상대가 못 됐다.

거대한 벽에 가로막힌 것 같았다.

회의가 끝난 후.

황후궁으로 향하는 페르딕 앙게나스의 발걸음이 무거웠다.

결국 룰락 롬바르디에게 완패했다.

황후궁의 문을 열고 들어가니 이미 멀리서부터 물건 깨지는 소리가 요란했다.

황후의 시녀 중 하나가 이미 회의장에서 있었던 일을 전한 모양이었다.

눈을 질끈 감은 앙게나스 가주가 응접실에 도착해 문을 열었다.

쨍그랑!

문이 열리기가 무섭게 꽃병 하나가 날아와 발치에서 산산조각이 났다.

"하아, 하아……."

곱게 틀어 올린 머리칼이 앞으로 흘러내릴 정도로 격분한 황후가 마지막으로 액자 하나를 더 깨고 소파에 털썩 앉았다.

미친 듯 날뛰는 황후 대신, 그 옆에서 한가롭게 차를 마시고 있던 아스타나가 앙게나스 가주를 보고 슬쩍 웃으며 말했다.

"외조부가 오셨군?"

"화, 황자 전하."

열여섯 살 생일을 바로 코앞에 둔 아스타나는 하루가 다르게 자라고 있었다.

"와 계셨습니까……."

앙게나스 가주는 슬쩍 시선을 피했다.

원래부터 아스타나가 외탁했다는 것은 알고 있었지만 그 정도가 조금 심했다.

마치 요바네스 황제의 피는 조금도 섞이지 않은 것처럼, 어렸을 적의 라비니를 보는 것 같았다.

"무능력한 외조부가 미덥지 못하니 별수 있나."

저 성격까지도.

"죄송합니다……."

페르딕 앙게나스는 한숨을 삼키며 다시 한번 고개를 숙였다.

"……아버지."

지친 듯 소파 팔걸이에 몸을 기대고 있던 황후가 앙게나스 가주를 불렀다.

"예, 황후마마."

"리라 광산에서 다이아몬드 광맥이 하나 더 발견되었다네요?"

"그, 그렇습니까……."

그러나 페르딕 앙게나스의 말이 채 다 끝나기도 전에 황후가 발작하듯 자리에서 일어났다.

"그렇습니까?"

황후의 푸른색 눈이 시퍼렇게 날 서 있었다.

"그게 지금 당신이 할 말이야!"

퍽! 쨍그랑!

마침 아스타나가 내려놓은 찻잔을 집어 든 황후가 앙게나스 가주 뒤쪽 벽으로 그것을 집어 던졌다.

"내가 시킨 일만 제대로 했다면! 그 광산이! 그 다이아몬드가! 다 우리 앙게나스의 것이었는데!"

리라 탄광을 채 간 펠렛 상회가 다이아몬드로 돈을 벌수록 황후의 시기와 질투는 점점 심해지고 있었다.

당장 황후가 주최하는 티파티와 연회에는 다이아몬드로 만들어진 액세서리를 하고 가는 것이 금지될 정도였다.

황후는 '아악!' 하고 비명 같은 끔찍한 소리를 질렀다.

머리를 부여잡은 손이 덜덜 떨렸다.

제 분을 이기지 못하는 것이었다.

"나가! 당장 나가라고!"

황후가 씩씩거리며 문을 가리켰다.

페르딕 앙게나스는 시키는 대로 황후궁을 떠날 수밖에 없었다.

딸자식에게 이런 취급을 당하는 것에 대한 울분 따위는 없었다.

아버지와 딸이라는 관계는 이미 사라진 지 오래였다.

앙게나스는 황후에게 자신의 권력을 공고히 해 줄 수 있는 기반 세력 그 이상도, 그 이하도 아니었다.

"후우……."

무거운 한숨을 내쉬는 앙게나스 가주의 등 뒤로 아스타나가 다가왔다.

"외조부."

"예, 황자 전하. 조금 전에는 부끄러운 꼴을 보여 드려 죄송……."

"아아, 됐고. 전에 부탁했던 일은 어떻게 되었지?"

"전의 일이라면……."

몇 주 전에 아스타나가 은밀하게 부탁을 해 온 일이 있었다.

황도를 벗어난 지역에 사유지를 가지고 싶다는 것이었다.

그러나 제국법상, 황자는 황궁에 사는 동안 사유지를 가질 수 없다.

기사단이나 군대를 가지지 못하는 이유와 같았다.

하지만 요즘 들어 부쩍 '내 것'을 만들려는 아스타나는 외조부인 앙게나스 가주에게 차명으로 땅을 사 달라고 부탁했던 것이다.

들키는 날에는 반역으로 잡혀 들어가 목이 잘릴 일이었지만, 페르딕 앙게나스는 일단 그 부탁을 들어주기 위해 노력을 하는 중이었다.

"말씀하셨던 지역의 영주와 이야기를 나누고 있지만 조금 어려울 듯싶습니다. 롬바르디 가문과 워낙 밀접한 자라……. 차라리 다른 지역을 골라 보심이……."

"뭐야, 그 정도 일도 해내지 못하는 건가?"

아스타나가 인상을 팍 찌푸리며 말했다.

"그때도 내가 잘 알아듣게 설명했지 않아? 그 땅이 사냥하기에 좋은 곳이라고."

"좋은 사냥터가 필요하신 것이라면 제가 더 적합한 다른 땅을 알아보겠습니다."

"난 그 땅 아니면 안 돼."

"하지만 전하……."

"지금 감히 황자인 내 말에 토를 다는 거야?"

아스타나가 말을 배운 뒤로 불리할 때마다 가장 즐겨 쓰는 말이었다.

"아, 그리고 다이아몬드 브로치 하나만 구해 와 봐."

"예? 하지만 황후마마께서……."

"어머니가 싫어하신다고 나까지 싫어해야 해?"

앙게나스 가주는 놀라서 눈을 휘둥그레 떴다.

아스타나는 황후가 하지 말라는 일은 절대 하지 않았다.

그런데…….

"난 어머니가 시키는 대로만 하는 꼭두각시가 아니야."

그렇게 불퉁하게 중얼거린 아스타나는 마지막으로 앙게나스 가주를 노려보면서 말했다.

"다음번에 황궁에 올 때는 사냥터 문서와 브로치를 가져와야 할 거야."

그러고는 황후가 있는 응접실 쪽을 한번 흘겨보더니 자신의 궁으로 가 버렸다.

그 모습을 지켜보던 앙게나스 가주의 등줄기에 안 좋은 예감이 스쳤다.

아스타나가 사춘기에 접어들었고 반항기가 시작되었다는 것과.

황후에게 반항하기 시작하면 걷잡을 수 없는 일이 생길 것 같은 그런 예감이었다.

베이트는 영업시간이 끝나고 텅 빈 '카라멜 에비뉴'에 혼자 앉아 건물주를 기다리고 있었다.

대뜸 계약을 끝내자고 하던 건물주는 만나서 이야기를 나누자는 베이트의 제안에도 묵묵부답이었다.

그러다 마침내 답장이 온 것이 오늘 아침이었다.

영업시간이 끝난 뒤에 만나자는 연락이었다.

원래 '카라멜 에비뉴'의 영업시간이 끝나면 더 바빠지는 베이트였지만, 어쩔 수 없었다.

어쨌든 건물주를 만나서 계약 문제를 해결해야 했으니까.

"이제 슬슬 약속 시간이 되었군."

베이트는 아직 아무런 기척이 없는 문을 바라보면서 말했다.

머릿속에는 새 건물주에 대한 신상 정보가 둥둥 떠다니고 있었다.

'로첼로 콕스, 삼십오 세, 미혼. 스물두 살에 의절당하고 황도를 떠나서 살았지만 아버지 부고를 듣고 돌아옴.'

여기까지는 꽤 평범한 이력이었다.

보통 스무 살 전후로 결혼하는 것이 일반적인 제국에서 서른다섯 살에 아직 결혼 전적이 없다는 것이 조금 독특했지만.

남자의 성격을 봤을 때 결혼할 여자를 찾지 못한 이유를 알 것도 같았다.

게다가 베이트가 뒤이어 찾아낸 정보들은 더 가관이었다.

'도박 빚이 300골드가량 있음.'

귀족가의 전형적인 망나니였다.

13년 전에 의절당한 것도 도박에 관련된 문제였다는 정보였다.

그리고 그게 끝이 아니었다.

'북부에서 제프 리치라는 가명으로 활동한 사기꾼. 아직 지명 수배 중.'

가명까지 써 가며 사기를 치다니.

악질이었다.

일전에 가게로 찾아왔을 때 말투나 행동이 귀족이라고 보기에는 거친 구석이 있었는데, 아마 가문에서 의절당하고 나쁜 짓을 많이 하고 돌아다닌 듯했다.

아마 더 조사를 해 보면 또 다른 죄목과 가명이 있을 거란 확신이 들었다.

그러나 가장 중요한 것은 맨 마지막 부분이었다.

'아직 지명 수배 중.'

북부에서 놈에게 사기를 당한 귀족들이 이를 갈고 있을 것이다.

아마 그건 놈이 제일 잘 알 테니.

여차하면 놈을 협박하는 카드로 사용하리라 마음먹었다.

'죄송합니다, 주인아저씨.'

이제는 고인이 된 전 건물주를 떠올리며 베이트는 약간 양심의 가책을 느꼈다.

참 인자한 인상에 여러모로 베이트의 편의를 많이 봐주었던 사람이었기에 더욱 그랬다.

하지만 이 가게를 잃을 수는 없었다.

정보를 무기로 사용하는 한이 있더라도 지켜 내야 했다.

딸랑.

마침 가게의 문이 열리는 종소리가 들려, 베이트는 자리에서 일어났다.

"어서 오십시오. 기다리고 있었습……."

"안녕하세요!"

기다리고 있었던 건물주의 탁한 목소리와는 다른.

터무니없이 맑고 명랑한 목소리였다.

"와아, 밤에 오니까 느낌이 또 다르네요! 베이트 씨도 더 멋있고!"

'헤헤' 하며 웃는 소녀는 아주 익숙한 얼굴이었다.

베이트는 자기도 모르게 소녀의 이름을 중얼거렸다.

"피렌티아…… 롬바르디?"

"오늘부로 제가 이 건물의 주인이 되었어요."

나는 멍한 얼굴의 베이트에게 친절하게 설명해 주었다.

"꼬맹이 네가…… 아니, 롬바르디 영애가 이 건물의 주인이 되었다고요?"

"네! 제가 샀어요, 이 건물."

솔직히 가격만 보자면 현명한 구매는 아니었지만 다이아몬드 사업 덕분에 솔직히 이 정도 소비는 티도 안 난다.

게다가 미래를 보면 훌륭한 투자이기도 하고 말이지.

"저번에 보니까 조금 상황이 곤란하신 거 같더라고요. 그래서 좀 알아봤죠. 저번에 봤던 그 사람이랑 '카라멜 에비뉴'의 상황 같은 것들이요."

"뒷조사를 했다는 말입니까?"

"뒷조사라고 할 것까지야……. 자주 오는 단골 가게가 사라지는 건 싫으니까요. 저번에 말했잖아요, 내 아지트 같은 느낌이라고."

혹은 미래에 내 아지트가 될 곳이든가.

후후.

"그래서 그 아저씨한테서 샀어요, 이 건물. 이제 내가 건물주예요."

와, 내가 이런 말을 해 보는 날이 오다니!

내가 건물주!

짜릿해! 최고야!

"근데 그 아저씨 이 자리에 그대로 디저트 가게를 내려고 했더라고요?"

베이트의 어깨가 살짝 떨렸다.

아마 그것까지는 몰랐었던 눈치였다.

"양심도 없지. 아마 '카라멜 에비뉴'인 척하고 계속 장사하려고 했던 거 같던데. 이 건물도 얼마나 웃돈을 얹어서 샀는지 알아요?"

내가 은근슬쩍 물었다.

"……글쎄요."

나는 손가락 네 개를 펼쳤다.

"400골드 줬어요."

시세에서 몇 배가 뻥튀기된 금액이었다.

"그렇게까지 해서 이 건물을 산 이유가 뭡니까?"

"방금 말했잖아요. 단골 가게가 사라지는 게 싫었다고."

"그럴 리가 없지 않습니까. 당신 같은 사람이 단순히 그런 이유로……."

"나 같은 사람이 뭔데요?"

실수로 말을 흘린 베이트는 순간 아차 하는 얼굴을 지었지만 이미 늦었다.

역시 나에 대해서 어느 정도 조사를 끝내 놨구나.

"그러니까 제 말은, 롬바르디 영애가……."

"나에 대해서 정보를 모았나 보죠?"

내가 '정보'라는 말을 입에 담자, 베이트의 눈매가 사나워졌다.

언제나 상냥한 '카라멜 에비뉴'의 매니저가 아니라, 이제야 베이트의 진짜 모습을 조금 본 것 같아서 기분이 좋아졌다.

"괜찮아요. 나도 베이트에 대해서 조금 알고 있는 게 있으니까."

나는 잔뜩 털을 세우고 나를 경계하는 듯한 베이트에게 안심하라며 웃어 보였다.

이전 생에서 내가 마주했던 베이트와는 상당히 다른 모습이다.

그때는 정말이지 사람을 꽤 읽는다고 자부하는 나도 한 치도 뚫어 볼 수 없을 정도로 단단하고 또 노련한 사람이었다.

'카라멜 에비뉴'는 원래 올해 사라졌다가 10년이 지난 뒤에 이 자리에 다시 홀연히 생긴다.

그리고 그즈음에 나도 고객으로서 이 가게를 찾은 적이 있었다.

"고백하자면."

나를 주시하는 호박색 눈동자를 보면서 말했다.

"이 '카라멜 에비뉴'가 단순한 디저트 가게가 아니라는 것도 알죠."

은밀하게 정보를 사고파는 정보 길드 '카라멜 에비뉴'.

그리고 그 길드를 이끄는 길드장.

그게 바로 베이트의 숨겨진 정체였다.

흠칫하는 베이트를 보면서 이전 생의 일을 떠올렸다.

나도 '카라멜 에비뉴'에서 정보를 산 적이 있었다.

페레스에 대해서 알아내기 위해서였다.

하지만 워낙 비밀스러운 곳이고 아는 사람들 사이에서만 알음알음 소문이 났던 정보상이기에, 사실 나도 베이트에 대해서 아는 것은 없었다.

조금 전에 '알고 있는 게 있다'라고 한 말은 반쯤 허풍이었다.

베이트가 정보상을 운영한다는 거 말고는 아는 게 정말이지 하나도 없다.

이 건물에 대한 것도 마찬가지였다.

어째서 10년 뒤에 돌아와서 같은 자리에 다시 가게를 열었는지, 그 이유는 모른다.

그저 베이트에게 매우 의미가 있는 장소일 거라 짐작했다.

그리고 지금 매우 흔들리고 있는 베이트의 반응을 보면 내 짐작이 맞는다는 것을 알 수 있었다.

"무슨 말씀을 하시는 건지 모르겠네요."

베이트는 끝까지 시치미를 뗄 작정인 것 같았다.

나는 어깨를 으쓱해 보이면서 말했다.

"생각보다 부끄러움이 많으시네요."

"이건 부끄러움이 아니라……."

울컥해서 반박하려던 베이트가 말을 멈췄다.

확실히 내가 기억하는 '그' 베이트보다는 훨씬 무르다.

저렇게 속이 훤히 들여다보이는 얼굴이라니.

그리고 한 가지 생각이 머릿속에 스쳤다.

그렇다면 현재 베이트의 정보력은 어느 정도일까.

정보는 시간이 지날수록 쌓인다.

게다가 '카라멜 에비뉴'는 이제 막 자리가 잡혀 가는 상황이니까.

현재의 능력을 시험해 보고 싶어졌다.

"가게를 운영하는데 월세가 참 부담이 크죠?"

내 말에 베이트가 '뭐 그리 당연한 것을 묻느냐'는 듯 바라본다.

여전히 날 경계하는 모습이다.

그렇다면 이건 어떨까?

"나에 대해서 한번 본격적으로 조사해 보세요. 그리고 그 결과가 내 마음에 들면, 1년 동안 월세를 안 받을게요."

"1, 1년……."

머릿속으로 계산을 하는 것인지 베이트의 눈동자가 흔들렸다.

"어때요? 꽤 괜찮은 제안 아니에요?"

솔깃하겠지.

무려 1년 동안 운영비를 아낄 수 있는 건데.

하지만 베이트는 정신을 차리려는 듯 머리를 살짝 털어 내더니 말했다.

"조사라니. 저는 그냥 디저트 가게를 운영하는 사람인데 영문을 모를 말씀만 하시는군요."

호오, 그렇게 나오시겠다?

"그래요, 그럼."

더 이상 미련 없다는 듯 바로 자리를 털고 일어났다.

"아쉽네요. 1년 동안 큰돈을 아낄 수 있는 기회였을 텐데."

"……윽."

"하지만 만약 내 제안에 응해 볼 생각이 있다면 일주일 뒤 이 시간에 다시 봐요."

그 말만 하고 가게를 빠져나왔다.

혼자 남겨진 베이트의 얼굴이 어떨지 안 봐도 뻔했다.

나는 키득거리며 밖에서 기다리고 있던 마차에 올라탔다.

"티아야! 다 준비됐어?"

"얼른 가자!"

로릴이 마지막으로 신발 끈을 조여 주고 있는데 밖에서 쌍둥이가 졸라 댄다.

"자꾸 시끄럽게 굴면, 나 안 간다?!"

"아, 알았어……."

"히잉."

내가 짜증을 내자 금방 목소리가 시무룩해진다.

나와 쌍둥이의 설전을 듣고 있던 로릴이 작게 웃으며 말했다.

"참 세 분은 사이가 좋으세요."

"로릴."

"네, 아가씨."

"놀려?"

"아니, 정말로 진심이에요."

"내가 로릴의 오빠들이 로릴을 대하는 걸 봤는데?"

나이 차이 많이 나는 삼형제 다음 막냇동생으로 태어난 로릴은 그야말로 사랑을 듬뿍 받고 자랐다.

딜라드가의 사람들이 한자리에 모인 것을 본 적이 있는데, 화기애애하고 웃음이 끊이지 않는 것이 교과서적인 가족을 보는 것 같았다.

그래서 클레리반의 존재가 더 큰 흠이 되는 걸지도.

나는 옷방의 문을 열고 밖으로 나갔다.

기다리고 있던 쌍둥이가 반색을 하며 자리에서 일어나 다가왔다.

"오오, 귀여워!"

"귀여워서 깨물어 주고 싶어!"

쌍둥이는 나를 보면서 발을 동동 굴렀다.

"요즘 갑자기 더 귀여워진 것 같아!"

"그만 예뻐져!"

얘들 왜 이래.

그런데 로릴까지 합세했다.

양손으로 볼을 감싸더니 고개를 절레절레 저으며 말했다.

"정말이에요. 아가씨가 부쩍 더 귀여워지셔서 큰일이에요……."

"그, 그런가?"

로릴까지 저러니 진짜 그런 건가 싶어서 거울을 확인했다.

이상하다.

내 눈에는 별로 다른 게 없는데.

그리고 거울을 통해서 보이는 세 사람의 눈빛이 심히 부담스럽다.

"뭐 해? 안 갈 거야?"

그러자 마치 얼음, 땡 한 것처럼 쌍둥이가 후다닥 움직이기 시작했다.

“가자! 가야지!”

“티아도 분명히 좋아할 거야!”

길리우와 메이론이 펄쩍펄쩍 뛰면서 앞장선 곳은 롬바르디 외곽에 있는 넓디넓은 초원이었다.

물론 땅 구경하자고 간 것은 아니다.

“우와, 마구간이 엄청 크네!”

말 수십 마리가 머물고 있는 마구간이 몇 채나 있는 모습에 탄성이 절로 나왔다.

“황도에 사는 귀족들이 자기 말을 보관하는 곳이야.”

“다들 자주 나와서 말도 달리고, 시합도 하고 그런 곳이지!”

열한 살이 되자마자 두 사람이 매일같이 이곳에 드나들었던 것도 이해가 됐다.

너른 초원은 보는 것만으로 가슴이 뻥 뚫리고 시원해지는 것 같았다.

“티아는 아직 말을 탈 줄 모르니까 나랑 같이 타자.”

길리우가 내게 손을 내밀면서 말했다.

“아니야. 길리우보단 내가 더 안전하게 말을 몰지. 나랑 타.”

이번에는 메이론이 끼어들며 말했다.

“네가 말을 안전하게 몬다고? 거짓말쟁이.”

“너보단 내가 훨씬 낫지. 그게 틀린 말은 아니잖아?”

또 싸우려고 으르렁거린다.

나는 두 사람을 한심한 눈으로 바라보다가 옆에 서 있는 로릴의 손을 잡으면서 말했다.

"난 로릴이랑 탈 거야."

로릴도 수준급으로 말을 모는 실력자다.

아니, 적어도 저 두 사고뭉치들보다는 낫겠지.

"으윽."

"히잉."

내 결정에 쌍둥이가 어깨를 축 늘어뜨렸지만 무시했다.

안 돼. 안 바꿔 줘. 돌아가.

내 선택은 옳았다.

로릴은 안정적이면서도 빠르게 말을 몰 줄 아는 사람이었고, 그런 로릴이 모는 말을 함께 타는 경험은 짜릿했다.

"와아-!"

바람이 얼굴을 때리는 것도 좋았고, 말의 힘찬 움직임을 느끼면서 같이 달리는 것도 좋았다.

그리고 너른 들판에서 강하게 밀려오는 풀 냄새는 무엇보다 강렬하게 뇌리에 남았다.

나도 말 타는 법을 배우고 싶을 정도로.

"어때? 재밌지?"

메이론이 혈색이 돌아 빨개진 볼을 하고 내게 물었다.

"응, 좋네."

"역시! 티아도 좋아할 줄 알았어!"

"한 번 더 달릴까, 우리?"

길리우가 덩달아 흥분한 말의 목을 툭툭 쳐 주며 말했다.

"으음. 한 번 더?"

재밌기는 했지만 별로 내키지는 않는다.

익숙지 않은 승마에 허리와 다리, 엉덩이까지 온통 뻐근하고 아팠다.

하지만 말을 달리는 것은 재밌었기 때문에 고민을 하고 있던 차였다.

"안 돼요."

로릴이 단호하게 말했다.

"아가씨는 처음이니까 무리하시면 안 돼요. 오늘은 이만하시고 다음에 또 와요."

"우웅, 그런가…… ."

"하긴 티아가 아프면 안 되니까."

쌍둥이도 고개를 끄덕이며 빠르게 납득했다.

"그럼 우리는 말을 마구간에 돌려놓고 올게."

"여기서 잠깐 기다려. 돌아오면 우리 저쪽에 단풍 구경하러 가자."

"그래, 다녀와."

말에서 내려서 고삐를 잡고 걸어가는 두 사람에게 손을 흔들어 주었다.

"아가씨, 저는 잠깐 화장실에……."

로릴이 작게 소곤거렸다.

"그럼 나는 베일리랑 블랑크를 보러 갔다 올게."

베일리와 블랑크는 아버지가 내 여덟 번째 생일 선물로 사 주었던 엄마 말과 아기 말이었다.

원래 저택의 마구간에서 있었는데, 블랑크가 점점 커 감에 따라 좀 더 넓은 공간이 필요할 것 같아 얼마 전에 이곳으로 옮겼다.

자주 볼 수 없어서 조금 섭섭하기는 했지만, 오늘 와 보니 좋은 선택이었던 것 같았다.

여기서 마음껏 뛰어놀 수 있겠지.

페레스가 선물해 준 비파체도 여기 있을 텐데.

한식구가 모두 모여 있으려나.

나는 언뜻 들었던 기억을 더듬어 내 말들이 있는 마구간을 찾아서 걷기 시작했다.

"이 근처 어디일 텐데……."

찾아보다가 못 찾겠으면 누군가에게 물어보면 되겠지.

편하게 생각하고 이참에 마구간 이곳저곳을 구경했다.

호기심 섞인 눈으로 나를 바라보는 말들을 보면서 이 마구간에서 저 마구간으로 걸었다.

그러다 마구간에서 더부살이하는 고양이 가족을 만나서 잠깐 놀다가.

다시 걷다가.

그리고 문득 깨달았다.

"여기가 어디지."

완전히 생뚱맞은 곳으로 온 것은 아니었다.

여전히 마구간 근처였으니까.

하지만 여기가 정확히 몇 번 마구간인지는 가늠이 되지 않았다.

"으음. 너희 혹시 여기가 어딘지 아니?"

얼굴을 내밀고 있는 말들에게 물었지만, 순한 눈을 끔뻑일 뿐 대답이 돌아올 리가 없다.

"일단 저쪽으로 걸어 볼까."

나는 처음 시작했던 장소인 것처럼 보이는 곳으로 무작정 걸음을 옮겼다.

그런데 그때, 마침 근처 마구간에서 나오던 어린애들 한 무리가 나를 불러 세웠다.

“거기, 너.”

보아하니 집안에 돈 좀 있을 것 같은 모습을 한 애들 대여섯 명이었다.

나이대는 내 또래부터 쌍둥이 정도까지 다양했다.

그중에 나에게 말을 건 것은 가장 앞에서 걷던 어린애였다.

나이도 어린데 대장 노릇을 하는 거 보면 높은 집안 자식이란 말이겠군.

“어디선가 본 것 같기도 한데. 너 누구야?”

그래.

물론 비슷한 애들끼리 초면에 반말 정도는 할 수 있지.

근데 그런 것치고도 좀 말이 짧다?

특히나 나를 위아래로 훑어보며 평가하는 모습이 기분 나쁘다.

“그러는 넌 누군데?”

“뭐? 하…….”

내가 숙이고 들어가지 않자 어이가 없다는 듯 앞머리를 쓸어 올린 남자애가 피식 웃었다.

“내가 누군지도 모르다니. 이름을 들어 보지 않아도 뻔하군.”

뭐, 타당한 추리이기는 했다.

보통 고위 귀족들은 어려서부터 자기들끼리 놀고 어울리기 때문에 서로 잘 알고 지냈으니까.

다만 나는 귀족치고 조금 독특한 성격의 아버지를 두어서 특이하게 자란 경우고 말이다.

"난 카세 앙게나스다."

또 앙게나스냐.

동시에 내 머릿속에서 앙게나스의 가계도가 촤르륵 펼쳐졌다.

카세 앙게나스라면 듀락 상단주의 손자였다.

곧 가주의 직계가 아닌 방계라는 뜻이었다.

그런데 방계도 저렇게 설치고 다닐 정도라니 요즘 앙게나스의 위세가 높기는 한가 보다.

그때 익숙한 목소리가 들려 뒤로 돌았다.

"여기 계셨군요!"

로릴이 나를 향해서 뛰어오고 있었다.

잠시 화장실에 간 사이에 없어진 피렌티아를 찾느라 마구간 곳곳을 돌아다녔던 로릴은 안심했다.

우리 아가씨를 이상한 사람들이 데려간 건 아닐까 하고 어찌나 놀랐던지.

그런데 그냥 이야기를 나누고 있는 것 같았던 피렌티아와 한 무리의 어린 귀족들 사이에 흐르는 분위기가 심상치 않았다.

무심코 피렌티아의 얼굴을 본 로릴은 자기도 모르게 흠칫했다.

뭔가 상당히 마음에 안 들 때 피렌티아가 짓는 미소가 보였기 때문이었다.

"무슨 일 있으세요?"

로릴은 조심스럽게 물었다.

"아니, 여기 이분들이 나보고 누구냐고 묻더라고."

"네에……. 그런데 왜……."

그렇게 화가 나셨어요.

로릴은 뒷말을 삼켰다.

그리고 피렌티아가 그 답을 금방 내놨다.

"그리고 자기가 누군지 모르다니, 내 이름을 들어 보지 않아도 '뻔하다'네?"

"어, 어째서 그런 무례를……."

로릴은 팔짱을 떡하니 끼고 건방진 표정으로 서 있는 남자아이가 불쌍할 지경이었다.

그녀가 모시는 세상에서 제일 귀엽고, 똑똑하고, 깜찍한 아가씨는 유독 가문의 위세나 신분만 가지고 잘난 척하는 부류의 사람들을 싫어했다.

거기에다 다른 사람에게 무례하기까지 하다면 더더욱.

아마 사촌들의 영향이 아닐까 로릴은 조심스럽게 예측할 뿐이었다.

"게다가 이분은 앙게나스 가문의 분이시래. 카세 앙게나스랬나?"

"아……."

로릴은 안타까운 신음을 흘렸다.

앙게나스의 사람이라면 이미 로릴이 구해 줄 수 있는 상황이 아니다.

그녀는 단념하면서 반쯤 뒤로 물러났다.

"안녕하십니까, 딜라드 영애."

조금 전까지 인상을 쓴 채로 피렌티아를 노려보던 남자아이가 제법 정중한 말투로 로릴에게 인사했다.

그러고 보니 오다가다 몇 번 본 적이 있는 듯한 얼굴이었다.

"여기 이자는 딜라드 영애의 손님이십니까?"

"손님……."

로릴은 어떻게 대답을 해야 할지 몰라서 잠시 망설였다.

엄격한 회원제로 운영되는 일종의 클럽인 이곳에 피렌티아가 일단 손님의 신분으로 출입한 것은 맞았다.

그러나 중앙에 머무는 귀족들을 위해서 공동으로 사용할 수 있는 마구간이 지어진 이 땅만 하더라도 모두 롬바르디의 땅이었다.

그런데 그때 피렌티아가 선수를 쳤다.

"우리 가문이 딜라드가랑 친한 건 맞지."

로릴이 어색하게 피렌티아를 바라봤지만, 그녀는 그저 생긋 웃었다.

롬바르디가 딜라드와 친하다는 게 거짓말은 아니었으니까.

"흐음. 여기에 신분이 분명치 않은 자가 돌아다닌다는 게 마음에 들지는 않습니다만."

게다가 이 마구간이 마치 자신의 소유인 것처럼 거들먹거리는 것이 슬슬 로릴의 눈에도 거슬리기 시작했다.

그러더니 제가 크게 선심을 쓰는 것처럼 티아에게 말했다.

"조금 전의 무례를 만회할 기회를 주지. 지금 마침 가는 길이니, 우리 다과회에 참석할 수 있게 허락해 주겠다."

"너희들이랑 같이 차를 마시자고?"

"아아, 너무 고마워할 필요는 없어. 우리는 모두 아량이 매우 넓은 사람들이라……."

"왜?"

피렌티아가 이해가 안 간다는 듯 고개를 갸웃하며 물었다.

"나처럼 신분이 불분명한 사람이 어쩌고 그랬잖아. 그런데 왜 갑자기 다과회에 초대를 하는 거야?"

"그, 그건……."

순간 당황하는 카세 앙게나스를 지켜보던 로릴은 '아아!' 하는 소리를 삼켰다.

유독 목에 빳빳하게 힘을 주고 말하는 것이 이상하다 했더니, 피렌티아의 질문에 대답하지 못하고 우물쭈물하는 귀가 새빨갰다.

아무래도 피렌티아의 귀여운 외모만 보고 제 가문의 위세를 자랑하며 억지로 말을 붙여 보려던 심산인 것 같았다.

버릇없이 잘못 키워진 도련님들이 저지르는 대표적인 실수였다.

그때였다.

"뭐야, 왜 다 여기 있어?"

"여기서 뭐 하는 거야?"

키가 훤칠한 길리우와 메이론이 성큼성큼 다가왔다.

"로, 롬바르디 쌍둥이……."

조금 전까지 잔뜩 힘을 줬던 카세 앙게나스의 목이 잔뜩 움츠러들었다.

쌍둥이는 거침없는 성격과 언행, 그리고 자그마치 롬바르디 가주의 직계라는 범접할 수 없는 권력 때문에 모두가 두려워하고 어려워하는 대상이었다.

그리고 큰 키나 몸집 등 체격 조건도 우월해서 위압감마저 느껴질 지경이었다.

"왜 이쪽으로 오지……."

무리 중 누군가가 작게 중얼거렸다.

그러나 이심전심이었다.

솔직하게 말해, 롬바르디의 쌍둥이는 무서운 존재였다.

자신들처럼 '척하는 것'이 아닌, 이 마구간을 진짜 소유한 이들이었으니까.

"길리우, 메이론."

그리고 실컷 무시하고 있던 여자애가 친근하게 그들을 부르는 것을 보고는 놀라서 뒤로 넘어질 뻔했다.

"얘들이 나보고 차 마시재."

피렌티아가 무리를 손가락으로 가리키면서 말했다.

쌍둥이의 인상이 험악하게 변한 것은 순식간이었다.

와락 구겨진 얼굴로 째려보는 시선에 무리가 자기도 모르게 주춤거렸다.

"뭐야, 앙게나스 떨거지들이잖아."

"너희들이 우리 티아한테 차 마시자고 거치적거렸어?"

뒷골목에서 만난 깡패도 이렇게 무섭지는 않을 거다.

이 마구간이 자기들 것인 양 으스대던 무리가 순식간에 '앙게나스 떨거지들'이 되었지만 반박하는 사람은 없었다.

"그, 그게……."

카세 앙게나스는 쌍둥이가 무서워서 말도 제대로 못 했다.

그러나 그때 피렌티아가 차분한 목소리로 말했다.

"두 사람, 그렇게 무례하게 말하면 어떻게 해. 예의를 지켜야지."

예의? 저 두 사람이?

롬바르디의 악동이라고 불리는 쌍둥이는 예의와는 전혀 거리가 먼 존재들이었다.

그러나 기적이 일어났다.

으르렁거리던 쌍둥이가 갑자기 말 잘 듣는 강아지들처럼 방긋거렸다.

"알겠어, 티아."

고분고분하게 대답한 쌍둥이가 살짝 미소 지으며 질문했다.

"너희들이 우리 티아에게 차를 마시자고 했니?"

분명히 훨씬 예의를 갖춘 말이었다.

그런데 그게 더 무서운 것은 왜일까.

"저, 저희가 아니고……."

누군가가 은근슬쩍 카세 앙게나스를 쳐다보면서 떨리는 목소리로 말했다.

"……너야?"

"아으, 아……."

카세 앙게나스는 아예 제자리에 주저앉을 것처럼 후덜덜 떨었다.

"왜?"

길리우가 얼굴을 가까이 들이대며 물었다.

"그, 그저 처음 보는 분이라……."

"흐응."

메이론이 묘한 콧소리를 내면서 마찬가지로 가까이 다가왔다.

그리고 슬쩍 낮은 목소리로 속삭였다.

"앙게나스 떨거지 주제에 보는 눈은 있어 가지고."

긴 속눈썹 아래로 뜬 눈이 싸늘했다.

길리우가 허리에 찬 검 손잡이를 만지작거리며 말했다.

"감히 내 여동생을 넘보다니. 명이 짧은 게 소원이냐?"

"히, 히익!"

카세 앙게나스는 두려움에 몸을 잔뜩 움츠렸다.

“그만해, 두 사람. 나 피곤해.”

피렌티아는 흥미가 떨어진 듯 심드렁한 목소리로 한마디를 했을 뿐이었다.

그러자 순식간에 쌍둥이의 칼같이 날카로운 기세가 사라지고, 피렌티아를 보면서 방싯방싯 웃는 팔불출 둘만 남았다.

“우리 티아 피곤해?”

“얼른 따듯한 데로 가자!”

피렌티아와 로릴이 먼저 앞장서고, 쌍둥이가 그 뒤를 따랐다.

뒤로 남겨진 어린 귀족 무리들이 다리가 풀려서 그 자리에 주저앉든 말든 하나도 신경 쓰지 않는 모습이었다.

쌍둥이가 미리 봐 놓은 햇빛 잘 드는 자리로 향하는 길에 피렌티아가 작게 중얼거렸다.

“사람들이 못 알아보는 건 또 그것대로 불편하네. 이제 슬슬 사교계 데뷔를 해야 하나.”

하루의 장사를 마치고 조용해진 ‘카라멜 에비뉴’.

주방 안쪽에 따로 마련된 사무실에 막 엉덩이를 붙이고 앉은 베이트에게 파티셰인 톨리가 웃으며 인사했다.

“오늘도 수고 많았어, 베이트.”

“아, 아저씨도요. 수고하셨어요.”

그러나 베이트는 책상 위에 놓인, 어지러운 암호로 작성된 서류

들로 손을 뻗었다.

"하루 종일 일했는데 조금 쉬엄쉬엄하지, 베이트"

톨리는 베이트가 안쓰러웠다.

한창 인생을 즐겨야 할 나이에 잠자는 시간을 제외하고는 일에만 빠져 있는 것이 옆에서 지켜보기 힘들 정도였다.

특히 그 '정보 사업'인가 뭔가를 준비하기 시작한 뒤로는 쉬는 모습을 보지 못했다.

"서류 몇 장 더 보는 건데요. 괜찮아요. 먼저 들어가세요, 아저씨."

"으음. 그래. 선반에 애플파이 몇 조각 남겨 두었으니까 출출하면 챙겨 먹거라."

톨리는 마지막까지 걱정스러운 눈으로 베이트를 보다가 어깨를 툭툭 짚어 주며 말했다.

"네, 아저씨."

톨리가 퇴근하고 혼자 남겨진 베이트는 한쪽에 벗어 놓았던 안경을 쓰고 서류를 집어 들었다.

어스름한 전등불에, 무테안경이 노랗게 빛났다.

"흥. 자기에 대해서 한번 본격적으로 조사해 보라고?"

묘하게 자존심을 긁던 그 목소리가 아직도 귓가에 선명했다.

"내가 못 알아낼 줄 알고?"

정보를 습득하고 취합하는 것은 베이트의 특기였다.

또한 불분명한 소문이나 가십 속에서 진짜 정보를 가려내는 눈도 가지고 있었다.

몇 달 전부터 가게에 들락거리기 시작한 롬바르디의 꼬맹이가 베이트의 예민한 물망에 오른 것은 꽤 오래전의 이야기였다.

마치 자신을 주목하라는 듯, 올 때마다 '여기서부터 저기까지' 식으로 케이크를 주문하는 것은 물론이고.

떠오르는 펠렛 상회의 클레리반 펠렛까지 대동한 채 방문했으니 신경이 쓰이지 않을 수 없었다.

거기에다 그 유명한 갤러한 롬바르디의 외동딸이자, 룰락 롬바르디가 가장 예뻐하는 손녀였다.

거기까지만 보더라도 여러모로 범상치 않았지만 피렌티아 롬바르디에게는 뭔가 더 특별한 것이 있다는 것을 본능적으로 느낄 수 있었다.

"아주 바닥까지 긁어내 주지."

베이트는 그렇게 중얼거리며 서류의 산속에 파묻히기 시작했다.

그 속에서 쓸 만한 퍼즐 조각을 가려내고, 언뜻 보면 전혀 상관없을 것처럼 보이는 점과 점을 이었다.

그러다 보면 어느새 아무도 몰랐던 커다란 그림이 그려지는 것이다.

그렇게 밤이 깊어 가고 하늘 높이 떠올랐던 달이 기울었다.

결국 동쪽 하늘이 어슴푸레 밝아 오는 시간이 되어서야 베이트는 작업을 멈출 수 있었다.

툭.

아무렇게나 벗어 던진 안경이 책상 위에 나뒹굴었지만 베이트는 신경 쓰지 않았다.

커다란 두 손으로 얼굴을 비비며 마른세수를 한 그는 깊은 한숨을 내쉬었다.

그리고 그대로 입을 가렸다.

터져 나올 것 같은 비명을 그 안에 가뒀다.

어지러이 흩어진 암호들이 하나같이 말하고 있는 점은 분명했다.

피렌티아 롬바르디는 베이트가 상상했던 것보다 훨씬 더 엄청난 그림이었다.

베이트는 신음같이 중얼거렸다.

"도대체, 정체가 뭐야."

오늘은 베이트와 약속한 날이었다.

아주 늦은 오후가 되어서 롬바르디 저택을 출발한 나는 막 하늘이 어두워질 때쯤, 카라멜 에비뉴 앞에 도착할 수 있었다.

하루 종일 수많은 사람들이 거쳐 간 가게는 이미 불이 꺼져 있었고 인적 없이 조용했다.

딸랑–.

내가 문을 열고 들어가는 종소리가 텅 빈 가게에 청명하게 울렸다.

깜깜한 가게 내부에 들어서자 주방 뒤쪽에서 베이트가 나왔다.

"안녕하세요, 베이트."

"……."

하지만 돌아오는 인사는 없었다.

베이트는 그저 굳은 얼굴로 내가 앉을 의자를 빼 줄 뿐이었다.

다른 귀족들이었다면 상당히 기분이 나쁠 일이었지만, 나는 어깨를 한번 으쓱하면서 그 자리에 앉았다.

그런데 베이트는 빈손이었다.

"서류나 이런 건 없나 봐요?"

그냥 궁금해서 물어본 것뿐인데.

베이트는 상당히 자존심이 상한다는 듯 미간을 찌푸리면서 말했다.

"정보를 담아 둘 머리 정도는 있습니다만."

"으음. 그런 의미는 아니었는데……."

거참, 까칠하시네.

하지만 오히려 그런 모습에 더 호감이 갔다.

나에 대해서 조사를 하고 꽤 많은 것을 알아냈을 텐데도 비굴해지지 않는 베이트다운 모습이 마음에 든다.

"그럼 시작해 볼까요?"

나는 손뼉을 한번 짝 치면서 말했다.

"후우……."

베이트는 짧은 한숨을 내쉬더니 나를 똑바로 바라봤다.

"피렌티아 롬바르디, 현재 십일 세, 룰락 롬바르디의 삼남인 갤러한 롬바르디의 외동딸."

바로 눈앞에 있는 내가 아닌, 단순한 조사 대상에 대해서 정보를 읊는 듯한 목소리는 무미건조했다.

마치 내가 페레스에 대해서 정보를 의뢰했던 그날처럼.

"모친이 어느 날 롬바르디 영지로 흘러들어 온 유랑민 출신이라는 것 말고는 유아 시절 특별한 이력 없음. 오히려 다른 롬바르디의 혈족들과는 달리 소심한 측에 속함. 하지만."

나를 직시하는 베이트의 금색 눈빛이 순간 번쩍이는 것 같았다.

"팔 세 생일 전후를 기점으로 롬바르디의 영재라는 평판을 얻기 시작함. 3대 후계들 중에서 독보적인 두각을 나타내기 시작하며 교육 담당관이던 클레리반 펠렛의 개인 지도를 받게 됨."

"흐음. 그렇죠."

솔직히 아직까지는 그리 놀랍지 않다.

이 정도 정보는 롬바르디 고용인들을 조금 찔러보면 누구나 알 수 있는 것들이니까.

물론 롬바르디에서 일하는 이들이 입이 무거운 편이라 쉽지는 않겠지만.

그런데 조금 심드렁한 내 태도가 베이트를 자극한 듯했다.

"그리고 그때부터 피렌티아 롬바르디와 그 주변이 급속도로 변해 가기 시작했죠. 가주 룰락의 총애를 얻기 시작한 것은 물론, 아버지인 갤러한 롬바르디의 행보도 그전과는 완전히 달라집니다."

베이트의 목소리가 더욱 낮아졌다.

"삼십몇 년 동안 거의 은둔하는 삶을 살던 갤러한 롬바르디가 갑자기 롬바르디와 앙게나스가 합작한 거대 사업인 코로이-융 사업을 성공적으로 이끌어 냅니다. 그러더니 몇 개월 후에는 혁신적인 '기성복'이란 새로운 방식의 의류 사업을 창조해 내죠. 그리고 지금까지 갤러한 의복점은 매번 전에 없는 일들을 모두 성공적으로 이끌었습니다. 여기서 의구심이 들었습니다. '과연 그게 모두 갤러한 롬바르디의 능력일까' 하는."

"그래서 베이트의 생각은 어떤데요?"

"……미친 소리 같지만."

베이트가 한번 이를 꽉 깨물더니 대답했다.

"저는 이 모든 것이 피렌티아 롬바르디 양이 개입한 결과라고 생각합니다."

나는 입술 사이를 비집고 나오려는 웃음을 억지로 누르며 물었다.

"너무 심한 비약 아닌가요? 저는 이제 겨우 열한 살에 불과한 어린애인데요?"

"그러니까, 그러니까 미친 소리라고 하는 겁니다."

베이트가 잇새로 아르릉거리듯 말했다.

"하지만 정보가 다 그쪽을 가리키고 있습니다."

"단순하게 우리 아빠가 되게 똑똑한 사람일 수도 있는 거잖아요? 그동안은 그냥 기회가 없었던 것뿐이고."

"아뇨."

베이트는 제법 단호하게 고개를 가로저었다.

"코로이-융 사업과 기성복 사업을 시작하는 것까지였다면 그렇게 생각했을 수도 있습니다. 하지만 그 이후로 갤러한 의복점이 걸어온 행보는 명백하게 갤러한 롬바르디의 능력 밖입니다."

"예를 들면요?"

"여성복에 이어서 남성복과 아동복으로 사업을 확장한 것, 그리고 최근에는 '한정판'이라는 개념을 도입해서 프리미엄 라인을 구축하기도 했죠. 갤러한 롬바르디였다면 기성복 사업의 내실을 다지는 데에 힘썼겠죠. '상식적'으로 똑똑한 사람은 그렇습니다."

그럼 난 비상식적이란 소리야?

"그렇게 위험을 무릅쓰고 과감하게 움직이는 것은 감이 매우 좋거나 혹은 전체적인 흐름을 읽을 줄 아는 사람들뿐이죠."

나는 여기서 베이트를 살짝 찔러보기로 했다.

"하지만 아빠에겐 클레리반 님이 있잖아요?"

내 말에 베이트가 고개를 끄덕끄덕했다.

"네. 하지만 클레리반 펠렛만의 작품이라고 하기엔, 몇 년 전 의학계를 뒤흔들었던 '에스티라 연고'에 대한 것은 설명이 되질 않죠."

쳇, 그것도 알고 있었다니.

나는 베이트의 시선을 피해 작게 쯧 하고 혀를 찼다.

"그래서 베이트의 결론이 뭐예요?"

"피렌티아 롬바르디 영애는 클레리반 펠렛의 지도를 받아 갤러한 의복점 등 여러 방면에서 이미 나이를 무색하게 하는 활약을 하고 있다고 생각합니다. 엄청난 가능성을 가진 인재라는 것이죠."

아, 클레리반이 나를 인도하고 있다고 생각하는구나.

사실 내 나이를 생각해 보면 그렇게 생각하는 것이 맞다.

"가능성……."

나는 베이트가 한 말을 곱씹어 보았다.

물론 듣기 좋은 말이었다.

하지만 그건 미래가 불확실하다는 뜻이기도 했다.

그리고 베이트는 그런 정해지지 않은 미래의 가능성에 자신이 만들어 가고자 하는 '정보 길드'를 믿고 맡길 사람이 아니었다.

나는 한 가지 결단을 내리고 말했다.

"이번 내기는 내가 이긴 거 같네요."

"……네?"

베이트가 벙찐 얼굴로 되물었다.

아마 나에 대해서 이것저것 조사를 제대로 했으니 자신이 이겼다고 생각하고 있을 거다.

"지금 자존심 때문에 억지를 부리시려는 거면……."

"아뇨, 억지가 아니라, 애석하게도 베이트의 조사에 한계점이 있었기 때문이에요."

"하아. 도대체 뭡니까, 그 한계점이."

베이트는 여전히 표정 관리라고는 전혀 모르는 얼굴로 투덜거렸다.

"잠깐만요."

나는 앉아 있던 자리에서 일어나 가게 문을 열고 근처에서 기다리고 있던 사람을 불렀다.

혹시 몰라서 오늘 약속 시간과 장소를 알려 주고 잠시 마차에서 기다려 달라고 했는데.

그러길 참 잘했지.

"클레리반 님."

내 부름에 클레리반이 바로 가게 안으로 들어왔다.

"부르셨습니까, 피렌티아 님."

선생님이 제자를 대하는 것치고는 지나치게 정중한 태도에 베이트의 눈살이 찌푸려졌다.

"이 자리에 클레리반 님이 있어야 아무래도 베이트에게 신뢰를 줄 수 있을 것 같아서요."

그러곤 베이트에게 말했다.

"조금 전에 내가 클레리반 님의 지도를 받고 있을 거라고 했죠?"

"네, 그랬죠."

베이트는 여전히 자신의 틀린 점이 뭔지 모르겠다는 듯한 눈치였다.

나는 그런 베이트에게 치맛자락을 잡고 정중하게 인사했다.

"이번에는 제대로 자기소개를 할게요. 펠렛 상회의 실소유주인 피렌티아 롬바르디예요.”

“예……?”

벙찐 얼굴을 하던 베이트가 손가락으로 자기 귀를 후볐다.

그러다 설명을 요구하는 눈으로 클레리반을 바라봤다.

“피렌티아 님의 말씀이 맞습니다.”

“진, 진짜란 말입니까, 그럼?!”

클레리반은 고개를 끄덕여 주었다.

“하, 하지만 펠렛 상회라는 이름은…….”

“그냥 이름일 뿐이죠.”

클레리반이 쿨하게 대답했다.

“그래도 겨우 열한 살…….”

“대단하지 않습니까!”

“그, 그럼 정말로 피렌티아 롬바르디 영애가…….”

“롬바르디의 빛과 희망이시죠!”

“하, 하하…….”

베이트는 정신이 나간 사람처럼 허탈하게 웃었다.

나를 한 번 보고, 옆에 서 있는 클레리반을 한 번 보고.

그러다 또 웃고.

“그럼 기성복은…….”

“그건 놀랍게도 우리 아버지의 발상이었어요.”

“하지만 영애의 개입이…….”

“있기는 했죠. 그건 베이트의 짐작이 맞았어요.”

“아, 역시…….”

베이트는 혼자만의 시간이 필요한 것 같았다.

턱을 짚고 곰곰이 무언가를 생각하더니 고개를 주억거리면서 혼잣말을 중얼거렸다.

"그렇군요. 그럼 다 말이 되는군요……."

그 머릿속에 어떤 생각들이 바쁘게 흘러가는지 나는 모를 일이었다.

그러다 고개를 번쩍 들고 물었다.

"그럼 다이아몬드 광산은……. 롬바르디와 앙게나스를 경매에서 이긴 그 사건은 어떻게 된 겁니까? 혹시 운이었습니까?"

"펠렛 상회가 몇 골드 차이로 낙찰을 받았었는지 생각해 보면 답이 나올 텐데요?"

앙게나스는 2000골드를 써냈고, 2050골드를 써낸 우리에게 탄광을 빼앗겼었다.

"아아……."

베이트는 머리를 쥐어뜯을 듯이 몸을 웅크렸다.

나는 그런 베이트에게 다가가 어깨를 토닥여 주었다.

"아직 정보 사업에 뛰어든 지 얼마 되지 않았으니까, 그 정도면 충분히 훌륭한 능력이라고 생각해요."

"그, 그건 어떻게 아셨습니까? 제가 정보 사업을 시작한 건!"

베이트가 허억 하고 숨을 들이켜며 기겁했다.

"으음. 내가 앙게나스가 2000골드를 써낼 것은 어떻게 알았을까요?"

"으윽……."

베이트는 분한 얼굴을 했다.

내가 자기보다 많은 것들을 알고 더 정확하게 꿰뚫어 본다는 것이 화가 나는 것 같았다.

나는 그런 베이트에게 또다시 그가 거부하지 못할 제안을 하나

했다.

"그럼 내기를 하나 더 해 볼까요, 우리?"

베이트가 이를 악물더니 물었다.

"이번에는 뭡니까."

"최근 귀족 회의에서 가장 뜨거웠던 화두가 뭐였죠?"

"동부 가뭄에 대한 강구책이죠. 결국 결정권은 황제 폐하께 넘어갔고요."

역시 알고 있었구나.

귀족회 내부의 일은 아주 구하기 어려운 정보일 텐데 말이다.

"베이트는 황제 폐하가 어떤 결정을 내리실 거라고 생각해요?"

"작년에도 이미 세금을 면제한 바가 있으니 올해는 어려울 거라고 봅니다. 국고에 타격이 클 테니까요."

"그럼 나는 그 반대에 걸게요. 가게의 5년 치 월세를 걸고 내기하죠."

"5, 5년 치……."

베이트는 꿀꺽 군침을 삼켰다.

"그럼 제가 지면, 피렌티아 님은 뭘 얻게 되는 겁니까?"

"만약 내 말이 맞는다면……."

나는 잔잔한 수면에 미끼를 놓는다는 느낌으로 툭 던지듯 말했다.

"나에게 정보의 우선권을 줘요. 앞으로 베이트가 수집하게 되는 정보들을 가장 먼저 열람할 수 있는 권리요."

베이트는 한동안 말이 없었다.

나도 함께 숨을 죽였다.

그리고 마침내 베이트가 고개를 끄덕였다.

"하죠, 그 내기."

"워, 워어-."

조용하던 저택에 마부가 말을 달래는 소리가 들려왔다.

일부러 창문을 열어 놓고 그 밑에 누워서 솔솔 불어 들어오는 바람을 즐기고 있던 나는 눈을 반짝하고 떴다.

"돌아왔구나."

일주일 넘는 시간 동안 아스타나와 사냥 여행을 갔던 벨레삭이 드디어 돌아왔다.

나는 그 상태로 조금 더 기다리다가 여유롭게 걸어 밖으로 나왔다.

슬슬 노을이 지며 하늘을 빨갛게 물들이고 있었다.

어느새 짐을 모두 내리고 정리를 마친 밖은 조용하고 한산했다.

산책이라도 나온 사람처럼 뒷짐을 지고 하늘을 올려다보면서 걷는 내 눈에 떼를 지어 날아가는 새 무리가 보였다.

철새들이 이동을 하는 것이었다.

해마다 계절을 따라서 대륙을 횡단하는 새들은 하루 종일 나느라 지친 몸을 쉬기 위해서 롬바르디 저택을 찾곤 했다.

저택의 영역 내에는 사람이 적고 나무가 많기 때문이었다.

"너희들이 오늘 저택에서 쉬어 갈 애들이구나."

새들이 저택의 나무 여기저기에 숨어드는 것을 보면서 나는 손에 든 주머니의 내용물을 확인했다.

오늘을 위해서 내가 특별히 준비한 것이 고이 잘 들어 있었다.

"그럼 준비가 다 끝났네."

벨레삭이 가져온 짐을 다 내렸다는 것을 확인했으니, 이제 때가 왔다.

나는 즐거운 마음을 가득 담아 투스텝을 밟으며 마구간으로 향했다.

사냥을 다녀오면 자기가 애지중지하는 말의 상태를 확인하러 마구간에 들르는 것이 벨레삭의 버릇이었다.

나는 벨레삭이 마구간에 갈 때 자주 이용하는 길목에서 기다렸다.

근처에 나무도 많고 인적도 없고.

아주 안성맞춤인 길이었다.

얼마 지나지 않아서 벨레삭의 모습이 보이기 시작했다.

그런데 혼자가 아니었다.

"똑바로 들어! 바닥에 질질 끌리잖아!"

"히잉……."

크레니가 무언가 무거운 것을 든 채로 낑낑거리며 벨레삭의 옆에서 걷고 있었다.

자세히 보니 말의 안장이다.

그것도 가죽으로 만들어 매우 무거운 것이었다.

"히, 힘든데……."

아직 어린 크레니가 들기에는 터무니없는 무게다.

그런데.

빠악-!

벨레삭이 크레니의 작은 머리를 세게 후려치고는 위협하듯 말했다.

"더 얻어터지고 싶냐?"

"……아, 아니. 흑!"

크레니는 결국 울음을 터뜨렸다.

그리고 내 인내심도 거기서 바닥났다.

"크레니."

나는 두 사람이 걸어오는 길목을 가로막고 말했다.

"들고 있는 거 던져 버리고, 넌 가."

"티, 티아……?"

놀라서 눈을 동그랗게 뜬 크레니가 소매로 제 눈물을 훔쳤다.

"넌 또 뭐야?"

벨레삭이 나를 보면서 얼굴을 구겼다.

그러거나 말거나.

나는 가만히 크레니만 바라봤다.

"우, 웅!"

크레니는 용기를 낸 듯 아랫입술을 꾹 다물더니 벨레삭 앞에 보란 듯이 안장을 던져 버렸다.

"야! 너 미쳤어!"

벨레삭이 버럭 화를 내 봤지만, 크레니는 이미 저 멀리 쪼르르 도망가고 있었다.

"벨레삭 너, 도대체 크레니를 평소에 얼마나 괴롭힌 거야?"

조금 전의 모습을 보니, 내가 알고 있는 것들은 빙산의 일각일 것이란 강한 예감이 들었다.

벨레삭은 그런 나를 피식하며 비웃었다.

"왜? 쟤 대신 네가 할래?"

"하, 이 쌍 또라이가……."

요새는 조용하길래, 조금 철이 든 줄 알았더니.

역시 벨레삭은 변한 게 없었다.

괴롭히는 대상이 나에서 크레니로 변했을 뿐인 모양이었다.

"그래, 반쪽짜리. 그럼 네가 들어."

벨레삭이 안장을 발로 툭 밀어 차며 내게 말했다.

"후. 야, 벨레삭. 넌 머리가 없냐?"

"뭐, 뭐야?"

"내가 분명히 말했지. 반쪽이라고 하지 말라고, 이 멍청아."

"이, 이 한 주먹도 안 되는 계집이!"

성장기에 들어선 벨레삭은 자신의 신체적인 우위를 들먹이며 위협적으로 주먹을 치켜올렸다.

나는 오히려 목을 빳빳하게 세우면서 말했다.

"때려 봐 어디. 때릴 수 있다면 말이야."

"이익!"

"넌 나 못 때려. 날 때렸다간 난리가 날 테니까. 할아버지가 제일 먼저 난리가 나실걸? 그리고 우리 아버지도 이제 참고만 사는 사람이 아니라서."

내 말에 씩씩거리며 머리를 굴려 보던 벨레삭이 비릿하게 웃었다.

"그래? 근데 여기엔 할아버지도 잘난 네 아버지도 없는데? 내가 주먹을 몇 번만 휘두르면, 넌 쫓아가 고자질하지도 못할 만큼 엉망이 될걸?"

벨레삭의 눈이 번들거렸다.

나는 그 눈을 정확히 기억했다.

이전 생에서 나를 괴롭히고 때릴 때마다, 내가 고통에 울고 공포에 질릴 때마다 신이 나서 웃어 젖혔던 바로 그 눈이었다.

역시 사람은 고쳐 쓰는 게 아니야.

나는 만고불변의 진리를 다시 한번 확인하며 주머니에 손을 넣었다.

그리고 그 안에 든 것을 한 움큼 쥐어 한 걸음씩 다가오는 벨레삭의 얼굴에 던져 버렸다.

"푸앗! 이, 이게 뭐야! 콜록!"

별안간 웬 알갱이 있는 가루 같은 것이 뿌려지자 놀라서 콜록거리던 벨레삭은 나를 비웃기 시작했다.

"하! 고작 이게 다…… 컥! 겨우 이런 가루 같은 거…… 쿨럭!"

시끄럽다. 이거나 맞아라.

말할 새도 없도록 벨레삭의 얼굴에 그것을 계속 뿌렸다.

"그, 그만……!"

나는 김장 배추에 굵은 소금 뿌리는 심정으로 남은 가루를 벨레삭의 몸 구석구석에 꼼꼼히 끼얹었다.

"휴, 다 됐다."

마침내 주머니가 완전히 홀쭉해져서야 나는 멈췄다.

"어푸푸! 이 미친 계집이! 뭐 하는 짓이냐!"

"야, 벨레삭. 너 그 가루가 뭔지 알아?"

"내가 알게 뭐야! 넌 죽었……!"

"냄새라도 한번 맡아 보지? 네 몸에 뿌려진 건데."

내 말에 벨레삭이 팔을 들어 옷에 묻은 알갱이의 냄새를 맡았다.

"킁킁. 고, 곡식?"

"오, 맞혔네. 옥수수, 해바라기씨, 기장 뭐 그런 것들을 골고루 섞은 거라 아주 맛있을 거야. 그거 서셔우산이다? 요즘 서셔우산 곡식을 구하는 게 얼마나 힘든지 네가 알아?"

"뭐, 뭐라고?!"

"근데 내가 최근에 거기 곡식을 좀 대량으로 사들일 일이 있었거든. 내가 그중에서 특별히 챙겨 온 거야, 그거."

"지금 무슨 개소리를 지껄이는 거야!"

내가 하는 말을 알아들을 리 없는 벨레삭이 버럭 소리를 질렀다.

나는 그런 놈에게서 세 발자국 뒤로 물러나면서 활짝 웃었다.

"무슨 말이긴. 새들이 엄-청 좋아하는 모이라는 말이지."

푸드덕, 푸드덕.

멀리서 점점 가까워지는 날갯짓이 들려오고 있었다.

"히, 히익!"

벨레삭도 그것을 들었는지 얼굴색이 하얗게 질려 가기 시작했다.

"그래, 너 새 무서워하지?"

벨레삭이 감추고 있는 약점 중 하나다.

놈은 새를 매우 무서워한다.

얼마나 심하냐면, 식탁에 올라오는 닭 요리도 꺼림칙해할 정도로.

"아, 안 돼!"

벨레삭이 날아오는 새들을 보고 도망치려고 했지만 이미 다리 힘이 풀려서 볼썽사납게 길바닥에 나뒹굴었다.

"어딜 가려고. 내가 얼마나 정성 들여서 널 새 밥으로 만들어 놨는데."

"사, 살려 줘!"

파드득! 파드득!

근처 나무에서 쉬고 있던 서른 마리 정도의 새가 한꺼번에 벨레삭에게 달려들었다.

"으아아악!"

벨레삭은 잔뜩 몸을 웅크리고 어떻게든 피하려고 했지만, 최고급 서셔우산 곡식을 알아보는 것인지 새들은 자비가 없었다.

피빅! 짹짹! 구구구!

온갖 잡새들이 판을 치는 모습이 아주 보기 좋구나!

벨레삭의 옷 사이사이와 손, 머리카락 사이 할 것 없이 꼼꼼하게 쪼아 먹은 새들은 흩어진 곡식이 바닥나자 미련 없이 날아가 버렸다.

파드득!

그리고 새들이 남은 자리에 엉망이 된 벨레삭이 초라하게 웅크린 채 누워 있었다.

머리는 뜯겨서 산발이 되고, 최고급 옷은 다 찢어지고, 얼굴은 눈물 콧물로 범벅이 된 채로.

"흐어어…… 허엉……."

"날 엉망으로 만들어 버리겠다더니, 네가 엉망이 됐구나?"

나의 놀리는 말에도 벨레삭은 겁을 먹은 채로 움직이지도 못했다.

"다른 사람의 고통이랑 공포는 실컷 즐겨 봤을 테니까, 이제 너 자신의 괴로움은 어때? 즐길 만했어?"

"흑, 흐윽!"

나는 벨레삭에게 다가가 바닥에 쓰러져 있는 놈을 차가운 눈으로 내려다봤다.

놈이 엉엉 울고 있는 나에게 그랬던 것처럼.

"한 번만 더 크레니를 괴롭히면, 그때는 지금처럼 쉽게 안 끝나."

나는 벨레삭의 멍청한 머릿속에 제대로 박힐 수 있도록 한 마디 한 마디 정확하게 말했다.

"쥐도 새도 모르게 기절시켜다가 '대형' 철새 도래지에 던져 넣고, 온몸을 새 모이 반죽으로 칠한 다음 기둥에 꽁꽁 묶어 버릴 테니까. 알겠어?"

"히, 히이익!"

상상만 해도 끔찍한지, 벨레삭의 눈에 공포가 스쳤다.

나는 마지막으로 그런 놈을 경멸을 담아 노려봐 준 후 돌아서서 걸었다.

아, 상쾌해.

모이 주머니도 없고 몸이 한층 가벼웠다.

이제 벨레삭이 크레니를 괴롭힐 일은 없을 거다.

겁은 아스탈리우만큼 많은 놈이니까.

누군가는 크레니를 지켜 줘야 했지만, 그 형인 아스탈리우는 벨레삭에게 항의할 만큼 용기가 없다.

그 부모인 로렐스와 로넷은 비에제의 눈치를 보느라 바쁘다.

그러니 나라도 나설 수밖에.

"잘했어. 착하다, 나."

단순히 크레니를 괴롭힌 복수를 한 것 이상으로 마음이 가벼웠다.

"뭐랄까……."

과거의 나도 함께 치유받은 느낌이었다.

크레니처럼 도와줄 사람이 한 명도 없었던, 힘없이 당할 수밖에 없었던 어린 피렌티아도 뒤늦게나마 통쾌해하고 있을 것 같았다.

며칠 뒤.

펠렛 상회의 사무실을 찾았다.

"이로써 저희 펠렛 상회가 올해 수확한 남부의 곡식을 가장 많이 보유하고 있는 상단이 되었습니다."

"와아, 수고하셨어요, 두 분!"

정말이지 쉽지 않았다.

남부는 대대로 거래하는 중대형 상단들이 꽉 잡고 있는 시장이었으니까.

하지만 클레리반과 바이올렛을 비롯한 펠렛 상회의 사람들이 밤낮으로 부지런히 뛴 결과, 우리는 대량의 식량을 사들일 수 있었다.

"그리고 예상대로 다수의 상단들이 상회로 러브 콜을 보내오고 있습니다."

"동부에 가져다 팔려면 우리에게서 웃돈이라도 얹어 사 가야 하니까요."

"그렇습니다."

클레리반이 종이에 적힌 명단을 내게 건네었다.

"현재까지 저희에게 판매 요청을 한 상단들입니다."

"꽤 많네요. 그럼 어디 보자……."

나는 기다란 명단을 쭉 훑어 내렸다.

그러다 리스트의 제일 끄트머리에서 내가 찾던 이름을 발견할 수 있었다.

"여기. 여기다 우리가 가진 것의 4분의 1 정도의 식량을 팔겠다고 서신을 보내세요. 값도 좀 싸게 쳐 주시고요."

"예? 그렇게 많은 양을요?"

"네, 물론 다른 상단들에게도 조금씩은 나눠 줘야죠. 같이 먹고 사는 세상이니까?"

사실은 귀찮은 시기와 질투를 최소화하려는 의도이지만.

"으음……."

고개를 갸웃한 바이올렛이 내 손가락이 짚고 있는 상단의 이름을 보더니 눈을 동그랗게 떴다.

"아, 이곳은 지난번에……."

그러고는 내 눈을 빤히 바라본다.

나는 그런 바이올렛에게 나를 믿으라는 마음을 담아 웃어 주었다.

이내 바이올렛은 고개를 짧게 끄덕하며 대답했다.

"알겠습니다. '레드 상단'에 말씀하신 대로 서신을 보내도록 하겠습니다."

귀족 회의가 열리는 대회의실에 요바네스 황제가 참석하기로 했다.

지난번 치열했던 동부 논쟁의 마침표를 찍기 위해서였다.

"오늘 롬바르디 가주의 얼굴이 아주 볼만하겠구먼."

페르딕 앙게나스가 주변의 귀족들에게 모두 들리도록 비아냥거렸다.

"하하! 그것참 기대되는군요!"

이때다 싶은지 주변인들도 한두 마디씩 거들기 바빴다.

"흐흐……."

앙게나스 가주는 어서 회의가 시작되었으면 하는 마음에 다리를 떨었다.

지난 며칠간, 페르딕 앙게나스는 황궁 문지방이 닳도록 뻔질나게 드나들었다.

매일 황제를 만나서 동부의 세금을 걷게 하려고 설득하고 또 설득했다.

덕분에 처음에는 별 의견이 없는 것 같았던 황제는 각고의 노력 끝에 이제 이쪽으로 완전히 넘어온 것 같았다.

그가 말을 할 때마다 귀를 기울이고 고개를 끄덕이기도 하는 등, 긍정적인 낌새들을 보였다.

그런 것들이 하나둘 쌓여 갈 때마다, 페르딕 앙게나스는 쾌재를 불렀다.

드디어 룰락 롬바르디를 이길 수 있겠다!

동부의 일이 어찌 되거나 말거나, 상관할 바는 아니었다.

그러나 이렇게 화제가 되는 정치적인 사안에서 롬바르디의 콧대를 눌러 준다는 것은 상징하는 바가 컸다.

황제가 앙게나스의 손을 들어 주었다는 것이기도 했고, 롬바르디의 위세가 예전 같지 않다는 뜻이기도 했으며, 드디어 앙게나스가 제국 최고의 가문이 된다는 의미이기도 했다.

페르딕 앙게나스는 황제가 '동부에서 세금을 걷으라!'고 명령하는 순간 룰락 롬바르디의 얼굴을 보고 웃어 줄 생각이었다.

그렇게 앙게나스 가주가 더 이상 참을 수 없을 지경이 되었을 때, 회의실 문이 열렸다.

"으음?"

그런데 황제는 혼자가 아니었다.

룰락 롬바르디와 함께였다.

"쳇."

페르딕 앙게나스는 그것이 마음에 들지 않았지만, 애써 마음을 다잡았다.

룰락 롬바르디가 제아무리 언변이 뛰어나다고 해도 자신이 며칠 동안 쌓아 올린 공을 단번에 허물 수는 없을 것이다.

황제가 가장 높은 상석에 자리를 잡고, 회의가 시작되었다.

의장의 짧은 개회사에 이어서 바로 황제의 차례가 되었다.

꿀꺽.

페르딕 앙게나스는 보이지 않게 주먹을 꽉 쥐었다.

"올해도 이어진 동부의 극심한 가뭄에 대해서 경들의 의견이 반으로 나뉘었다지."

요바네스의 낮고 굵은 목소리가 회의장 전체에 울렸다.

"회의록을 통해서 양쪽 진영의 의견을 읽고 내가 곰곰이 생각해 보았소. 솔직히 말해서 어느 한쪽의 손을 들어 주기가 힘들 정도로 각자 일리가 있더군."

황제는 말을 끊고 마지막으로 고심하듯 수염을 쓸었다.

그 짧은 시간에도 페르딕 앙게나스는 조바심이 나서 미칠 것 같았다.

땀에 젖은 손으로 의자 팔걸이를 꽉 쥐었다.

"하지만 나는 결정을 내렸소."

드디어!

페르딕 앙게나스는 입가에 미소를 머금으며 룰락 롬바르디를 바라봤다.

마침 룰락도 이쪽을 바라보고 있었다.

그런데 뭔가가 이상했다.

룰락의 한쪽 입꼬리가 서서히 위로 향하고 있었다.

왜 웃지?

이긴 것은 난데?

순간 불길한 예감이 강하게 스쳤다.

그리고 요바네스가 선언했다.

"가뭄에 고통받고 있을 동부의 제국민들을 불쌍히 여겨, 올해의 조세는 징수하지 않는 것으로 하겠소."

"아, 안 돼!"

페르딕 앙게나스는 순간 크게 소리를 질러 버렸다.

뒤늦게 한 손으로 입을 틀어막아 봤지만, 이미 늦었다.

눈썹을 구긴 황제와 귀족들이 앙게나스 가주를 쳐다보고 있었다.

"내 결정에 불만이라도 있나?"

요바네스가 삐뚜름하게 물었다.

"그, 그것이 아니라……."

페르딕 앙게나스는 재빨리 머리를 굴려 변명거리를 생각해 냈다.

"작년에도…… 작년에도 이미 동부의 세금을 면제해 주지 않으셨습니까. 한데 올해도 그리하면 국고가 텅 비게 될 것 같아 걱정하는 마음에……."

"호오, 앙게나스 가주가 내 주머니 걱정을 그리 해 주는 줄은 몰랐군."

결국 국고는 황제의 재산이었다.

황제가 자신이 손해를 보더라도 동부의 세금을 걷지 않겠다는데, 사실 귀족이 할 말은 없었다.

그저 그 불똥이 자신들에게 튀어 조세 부담금이 오르지 않기만을 바랄 뿐이었다.

"그, 그럼요. 앙게나스는 언제나 폐하를 위하는 마음으로……."

"그래, 나를 위하는 마음으로 올해는 앙게나스가 세금을 넉넉하게 내면 될 일이겠군."

"……예?"

페르딕 앙게나스는 뒤늦게 혀를 깨물었지만 벌써 엎질러진 물이었다.

"덕분에 내 마음이 한결 가벼워졌으니 아주 고마운 일이오."

귀족회 모두가 보는 앞에서 올해는 요구되는 것보다 더 많은 세금을 내겠다고 공언한 것이나 마찬가지였다.

"그럼 난 이만 돌아가지."

용건을 마친 요바네스는 바로 회의장을 나가 버렸다.

지금 내가 무슨 짓을 한 것인가.

등받이에 몸을 털썩 기댄 페르딕 앙게나스가 정면을 바라봤다.

그리고 룰락 롬바르디와 다시 눈이 마주쳐 버렸다.

룰락 롬바르디는 웃고 있었다.

완벽한 승자의 미소였다.

페르딕 앙게나스가 결정적인 순간에 지어 보이리라 했던 바로 그 미소였다.

콰당!

펠렛 상회의 사무실 문이 거칠게 열렸다.

"헉, 헉……."

문간에서 숨을 거칠게 쉬고 있는 것은 다름 아닌 베이트였다.

"어떻게…… 알았습니까."

베이트가 나를 향해서 똑바로 걸어오면서 물었다.

"그건 뭐예요?"

나는 대답 대신 베이트의 양손에 무겁게 들린 빨간 상자를 가리켰다.

"디저트입니다. 대낮에 펠렛 상회에 오려면 배달인 척해야 하니까요."

역시 철두철미한 베이트답네.

감동해서 고개를 끄덕끄덕하는 사이, 베이트는 테이블 위에 무거운 상자 두 개를 내려놓더니 내 건너편에 털썩 앉았다.

"말해 주시죠. 어떻게 아셨습니까."

"아, 동부의 일을 들었나 보네요?"

고개를 절레절레 저은 클레리반이 접시를 가져와 디저트를 먹기 좋게 옮겨 담는 것을 보면서 내가 되물었다.

"그건……. 아, 나는 저 딸기가 올라간 걸로요, 클레리반."

"네, 피렌티아 님."

"아, 진짜!"

베이트가 그새를 참지 못하고 나를 원망스런 눈으로 바라봤다.

그만 놀려야겠다.

애 울겠네.

"베이트는 왜 황제 폐하가 동부의 세금을 걷을 거라고 생각했던 거예요?"

"그거야……."

내 질문에 베이트가 쉽게 대답했다.

"어떤 이유로든 세금을 걷지 않으면 국고가 비지 않습니까. 게다가 이번이 처음도 아니니 그 부담은 더 클 것이고요."

그리고 베이트의 설명은 조금 더 길어졌다.

워낙 아는 정보가 많으니 그럴 수밖에.

내가 케이크 한 조각을 다 먹고, 조금 더 욕심이 나서 결국 바이올렛과 다른 것 하나를 반씩 나누어서 먹을 때가 되어서야 베이트의 말이 끝났다.

"흐응. 다 맞는 말이네요."

"그래요! 그런데 왜! 황제는 이 모든 이유를 배반하는 결정을 내린 것이고, 피렌티아 님은 어떻게 그걸 알고 있었던 겁니까!"

"확실히 이번에는 베이트의 말대로 동부의 세금을 걷는 것이 옳은 일이었을 거예요. 하지만 베이트가 몰랐던 중요한 사실이 하나 있어요."

내 말에 베이트의 얼굴이 심각해졌다.

"뭡니까, 그게."

"바로 요바네스 황제가 매우 욕심이 많은 인물이란 점이에요."

"욕심……?"

"네, 그것도 일반 사람들이 생각하는 것보다 훨씬 더요."

제국의 황제에게 욕심은 대대로 내려오는 유전적 특징이나 마찬가지였다.

하지만 요바네스는 유독 그 성질이 더 뚜렷한 편이었다.

"하지만 그렇다면 더욱더 세금을 받아 냈어야……!"

"만약 요바네스 황제에게 '올해도 동부의 세금을 걷지 않아 제국민을 보살핀다'는 생색을 내면서도, 이득을 취할 수 있는 다른 방법이 있었다면요?"

"다른…… 방법이요?"

갈피를 잡지 못하는 베이트에게 나는 종이 한 장을 보여 주었다.

오늘 올라온 바이올렛의 보고서 중 일부였다.

"제국 중요 상단들이 보유하고 있는 곡식 양의 현황이에요."

베이트는 찬찬히 종이를 읽어 내렸다.

"거기 보면 익숙한 이름들이 좀 있을 거예요. 우리 펠렛 상회도 그렇고. 롬바르디 상단도 네 번째쯤 가 있죠?"

"예, 그런데 이게 어떤 단서가 된다는 말씀입니까?"

베이트는 매우 자존심이 상하지만 궁금해 못 참겠다는 듯 물었다.

"얼마 전까지만 하더라도 롬바르디가 그 명단의 두 번째로 이름이 올라 있었거든요?"

"그런데 어째서 이렇게 떨어진 겁니까? 갑자기 창고에 불이 나거나 누군가에게 대량으로 팔지 않고서야……. 하지만 지금 판매를 하는 것은 큰 손해일 텐데요."

"맞아요. 롬바르디 상단은 보유하고 있던 곡식 중 상당량을 다른 상단에 팔았어요. 바로 이 상단에."

나는 손끝으로 한 상단의 이름을 짚어 주었다.

명단 중에 여섯 번째로 적혀 있는 것이었다.

"레드…… 상단?"

베이트가 눈썹을 찌푸렸다.

"처음 들어 보는 이름인데요?"

"아마 그럴 거예요. 이번에 새로 만들어진 상단이니까."

"그런데 어떻게 이렇게 많은 양의 식량을 보유할 수 있다는 말입니까?"

"우리 펠렛 상회도 가진 것의 상당량을 그쪽에 판매했거든요."

"어째서……."

"생각해 봐요. 공짜로 받은 것이 아니고서야, 새로 꾸린 상단으로 이 정도 곡식을 한 번에 살 수 있는 재력을 가진 사람이 누구일지."

"호, 혹시……."

"맞아요. 이 레드 상단은 요바네스 황제의 상단이에요."

베이트의 입이 경악으로 소리 없이 벌어졌다.

"그리고 레드 상단은 롬바르디 상단의 도움을 받아서 먼 동부까지 상행을 갈 예정이죠."

"허! 허어……."

"베이트의 마음 이해해요. 그 정보 하나를 몰라서 전체적인 그림을 읽어 낼 수 없었던 게 허탈할 테니까."

머리를 툭 떨군 베이트가 허탈하게 웃으며 말했다.

"인정합니다. 제가…… 완전히 졌군요."

"이겨 놓고 어쭙잖게 위로하려는 의도는 아닌데, 이건 베이트의 능력이 모자라서가 아니에요. 그저 아직 들어오는 정보의 수준이 높지 못한 것뿐이죠. 그에 반해 나는 좀 더 내부의 일을 알고 있었던 거고요. 그리고 또 한 가지 차이점을 꼽자면……."

베이트가 고개를 들어 나를 바라봤다.

"베이트는 단순하게 외부에서 정보를 수집하는 사람이라면, 나는 정보가 될 만한 중요한 일에 직접 개입하는 사람이라는 점이죠."

"직접 개입……."

"나는 정보를 만들어 낼 능력을 가진 사람이니까요."

베이트의 영롱한 호박색 눈동자가 영민하게 빛났다.

"아, 그리고 내가 요바네스 황제와 우리 할아버지를 직접 겪어 봤다는 것 정도?"

이건 사실 베이트뿐만이 아니라 그 누구와 견주어도 내가 유리한 부분이었다.

"롬바르디 상단이 손해를 보면서까지 가지고 있는 곡식을 팔고, 레드 상단을 상행에 업어 갈 거라고 누가 예상했겠어요?"

"……그 이유가 뭡니까?"

"우리 할아버지는 나만큼이나 지는 걸 싫어하는 분이거든요. 앙게나스를 밟아 주는데 그쯤이야."

나는 어깨를 으쓱해 보였다.

나 같아도 그랬을걸?

조용해진 베이트는 또다시 생각에 잠겨 있었다.

그리고 그가 다시 고개를 들어서 나를 바라봤을 때, 나는 마지막 낚싯대를 드리운다는 느낌으로 물었다.

"어때요, 베이트? 나랑 일해 보지 않을래요?"

베이트와 카라멜 에비뉴를 내 편으로 만든다면 정말 엄청난 성과였다.

그래서 나는 미끼를 하나 더 걸었다.

"나랑 일하는 동안은, 월세 공짜."

"좋습니다, 그렇게 하죠."

베이트가 덥석, 미끼를 물었다.

"앞으로 잘 부탁드리겠습니다, 건물주님."

베이트가 나에게 손을 내밀었다.

"나도 잘 부탁해요, 베이트."

나는 속으로 '월척이다! 심봤다!'를 외치며, 그 손을 힘껏 마주 잡았다.

Chapter 8-1

Chapter 8-1

유난히 추웠던 겨울이 지났다.

초봄을 알리는 우기도 지나고 꽃이 흐드러지게 만연하는 따듯한 날씨가 본격적으로 시작되었다.

얼마 전엔 내 생일도 지나 나는 열두 살이 되었다.

오늘 클레리반은 수업을 핑계로 내 집을 찾아와 회의를 하는 중이었다.

"당분간 보유하고 있는 곡식 판매량을 조금 늘려야 할 것 같습니다."

"다음 달부턴 동부에서 봄 수확이 시작되니까요. 그렇게 하세요, 클레리반."

"예, 빠른 시일 내에 동부 식량 판매 수익에 대한 최종 보고서도 올리겠습니다."

역시 일 잘하는 클레리반.

내가 말하지 않아도 모든 일을 척척 처리하고 깔끔하게 해결한다.

가끔은 내가 너무 하는 일이 없어서 미안해질 정도다.

뭔가 도움이 되고 싶은데.

그때, 얼마 전에 바이올렛과의 대화에서 언뜻 들었던 내용이 떠올라 혹시나 싶어 물었다.

"크로일리 할아버지가 관절염 때문에 작업량을 줄인다고 하던데……."

"예, 그래서 아이반 영지에서 크로일리 님의 수제자 두 분을 더 황도로 모셔 공방을 차려 드리기로 했습니다. 위치는 보석 판매점 근처의 고급 주택 지구로……."

그럼 그렇지.

이미 클레리반은 필요한 모든 조치를 취해 놓은 뒤였다.

내가 할 수 있는 거라곤,

"관절염 통증에는 '에스티라 연고'가 효과가 좋으니까 그거 몇 개 챙겨 드리세요."

같은 말밖에 없었다.

"제가 그 부분까지는 미처 생각하지 못했군요. 역시, 피렌티아 님은 마음씨가 고우십니다."

클레리반은 겨우 그 정도에도 감동한 듯 감탄했지만 말이다.

"요즘 베이트는 어떻게 지내요?"

베이트는 우리와 일종의 협력 업체로서 계약을 맺었다.

우리는 건물과 경영 비용을 일정 부분 후원해 주고, 카라멜 에비뉴에서는 수집되는 정보 중에 좋은 것들을 우리에게 제공하는 계약이었다.

“월세를 내지 않아도 되니 많이 여유가 생긴 것 같습니다. 지난번에 고용한 디저트 가게 직원들도 이제 모두 일에 익숙해져서, 본인은 정보 쪽에만 집중할 수 있다고 좋아하더군요.”

“아, 보내오는 정보의 질이 갑자기 향상됐다 싶었더니 역시 그런 거였구나.”

잘된 일이었다.

이제부터 베이트와 카라멜 에비뉴는 비약적인 성장을 할 것이다.

미리 찜해 두길 잘했다고 가슴을 쓸어내릴 정도로.

“그리고 한 가지 더 상의드릴 것이 있습니다.”

클레리반이 내게 두툼한 서류 뭉치를 내주며 말했다.

“펠렛 상회의 자산 중에 가만히 놀고 있는 돈이 너무 많습니다. 더 이상 갤러한 의복점에 투자하는 것도 비효율적으로 판단됩니다.”

놀고 있는 돈이 많다니.

내가 그렇게 부자였던가.

사실 그동안 이것저것 새로운 사업들을 벌리기에만 바빴지 정확하게 얼마를 벌었는지 확인해 본 적은 없었다.

“클레리반이 그렇게 말할 정도로 내가 부자였어요?”

내 질문에 클레리반은 고개를 끄덕이며 담백하게 대답했다.

“이번 동부 무역 건의 수익까지 포함하면, 펠렛 상회는 이미 제국의 5대 상단 중 하나가 되었습니다.”

“벌써 그렇게…….”

“다이아몬드 광산도 그렇고 이번 동부의 일도 그렇고, 워낙 수익

률이 높은 사업 위주로 움직였으니까요. 그뿐만이 아니라 갤러한 의복점과 롬바르디 상단에 투자한 지분도 있고……. 간간이 피렌티아 님께서 짚어 주신 대로 투자한 부동산들도 워낙 값이 올라서 그렇습니다."

"와아."

그 정도일 줄은 몰랐는데.

내가 순수하게 감탄하자, 클레리반이 고개를 갸웃하며 말했다.

"다 피렌티아 님께서 하신 일들입니다."

"그렇기는 한데……. 그렇죠. 하하."

"정말 대단하십니다."

나를 향한 순수한 호의와 존경심이 가득 담겨 있는 말이었다.

"그런 피렌티아 님을 바로 옆에서 모실 수 있어서 영광입니다, 저는."

클레리반이 고개를 살짝 숙이며 말했다.

바로 앞에서 이렇게 칭찬을 들으니 조금 부끄럽기는 하지만 그래도 뿌듯한 마음이 더 컸다.

이제 어느 정도 안정권에 접어든 느낌이랄까.

마음이 살짝 놓이니, 그동안 마음먹고 있던 일을 처리해야 할 것 같다.

"그럼, 이제 슬슬 데뷔탕트 무도회를 준비해야겠네요."

그런데 목을 축이던 클레리반에게서 의외의 반응이 터져 나왔다.

쨍그랑!

들고 있던 컵을 놓치면서 유리잔이 바닥에 떨어져 깨져 버렸다.

그런데도 클레리반의 커다래진 눈은 나에게 박혀서 움직일 줄을 몰랐다.

"……데, 데뷔탕트 무도회라니. 제가 아는 그 데뷔탕트……."

"네, 그거."

그럼 또 다른 종류가 있나?

그리고 클레리반은 어딘가 큰 충격을 받은 사람처럼 멍하니 있다가 돌아갔다.

책을 읽으면서 저녁 식사 전에 시간을 때우고 있는데, 별안간 다급하게 다가오는 발소리가 들려 고개를 들었다.

"티아야!"

콰당!

큰 소리를 내며 문이 열리더니 아버지가 사색이 된 얼굴로 뛰어 들어왔다.

"무슨 일 있어요?"

어디서부터 뛰어온 건지, 약간 가쁜 숨을 내쉬며 아버지가 떠듬떠듬 떨리는 목소리로 말했다.

"바, 방금…… 방금 클레리반 님에게서 이상한 소리를 들었는데……."

"이상한 소리요?"

"티아가 데뷔탕트 무도회를 준비한다고……."

그게 왜 이상한 소리지.

"네, 맞아요."

"흐읍!"

아버지는 세상에서 제일 나쁜 소식을 들은 사람처럼 입을 틀어막았다.

그리고 눈꼬리가 아래로 축 처지더니 눈가가 촉촉해진다.

"아직 어린데⋯⋯ 벌써?"

"어차피 데뷔탕트 무도회는 열두 살부터 열다섯 살 사이에 치르는 거잖아요. 이왕 하게 될 거 빨리 해치우고 싶어요."

"하지만 데뷔탕트 무도회를 빨리하는 건 혼처를 서둘러서 정해야 하는 작은 가문의 귀족들이나 그런 것이고⋯⋯. 티아는 서두를 필요 없지 않니?"

아버지는 나를 설득하려는 듯 간절하게 말했다.

"그렇기는 한데요."

내가 데뷔탕트 무도회를 하려는 이유를 막 설명하려고 했을 때였다.

콰앙-!

방문이 아버지 때보다 훨씬 더 큰 소리를 내면서 열렸다.

"티아!"

이번에는 할아버지였다.

아버지와 마찬가지로 급하게 뛰어 들어온 할아버지는 성큼성큼 걸어와 물었다.

"데뷔탕트라니 이게 무슨 말이냐!"

"오셨어요, 할아버지!"

내가 자리에서 일어나서 할아버지의 앞에 서자 나를 꼬옥 안아 주시면서도 할아버지는 재차 물었다.

"내가 잘못 들은 것인 게지? 그렇지?"

"아뇨, 제대로 들으신 것 같은데. 저 사교계 데뷔 하려는 거 맞아요."

"허업!"

누가 부자지간 아니랄까 봐 아버지와 반응이 비슷하다.

"뭐 그리 급하다고 서둘러! 그런 건 천천히 해도 늦지 않다!"

"하지만 귀족 여성이면 누구나 언젠가는 거쳐야 하는 관문이잖아요."

데뷔탕트 무도회는 일종의 신고식 같은 절차인데, 기존의 사교계에 공식적으로 얼굴을 비치고 '앞으로 잘 부탁합니다' 하고 자기소개를 하는 것이다.

그렇게 필수적인 관문도 아니었다.

이전 생에선 데뷔탕트 무도회 없이도 살았다.

하지만 여건이 된다면 하는 편이 좋고, 한 번에 얼굴도장을 찍는 것이 편하니까 빨리 당겨서 하겠다는 건데.

"혹시 제가 데뷔탕트 무도회를 나중에 했으면 좋겠다고 하시는 이유가 있어요?"

그래도 혹시 몰라서 물었다.

"그건……."

할아버지는 불편하게 헛기침을 하시더니 입을 삐죽이셨고, 대신 아버지가 약간 울먹이는 목소리로 대답했다.

"지금껏 모두 티아 너 혼자서 척척 해내는 것이 아빠로서 미안하고 대견했지만, 데뷔탕트 무도회까지 하고 나면 너무 훌쩍 커 버린 것 같아서……."

나는 할아버지를 돌아보면서 물었다.

"할아버지도 그런 이유세요?"

"크흠. 시끄럽고 말 많은 사교계에 일찍 발을 들여놓아서 좋을 게 없지 않으냐."

"그래, 티아야. 할아버지 말씀대로 그렇게 서둘러서 크지 않아도……."

나는 활짝 웃으며 대답했다.

"이번 계절에 치를 거예요, 데뷔탕트 무도회."

"티아!"

"티아야!"

할아버지와 아버지가 동시에 외쳤다.

하지만 나는 단호하게 고개를 저었다.

"워낙 바깥 행사를 다니지 않아서 그런지 저를 모르는 사람들이 많은 게 불편해서 그래요. 가끔 무시당하는 경우도 있고……."

내가 말꼬리를 흐리며 말하자, 할아버지의 눈에 불똥이 튀었다.

"누가! 누가 감히 내 손녀를!"

"그런 일이 있었으면 아빠한테 말을 했어야지!"

아버지도 드물게 목소리를 올렸다.

나는 계속해서 어깨를 축 늘어뜨리고 말했다.

"데뷔탕트 무도회를 해서 제 얼굴을 아는 사람이 많아지면 그런 일도 없을 테니까……. 그래서 빨리 하고 싶은 건데……."

내 말에 아버지와 할아버지가 흔들리는 게 보였다.

"그런 이유라면……."

"사교계 데뷔가 좋은 해결책이기는 하지……."

역시 이렇게 말하면 될 줄 알았다.

아버지와 할아버지는 미간에 주름까지 잡으며 심각하게 고민하기 시작했다.

먼저 설득당한 것은 할아버지였다.

“그래! 이참에 제대로 된 데뷔탕트 무도회를 할 수 있도록 이 할아버지가 제일 큰 연회를 열어 주마!”

“꺄아! 역시 할아버지!”

나는 할아버지의 목을 꽉 끌어안았다.

“어허허…….”

할아버지는 웃으며 내 등을 작게 토닥여 주었다.

그때였다.

쾅!

또 방문이 큰 소리를 내며 열리더니 쌍둥이들이 난입했다.

“티아! 데뷔탕트라니!”

“아직은 안 돼!”

“하아…….”

다시 설명할 힘없는데.

나는 작게 한숨을 쉬면서 쌍둥이를 바라보다가 할아버지와 아버지에게 물었다.

“같이 저녁 식사라도 하고 가실래요?”

결국 샤나넷까지 합류해서 다 같이 테이블에 둘러앉았다.

샤나넷은 내 데뷔 계획을 듣고 잠시 눈을 동그랗게 뜨고 놀랐을 뿐, 다른 사람들처럼 호들갑을 떨지는 않았다.

“애초에 이 룰락의 손녀를 무시하다니. 고얀 것들!”

할아버지는 아직 분이 풀리지 않는지 계속 투덜거렸다.

"뭐? 누가 티아를 무시했어?!"

"그래서 데뷔를 하려는 거야?!"

쌍둥이도 테이블을 쿵 내려치면서 분개했다.

옆에서 조용히 식사를 하던 샤나넷의 눈총을 받고 바로 조용해지기는 했지만.

나는 수습하기 위해 웃으며 말했다.

"그렇게 큰일은 아니었어요. 지난번에 외곽에 있는 마구간에 갔을 때……."

"아, 그때 그 녀석?"

"티아에게 잘난 척하면서 집적거렸던 녀석 말하는 거지? 이름이 뭐였더라……."

야, 안 돼. 말하지 말라고.

"카세! 카세 앙게나스!"

길리우가 묻고 메이론이 대답한 말에 할아버지의 눈썹이 한차례 꿈틀했다.

"감히 앙게나스 놈이 내 손녀를 무시하고…… 게다가 집적거리기까지 했단 말이냐?"

아이고, 큰일 났네.

앙게나스라는 이름이 할아버지의 전투력을 더욱 상승시켜 버렸다.

"안 되겠다, 이놈들. 앞으로 그 누구도 감히 내 손녀에게 그따위 짓을 할 수 없도록 가장 성대한 데뷔탕트 무도회를……."

그때, 냅킨으로 입가를 작게 두들겨 닦은 샤나넷이 조용한 목소리로 말했다.

“제일 명예로운 데뷔 장소는 황실에서 주최하는 데뷔탕트 무도회죠.”

“황실 데뷔탕트 무도회?”

“네. 1년에 딱 한 번, 엄격한 기준으로 초청받은 사람만 그곳에서 사교계에 입문할 수 있으니까요.”

“으음. 들어 본 적은 있는 것 같습니다.”

아버지가 한 말에 샤나넷은 고개를 작게 저었다.

작게 한숨까지 쉬는 것을 봐서는 ‘역시 갤러한, 그럴 줄 알았다’는 뜻인 것 같았다.

“황실 데뷔탕트 무도회는 다른 데뷔탕트 무도회와는 확연히 달라요. 주최가 황실이라는 것 말고도, 참여할 수 있는 사람의 수가 열 명 이하로 제한되는 점, 그리고 참여자는 선착순이 아니라 엄격한 기준에 따라 황실 쪽에서 초청을 하는 형식으로 이루어진다는 점 등이 있지요.”

“그래, 샤나넷 네가 그곳에서 데뷔 했었지.”

할아버지가 말하자 설명하는 샤나넷의 얼굴이 살짝 붉어졌다.

“하지만 조금 전에 말씀드렸다시피, 까다로운 만큼 명예도 따르는 데뷔탕트 무도회입니다. 만약 티아가 가장 화려하고 주목받는 데뷔를 치르기를 원하신다면 황실 무도회만큼 좋은 기회가 없지요.”

역시 한때 사교계를 주름잡았던 경험자다운, 피가 되고 살이 되는 조언이었다.

그리고 샤나넷의 말이 맞다.

제국에는 사교계에서 한자리한다는 귀부인들이 주최하는 데뷔탕트 무도회가 여럿 있다.

하지만 그 최고봉은 누가 뭐라고 해도 황실 데뷔탕트 무도회였다.

그곳에서 사교계에 정식으로 데뷔하는 소녀들은 남들과 출발선부터가 다른 것이다.

선정 방식도 남달랐다.

그해의 황실 데뷔탕트 무도회에 참여하고 싶은 사람은 직접 자기소개가 담긴 편지를 써서 주최 측으로 보내야 한다.

그 이외에 참여를 원하는 사람과 가문이 할 수 있는 일은 아무것도 없었다.

그저 선택받기를 기다리는 것뿐.

주로 고위 귀족 가문의 소녀들이 뽑히는 경우가 많았지만, 언제나 그런 것만은 아니었다.

가끔은 편지에 담긴 마음씨가 예쁘다는 이유로, 혹은 권세가 높지는 않지만 유서 깊은 가문의 영애라는 이유로 선정되기도 했다.

참여하는 사람의 수도 매번 달랐다.

어떤 때는 열 명을 꽉 채울 때도 있었고, 충분한 자격이 되는 신청자가 없다면 아예 데뷔탕트 무도회를 열지 않는 경우도 있을 정도였다.

이런 사정이니 다들 매년 누가 황실 무도회에서 데뷔를 치르는지 촉각을 곤두세우고 궁금해하는 것이다.

"우리 티아에게 딱 어울리는 무대로구나. 그 정도는 되어야지, 암."

할아버지가 만족스레 웃으면서 말했다.

"황실 데뷔탕트 무도회는 한 번도 가 본 적 없는데!"

"티아가 데뷔 하는 날에는 꼭 가야지!"

쌍둥이도 옆에서 김칫국을 실컷 마셨다.

으음. 내가 바람을 빼는 역할을 하기는 싫은데 말이지.

하지만 누군가는 현실을 알려 줘야 했다.

"다들 모르는 것 같은데."

내가 운을 떼자 테이블에 둘러앉은 사람들이 모두 나를 바라봤다.

"황실 데뷔탕트 무도회는 앞으로 두 달 뒤에 열리잖아요? 그럼 신청서는 이미 오래전에 마감되지 않았을까요?"

나도 이왕 하는 김에 제대로 얼굴도장을 찍는 데뷔 무도회를 하고 싶지만.

"아직 올해의 참여자는 발표되지 않았지만, 이미 늦었을 거예요. 그리고 만약 아직 시한이 남았다고 하더라도 제가 뽑힌다는 장담도 할 수 없고요."

그런데 사람들의 반응이 예상 밖이다.

다들 아무 말 없이 나를 빤히 바라보기만 했다.

"왜 그렇게들…… 봐요?"

"아마 될걸?"

길리우가 고개를 갸웃하면서 말했다.

"맞아, 될 거야."

메이론이 맞장구를 쳤다.

"왜냐면."

"티아인걸."

뭐야, 난 또.

쌍둥이에게서 제대로 된 이유가 나올 거라고 순간 기대했었던 내가 이상…….

"아마 될 게다."

"받아 주지 않을까?"

할아버지와 아버지까지 가세했다.

나는 '이 사람들한테 설명 좀 해 줘요' 하는 뜻을 담아 샤나넷을 바라봤다.

"네가 참여하고 싶다는 뜻을 담아서 편지를 써서 보낸다면."

아니, 샤나넷까지!

그런데 샤나넷마저 그렇게 말하니 귀가 조금 팔락거린다.

"……저, 정말요?"

그러자 샤나넷이 작게 웃으며 대답해 주었다.

"넌 롬바르디니까."

아, 그랬지.

너무나 간단하면서도 명료한 답변에 약간 멍해진 내게 샤나넷이 조곤조곤 설명해 주었다.

"황실 쪽에서도 롬바르디의 어린 영애가 다른 곳에서 데뷔하면 오히려 자존심이 많이 상할 거야. 걱정 말고 편지를 보내 보렴."

샤나넷의 말은 왠지 무한한 신뢰가 간단 말이지.

나는 그래도 약간의 미심쩍은 마음을 담은 채로 고개를 끄덕였다.

"괜히 보냈어. 보내는 게 아니었어. 아, 쪽팔려……."

황실 데뷔탕트 주최 측으로 편지를 보낸 지 2주가 지났다.

그러나 그쪽에선 아무런 연락도 없다.

샤나넷의 말만 믿고 내가 한 글자 한 글자 얼마나 정성스럽게 꾹꾹 눌러 썼는데!

"너무 실망하지 마시고, 조금만 더 기다려 보세요."

쪽팔림에 탁자 위에 널브러져 푸덕거리는 나를, 로릴이 달래 주며 말했다.

"아니야. 이미 그른 것 같아……."

하지만 너무하잖아.

읽씹이라니, 읽씹이라니!

흑, 비참해.

그렇게 테이블 위를 내 눈물로 적시고 있는데, 방문을 똑똑 두드리는 소리가 났다.

"피렌티아 님, 집사입니다."

"흑! 들어와……."

문을 조심스레 열고 들어온 별관의 집사가 한 번 정중하게 허리를 숙이더니 손에 든 것을 내밀며 말했다.

"황궁에서 피렌티아 님께 서신이……."

후다닥!

나는 얼른 그 앞으로 뛰어가 서신을 받아 들었다.

서신이 담긴 봉투는 황제가 쓰는 금색도, 황후가 쓰는 보라색도, 그리고 페레스가 쓰는 분홍색도 아니었다.

처음 보는 갈색의 단정한 것이었다.

뒷면에는 아주 멋진 필체로 '피렌티아 롬바르디 영애'라고 적혀 있었다.

나는 조심스레 봉투를 열고 안에 있는 종이를 꺼냈다.

[피렌티아 롬바르디 영애를 황실 데뷔탕트 무도회에 초청합니다.

참여자들의 첫 모임이 아래의 일시에 열릴 예정이니 참석하여 주시

기 바랍니다.]

포이락궁 앞에 롬바르디의 문양을 단 마차가 멈춰 섰다.

그리고 내려선 사람은 2황자의 배동인 피렌티아 롬바르디가 아니었다.

앞에서 미리 기다리고 있던 케이틀린이 공손히 머리를 숙이며 인사했다.

"오셨습니까, 가주님."

"음. 잘 지냈나."

룰락 롬바르디가 케이틀린의 어깨를 두어 번 두드리며 말했다.

"2황자님께선 응접실에서 기다리고 계십니다. 이쪽으로 오시지요."

룰락은 순순히 그 뒤를 따라 포이락궁 안으로 들어섰다.

그러다 문득, 케이틀린의 뒷모습에 대고 질문했다.

"어린아이 뒤치다꺼리하는 것은 할 만하더냐."

"……가끔은 2황자님께서 조금 더 어린아이 같으셨으면 하는 바람만 있습니다."

"하긴, 그놈 성격이 그랬지. 그래도 이 일이 지겨워지면 언제든 롬바르디로 오거라. 네 자리는 언제나 비워 둘 터이니."

"감사합니다, 가주님."

짧은 대화 뒤에, 두 사람은 응접실로 들어섰다.

"오랜만이군."

룰락의 말에 페레스는 짧게 묵례를 했을 뿐이었다.

케이틀린에게서 페레스의 최근 상태를 보고받고 오는 길이었다.

때문에 그동안 포이락궁에 얼마나 많은 황후의 시종들이 들락거렸는지도 알고 있었다.

못살게 달달 볶아서 아카데미로 쫓아내려는 듯, 황후는 하루가 멀다 하고 직접 발걸음을 하거나 사람을 시켜 페레스에게 입학 원서를 쓰길 종용했다.

그동안은 페레스도 그 압박을 잘 막아 냈지만, 케이틀린이 보기에 그저 무시하고 못 들은 척하는 것은 이제 한계였다.

그래서 형식상이나마 후견인인 룰락이 개입해 주기를 청한 것이었다.

페레스를 못마땅하게 지켜보던 룰락은 툭 던지듯 바로 본론을 꺼냈다.

"너, 어째서 아카데미에 가지 않겠다 고집을 부리는 것이냐."

'아카데미'라는 단어에 페레스의 짙은 눈썹이 한차례 꿈틀거렸다.

여전히 조개처럼 입만 다물고 있는 버릇을 고치지 못했냐 호통치려던 룰락은, 뒤늦게 흘러나온 낮은 목소리에 더 못마땅한 얼굴을 했다.

"가기 싫습니다."

내 손자였다면 흠씬 두들겨 패기라도 했겠거늘.

황궁에서 황자를 팼다간 뒤처리가 귀찮아진다.

"이유가 무엇이냐."

룰락의 물음에 페레스가 고개를 들었다.

그리고 붉은 눈동자로 룰락을 똑바로 쳐다보며 대답했다.

"이 황궁에서 밀려나지 않을 겁니다."

제법 강단이 있는 말이었다.

그러나 돌아온 말은 냉소적이었다.

"밀려나지 않는다면, 그게 네놈이 할 수 있는 최선이냐?"

"적어도 황후가 원하는 것은 내주지 않을 수 있습니다."

"내 질문에 대한 대답은 그것이 아닐 텐데."

"……."

페레스는 또 버릇처럼 입을 닫았다.

그러나 새빨갛게 독기 서린 눈은 어렸을 적과 다를 바 없어, 룰락은 '쯧' 하고 혀를 찼다.

철저하게 라비니 황후를 약 오르게 하는 도구로 이용하려던 다짐이 무색했다.

사랑하는 손녀가 '제일 친한 친구'라며 틈만 나면 놈의 칭찬을 해 댄 탓에 모르는 사이에 마음이 물렁해진 것인지.

조언을 해 주는 것은 이번이 처음이자 마지막이라고 생각하며 룰락이 입을 열었다.

"네가 황궁에 남아 있으면서 황후와 앙게나스를 상대로 싸울 수 있을 것이라 생각하느냐?"

"……못 할 것도 없습니다."

그 꿈이 참 야무지기도 하지.

룰락은 픽 흘러나오는 헛웃음을 숨기지 않았다.

"그 둘을 방해하고 괴롭힐 수는 있겠지. 황좌에 앉기 위해서 걸어가는 걸음걸음마다 발에 차이는 귀찮은 돌부리 정도는 될 수 있을 게다. 그러나 돌부리로는 아스타나가 황좌에 앉는 것을 막지는 못한다. 복수를 원하느냐?"

대답 대신 페레스의 붉은 눈동자가 불에 달군 검처럼 새빨갛게 달아올랐다.

"그럼 그들이 제일 원하는 것을 빼앗아야지. 그게 복수다."

룰락은 그 말만 남기고 자리에서 일어났다.

혼자 남겨진 페레스 또한 배웅하지 않고, 넓은 응접실에 우두커니 앉아 깊은 생각에 빠졌다.

황실 데뷔탕트 무도회 참여자들의 첫 모임은 황궁의 작은 연회홀에서 열렸다.

주로 다과회 등을 하는 장소에는 이미 나를 제외하고 일곱 명의 여자애들이 도착해 있었다.

"어어……?"

이미 자기들끼리는 알음알음 황실 데뷔 무도회에 참여하는 사람들이 누군지 알고 있었는지, 내가 나타나니 많이들 놀란 눈치였다.

그런데 그러면서도 나에게 가까이 다가오지는 않고 곧바로 자기들끼리 숙덕거린다.

그 모습에 내가 먼저 가서 인사를 하고 싶은 마음이 싹 사라져 버려, 나는 원탁의 반대편에 자리를 잡았다.

내가 앉은 자리 근처에 혼자 앉아 있던 붉은 머리의 영애가 나를 바라보는 것이 느껴졌다.

그러나 통성명을 하기도 전에 한 무리의 사람들이 연회장에 들어왔다.

그리고 가장 앞장서던 백발의 늙은 여인이 우리를 찬찬히 돌아보며 말했다.

"모두들 도착하셨군요."

허리가 굽고 깡마른 작은 노인이었지만 황궁에선 아무도 그녀를 무시하지 못한다.

심지어 그 라비니 황후까지도 이 사람 앞에선 성질을 죽였다.

"이 늙은이는 황궁의 시녀장인 폰타 임피그라입니다. 편하게 폰타라고 부르시면 됩니다."

선황 때부터 무려 40년 동안 시녀장으로서 이 황궁의 살림을 꾸려 왔고, 동기간 동안 황실 데뷔탕트 무도회를 열어 온 사교계의 거목이 바로 황궁 시녀장, 폰타 임피그라였다.

그리고 그녀의 시선이 곧바로 나에게 향했다.

싸늘하거나 날카로운 눈초리는 아니었지만, 사람을 왠지 긴장하게 만드는 시선이었다.

이전 생에서 그녀를 겪어 본 적은 없었지만, 높은 자리에서 권력을 오래 유지한 타입일수록 건방지지 않은 선에서 당돌한 사람을 좋아하기 마련이다.

나는 임피그라 시녀장의 눈을 피하지 않고 마주 바라봐 주었다.

그러자 순간 그녀의 눈에 이채가 스치는 것이 보였다.

"보잘것없는 노인에 불과하지만, 사교계 데뷔를 준비하는 어린 영애분들을 가르치게 되었으니 잘 부탁드리겠습니다."

한없이 공손하고 겸손한 말이었지만 폰타의 눈빛은 결코 그렇지 않았다.

그 짧은 순간에도 무도회 참여자들의 면면을 훑어보는 것을 느낄 수 있었다.

"영애들의 성공적인 사교계 데뷔를 위하여, 지금 이 순간부터는 무도회 당일처럼 황실 예법을 따라야 함을 명심하십시오."

그때 창가 쪽에 다른 영애들에 둘러싸여 있던 한 여자애가 한 발짝 앞으로 나섰다.

윤기가 흐르는 금발과 깊은 갈색 눈동자가 인상적인 십 대 중반의 여자애였다.

"폰타 님에 대한 이야기는 많이 들었습니다."

차분하면서도 자신감에 찬 당당한 목소리였다.

분명히 사람들의 시선을 받는 것이 익숙한 부류로 보였다.

"메이브 카포리아입니다."

자신의 이름을 말한 카포리아 영애는 그 자리에서 무릎을 살짝 굽히며 우아하게 인사했다.

흠잡을 곳 없는 귀족들의 인사였다.

"흐음."

순간 임피그라 시녀장이 약간의 불만스러운 기색과 함께 미간을 살짝 찌푸렸다.

"포, 폰타 님?"

내가 뭘 잘못했나?

카포리아 영애가 당황한 표정으로 임피그라 시녀장을 불렀지만 대답은 없었다.

무엇이 틀렸는지, 쉽게 정답을 알려 줄 생각이 없는 것 같았다.

대신 모여 있는 무리의 영애들을 지그시 바라봤다.

기회를 주겠다는 듯이.

하지만 그 무리에서 대장 노릇을 하던 카포리아 영애가 망신 아닌 망신을 당하고 있으니 당연히 나서는 사람은 없었다.

그렇게 모두가 우물쭈물하는 사이, 임피그라 시녀장의 시선이 나에게로 돌아왔다.

그리 큰 기대를 하는 것 같지는 않았다.

아마 나도 다른 애들처럼 가만히 있을 거라고 생각하기 때문이겠지.

나는 오른손을 심장 부근에 짚고, 왼손으로 드레스 자락을 잡으며, 오른 다리를 뒤로 보내 살짝 굽혔다.

고개를 우아하게 숙이는 것도 잊지 않았다.

몇 년 전, 황후의 저녁 만찬에 갔을 때 배운 황실 예법에 따른 인사였다.

조금 전에 임피그라 시녀장이 말했었다.

"지금 이 순간부터는 무도회 당일처럼 황실 예법을 따라야 함을 명심하십시오."

"호오……."

이제야 자신이 원하는 것을 찾았다는 듯, 임피그라 시녀장이 입꼬리를 올리며 웃었다.

"영애의 성함이 어찌 되시지요?"

"피렌티아 롬바르디입니다, 임피그라 시녀장님."

사실 카포리아 영애가 했던 것처럼 '폰타 님'이라고 불러도 문제는 없다.

하지만 어쨌든 40년이 넘게 시녀장이란 직책을 유지하고 있는 고령의 노인에게 존중을 담은 표현을 하고 싶었을 뿐이었다.

나도 잠시나마 롬바르디 저택의 크고 작은 살림을 맡아 꾸려 봤으니 그런 일이 얼마나 힘든지 잘 알고 있으니까.

"롬바르디 영애이시군요!"

임피그라 시녀장이 만족스레 미소 지었다.

"아주 완벽한 황실 예법이었습니다. 롬바르디 가문에선 황실 예법을 따로 배우는 겁니까?"

"아뇨, 일전에 입궁할 일이 있어서 고모님에게 배웠습니다."

"고모라면……. 아아, 샤나넷 님!"

샤나넷의 이름이 나오자, 임피그라 시녀장의 안색이 확 밝아졌다.

"그동안 황실 데뷔탕트 무도회가 배출한 훌륭한 영애들 중 단연 한 손에 꼽히는 분이지요. 아주 좋은 선생님을 두셨습니다, 롬바르디 영애."

"감사합니다."

나는 한 번 더 무릎을 살짝 굽히며 말했다.

임피그라 시녀장은 그런 나를 한 번 더 만족스런 얼굴로 바라본 뒤, 연회장에 모인 영애들에게 말했다.

"여러분들은 제국 최고의 무대인 황실 데뷔탕트 무도회에서 사교계에 입문할 수 있게 선정되었습니다. 이는 매우 명예로운 일이지요. 하지만."

임피그라 시녀장의 목소리가 낮아졌다.

"황실 데뷔탕트 무도회의 명성은 엄격한 심사 기준과 하나의 실수도 용납하지 않는 완벽한 연회에서 나옵니다. 따라서 앞으로 무도회까지 매주 두 번씩 이곳에서 모여 많은 것을 배우게 되실 겁니다."

"매주 두 번씩이나……."

"힘들다는 것은 알고 있었지만……."

한숨 섞인 탄식이 여기저기서 흘러나왔다.

그런 반응이 익숙하다는 듯, 임피그라 시녀장은 다시 희미하게 웃었다.

"대램브루 제국의 사교계에 정식으로 첫선을 보이는 자리이니 하나도 소홀히 할 수는 없지요."

그렇게 말하는 그 목소리가 어찌나 비장한지.

슬슬 잘못 왔다는 생각이 드는데.

"그러나 결국 사교계의 가장 중요한 목적은 내가 가장 뛰어나다 뽐내는 것이 아닙니다. 제국의 귀족들끼리 화합하고 교류하며, 서로에게서 배우는 데 있습니다. 그러니 첫 단추를 잘 끼우는 것이 가장 중요하겠지요."

황궁 시녀장다운, 다소 고지식하면서도 정석적인 시각이었다.

"오늘은 첫날이고 하니, 가벼운 다과와 함께 여러분들이 서로를 알아 갈 수 있는 시간을 가져 보도록 하겠습니다. 저희는 차와 음식을 가져올 테니 여기서 잠시만 기다려 주십시오."

임피그라 시녀장과 그 뒤의 황궁 시녀들이 우르르 연회장에서 빠져나갔다.

다시 무도회에 참여하는 영애들만 남은 것이다.

갑자기 연회장 안에 싸늘하고 묘한 정적이 흘렀다.

그리고 나는 무심코 창가 쪽으로 고개를 돌렸다가 나를 바라보는 경계심 섞인 시선들을 마주하게 되었다.

"오, 이건 또 처음인데."

솔직히 고백하자면, 나도 그동안 나를 호의적으로 대하는 사람들에게 익숙해졌다.

대부분의 롬바르디 사람들이 그랬고, 클레리반을 비롯한 함께 일하는 사람들이 그랬다.

그동안 참석했던 몇 안 되는 연회에서도 귀족들은 나에게 말을 붙이지 못해서 안달이었다.

그렇다 보니 지금 나를 은근히 곁눈질해 가면서 견제하는 저 모습은 정말이지.

"신선하네."

이게 바로 사교계라는 건가!

이전 생에서는 겪어 보지 못했던 사교계의 단면을 보게 된 것 같아서 조금 들뜨기까지 했다.

그때 옆에서 작은 목소리가 말을 걸어왔다.

"저어, 롬바르디 영애…… 님."

"그냥 영애면 되는데요."

"아, 네! 롬바르디 영애!"

유난히 기가 약해 보이는 여자애는 붉은 머리칼과 콧잔등의 연한 주근깨가 인상적이었다.

"저는 동부에서 온 틸리아나 기터웰이라고 해요."

어, 기터웰?

몇 가지 연관된 정보를 떠올리게 하는 가문의 이름에 내가 정신이 팔린 사이, 틸리아나가 부끄러운지 새빨개진 얼굴로 물었다.

"혹시 괜찮으시다면, 조금 전에 황실 예법대로 인사하는 방법을 제게 가르쳐 주실 수 있을까요?"

그리 어려운 부탁은 아니다만.

"그런 건 나중에 임피그라 시녀장님이 다 가르쳐 주실 것 같던데요?"

"그건 그렇겠지만…… 어쩐지 롬바르디 영애의 인사는 우아하고 아름다운 것 같아서요……."

그건 아마 샤나넷의 영향일 것이다.

같은 인사법이라도 사람에 따라서 분위기나 모양이 조금씩 다르니까.

"귀, 귀찮으시다면 어쩔 수 없지만……. 부탁드릴게요."

틸리아나는 우물쭈물하면서도 용기를 내는 듯 두 주먹을 꼭 쥐고 말했다.

"이번 제 데뷔탕트 무도회 때 정말이지 온 가족들이 다 멀리 동부에서 황궁까지 오기로 해서……. 좋은 모습을 보여 드리고 싶어서요."

그럴싸한 변명이 아니라 진심인 것 같았다.

애초에 입바른 말을 할 수 있는 성격도 아닌 것 같고.

"제, 제가 맛있는 거 사 드릴게요!"

"그래요, 그럼."

절대로 맛있는 거 사 준다는 말에 넘어간 게 아니다.

원래부터 가르쳐 주려고 하고 있었던 것뿐이다. 정말로.

그렇게 틸리아나와 몇 마디 말을 나누고 있는 사이, 저쪽 창가에 있던 무리들이 어느새 내 근처로 와 있었다.

"롬바르디 영애."

조금 전에 나서서 임피그라 시녀장에게 인사를 했던 메이브 카포리아였다.

카포리아 가문은 귀족 회의 일원으로 제국의 유서 깊은 귀족 가문 중 하나였다.

그리고 최근에는 카포리아 부인이 라비니 황후의 측근으로 활동하기 시작하면서 사교계에서 입김이 세진 가문이기도 했다.

"거기서 그러지 마시고 이쪽으로 오셔서 우리랑 같이 대화를 나눠요."

조금 전까지는 나를 경계하고 있던 거 아니었나?

"창가가 햇살이 잘 들어 따듯하답니다."

메이브 카포리아는 틸리아나 쪽은 쳐다보지도 않고 대화에서 완전히 배제하고 있었다.

슬쩍 틸리아나를 바라보니, 어색한 미소를 띤 채로 아무것도 없는 테이블 위만 쳐다보고 있었다.

아무렇지 않은 척하고 있지만, 정말로 아무렇지 않을 리가.

나는 메이브 카포리아 영애에게 웃어 보이며 말했다.

"저는 괜찮아요."

"……네?"

카포리아 영애는 진심으로 당황한 표정이었다.

내가 바로 자리에서 일어나 자기들과 합류할 줄 알았던 모양이었다.

아무리 사교계를 경험한 적이 없다고는 하지만 나는 그렇게 순진한 사람이 아니다.

내가 여기서 틸리아나를 버리고 그쪽 무리에 들어간다고 한들, 이미 어릴 때부터의 친분으로 꽁꽁 뭉친 영애들이 나를 제대로 끼워 줄 리 없다.

"감기 기운이 있어서요. 여기 앉아 있는 게 좋을 것 같네요."

정말로 감기 기운이 있을 리가.

우리 에스티라가 몸에 좋은 보약을 얼마나 많이 지어 주는데.

하지만 이런 식으로 돌려 말하는 것이 귀족들이 즐겨 사용하는 대화법이다.

조금 전, 카포리아 영애가 '햇살' 어쩌고를 핑계로 댔던 것처럼.

"……저런, 큰 병이 아니어야 할 텐데요."

그렇게 말하는 카포리아 영애의 얼굴에는 '한 일주일쯤 열병으로 끙끙 앓다가 데뷔고 뭐고 다 망쳐 버려라!'라고 쓰여 있었다.

하지만 나는 그런 눈치는 조금도 채지 못한 사람처럼 생긋 웃으며 대답했다.

"걱정해 주셔서 감사해요, 카타리나 영애."

일부러 이름을 틀리게 부르니 카포리아 영애의 미소 짓고 있는 입가가 씰룩거린다.

얘야, 언니를 이기려면 아직 멀었어.

나는 사교계가 처음이라고 했지, 열두 살이 처음이라고는 안 했단다.

후원에서 책을 읽고 있는 페레스에게 케이틀린이 다가와 알렸다.

"황자님, 손님이 왔습니다."

"당분간 포이락궁에 손님은 받지 않는다고 말했을 텐데."

한동안 황후가 보내온 사람들에게 시달려 온 페레스의 목소리가 싸늘했다.

"한번 만나 보시지요."

케이틀린답지 않은 말에 페레스가 책에서 눈을 떼고 그녀를 바라봤다.

"손님이 누군데?"

"황궁 시녀장, 폰타 임피그라입니다."

이제 페레스도 황궁의 누가 황후의 사람이고 누가 황제의 사람인지 정도는 파악하고 있었다.

그중, 폰타 임피그라 시녀장은 황후와 대립각을 세우고 있는 사람 중 하나였다.

"들어오라고 해."

잠시 뒤, 지팡이를 짚은 폰타 임피그라가 다가와 공손히 인사를 올렸다.

그리고 그녀는 한동안 아무 말 없이 페레스를 바라보기만 했다.

마치 그 안에서 그리운 누군가를 떠올리는 것처럼.

그리고 어느 순간, 폰타 임피그라 시녀장이 결심한 듯이 말했다.

"제가 감히 2황자 전하께 제안을 한 가지 하겠습니다."

"완벽합니다, 롬바르디 영애. 완벽해요."

임피그라 시녀장이 아주 흡족하게 고개를 끄덕이며 나를 칭찬했다.

짝짝짝.

그러자 시녀장 뒤에 서 있던 황궁 시녀들도 작게 박수 쳤다.

"이익!"

메이브 카포리아는 그런 나를 죽일 듯 노려보고.

"와아, 역시 피렌티아 님! 대단하세요!"

틸리아나는 '크레니 2호'쯤 되는 반짝이는 눈망울로 나를 찬양한다.

이게 지난 몇 번의 무도회 연습 일마다 반복되는 상황이었다.

칭찬도 너무 반복되니까 지겹달까.

훗.

하지만 물론 겉으론 겸손을 잃지 않고 고개를 저었다.

"과찬이십니다. 임피그라 시녀장님께서 잘 가르쳐 주셨기 때문이지요."

그랬다.

나는 의외로 사교계 체질이었다.

'칼이 없는 전쟁터'라든가, '오늘의 승자가 내일의 패자가 되는 천길 낭떠러지 같은 곳'과 같은 사교계에 대한 끔찍한 소문을 많이 들어서 긴장했었는데.

내 칼은 생각보다 날카로웠고, 절벽에서 떨어지는 사람이 아니라 밀어 버리는 쪽에 속했던 것이다.

이제 겨우 열몇 살 되는 어린 아가씨들에게 이겨 놓고 이렇게 좋아해도 되는 건지 싶지만.

어쨌든 나는 임피그라 시녀장에게 단단히 눈도장을 찍고 있었다.

좋아, 계획대로 되고 있어.

"저도 비결 좀 가르쳐 주시면 안 될까요?"

틸리아나가 내게 물었다.

"피렌티아 님이라면 무엇이든 잘하실 거라고 생각했지만……. 어쩜 연회 화법도 그렇게 완벽하게 구사하실 수가 있어요?"

데뷔탕트 무도회 연습은 오전과 오후로 나누어지는데, 오늘 오전 수업은 '화법'에 관한 것이었다.

다들 귀족 가문에서 나고 자랐기 때문에 기본적인 귀족 화법은 구사할 수 있지만, 무도회와 앞으로의 사교계 생활을 위해서 조금 더 보강 수업을 받은 셈이었다.

하지만 틸리아나는 유독 화법을 어려워했다.

"동부에선 아무도 이런 어법을 쓰지 않아요. 이렇게 빙빙 돌려 말하는 건 너무 답답해요."

제국의 중심에서 거리가 멀고 바닷가 사람들의 기질이 강한 동부다운 문화였다.

"더 이상 춤을 추고 싶지 않으면 그냥 힘들다고 말하면 되는 것 아닌가요? 왜 구두 핑계를 대거나, 화장 핑계를 대야 하는지 모르겠어요."

틸리아나는 도무지 이해할 수 없다는 듯이 고개를 저었다.

"이러다 황실 데뷔탕트 무도회 역사상 가장 무례한 영애가 되고 말 거예요……."

틸리아나가 침울하게 중얼거렸다.

"제가 생각하기에 가장 중요한 점은 '계속 미소 짓는 것'이에요. 그것만 해도 무례하다는 평은 듣지 않을걸요?"

"그, 그럴까요……."

틸리아나가 애매하게 웃을 때였다.

"기터웰 영애는 화법을 배우는 수고를 하지 않아도 되니 어찌나 부러운지."

우리가 있는 쪽으로 걸어와 말을 건 사람은 카포리아 영애의 행동 대장쯤 되는 캄파델 영애였다.

올해 열네 살이라고 들었는데 키가 유독 커서 아마 성인이라고 해도 믿을 정도였다.

"벽의 꽃은 어렵게 거절 따위는 하지 않아도 될 테니까요. 후후!"

카포리아 영애와 무리들은 틸리아나가 잘 들어 본 적도 없는 동부 시골 가문 출신이라며 놀리고 무시하기 일쑤였다.

제국 중앙과는 조금 다른 말투와 문화를 '촌뜨기'라서 그렇다며 비웃었기 때문에 틸리아나는 엄청 주눅 들어 했다.

지금도 틸리아나의 겁먹은 커다란 눈동자가 나를 향했다.

한번 시험해 봐.

나는 조금 전 가르쳐 준 '계속 미소 짓기'를 해 보라고 눈짓을 보냈다.

꿀꺽 침을 삼키면서 고개를 끄덕인 틸리아나가 힘들게 입꼬리를 말아 올리고 미소 지으며 캄파델 영애를 바라봤다.

"뭐, 뭐죠? 그 웃음은?"

매일 소심하게 주눅 들어 있던 틸리아나가 갑자기 미소를 짓자, 캄파델 영애가 흠칫했다.

"흥. 태연한 척해 봤자 소용없어요! 누가 아무도 모르는 동부의 하급 귀족과 춤을 추고 싶어 하겠어요?"

계속해서 말로 폭격을 해 댔지만, 틸리아나는 이를 악물고 미소를 잃지 않으며 버텼다.

그런 틸리아나를 보는 캄파델 영애의 눈동자가 흔들리더니 이내 인상을 팍 찌푸리면서 중얼거렸다.

"……기, 기분 나빠 정말."

네가 더 기분 나쁘거든.

나는 캄파델 영애의 뒷모습을 확 째려봐 주었지만, 틸리아나는 기뻐했다.

"캄파델 영애가 시비를 걸었는데, 제가 울지 않고 끝난 건 처음이에요! 역시 피렌티아 님! 엄청난 비결을 알려 주셨어요!"

조그만 것에도 엄청 기뻐하는 틸리아나를 보니 초콜릿 쿠키 하나에 눈이 초롱초롱해졌던 페레스가 생각이 난다.

오늘 연습이 일찍 끝나면 황궁에 온 김에 페레스를 보고 갈까.

그렇게 휴식 시간이 끝나고, 오후 수업이 시작되었다.

연회 홀의 테이블과 의자가 모두 비워지고 넓은 공간이 준비되었다.

"앞서서 황실 데뷔탕트 무도회의 절차에 대해서 말씀드리겠습니다."

임피그라 시녀장이 서 있는 영애들을 돌아보며 말했다.

"무도회가 시작되면 영애들은 한 명씩 호명되어 입장하게 될 겁니다. 영애의 간단한 인적사항이 소개되지요. 물론 옆에는 파트너인 카발리에가 에스코트할 것입니다."

파트너, 카발리에라는 말에 조용히 이야기를 듣고 있던 영애들이 술렁였다.

"그 이후에는 데뷔탕트 무도회에서 가장 중요한 단계입니다. 참여자들이 카발리에와 함께 추는 군무는 무도회의 백미이지요."

임피그라 시녀장은 차분한 목소리로 설명했다.

“하지만 여덟 쌍이 모두 한 번에 춤을 추기 시작하는 것은 아닙니다. 저를 비롯한 우리 주최 측에서 선정한 한 쌍이 먼저 무도를 시작합니다. 당연히 연회에 참석한 모두의 시선을 받게 될 테니 가장 훌륭하고 아름다운 춤을 추는 한 쌍이 선정될 테지요.”

모두의 주목을 받는, 단 한 쌍.

사교계 데뷔를 그렇게 화려하게 할 수 있다면 얼마나 좋을까!

어린 영애들의 눈빛이 야망으로 반짝 빛났다.

“그 한 쌍의 춤이 끝나면 자연스레 나머지 분들이 합류하여 군무를 추게 되는 겁니다.”

“저어, 그러면…….”

임피그라 시녀장의 말이 끝나기가 무섭게, 캄파델 영애가 손을 번쩍 들더니 물었다.

“카발리에는 어떻게 구하지요? 제, 제가 직접 남성분에게 카발리에가 되어 달라고 물어봐야 하는 건가요…….”

순간 사람들이 긴장하면서 작게 ‘흡!’ 하고 숨을 들이켜는 것이 들렸다.

나는 나대로 또 걱정이었다.

분명히 쌍둥이들이 내 카발리에가 되려고 할 텐데, 그러다 둘이 싸우면 어쩌지.

아니, 무조건 싸운다 이건.

걱정하던 찰나, 임피그라 시녀장이 뜻밖에 반가운 소리를 했다.

“아닙니다. 카발리에는 저희 주최 측에서 나이와 성향, 가문 등 여러 요소들을 고려해 영애들에게 알맞은 분들로 선정했습니다.”

"하아, 다행이다……."

"직접 물어봐야 하는 줄 알고 놀랐네요……."

다들 안도의 한숨을 쉬면서 가슴을 쓸어내렸다.

그런데, 잠깐만.

이미 카발리에를 '선정했다'고?

아니나 다를까, 임피그라 시녀장이 닫힌 문을 향해서 말했다.

"들어오시지요."

문이 활짝 열리면서 여덟 명의 남자들이 줄지어 들어왔다.

모두 성년이 되지 않은, 아직 앳된 얼굴들이었다.

그리고 그 가장 앞에, 페레스가 있었다.

나와 바로 눈이 마주친 페레스는 보일 듯 말 듯 한 미소를 짓더니 임피그라 시녀장 뒤쪽으로 다른 카발리에들과 함께 나란히 섰다.

"뭐야……."

네가 왜 거기서 나와?

놀란 것은 나뿐만이 아니었다.

예법을 지키며 우아하게 서 있던 영애들이 다들 난리가 났다.

"저분, 설마 2황자 전하?"

"세상에!"

메이브 카포리아처럼 황후 쪽 사람도 마찬가지였다.

"꺄, 꺄아……. 어떻게 해!"

빨개진 얼굴을 가리는 애도 있었다.

생각보다 반응이 더 격한데?

나는 옆에서 멍하니 페레스를 바라보고 있는 틸리아나에게 물었다.

"저기 틸리아나 님, 2황자 전하가 영애들 사이에서 엄청 인기가 있는 건가요?"

정말로 혹시나 싶어서 물어본 것이었는데.

"그럼요……. 와아, 오늘 실물로 처음 뵙는데 그럴 만하시네요……."

틸리아나가 여전히 페레스에게서 눈을 떼지 못하면서 말했다.

"얼마 전에 무도회에 참석하기 위해 황도에 온 저도 2황자 전하에 대한 이야기를 제일 먼저 들었는걸요?"

"무슨 이야기인데요?"

"으음, 그러니까 한 폭의 그림같이 아름답고."

맞지.

"어딘가 모르게 신비한 분위기가 멋지고."

그것도 맞다.

"냉정하고 차가운 성격이시기는 하지만 그것도 또 매력적이라고……."

뭔가 소문들이 다 하나로 귀결되는 것 같기는 하지만, 사실이기는 하니까.

페레스의 외모는 누구라도 빠져들게 할 만큼 점점 더 화려하게 피어나고 있었다.

표정 변화가 별로 없는 얼굴이 흠이 되지 않고, 오히려 '차가운 매력'이 될 정도였다.

꾸준히 검술 훈련을 하면서 바람직하게 발달한 신체는 또래들과 비교할 수조차 없도록 발군이고.

큰 키와 반대로 섬세하면서도 조각칼로 매끈하게 깎아 낸 듯한 얼굴은 그냥 멍하니 보고 싶게 만드는 묘한 마력이 있었다.

어렸을 때는 토끼를 연상하게 했던 눈동자가 이제는 진한 루비의 색에 가까웠다.

맞아, 빛을 받으면 반짝반짝 빛나는 루비…….

루비가 날 보네?

"2황자 전하께서 계속 피렌티아 님을 바라보시는데요?!"

틸리아나가 놀라서 내게 속삭였다.

녀석의 미모에 새삼 놀라며 멍하니 보고 있던 나의 시선과 페레스의 시선이 제대로 얽혔다.

그리고 떨어지지 않았다.

연회 홀 이쪽과 저쪽에 떨어져서 서 있는 거리가 무색하도록, 페레스는 미동조차 없이 나를 바라보고 있었다.

임피그라 시녀장이 계속해서 뭐라고 설명을 하고 있는 것 같은데.

그 목소리가 저 먼 곳의 일처럼 아득하게 들렸다.

이상한 일이었다.

오늘따라 페레스가 왜 이렇게 낯설게만 느껴지는지.

'그래도 임피그라 시녀장의 설명을 들어 둬야겠다' 싶어서 페레스에게서 시선을 떼려고 했을 때였다.

장인이 조각한 예술품 같았던 페레스의 얼굴에 변화가 일기 시작했다.

딱딱하게 경직되어 있던 눈매가 사르르 풀리더니 웃음을 지을 듯 말 듯 상냥한 빛을 띠었다.

일자로 굳게 다물려 있던 입도 마찬가지였다.

아직 앳된 진홍빛 입술 끝이 비밀스러운 호선을 그렸다.

"우, 우와……."

옆에서 아마 나와 같은 그림을 보고 있을 틸리아나가 감탄하는 소리가 들려왔다.

그리고 멀리 밀려나 있던 다른 감각들도 제자리를 찾았다.

"……그러므로 파트너를 서로 존중하며 상호 바람직한 관계를 유지하는 것이 이 데뷔탕트 무도회의 첫 단추라고 할 수 있겠습니다."

음음, 좋은 훈화 말씀이다.

그러고 보니 다른 카발리에들도 다들 준수한 외모의 소유자들이었다.

임피그라 시녀장이 말했던 대로 매우 신경 써서 선정한 듯, 반듯하게 서 있는 행동이나 인상도 다들 괜찮은 남자애들이었다.

특히나 줄 제일 끝 쪽에 서 있는 갈색 머리 남자는 어딘가 모르게 크레니를 떠올리게 하는 얼굴이었다.

곱슬곱슬한 갈색 머리나 흰 피부가 닮아서 그런 걸까.

아니면 끝이 아래로 처진 큰 눈이랑 숫기 없이 배시시 웃는 얼굴 때문인 건가.

크레니가 자랐을 때, 저 남자애랑 비슷하게 생겼던…….

"누굴 그렇게 봐, 티아?"

"으앗, 깜짝이야!"

갑자기 들리는 목소리에 놀라서 돌아보니 페레스가 바로 옆으로 다가와 있었다.

"안녕, 티아."

녀석이 살짝 웃으며 인사했다.

그러더니 물 흐르듯 자연스러운 손짓으로 내 왼손을 가져갔다.

"어어."

말리거나 손을 빼낼 새도 없었다.

페레스가 정중하게 내 손등에 입을 맞추면서 말했다.

"당신의 카발리에가 되어 영광입니다, 피렌티아 롬바르디 영애."

손등에 페레스의 체온이 고스란히 느껴졌다.

"뭐야, 왜 이래."

나는 녀석의 손에서 내 손을 쓱 빼내며 말했다.

그러자 페레스는 굽혔던 허리를 세우며 대답했다.

"임피그라 시녀장이 원래 처음에는 이렇게 인사하는 거라고 하던데?"

그 말에 주변을 둘러보니 다들 카발리에와 첫인사를 나누고 있었다.

"정말이네."

페레스의 말대로 다들 데뷔탕트들에게 정중히 허리를 숙이며 같은 인사말을 하고 있었다.

"근데 너처럼 손등에 입을 맞추는 사람은 없는데?"

"……그러게."

페레스의 매우 태평한 반응에 오히려 당황한 건 나다.

다른 카발리에들은 그냥 쑥스러워서 입 맞추는 건 건너뛴 건가?

그럴 수도 있겠다.

나와 페레스랑은 달리, 다들 초면이거나 겨우 안면만 있는 사이인 것 같았으니까.

"며칠 전에 보낸 편지에서도 아무 말 없더니, 갑자기 이렇게 나타나기 있어?"

"놀라게 해 주려고. 놀랐어?"

페레스가 내 쪽으로 몸을 살짝 기울이며 물었다.

"조금? 갑자기 카발리에라고 네가 들어올 때 내가 얼마나……."

낯설었는데.
내가 알던 페레스가 아닌 것 같았다.
연회장에서 마주친 페레스는 이전 생에서 군중 속에 섞여서 보았던 그 모습에 가까웠다.
"얼마나, 뭐?"
"놀랐다고."
"그럼 성공했네."
페레스가 희미하게 웃었다.
"이미 편지를 다 쓰고 막 보내려고 하는데 임피그라 시녀장이 포이락궁에 찾아왔었어. 너의 카발리에가 되지 않겠냐고. 귀족들에게 인상을 남기기 좋은 기회라고 했어."
"그랬구나."
임피그라 시녀장은 어색하게 대화를 나누고 있는 어린 사교계 일원들을 뿌듯하게 바라보고 있었다.
그녀의 말이 맞았다.
모두의 시선이 집중되는 황실 데뷔탕트 무도회만큼 강한 인상을 남길 수 있는 자리가 또 있을까.
페레스에게 분명히 좋은 기회였다.
하지만 왜.
임피그라 시녀장의 의도는 무엇일까.
황궁 내에서 황후와 대립각을 세우는 유일한 사람이라는 것을 따져 봤을 때, 페레스에게 나쁜 마음을 먹을 것 같진 않지만.
"페레스 너와 데뷔하게 될 줄이야."
정말 꿈에도 몰랐다.

이전 생에서 페레스는 아카데미를 졸업하고 돌아올 때까지 사교계에 발을 들이지 않았다.

페레스를 알아보지 못한 연회장 문지기가 입장을 거부한 해프닝이 있었을 만큼 사교계에서는 완전히 잊힌 사람이었다.

"그럼 나 말고 누구랑 하려고?"

페레스가 고개를 갸웃하면서 내게 물었다.

"누구랑? 으음……."

그러고 보니 그렇네.

이미 배동으로 친분이 다 알려진 사이기도 하고, 사촌인 쌍둥이 중에 한 사람을 고르는 건 왠지 모르게 자존심이 상한다.

같이 갈 사람이 없어서 친척 찬스를 쓴 것 같잖아.

"그래, 이왕 하는 거 너랑 하는 게 제일 낫겠다."

내가 그렇게 말하자, 페레스가 다시 희미하게 입꼬리를 말아 올리며 고개를 끄덕였다.

뭔가 매우 만족스런 얼굴이었다.

"그럼, 잘 부탁해."

"영광입니다, 롬바르디 영애."

페레스가 다시 한번 정중하게 허리를 숙이며 미소 지었다.

이번 생은 가주가 되겠습니다 2

초판 1쇄 인쇄 2024년 1월 12일
초판 1쇄 발행 2024년 1월 31일

지은이 김로아
펴낸이 최원영
편집장 예숙영
편집 박상희
편집디자인 한방울
영업 김민원 조은걸
물류 이순우 최준혁 박찬수

펴낸곳 ㈜디앤씨미디어
출판등록 2002년 5월 1일 제117-90-51792호
주소 서울시 구로구 디지털로 26길 111 JnK디지털타워 503호
대표전화 (02)333-2513 팩스 (02)333-2514
전자우편 dncbooks@dncmedia.co.kr
디앤씨북스 블로그 http://blog.naver.com/dncbooks

ISBN 979-11-264-6985-7 04810
ISBN 979-11-264-6983-3 세트

2023.12.26